국조시산연구총서
2

影印
國朝詩刪

許筠 批選
林美貞 編

보고사
BOGOSA

차례

*영인본은 우철 제본으로 뒤에서부터 보십시오.

일러두기

1. 본 영인본의 순서는 이화여자대학교 소장 『國朝詩刪』(811.1085 허17a) - 동국대학교 소장 『國朝詩刪』(811.9082 허17ㄱ-2) - 규장각 소장 『國朝詩刪』(가람古 819.53-G995g-v.1-4)의 순이다.

2. 이화여자대학교 소장 『國朝詩刪』은 모두 9권 3책으로 결질이다. 본 영인본에는 현전하는 9권을 모두 수록하였다.

3. 동국대학교 소장 『國朝詩刪』은 모두 10권 2책으로 완질이나, 9권까지는 이대본의 완성도가 높기 때문에 이대본에서 누락된 제10권과 부록 부분만 이대본에 이어 편집하였다.

4. 규장각 소장 목판본은 이미 영인본이 출판되었지만(韓國學文獻研究所 編, 『青丘風雅 國朝詩刪』, 『韓國漢詩選集』 1, 아세아문화사, 1980.), 필사본과의 대비를 위해 함께 엮었다.

『국조시산』 해제

Ⅰ. 들어가며

당대 최고의 시인이자 비평가로 자부했던 교산(蛟山) 허균(許筠, 1569~1618)은 조선 초·중기 시인들[1]의 시를 선발하고 비평을 붙여 1607년 그의 나이 39세에 『국조시산』을 편찬하였다. 이미 허균은 『국조시산』에 앞서 1593년 25세가 되던 해에 『학산초담(鶴山樵談)』을 집필하면서 한시 비평 활동을 한 바가 있는데, 이후 사신 및 원접사 활동을 통해 조선의 한시에 대한 중국의 관심에 응하면서 『국조시산』을 엮게 된 것이다.[2]

이 『국조시산』은 당시 문인들로부터 역대 조선의 한시 선집 중에서 시를 가장 잘 가려 뽑았다는 찬사를 받았으나,[3] 허균이 역모죄로 복주(伏誅)되면서 오랜 기간 공간(公刊)되지 못하고 필사본으로만 전해졌다.

---

1) 선행 연구에서는 鄭道傳(1342~1398)부터 權韠(1569~1612)까지로 정리하였으나, 생년 순으로 엄밀하게 보자면 成石璘(1338~1423)부터 權韠까지라고 해야 한다.

2) 허균의 중국문인과의 문학 교류, 그 과정에서 만들어진 시선집에 대한 연구는 노경희(2006), 「허균의 중국 문단과의 접촉과 시선집 편찬 연구」(『한국한시학회』 14)를 참조할 수 있다.

3) 洪萬宗, 『詩話叢林』, 「證正」. "惟許筠國朝詩刪, 澤堂諸公, 皆稱善揀. 詩刪之盛行於世, 蓋以此也."

그러다 편찬된 지 88년이 지나서야 동계(東溪) 박태순(朴泰淳, 1653~1704)에 의해 목판으로 간행된다. 문제는 간행을 주도했던 박태순이 당시 『국조시산』의 제본(諸本)을 수합하여 정리하면서 상당 부분을 가필(加筆)하였다는 점이다.[4] 곧 『국조시산』의 목판본은 허균이 편집했던 원 모습을 그대로 간행한 것이 아닌, 목판본 간행자에 의해 재편된 결과물이라는 사실에 주목할 필요가 있다.

『국조시산』 연구는 문헌 정리부터 이루어져야 했다. 선행 연구에서는 목판본에서 보이는 비평 중에서 시화(詩話)나 만록(漫錄)에서 찾아 붙인 보주(補注)가 허균 사후(死後)에 추가된 작업임을 추정하면서도,[5] '원본'의 소재(所在)를 확인하지 못한 이유로[6] 목판본을 통해 『국조시산』에 대한 논의를 진척시켜왔다. 가장 먼저 이루어진 『국조시산』의 영인본 출간[7]은 목판본을 대상으로 한 것이며, 영인본에 붙인 해제부터 시작하여[8] 번역과 교감 작업,[9] 시선집으로서의 연구,[10] 허균의 선

4) 朴泰淳, 『國朝詩删』, 「國朝詩删序」. "於是廣求諸本, 頗加證定, 又取諸家詩話, 以類補綴, 繕寫爲幾卷."

5) 민병수(1982), 「歷代 漢詩選集의 文學史的 意味」, 『관악어문연구』 제7집, 서울대학교 국어국문학과, 68~69면. (민병수(1996a), 『한국한문학개론』, 태학사; 민병수(1996b), 『한국한시사』, 재수록) ; 박수천(1986), 「『國朝詩删』의 選詩觀 研究」, 서울대 대학원 국어국문학과 석사학위논문, 12~13면.

6) 본고에 소개되는 원본 계열 필사본들은 예전 고서목록에는 없는 것들이 대부분이다. 1981년에 간행된 이화여자대학교 고서목록에는 필사본 9권 3책이 등재되어 있어서 예전부터 찾아볼 수 있었으나, 1981년 간행된 동국대학교 고서목록에는 목판본만이 수록되어 있으며, 2006년 증보된 목록에서야 원본 계열 10권 2책본이 확인된다. 1987년에 간행된 계명대 고서목록에도 목판본만이 등재되어있는데, 2004년 증보된 고서종합목록에서 필사본 1책(이 논문에서 계명대(A)본)이 보인다. 필사본 2권 2책본은 여전히 고서목록에는 빠져있으며 웹상에서만 확인가능하다. 동경대학교 아천문고 소장본의 경우는 해외에 있는 전적이기에 선행 연구에서 논하기 어려웠던 것으로 여겨진다.

7) 韓國學文獻研究所 編(1980), 『青丘風雅 國朝詩删』, 『韓國漢詩選集』 1, 아세아문화사.

8) 민병수(1980), 「『國朝詩删』 해제」, 『青丘風雅 國朝詩删』, 『韓國漢詩選集』 1, 아세아문화사.

시관과 비평 연구[11] 등의 선행 연구는 모두 목판본을 통해서 살핀 결과물이다.[12] 이러한 과정에서 목판본에 붙은 비평의 일부가 허균의 글이 아니라는 점, 작자명의 오류나 오각(誤刻)의 문제들도 언급되었으나,[13] 목판본만을 봐서는 허균의 '원본'에서부터 보이는 문제인지, 목판본만의 문제인지를 밝힐 방법이 없었다.

이러한 상황에서 근래 이화여자대학교에 소장되어 있던 9권 3책의 필사본 『국조시산』(이하 이대본)이 소개되었다.[14] 이대본은 기존 연구 대상이었던 목판본과는 판이하게 다른 책으로, 허균이 편집한 '원본'의 모습으로 추정되고 있다. 이 자료를 통해 원본과 목판본이 체제나 편집 방향은 물론, 비평의 양상, 인명의 표기방식에서도 차이가 있음을 알 수 있었다. 본고에서는 이대본을 점검하면서 『국조시산』의 선본(善本)에 대해서도 확정할 것이며, 더불어 지금까지 『국조시산』의 주 연구 대상이었던 목판본의 위치에 대해서도 재고해 볼 것이다.

---

9) 강석중·강혜선·안대회·이종묵(1999), 『허균이 가려뽑은 조선시대의 한시』 1~3, 태학사.

10) 민병수(1982) ; 이종묵(1997), 「조선 중기의 한시선집」, 『정신문화연구』 20권 3호(통권 68호); 최은주(2006), 「17세기 시선집 편찬에 대한 연구」, 경북대학교 박사학위논문.

11) 박수천(1986) ; 김연수(1996), 「한시 풍격 연구: 허균의 『國朝詩刪』 비와 평에 근거하여」, 고려대 국어국문학과 석사학위논문.

12) 앞서 열거한 논문들은 『國朝詩刪』의 텍스트와 관련된, 목판본을 대상으로 한 작업이다. 이 밖에 윤호진(1999)의 논문(『國朝詩刪』의 간행과 그 반향, 『한문학보』 1, 우리한문학회.)은 『國朝詩刪』의 간행과 훼판을 둘러싼 상황에 대한 논고이기에 텍스트 문제와는 관계가 없어서 선행 논저로는 거론하지 않았다.

13) 이 문제는 이종묵(1997)의 논문과 강석중 외(1999)의 교감작업에서 드러나기도 하였다.

14) 박철상(2007), 「허균 수정고본(手定稿本) 『國朝詩刪』의 출현과 그 가치」, 『한국문화연구』 12, 이화여자대학교 한국문화연구원; 박철상(2008), 「『國朝詩刪』 해제」, 『이화여자대학교 중앙도서관 소장 고서해제』 1, 이화여자대학교 한국문화연구원 편, 평민사, 469~479면.

Ⅱ. 허균이 밝힌『국조시산』의 모습

허균은 시선집 편찬을 완료한 후 '국조시산'이라 명명하고 「제시산후(題詩刪後)」를 썼다. 이 글은『국조시산』에는 전하지 않고 허균의 문집인『성소부부고(惺所覆瓿藁)』에서 볼 수 있는데, 허균이『국조시산』의 산정을 마치고 쓴 글이어서 주목된다.

> 우리 동방의 시를 뽑은 것은 여섯 종이니, 그 책들은 곧 전후의『풍아』와『문선』,『시부선』이다. 제공은 모두 대단한 분들이었지만 혹 수많은 선비의 글을 수집하자면 애초에 정신을 소모했을 것이다. 나와 같은 천견박식이 중설을 모아 취사하였으니, 산삭하기가 수고로울 것은 당연한 일이었다. 비록 그렇지만 격에 맞지 않아서 바다 속에 버린 것을 가지고 혹자는 구슬을 빠뜨렸다고 한탄하는 경우도 있을 것이다. 그러나 법도에 부합되지 않는 것을 올려놓은 것은 없으니, 물고기 눈알과 진주가 섞였다는 책망은 면할 것이다. 산삭한 분량도 적다고 할 수는 없다. 모두 10권에 1000편이나 되니 조선의 시는 여기에 다 있다고 하겠다.[15]

위의 글을 통해 허균이 편집 과정에서 참조했던 선행 시선집, 이 시선집을 취사 선택한 시 선발 방법, 또『국조시산』의 체재에 대한 정보들을 확인할 수 있다. 여기서 주목하고자 하는 것은 원본『국조시산』의 모습이 '10권에 1000편'으로 이루어졌다는 사실이다. '제시산후(題詩刪

---

15) 許筠,『惺所覆瓿藁』卷13,「題詩刪後」(『韓國文集叢刊』74輯). "……(上略)……選東詩者六家, 卽前後風雅文選及詩賦選是已. 諸公皆鉅公, 或多士其裒集, 初亦費心. 以余之薄識淺見, 會衆說而去就之, 宜刪其之勞. 雖然有不合而棄之滄海, 或歎其遺珠也. 至於不合度而進之者, 則無有焉, 庶免魚目相混之誚也. 刪之毋曰狹焉. 爲卷凡十, 而篇凡千, 足以盡之也."

後)'라는 글의 제목에서 짐작할 수 있듯, 위의 글은 허균이 『국조시산』의 편집을 끝낸 후에 쓴 글이다. 따라서 '10권에 1000편'이라는 체재는 허균이 편집한 최초의 『국조시산』 '완성본'에 대한 것임을 알 수 있다.

이에 비해 선행 연구에서 주로 활용되었던 목판본 『국조시산』은 9권으로 이루어져 있다. 허균이 편집했던 10권의 체재가 목판본에서 9권으로 축소된 것이다. 이 상황은 목판본에 이르러 시가 누락된 것 아니면 편집을 달리한 결과로 좁혀볼 수 있다. 우선 목판본에 수록된 시의 편수는 844제 953수여서[16] 허균이 밝힌 '1000편'과는 크게 차이가 없다. 따라서 편집 방식을 달리했을 가능성이 높다. 이 장에서는 『국조시산』이 '10권에 1000편'이라는 사실에 일단 주목하여 원본 판별의 준거로 삼기로 한다. 허균의 글을 더 찾아보자.

> 신이 정미년(1607, 선조 40) 겨울에 혼자 보려고 본조의 시를 뽑으면서 정도전과 권근은 모두 국초 사람이기에 자료를 살펴 써 넣다보니 자연스럽게 두 사람을 앞에 수록하게 되었습니다. 이것이 어찌 감히 그 사람들을 사모하여 굳이 뽑아서 앞에 실은 것이겠습니까? 지금 『동문선』과 『청구풍아』 등의 책에도 국초의 시문은 정도전의 작품이 반드시 제일 앞입니다. 어찌 신이 다른 사람을 버리고 반드시 이 사람들을 첫 머리로 삼았겠습니까?[17]

---

16) 필자는 허균이 『국조시산』의 시 편수를 1000편이라고 한 것에 대해 허균이 「허문세고」까지 포함시킨 것으로 보았다. 허균은 공평한 선발을 중요시했기 때문에 불필요한 오해를 미연에 방지하기 위해 허씨 일가의 시를 권필에게 뽑게 하였고, 또 비평까지 부탁하였다. '부록'으로 배치한 「허문세고」 역시 허균이 일가의 시를 자신이 편집한 시선집에 넣는 수단으로 고안된 것으로 보이기에 『국조시산』의 전체 시 편수를 논할 때에는 「허문세고」 수록 시까지 포괄하여야 할 것이다.

17) 許筠, 『惺所覆瓿藁』 卷26, 「左參贊許筠上疏」(『韓國文集叢刊』 74輯). "臣在丁未冬, 選抄本朝詩, 以自觀, 鄭道傳·權近, 俱係國初人, 故按此書塡, 自然以二人首題, 此豈敢慕其人而必拈爲首哉? 今『東文選』·『靑丘風雅』等書, 國初詩文, 道傳之作(次: 일기), 必居

위의 인용문은 기준격(奇俊格, 1594~1624)이 허균을 역적으로 지목했을 때, 허균이 이에 대해 항변한 상소문 중의 일부이다. 허균은 『국조시산』을 편집하면서 정도전의 시를 제일 앞에 배치하였고 이로 인해 곤욕을 치른 모양이다. 이 상소문에서 주목할 부분은 『국조시산』이 '정도전과 권근의 시부터 시작'된다는 기록이다. 그러나 목판본은 정도전이 아닌 성석린(成石璘, 1338~1423)의 시로 시작한다. 목판본과 원본의 시 수록 순서가 다르다는 사실을 이 인용문을 통해 알 수 있다.

또 한 가지 허균의 기록을 통해 논증할 것은 이 시선집의 편찬 년도에 대한 것이다. 허균은 정미년 겨울에 『국조시산』을 완성하였다고 한다. 허균의 생몰년 내에서 정미년은 1607년인데, 허균이 1609년 10월 윤훤(尹暄, 1573~1627)에게 편지를 보내어 빌려준 『국조시산』을 돌려달라고 한 사실,[18] 1611년에 편찬된[19] 『성수시화』에서 『국조시산』을 논한 것으로 보아서,[20] 『국조시산』이 1607년 겨울에 편찬된 사실은 재론의 여지가 없을 것으로 생각된다.[21]

其先, 豈(此: 일기)臣之棄他人而必以此爲冠也." ; 『光海君日記』 光海 10年 5月 3日)

18) 許筠, 『惺所覆瓿藁』 卷20, 「與尹次野己酉十月」(『韓國文集叢刊』 74輯). "詩刪想已熟覽矣, 可付權生回否."

19) 許筠, 『惺所覆瓿藁』 卷25, 「惺叟詩話引」(『韓國文集叢刊』 74輯). "辛亥歲, 俟罪咸山, 閑無事, 因述所嘗談話者, 著之于牘, 旣而看之, 亦自可意, 命之曰詩話, 凡九十六款. 其上下八百餘年之間, 所蒐出者只此, 似涉太簡, 而要之亦盡之已, 觀者詳焉. 是歲四月之念日, 蛟山題."

20) "고죽의 시가 편편이 다 아름다운 것은 반드시 갈고 닦아서 마음에 미흡함이 없는 다음에야 내놓았기 때문이다. 내가 이가(二家 최경창과 백광훈)의 시를 골라서 『국조시산』에 넣은 것이 각기 수십 편인데 그 시들은 소리의 절주가 정음에 들어맞을 만하나, 그 밖의 것은 뇌동함을 면치 못하고 있다.[孤竹詩, 篇篇皆佳, 必鍊琢之, 無歉於意, 然後乃出故耳. 二家詩, 余選入於詩刪者, 各數十篇, 音節可入正音, 而其外不耐雷同也.]" (許筠, 『惺所覆瓿藁』 卷25, 「惺叟詩話」(『韓國文集叢刊』 74輯))

21) 이종묵(1997), 78면에서도 『국조시산』의 편집 완료 시점을 허균의 여러 기록을 근거로 하여 1607년으로 보고 있다.

이상 허균이 남긴 『국조시산』에 대한 몇 가지 기록을 통해서 『국조시산』의 원 모습에 관한 사실을 확인할 수 있었다. 『국조시산』이 (1) 1607년 겨울에 완성되었고, (2) 10권 1000편의 규모이며, (3) 정도전과 권근의 시부터 시작한다는 사실이다. 이에 비해 그동안의 연구 대상이었던 목판본은 '1695년 간행, 9권의 규모, 성석린의 시부터 시작'한다. 허균이 편집한 『국조시산』이 88년 후에 간행된 목판본에 이르러서는 많은 부분들이 달라졌던 것이다.

Ⅲ. 『국조시산』의 이본

『국조시산』의 이본은 공개되지 않은 개인 소장본을 제외하고서도, 꽤 많은 수량의 목판본과 필사본들이 국내외 도서관과 기관에 소장되어 있다. 이 중 목판본은 1695년 박태순이 광주 부윤(廣州府尹) 시절에 간행한 것으로, 추가 간행은 이루어지지 않았다. 확인되는 목판본 『국조시산』는 모두 동일한 형태로 전해진다. 그러나 필사본의 경우는 사정이 다르다. 목판본이 간행되기까지 『국조시산』은 88년 동안 필사본만이 만들어졌는데, 이 필사본들은 목판본이 간행된 뒤에도 목판본의 영향을 받지 않고 계속 필사되었다.[22] 여기에다 『국조시산』이 목판본으로 인출되면서부터는 목판본을 저본으로 한 필사본이 만들어졌다. 곧 『국조시산』의 이본은 형태상으로는 필사본과 목판본으로 나누어지나 이 분류는 『국조시산』의 유전 과정과 변이 양상을 설명하기에 적합

22) 원본의 모습을 보이는 동국대본은 1850년에 필사된 것이며, 마지막장에서 밝힐 성효기(1701~?)의 『古今詩選』(전남대학교 소장, OC 4A2 고18 v.1-5)에 수록된 『국조시산』을 봐도, 목판본 간행 이후에도 원본이 유전되고 있는 정황을 보여준다.

하지 않은 것이다. 따라서 허균이 편집한 원본을 필사한 계열, 목판본과 목판본을 저본으로 한 필사본 계열을 고려한 계열 구분이 이루어져야 함을 알 수 있다.

본고에서는 각 대학 도서관이나 기관에 소장된 『국조시산』의 주요 이본들을 소개하되, 이를 두 계열로 나누어 살피고자 한다. 허균이 편집했던 원본의 모습을 보여주는 이본은 '원본 계열'로, 목판본과 목판본을 모본으로 필사한 이본들은 '목판본 계열'로 명명하고 정리해 보았다.

1. 원본 계열

1) 이대본

이대본은 허균의 장서인(藏書印)이 찍혀있는 필사본으로, 박철상에 의해 이미 소개가 된 이본이다.[23] 이화여자대학교 중앙도서관에 청구기호 811.1085허 17a로 소장되어 있으며 충북 음성의 농촌 운동가였던 민광식(閔光植)이 기증한 책이다.[24] 반곽(半郭)은 18.7×12.5cm, 무계, 10행 21자의 형태를 보여주고 있다. 이 책은 특히 허균과 같은 시기에 명필로 유명했던 사자관(寫字官)인 이해룡(李海龍), 송효남(宋孝男), 이희철(李希哲), 신여탁(申汝擢), 이경량(李景良), 이유생(李裕生)이 한두

---

23) 이대본에 대한 소개와 정리는 박철상의 논문(2007)에서 상세하게 설명하고 있어서 본고에서는 이본의 성격과 관련하여 필요한 부분만을 기술하였다.

24) 이대본은 충북 음성(陰城)의 농촌 운동가였던 민광식(閔光植)이 소장하고 있던 것을 이대에 기증한 것이다. 그가 약 23년간 수집한 『무자기재장서목록』과 이대본 앞표지 안쪽의 장서인에는 민광식이 수집할 당시부터 이대본이 9권 3책의 모습이었음을 알려준다. (김영봉, 「무자기재장서목록」, 『이화여자대학교 고서해제』 1, 평민사, 2008 참조)

권씩 맡아서 필사하고[25] 서명(署名)을 남긴 귀중본이다.[26] 더불어 첫 장의 "국조시산권지일(國朝詩刪卷之一)"이라는 권수제 바로 아래에 "양천허균단보비선(陽川許筠端甫批選)"이라 하여 허균이 시를 뽑고 비평을 붙였음을 보여주고 있다.[27] 또 편자명 위에는 "교산(蛟山)"이라는 인장(印章)이 찍혀있다. 이대본에서 보이는 이러한 특징들은 이 책이 허균 생전에 만들어지고 허균이 소장했음을 짐작케 한다.

이대본은 모두 9권 3책이며 제1책은 권1-3, 제2책은 권4-6, 3책은 권7-9로 되어 있다. 권1은 오언고시인 정도전의 〈원유가(遠遊歌)〉, 〈오호도조전횡(嗚呼島弔田橫)〉, 권근의 〈효소주사이사인안주서견방(效蘇州謝李舍人安注書見訪)〉으로 시작된다. 『국조시산』이 정도전과 권근의 시로 시작한다고 했던 허균의 발언과 이대본의 모습이 일치하는 것을 알 수 있다. 다만 허균이 10권이라고 했던 체재는 이대본과 차이가 있다. 이대본의 편차를 살펴보면, 권1 오언고시, 권2 칠언고시, 권3 잡체시, 권4 오언율시, 권5 오언율시, 오언배율, 권6 칠언율시, 권7 칠언율시, 칠언배율[28], 권8 오언절구, 육언절구[29], 권9 칠언절구로 되

---

25) 허균은 이미 『국조시산』 편찬 이전에 사자관에게 자신이 편찬한 중국시선집 『溫李艶體』의 필사를 맡긴 바가 있다. "余在遼山, 夏月民事簡, 輒採二家詞, 合三十九首爲一帙, 倩石峯書之, 藏巾衍中. 異日歸田, 携酒徒憑高按歌, 要亦不可無此." 『惺所覆瓿稿』 卷13 「題溫李艶體後」(『韓國文集叢刊』 74輯)

26) 이해룡과 송효남은 허균과 1602년과 1606년 등 수차례 중국 사신 접견 시에 함께 다닌 사실이 『성소부부고』에 기록되어 있으며, 이희철도 비슷한 시기에 중국에 사자관으로 다녀왔다. 신여탁과 이경양도 16세기말 17세기 초에 활동하였다. 이 사자관들은 중국에까지 명필로 알려져서 글씨를 구하는 이도 많았다. 따라서 이대본이 여러 사자관들에 의해 필사된 사실을 통해서 특별히 공을 들여 중국에 보내고자 제작했을 가능성도 열어둘 수 있다.

27) 『국조시산』의 편자에 대한 기록은 앞으로 살필 모든 이본 계열 중에서 이대본에만 보인다.

28) 권5의 오언배율과는 달리 권7의 칠언배율에는 소자로 '附'가 붙어있다.

29) 육언절구의 경우는 '附六言絶句'로 되어 있다.

어있어서 모두 9권만이 전하고 있는 것이다.

이대본이 현재 9권으로 전해지는 상황에 대해서 선행 연구에서는 결질(缺帙)로 판단하지 않고 10권본 완성 이전에 만든 초고본으로 보았다. 그러나 허균은 『국조시산』 편집을 완료한 후에 제명을 붙이면서 쓴 「제시산후」에서 자신이 편집한 『국조시산』이 모두 10권임을 밝혔다. 책을 만드는 과정에서는 10권이 아닌 초고본이 존재했을지 몰라도 최종 완성본은 10권인 것이다. 더군다나 이대본은 '일반 필사본'이 아니라 허균의 장서인이 찍혀있으며 당대의 명필 사자관들 6명이 한두 권씩 맡아서 정사(淨寫)한 특별한 모습의 책이다. 허균은 『국조시산』 편찬 이전에도 책을 완성한 후 사자관이었던 명필 석봉 한호에게 자신의 저술에 대해 필사를 부탁한 바가 있다.[30] 이 책 역시 완성된 후 보관이나 증정의 목적에서 만든 정사본(淨寫本)으로 보아야 한다. 또한 이대본의 마지막권인 제9권은 칠언절구에 해당하는 시가 수록되어있고 신잠(申潛, 1491~1554) 시로 끝난다. 그러나 각권마다 생몰년 순으로 작가가 수록된 『국조시산』에서 각체의 마지막 작가는 생몰년이 허균과 비슷한 권필(權韠, 1569~1612)이거나 양경우(梁慶遇, 1568~1638)이다. 목판본이나 다른 완질본에는 칠언절구에 신잠(申潛, 1491~1554) 이후의 시 수백 수와 「허문세고」가 수록되어 있는데 이대본에는 이 부분이 모두 빠져있다. 또한 이대본은 동국대본에 영향을 준 모본인데[31] 동국대본이 완질이기 때문에 이대본 역시 완질로 보아야한다. 여러 정황을

---

30) 許筠, 『惺所覆瓿稿』 卷13, 「題溫李艶體後」(『韓國文集叢刊』 74輯). "余在遂山, 夏月民事簡, 輒採二家詞, 合三十九首爲一帙, 倩石峯書之, 藏巾衍中."

31) 이대본을 필사한 사자관 6인은 이대본 각권 첫면에 자신의 서명을 기록해 놓았는데, 이 서명이 동국대본에도 보인다. 이를 보아서 이대본을 최초로 베낀 필사본이 이대본의 서명까지 필사하였고 이는 다시 동국대본까지 이어진 정황을 짐작하게 한다. 동국대본은 완질본이기에 이대본 역시도 10권 완질이었을 것이다.

검토한 결과, 이대본은 10권에다 부록까지 붙은 완질본이었으나, 전해지는 과정에서 제10권과 부록을 수록한 제4책이 빠진 채 9권3책으로 전해지는 결질본이다.

그럼에도 이대본은 앞으로의 『국조시산』 연구에서 가장 중요하게 활용될 필사본이다. 허균의 소장본으로 추정되기에 현전하는 모든 이본 중에서 시기적으로 가장 앞서는 것은 물론, 시에 부기된 비평 부분이 다른 이본과는 달리 온전히 전해지고 있기 때문이다. 다만 이대본의 아쉬운 점은 결질이라는 점과, 필사 과정에서 생긴 것으로 추정되는 몇몇 오사(誤寫)들이다. 결질의 문제는 완질본을 통해 보완하면 될 것이며 오사의 경우는 수록 시인의 문집을 아울러 검토하거나 선행 시선집과 대조하는 작업을 거쳐서 신중하게 판단해야 할 것이다.[32]

2) 동국대본

동국대본은 동국대학교 도서관에 소장된 『국조시산』 10권 2책본을 칭한 것이다. 이 본은 현재까지 확인한 바로는 원본 계열 필사본 중에서 유일하게 완질이다. 동국대본은 동국대학교 중앙도서관에 청구기호 811.9082 허17ㄱ 1-2로 소장되어 있고, 반곽은 23.0×18.5cm에 무계, 12행20자의 형태이다. 또 각권 표지에 '乾', '坤'으로 씌어있어 2책으로 장정하였음을 알 수 있다. 제1책은 1~6권까지, 제2책은 7~10권,

32) 권4 오언율시 이첨의 〈登州〉에서 제4구"乞火孝康船"의 '孝康船'은 '孝廉船'으로, 김인후의 〈華陽序〉은 〈華陽亭〉으로, 권9 칠언절구 성현의 〈帶雨題淸州東軒〉의 제1구 "畵屛高枕掩罷幃"에서 罷는 羅로, 이우의 〈羽溪〉의 비평 "蕭宗有趣"는 "蕭索有趣"로, 신광한의 〈崔同年鏡浦別野次昌邦韻〉의 '別野'는 '別墅'로 바로잡아야 한다. 이 오류들은 필사자가 비슷한 글자로 오인한 결과로 여겨지며 이대본에만 보이는 것들이다.

부록까지 수록되어 있다. 이 동국대본은 허균이 밝혔던 『국조시산』 10권의 체재를 그대로 보여준다. 원본 『국조시산』의 전모를 확인할 수 있다는 점에서 매우 중요한 이본이다.

동국대본의 제1권은 오언고시로, 첫 시는 정도전의 〈원유가(遠遊歌)〉이다. 1권부터 9권까지 남아있는 이대본과 대조해보면 시의 순서가 같다. 특히 동국대본에서는 이대본에서 살필 수 없었던 제10권의 면모를 확인할 수 있다. 권10의 칠언절구 부분은 소세양(蘇世讓, 1476~1528)부터 양경우(梁慶遇, 1568~1638)까지의 시가 수록되어있으며,[33] 각 시에는 허균이 붙인 비어(批語)도 온전하게 전해지고 있다. 시에 이어서는 〈허씨세고고략(許氏世系考略)〉이 보인다. 〈고략〉의 말미에는 "詔使朱之蕃梁有年爲著序文云"으로 되어있어서 허균이 『국조시산』을 집필하기 한 해전인 병오년(1606)에 주지번(朱之蕃)과 양유년(梁有年)을 만나서 『양천세고』를 보여주고 글을 받은 정황을 보여주고 있다.[34] 또 "國朝詩刪附錄"이라 하여 「허문세고(許門世藁)」가 이어진다. 이렇게 부록으로 배치한 허균 집안의 시들는 권필(權韠)이 뽑고 비평을 가한 것이기에 "永嘉權韠汝章批選"이라 기록되어 있다.

「허문세고」의 체재도 『국조시산』 본문의 각체 배열과 동일한 '오언고시-칠언고시-오언율시-칠언율시-오언절구-칠언절구'의 순서로

33) 실제 권10의 마지막 시는 실명씨의 시로 끝나고 있으나, 생몰년으로 따져보았을 때에는 양경우가 하한이다.

34) 『惺所覆瓿藁』 「丙午紀行」에 따르면 1606년 4월 20일에 『陽川世藁』의 서문을 주지번에게 받았고, 4월 26일에는 양유년에게 부탁하여 다음날 『世藁』의 서문을 받았다고 한다. 이때에 받은 글들은 『陽川世稿』에 편입되어 전해지고 있으며, 주지번의 글을 보면 이 당시 허균이 주지번에게 보여주었던 世稿는 증조까지의 시문만이 수록된 것으로 부친과 형, 누이의 글은 편집하기전이었다.(朱之蕃, 『陽川世稿』, 「題陽川世稿」. "…(上略)…將附以父曄兄篈及其妹氏遺稿…(下略)…")

편집되었으며 권필이 붙인 비어가 소자(小字)로 부기되어 있다. 마지막 시 〈유선사(遊仙詞)〉에는 주지번과 양유년의 시평(詩評)이 있는데, 이 역시 허균이 1606년에 두 조사를 만나 『난설헌집(蘭雪軒集)』을 보여주고 받았던 평가를 『국조시산』에 반영한 것이다.[35)]

또한 동국대본에는 "當宁元年庚戌六月二十二日謄出華南精舍[36)]"라는 필사기(筆寫記)가 있어서 이 책이 1850년에 필사된 것임을 알 수 있다. 목판본이 1695년에 간행되었음에도 이 동국대본은 목판본의 영향을 전혀 받지 않았다. 17세기 초반에 만들어진 원본이 목판본과는 별도로 19세기까지 이어지고 있음을 확인할 수 있다.

이 동국대본에는 주목되는 부분이 있다. 동국대본 제6권의 첫 장 왼쪽 하단의 '申汝擢', 제8권의 첫 장 왼쪽 하단의 '李景良'이라는 작은 글씨가 그것이다. '신여탁'과 '이경량'은 이대본을 필사했던 사자관(寫字官)으로, 전술한 것처럼 이대본에는 각 사자관이 자신이 맡은 해당 권의 첫 면에 서명(署名)을 하였다. 이 서명이 동국대본에도 같은 위치에 보인다는 것은 동국대본의 저본이 이대본을 모본으로 하면서 서명까지 그대로 베꼈던 본임을 알려주고 있다. 두 본 사이에 다른 본이 개입되었다고 본 것은 두 본의 시간차가 200년 이상이며, 이대본의 오자나 실수를 동국대본이 답습하지 않았기 때문이다. 어쨌든 동국대

---

35) 『惺所覆瓿藁』 「丙午紀行」에 따르면 허균은 1606년 3월 27일에 주지번의 요청으로 난설헌의 시집을 그에게 주었고, 4월 20일에 시인(詩引)을 받았다. 이 날 받은 글은 허균이 편찬한 『蘭雪軒詩集』에 주지번의 〈蘭雪齋詩集小引〉과 양유년의 〈蘭雪軒集題辭〉가 수록되어 있다.

36) '화남정사(華南精舍)'에 대해서는 비슷한 시기 규장각에 소장된 『아아록(我我錄)』에 1849년 화남정사에서 필사했다는 필사기가 보인다. 동일 인물의 필사본인 듯 하나 누구인지는 확인하지 못하였다. 1840년대 안종문(安鍾文)과 안종익(安鍾翊) 형제가 거주했던 광주 안씨(廣州 安氏)의 고택에서 '화남정사'라는 당호(堂號)를 썼다고는 전해지나 좀 더 고찰할 필요가 있다.

본에서 확인되는 사자관의 서명으로 인하여 두 본의 친연성을 확인할 수 있고, 동국대본이 완질이라는 점에서 이대본 역시 완질로 만들어지고 유전되었으리라는 추정이 가능하다.

허균의 장서인이 찍혀있으며 허균 당시의 명필 사자관 6인이 필사를 맡은 이대본이 '원본'에 가장 가까운 형태임은 부인할 수 없다. 그러나 이대본에서 누락된 제10권과 부록의 시 편수는 235수로, 이는 『국조시산』의 약 1/4에 해당하는 분량이다. 현 시점에서 유일하게 '완질'로 전해지는 동국대본의 가치는 연구 대상 자료를 재구할 수 있게 한다는 점에서 이대본 이상의 의미가 있다.

동국대본은 시뿐 아니라 허균의 비어(批語)까지 충실히 필사된 상태여서 완성도가 높지만, 이대본과 마찬가지로 필사 과정에서의 오류가 확인되기 때문에 주의가 필요하다. '晝'를 '書'로 '序'를 '亭', '尹'을 '君'으로 한 실수부터 권1에서 남효온, 김정, 권4에서 이첨, 최수성, 권8 성삼문의 성명이 빠진 것이 눈에 띄는 오점이다. 그러나 문제가 되는 오류들은 모두 교감하여 교정할 수 있는 범위의 것들이며, 시는 한 수도 누락된 것 없이 953수가 온전하게 필사되어 있다.

한편 이이(李珥)의 칠언율시 〈초출산증심경혼(初出山贈沈景混長源)〉에 대해 동국대본이 편집을 가하고 있는 사실은 주목할 부분이다. 원래 이 시는 이이의 문집에는 없고 허균의 『국조시산』에만 유일하게 전하는 시이다. 이 시는 이이가 출가했음을 보여주는 시인데, 박태순이 목판본을 간행할 때 이 시를 삭제하지 않고 그대로 간행하여서 큰 논란이 있었다. 결국 목판본은 이 시로 흠을 잡혀 훼판이 되었다.[37] 이를

37) 목판본의 훼판 과정에 대해서는 윤호진, 「『국조시산』의 간행과 그 반향」, 『한문학보』 1, 우리한문학회, 1999 참조.

의식한 결과인지, 동국대본에는 원 제목에서 '初出山'을 뺀 〈贈沈景混長源〉이라 기록하고 있으며, 이 시에 달린 허균의 비어도 원래는 "本集不載, 以爲三四諱之, 然絶佳詩"라고 되어있으나 동국대본에서는 "本集不載, 然絶佳詩"라고 하였다. 제목의 일부와 3,4구의 내용에 주목하게 하는 비평을 삭제하여 이이의 행적과 관련한 오해를 일으키지 않도록 편집한 것이다. 이러한 편집은 이 동국대본이 목판본 간행 후에 만들어진 후대본이기에 가능한 양상이다.

3) 단국대본

단국대본은 단국대학교 율곡기념도서관에 청구기호 고 851.905 허509ㄱ로 소장된 『국조시산』의 필사본이다.[38] 책의 형태를 살펴보면 크기는 28.0×19.5cm, 무계, 10행20자로 필사되어 있으며, 원래 전체 2책으로 만들어졌으나 현재 불분권 1책으로 전해지는 결질이다. 이 책은 분권을 별도로 하지 않은데다가 앞부분이 일실된 채 전해지고 있지만, 원본의 순서인 '칠언율시-오언절구-칠언절구-허문세고'로 되어 있고 비어의 위치나 표기 방식, 인명 표기[39]가 모두 원본 계열의 특징을 그대로 보여주고 있다.

그리고 부록인 「허문세고」도 오언고시부터 시작하여 칠언절구까지 이어지는 순서여서 원본과 같으며, 작자나 시 누락 없이 41제 64수가 모두 필사되어 있다. 다만 단국대본은 부록에 붙은 허씨 일가의 시들

---

38) 단국대학교 율곡기념도서관에는 또 다른 2책의 『국조시산』 필사본이 있으나, 이 책은 표제만 『국조시산』이며 본문은 『국조시산』과 관련이 없는 『東律精選』이란 책이다. (청구기호:고 851.35 허509ㄱ 巻1-2)

39) 계열 간 인명표기방식의 차이는 49면, 〈표 6〉 참조.

에 대해 '허가시고(許家詩藁)'라고 하여 기존 목판본이나 동국대본의 '허문세고'와는 다른 제명으로 된 특징이 있다.

단국대본은 간혹 시의 순서가 바뀌어 필사된 부분이 있고, 필사 과정에서 생긴 작자 누락의 실수도 몇 군데 확인된다. 그러나 허균의 비어가 비교적 온전하다는 점과, 결본이지만 책 후반부가 전해지고 있어서 이대본에서 빠진 권10과 부록 부분을 보완할 수 있는 중요한 이본이다.

4) 동경대 아천문고본

동경대(東京大) 아천문고본은 현재 일본 동경대학교 아천문고에 청구기호 E45-1375로 소장되어 있는 『국조시산』의 필사본을 칭한 것이다. 필자는 동경대에서 이 이본을 직접 열람하지는 못했고 국립중앙도서관에 소장된 복제본(청구기호 古3643-529)을 보았다. 이 책의 크기는 24.4×16.8cm, 무계, 11행 21자의 형태를 보여주고 있으며, 두 책으로 만들어졌으나 현재 1책(권1~6)만이 전해지는 결질이다. 제1책이 권1에서 권6까지 편집된 모습은 동국대본과 같으며, 정도전의 오언고시 〈원유가(遠遊歌)〉가 첫 시로 되어 있는 원본 계열이다. 권차는 각체별로 권1 오언고시, 권2 칠언고시, 권3 잡체시, 권4 오언율시, 권5 오언율시, 오언배율, 권6 칠언율시로 되어 있어서 시의 순서는 앞서 살핀 이대본, 동국대본과 같다.

다만 동경대 아천문고본은 이대본, 동국대본과는 몇 가지 다른 특징이 있다. 먼저 허균의 비어가 모두 누락되었고, 허균이 부록으로 배치했던 친족들의 시가 본문에서 확인된다는 점이다. 허씨 일가의 시는 시 형식과 생몰년을 고려하여 각권에 적절히 배치되어 있다. 이밖에도

여타 이본과는 달리 시가 몇 수씩 누락되어 있으며[40] 오사(誤寫)도 많이 확인된다.[41]

결국 이 책은 제2책이 빠진 결질인데다가 발췌본이며, 비평 부분이 모두 누락되어 자료로서의 가치는 떨어지는 본이다. 무엇보다 부록의 시가 본문에 편입되면서 허균이 편집한 의도도 읽을 수 없게 되었다. 그러나 목판본의 영향을 전혀 받지 않은 원본 계열의 한 이본으로서 원본의 유전 상황을 보여주는 데에 의미가 있다고 하겠다.

5) 계명대(A)본

계명대학교 동산도서관에는 두 종의 필사본 『국조시산』이 소장되어 있다. 하나는 1책으로, 다른 하나는 2책으로 구성되어 있는데, 본고에서는 1책본을 계명대(A)본, 2책본을 계명대(B)본으로 이름 붙이고 살펴보았다.

계명대(A)본은 청구기호가 (고) 811.1 허균ㄱ으로 책 크기는 25.0×17.0cm이며 無界, 10行21字의 형태를 보여주고 있다. 1책으로 전해지고 있지만 결질은 아니며, 『국조시산』의 전반부만 필사한 미완성본이다.

이 본은 정도전의 오언고시 〈원유가(遠遊歌)〉로 시작되고 있고 시 제목과 같은 행 하단에 작자를 기재하는 방식 등 원본 계열의 특징을 그대로 보여준다. 분권은 하지 않았지만 시 형식이 바뀔 때마다 해당 시

---

40) 발췌본의 취사선택 의도는 잘 드러나지 않지만, 주로 다수의 시가 수록된 시인의 시를 선발한 경향 정도는 확인된다.

41) '金麟厚'를 '金麟原'으로 한 것을 보면 학식이 높은 필사자는 아닌 듯하다. 필사 과정에서 빠뜨린 글자도 많으며, 빠뜨린 것을 교정한 흔적을 자주 찾아볼 수 있다.

체(詩體)를 명시해 놓았고, 시의 순서도 다른 원본 계열과 같다.

이 책에는 필사기가 남아 있어서 주목된다. 앞표지 안쪽에 "壬申冬, 在英陵齋室, 得國朝詩刪於柳牧使令公, 謄書未半而柳令見罷, 急於推還, 五言律以下刪節以書, 七言律則未及焉."라고 하여, 필사년도는 물론 이 책과 관련된 정보를 읽을 수 있다. 필사자는 임신년 겨울에 영릉재실(英陵齋室)에서 근무하였고, 당시 그 곳의 목사(牧使)였던 유 목사(柳牧使)에게서 『국조시산』을 빌렸다고 기록해놓았다. 이를 근거로 임신년에 영릉재실의 소재지인 여주에서 목사를 역임한 '유씨(柳氏)'를 조사해보니, 1692년 6월 16일부터 1693년 1월 2일까지 여주목사를 역임한 유정휘(柳挺輝, 1625~1695)를 확인할 수 있었다. 따라서 필사기에 기록된 임신년은 1692년이며, 이 계명대(A)본은 목판본이 간행되기 3년 전에 만들어진 책임을 알 수 있었다. 또 필사기에 따르면 필사자에게 『국조시산』를 빌려줬던 유 목사가 갑자기 여주를 떠나게 되어 책을 급히 돌려줘야 해서 오언율시 이하는 필사하지 못했다고 한다. 필사자의 설명대로 이 책은 '오언고시-칠언고시-잡체시-오언율시 일부'까지만 필사되었다.

이 책을 이대본이나 동국대본과 대조해보면, 권차로는 10권 중 1~4권의 절반 정도까지 베낀 것이다. 오언율시 뒤에는 '絶句'라 하여 『국조시산』의 오언절구를 추후에 몇 수 발췌하여 보완해 놓았고, 이후로는 낙장(落張)이 있어 전후 맥락을 파악할 수는 없지만 임유정(林惟正)의 〈제개골산장연사집구(題皆骨山長淵寺集句)〉를 비롯한 칠언율시 몇 수가 이어져 있다.[42)]

---

42) 칠언율시는 『동문선』 권13에서 발췌한 것으로, 『국조시산』의 칠언율시를 베끼지 못하였기에 『동문선』의 칠언율시라도 보충해 놓은 듯하다.

그리고 권수제 아래에 "名以詩刪, 輕妄可見."라고 하여 '시산'이라고 이름붙인 것에 대해 경망하다고 기록하고 있어 주목된다. 원래 『국조시산』은 이반룡이 편찬한 시선집인 『고금시산』의 제명을 모방한 것인데 이반룡이 붙인 '시산'의 의미는 '관지(觀止)'와 같은 뜻으로 '고금의 시는 더 이상 다른 것을 볼 필요가 없다'는 뜻에서 쓴 것이다.[43] '시산'의 배경을 잘 알고 학식이 있던 필사자가 위와 같이 허균에 대한 평가를 개인적으로 하고 있어 흥미롭다.

이 계명대(A)본은 목판 간행 전인 1692년에 여주에서 만들어진 원본 계열 필사본으로 『국조시산』의 앞부분만 필사되었고, 허균의 비어도 모두 누락되어 있다. 권차 구분도 없어서 앞서 살펴본 이대본이나 완질인 동국대본에 비해 자료로서의 가치는 분명 떨어진다. 그러나 필사기를 통해 정확한 필사 시기를 알 수 있고 『국조시산』이 주변인을 통해 필사되는 정황도 확인할 수 있는 원본 계열이라는 점에서 주목되는 이본이다.

6) 계명대(B)본

계명대(B)본은 계명대학교 동산도서관에 소장된 『국조시산』 2책본을 칭한 것이며 청구기호는 (고)811.1 국조시ㅅ-1-2이며, 책 크기는 30.4×20.5cm, 무계, 행자수는 12행20자이다. 불분권 상하 2책으로 구성되어 있어서 형태상 완질로 보이지만, 발췌본이다.[44] 계명대(B)본

43) '시산'의 의미에 대해서는 제3장에서 설명하였다.

44) 이 책 역시 발췌 양상에 있어서 특별한 의도가 탐지되지 않는다. 역시 다수의 시가 수록된 시인의 경우 몇 수만 뽑는 정도의 경향만을 보인다. 이런 부분들은 추후에 더 고찰할 필요가 있다.

은 책의 상태로 보아서는 20세기 초에 필사된 책으로 추정된다.[45]

계명대(B)본의 제1책에는 「국조시산시인성명(國朝詩刪詩人姓名)」이라는 항목 아래 『국조시산』에 수록된 시의 작가들을 별도로 묶어두었다. 이어서 오언율시와 칠언율시부터 필사되어 있으며, 제2책에는 오언절구, 육언, 칠언절구, 오언고시, 잡체시, 「허문세고」가 필사되어 있다. 이 책은 우선 원본에는 없었던 「국조시산시인성명」이 추가되어 있는데, 이 목록은 앞서 살핀 여러 이본에서는 전혀 확인되지 않는 목록으로, 오랜 기간 필사되는 과정에서 추가된 것으로 추정된다. 목록 부분을 제외한 본문은 모두 앞서 살펴보았던 원본 계열의 특징을 그대로 보여주고 있으며, 부록 「허문세고」의 순서도 오언고시부터 시작되는 원본 계열을 따르고 있다.

계명대(B)본에서 주목할 점은 기존본과는 다른 편집 양상이다. 원본 계열이 오언고시 정도전의 시부터 시작하는 것과는 달리, 이 책은 오언율시로 시작하고 있으며 정도전과 이첨의 시에 대해서는 작자명을 누락 시키고 시만 필사한 것을 확인할 수 있다. 또한 칠언고시의 경우에도 정도전의 시 7수가 빠진 채 김종직의 시부터 시작한다. 이는 정도전을 수위(首位)로 배치한 편집이 허균 당시부터 문제가 되었기 때문에 이를 의식하여 의도적으로 정도전을 은폐한 결과로 판단된다. 원본의 모습을 특정한 목적이나 필요에 따라서 재편한 것은 계명대(B)본의 경우만은 아닐 것이다.

---

45) 권수제 면에 "安東人權丙軾重明印"이라는 장서인을 보아서는 1952년 3월 26부터 1952년 10월 29까지 7개월간 예산군수를 역임했던 권병식(權丙軾, 1907~?)이라는 인물로 추정된다.

7) 전남대본

전남대본은 전남대에 소장된 『고금시선(古今詩選)』에 수록된 『국조시산』을 칭한 것이며 『고금시선』의 청구기호는 OC 4A2 고18 v.1-5이다. 이 『고금시선』은 모두 5책으로 중국과 조선의 시를 수록하고 있는데, 이 책의 제3책에 『국조시산』이 필사되어 있다. 전남대본은 다른 이본들처럼 『국조시산』만이 단독으로 필사되어 전하는 것이 아니라 5책으로 된 시선집의 한 부분이다. 이렇게 되면 특정 시선집에 수록된 『국조시산』를 별도로 하나의 이본으로 볼 수 있는가에 대해서 논란의 소지가 있지만, 이 『고금시선』이라는 시선집은 일관된 편집 기준으로 '시선(詩選)'을 한 결과물이 아니다. 아직 정리되지 않은 모습으로 여러 문집과 선집을 베낀 형태여서 필사자의 집안 내에서만 유전된 책으로 추정된다. 특히 『국조시산』의 경우는 '국조시산(國朝詩刪)'이라는 소제목 하에 원본 『국조시산』의 제1권에서 3권까지 해당하는 내용을 그대로 전재해놓았기에 본고에서는 원본 『국조시산』을 필사한 하나의 이본으로 소개하고자 한다.[46)]

『고금시선』의 5책 중 제3책은 「익재난고(益齋亂藁)」 「간이시초(簡易詩抄)」 「읍취시초(挹翠詩抄)」라 하여 이제현과 최립, 박은의 시를 뽑아서 수록하였고, 뒤를 이어 『국조시산』이 필사되었다. 『국조시산』이 시작되는 첫 면에는 서명(書名)이 기재되어 있고, 정도전의 〈원유가(遠遊歌)〉가 첫 시여서 원본 계열을 저본으로 필사했음을 알 수 있다. 필사된 범위는 원본 계열의 권1~권3까지여서 완질이 전해지는 현 상황에

---

46) 『고금시선』에 대해서는 2014년 8월 13일 우리한문학회 하계학술대회 "조선조 한시선집의 재조명"이라는 기획주제에서 필자의 발표문인 「『국조시산』의 두 계열에 대하여」이 발표집 각주 87번에 소개되었고, 같은 날 임규완 선생님이 「18세기 한중 통합 시선집에 대하여」라는 발표문(별지)에서 『고금시선』을 소개하였다.

서 자료적인 가치는 떨어지지만, 전남대본의 경우는 필사자와 필사 시기까지 확인 가능하기 때문에 추가로 더 살필 필요가 있다.

우선 중국시를 뽑아놓은 『고금시선』의 제1책과 2책에는 '昌寧成璟叔玉' '成璟叔玉'이라는 인장이 있어서 성경(成璟, 1641~?)이라는 인물이 이 시선집의 편집을 하였으리라 여겨지며, 『국조시산』이 수록된 제3책에는 '成孝基印', 조선 시를 뽑아놓은 제4책에는 '百源'이라는 인장이 있어서 백원 성효기(成孝基, 1701~1770)가 3, 4책을 필사하였으리라 짐작된다. 이들 편집자는 조손의 관계이기에 성경이 중국시를 선발한 것에 성효기가 뒤를 이어 조선의 시를 뽑아 붙였음을 짐작할 수 있다. 이러한 정황은 『국조시산』의 수록 작가 중에서 창녕 성씨 집안의 어른인 성현(成俔)에 대해서 성명 대신에 '허백당(虛白堂)'으로 기록하여 피휘(避諱)한 것을 통해 필사자에 대해 확정할 수 있었다. 요컨대 『고금시선』이라는 시선집에 수록된 『국조시산』은 18세기 초중반에 창녕 성씨 집안에서 필사된 것으로, 목판본이 유통된 후에도 원본 계열이 지속적으로 유전된 정황을 확인할 수 있는 이본으로서 의미가 있다.[47]

지금까지 『국조시산』의 이본들 중에서 원본의 모습을 보여주는 본들을 조사하여 이들을 '원본 계열'로 묶어서 정리해 보았다. 허균의 기록에 의한 원본 『국조시산』의 특징은 정도전의 시로 시작한다는 것이었다. 실제 원본 계열의 이본들은 공통적으로 정도전의 〈원유가(遠遊歌)〉가 첫 시로 수록되어 있었고, 더불어 원본 계열 각체의 차례도 〈원유가〉가 속한 오언고시부터 시작함을 알 수 있었다. 다음으로 허균이 밝힌 '10권에 1000편'이라는 『국조시산』의 체재와 총 시수에 대한 기록

47) 성효기는 성대중의 부친이기도 하다. 그는 박학다식하여 『사례집설(四禮集說)』을 지었다. 그의 행적을 고려한다면, 그가 목판본 대신에 원본을 수록한 것을 통해 18세기 인물이지만 허균의 작업과 박태순의 작업을 분별했으리라 본다.

은 완질로 전해지는 동국대본을 통해 전모를 확인하였다.

이해를 돕기 위해 원본 계열 각 이본의 서지사항은 표로 만들어보았다.

〈표 1〉『국조시산』 원본 계열 이본 조사표

이본명	판종	권책수	필사년도	특이사항
이대본	필사본	9권 3책(결질)	1607~1618년 (허균 생전)	허균의 장서인과 친필 메모, 명필 사자관 6인의 필사본
동국대본	필사본	10권 2책	1850년	완질본
단국대본	필사본	불분권 1책(결질)	미상	부록을 '許家詩藁'라고 함
동경대 아천문고본	필사본	6권 2책(결질)	미상	부록 「허문세고」에 실린 작품들이 본문에 편입
계명대(A)본	필사본	불분권 1책	1692년	여주목사 유정휘 소유 『국조시산』 를 빌려 필사
계명대(B)본	필사본	불분권 2책	20세기 초	정도전의 시에 대해 은폐 시도
전남대본	필사본	불분권 1책(결질)	18세기	성효기(成孝基, 1701~1770) 필사

이어서 원본 계열에서 중요한 두 이본 이대본과 동국대본의 수록시를 대조한 결과도 표로 만들어 보았다.

〈표 2〉『국조시산』 원본 계열 주요 이본의 수록 시 대조

	시 형식	이대본	동국대본	아천문고본
卷1	五言古詩	遠遊歌(鄭道傳) ~感興(誠甪)	遠遊歌(鄭道傳) ~感興(誠甪)	遠遊歌(鄭道傳) ~感興(誠甪)
卷2	七言古詩	公州錦江樓(鄭道傳) **~鬪狗行(無名氏)**	公州錦江樓(鄭道傳) **~鬪狗行(權韠)**	公州錦江樓(鄭道傳) **~鬪狗行(權韠)**
卷3	雜體詩	農謳(姜希孟) ~四禽言(權韠)	農謳(姜希孟) ~四禽言(權韠)	農謳(姜希孟) ~四禽言(權韠)

卷4	五言律詩	山中(鄭道傳) ~次陰城東軒韻(尹潔)	山中(鄭道傳) ~次陰城東軒韻(尹潔)	山中(鄭道傳) ~次陰城東軒韻(尹潔)
卷5	五言律詩	十六夜感歎成詩(盧守愼) ~送日本僧文溪奉教作(釋卍雨)	十六夜感歎成詩(盧守愼) ~送日本僧文溪奉教作(釋屯雨)	十六夜感歎成詩(盧守愼) ~送日本僧文溪奉教作(釋屯雨)
卷5	五言排律	柳岾寺(成任) ~送北評事李瑩(林悌)	柳岾寺(成任) ~送北評事李瑩(林悌)	柳岾寺(成任) **~送評事李瑩(林悌)**
卷6	七言律詩	草舍(鄭道傳) **~偶吟(曺伸)**	草舍(鄭道傳) **~荒山戰場(鄭士龍)**	草舍(鄭道傳) **~偶吟(曺伸)**
卷7	七言律詩			단국대본
卷7	七言律詩	**荒山戰場(鄭士龍)** ~題琵琶背(失名氏)	**奉天門見朝(鄭士龍)** ~題琵琶背(失名氏)	**荒山戰場(鄭士龍)** ~題琵琶背(失名氏)
卷7	七言排律	嶺南樓觴席…(朴祥) ~謝徐牧使益小室惠題額大字書(李媛)	嶺南樓觴席…(朴祥) ~謝徐牧使益小室惠題額大字書(李媛)	嶺南樓觴席…(朴祥) ~謝徐牧使益小室惠題額大字書(李媛)
卷8	五言絶句	楓嶽(成石璘) ~題壁(無名氏)	楓嶽(成石璘) ~題壁(無名氏)	楓嶽(成石璘) ~題壁(無名氏)
卷8	六言絶句	致齋昭格殿次東坡祭太乙韻(姜希孟) ~六言(李達)	致齋昭格殿次東坡祭太乙韻(姜希孟) ~六言(李達)	致齋昭格殿次東坡祭太乙韻(姜希孟) ~六言(李達)
卷9	七言絶句	癸酉正朝奉天門口號(鄭道傳) ~醉題梨花亭(申潛)	癸酉正朝奉天門口號(鄭道傳) ~醉題梨花亭(申潛)	癸酉正朝奉天門口號(鄭道傳) ~~贈僧(失名氏)
卷10	七言絶句		題玉堂山水屛(蘇世讓) ~贈僧(失名氏)	
附錄	許門世藁		贈志文上人(許曄) ~遊仙詞十六首 (許氏)	贈志文上人(許曄) ~遊仙詞(許氏)

두 본의 수록 시와 시의 순서는 차이가 없지만 칠언율시가 권6, 7의 두 권에 걸쳐 수록되면서 이대본은 정사룡의 〈황산전장(荒山戰場)〉을 7권의 첫 시로, 동국대본은 6권의 마지막 시로 배치한 것이 다름을 알 수 있었다.

지금까지의 이본 조사 결과, 현전하는 원본 계열 이본들만으로도

'허균'의 『국조시산』 연구를 진행할 수 있는 토대가 충분히 마련되었음을 알 수 있었다. 『국조시산』의 문헌과 관련되어 남은 문제는 원본 계열의 이본들을 중심으로 하고, 각 시의 출처를 문집이나 선행 시선집과 모두 대조한 결과를 반영한 '정본(定本)'을 만드는 일이다. 그리고 현전하지 않는 이대본 제4책의 행방을 알 수 있다면 사실 『국조시산』의 문헌 문제는 재론의 여지가 거의 없을 것이다.

2. 목판본 계열

1) 목판본

목판본은 필사본으로만 전해지던 『국조시산』을 박태순이 광주 부윤(廣州府尹) 재임(1695년 6월~1697년 4월) 때인[48] 1695년[49]에 목판에 새겨 간행한 것을 가리킨다. 이 목판본은 율곡(栗谷)이 불교에 귀의했다는 내용의 시를 삭제하지 않고 그대로 간행한 것이 문제가 되어 결국 훼판(毁板)이 되었다. 따라서 현전하는 목판본은 한 종만이 확인되며 모두 동일 판본이다. 『숙종실록』에는 『국조시산』의 폐기와 관련된 상소가 보이는데, 이 상소에서 밝힌 대로라면 목판본이 3책으로 만들어졌음을 알 수 있다.[50]

---

48) 『肅宗實錄』 肅宗 26年 2月 26日. "朴泰淳作尹廣州時, 所刊國朝詩刪.…(下略)"

49) 그동안 박태순이 광주 부윤에 부임한 시기를 1697년으로 파악하여, 목판본의 서문 작성 시기(1695년)를 인정하지 않고 2년이 지난 1697년에 간행되었다고 본 경우도 있었다. 그러나 1695년 11월의 『숙종실록』 기록(『肅宗實錄』 肅宗 21年 11月 2日)을 보면 이미 1695년 11월에 박태순이 광주 부윤이었음을 알 수 있으며, 또 『남한지』에 따르면 박태순의 광주 부윤 재임 기간에 대해 "朴泰淳 乙亥六月以通政拜 丁丑四月利拜大司諫"으로 명시하고 있어서 박태순이 1695년 6월부터 1697년 4월까지 광주부윤으로 재임하였음을 확실히 알 수 있다. 따라서 목판본의 서문을 썼을 때에 이미 광주 부윤이었기 때문에 서문의 기록을 따라 1695년을 간행 연도로 확정해도 될 것이다.

현재 확인되는 목판본의 형태도 3책(9권)이 대부분이며, 다만 장정(裝幀)에 따라 4책으로 만든 것도 전해진다. 목판본은 9권 3책, 반곽은 20.6×13.7cm, 유계, 10행20자, 주쌍행, 내향이엽화문어미로 되어있으며, 제명과 권수제, 판심제 모두 '국조시산(國朝詩刪)'이다. 특히 목판본에는 원본 계열에는 없는 간행자 박태순의 서문(序文)이 본문에 앞서 위치하고 있다.[51] 각 권을 간단히 살펴본다.

권1은 오언절구 47제 49수, 육언절구 2제 2수, 권2는 칠언절구로 132제 147수, 권3은 칠언절구로 155제 169수, 권4는 오언율시 152제 153수, 오언배율 6제 6수, 권5는 칠언율시로 101제 110수, 권6은 칠언율시 109제 116수, 칠언배율 3제 3수, 권7은 오언고시로 53제 56수, 권8은 칠언고시로 33제 36수, 권9는 잡체시로 10제 42수로 여기까지는 803제 889수이다. 부록으로 「허문세고」 41제 64수가 이어지는데 「허문세고」까지 더하면 844제 953수이다.

이 목판본의 모습은 앞서 살핀 원본 계열과 큰 차이가 있다. 간행자인 박태순이 서문(序文)에서 밝혔듯 "필사되어 전하던 허균의 『국조시산』 여러 본을 널리 구하여 고증하고 확정하였으며, 또 제가의 시화를 모아 분류하여 보충하고 베껴 써서 몇 권의 책을 만든"[52] 결과물이기 때문이다.[53]

---

50) 『肅宗實錄』 肅宗 26年 2月 26日. "國朝詩刪三冊謄本, 流傳已久…(下略)"

51) 박태순의 서문에 이어 권수제 면에는 허균이 편집한 사실이 드러나 있지 않기 때문에 기존 고서 목록에는 목판본 『국조시산』의 편찬자에 대해서 서문을 쓴 박태순을 저자로 보거나, 부록인 「허문세고」 권수제 면에 기록된 권필을 작자 및 편찬자로 잘못 파악하기도 하였다.

52) 朴泰淳, 『東溪集』, 「國朝詩刪序」(韓國文集叢刊 續51輯). "於是廣求諸本, 頗加證定, 又取諸家詩話, 以類補綴, 繕寫爲幾卷."

53) 박태순은 당시 유전되던 원본 계열 필사본들을 많이 수집하고 검토했지만 이대본은 접하지 못한 듯하다. 이대본의 권3과 권4는 이해룡의 필적인데, 박태순이 이해룡의

목판본을 원본 계열과 대조하여 목판본에서 달라진 부분에 대해 정리해보았다.

(1) 본문 이전에 박태순의 서문(序文)이 6면에 걸쳐 있다. 서문의 말미에는 "時乙亥清和潘南朴泰淳汝厚甫敍"라고 하여 박태순이 을해년(1695)에 목판본을 만들었음을 알 수 있다.

(2) 각체(各體)의 순서가 오언절구-칠언절구-오언율시-칠언율시-오언고시-칠언고시로 되어있으며, 성석린(成石璘)의 오언절구 〈풍악(楓岳)〉이 첫 시이다.

(3) 각체(各體)의 시작에 앞서 시체(詩體)를 기록한 후 바로 아래에 소자(小字)로 시인 수와 각체의 시 편수를 밝히고 있다.

(4) 모든 시에 앞서 시인의 자, 호, 본관, 간단한 이력을 소개하였다. 이 때 작자 표기에 있어서 종실(宗室) 인물인 경우 실명(實名)은 피하고 군호(君號)를 밝혀 놓았다.

(5) 시에 부기된 비어(批語)에 대해서 '비(批)'와 '평(評)'의 두 항목으로 구분하여 서술했다.

(6) 원본에는 없는 비어가 추가되었는데, 시화(詩話)나 잡록(雜錄)을 통해 보완한 것이다.

(7) 제9권의 마지막 시에 이어서 〈허균여석주서(許筠與石洲書)〉, 〈석주답허균서(石洲答許筠書)〉라는 제목의 허균과 권필의 편지가 편입되어 있다.

(8) 「허문세고」의 시체별 배열 순서도 원본과는 달리 칠언고시-오언

글씨를 보고 싶어서 두루 수소문한 정황이 그의 문집에 보이기 때문이다. (朴泰淳, 『東溪集』 卷7, 「題李海龍千字書」, 『韓國文集叢刊』 續51輯)

고시-오언절구-칠언절구-오언율시-칠언율시의 순서로 되어 있다.[54)]

이상 목판본과 원본 계열과의 차이점에 대해 편집의 차이를 중심으로 정리해보았다. 사실 이러한 문제들은 시를 둘러싼 외적인 부분들을 보완하거나 재편한 것이기에 『국조시산』의 수록 시만을 보고자 할 때에는 목판본을 보아도 크게 문제될 점은 없다. 그러나 연구 대상으로서, 특히 허균의 저작으로 『국조시산』를 고찰할 때에는 목판본의 재편 양상과 여러 오류들은 허균의 작업에 대해 잘못된 판단을 하게 할 소지가 있다. 특히 간행 과정에서 생긴 여러 실수들은 『국조시산』의 완성도 문제에 대해 고민하게 하며, 무엇보다 박태순이 추가한 비평에 대해 허균의 작업으로 오인할 수 있다는 점도 지적할 수 있다.

현재 이 목판본은 주로 낙질(落帙)로 전해지며 완질(完帙)은 드물다. 필자가 조사한 완질 목판본으로는 국민대 1종(청구기호 811.9-허01), 규장각 2종으로(①가람古819.53-G995g-v.1-4, ②상백古811.5-H41g-v.1-9[55)]) 이 중에서 가람문고본이라고 칭해지는 ①은 1980년 아세아문화사에서 『한국한시총서(韓國漢詩叢書)』로 영인(影印)되었다. 이 밖의 낙질들은 고려대, 계명대, 경상대, 성암고서박물관, 중국 운남대, 중국 절강도서관, 미국 버클리대 동아시아 도서관에 흩어져 전하고 있다.

54) 원본 계열은 시 본문과 부록인 「허문세고」의 각체별 순서가 '오언고시-칠언고시-오언율시-칠언율시-오언절구-칠언절구'의 순으로 동일하다. 목판본의 경우는 본문과 부록의 각체별 순서가 다르며, 원본을 따르지도 않았다.

55) 제3책의 말미에 두 장이 낙장이어서 완벽하게 보존되지는 않았다.

2) 목판본의 필사본

목판본 『국조시산』은 간행된 지 몇 년 지나지 않아 훼판(毁板)을 당하였고, 간행된 지도 300년이 지나서 현전하는 수량이 많지는 않다. 그러나 『국조시산』에 대한 관심과 수요를 방증하듯, 목판본을 저본(底本)으로 한 필사본들은 많이 남아있다.

이 필사본들은 이미 간본(刊本)이 완질로 확인되고 있어서 문헌 자료로서의 가치는 떨어지나, 『국조시산』 이본의 대부분이 이렇게 목판본을 필사한 형태이기도 하고, 이 이본들은 목판본의 확산과 『국조시산』에 대한 열독 분위기를 확인하게 한다는 점에서 중요하다.

목판본 계열의 필사본들은 대개 모사본(模寫本)이라고 지칭해도 될 정도로 목판본과 비슷하다.[56] 또 제1권이 전해지는 이본들은 박태순이 목판본에 붙인 서문도 함께 필사되어 있다. 이러한 모습은 원본 계열 필사본과는 전혀 관계가 없는 부분들이다.

목판본을 필사한 이본들 중에서 완질은 (1) 일본 천리대학교 소장 9권 3책본(929.1 -タ231 1-3) (2) 충남대학교 도서관 소장 9권 2책본(고서모운 集.詩文評類-韓國 2392 1) (3) 전남대학교 소장 9권 4책본(OC 4A1 국75ㅎ v.1-4) (4) 한국학중앙연구원 소장 9권 3책본(K4-69 1-3) 등이 있다. 이 이본들은 10행 20자의 행자수(行字數), 권차(卷次)는 대개 목판본을 그대로 따르고 있지만 장정(裝幀)은 2책, 3책, 4책 등으로 자유롭게 하였다. 목판본 계열 필사본의 낙질들은 동국대학교, 이화여자대학교, 국립중앙도서관, 규장각, 성균관대학교, 고려대학교, 영남대학

---

56) 따라서 이러한 형태를 보여주는 필사본을 목판본의 선행본이라고 볼 수는 없을 것이다. 특히 목판본은 박태순이라는 인물이 특정 시기에 재편집하여 간행한 것이기에, 이전에 통행하던 본을 저본으로 했다고 보기는 어렵다.

교, 단국대학교, 일본 애지대학부속도서관, 중국 저장도서관 등에 널리 소장되어 있다.[57)]

이 계열의 책들은 실본(實本)을 확인하지 않고도 고서목록상의 서지만으로도 목판본의 필사본임을 쉽게 알 수 있다. 필사본이면서 서문(序文)이 있다면 모두 목판본 계열이다. 원본 계열에는 박태순이나 허균의 서문이 없기 때문이다. 서문이 누락된 경우는 책을 직접 확인해야 하는데, 권1을 살펴서 성석린(成石璘)의 〈풍악(楓岳)〉부터 시작하면 목판본 계열이다. 권1이 빠진 경우라도, 앞서 목판본의 특징으로 정리한 (1)~(9)의 양상들을 참조한다면 어느 계열인지를 쉽게 확인할 수 있다. 다만 『국조시산』을 발췌하여 수록한 경우는 형태적인 특징보다는 목판본에서만 보이는 오각이나 목판본만의 특징이 확인되는 지를 살펴서 저본의 계열을 확정해야 한다.[58)]

마지막으로 이본 문제와 관련해서 살필 것은 두 계열간의 대비이다. 이본 조사를 통해 허균의 원본을 재구할 수 있다는 결론에는 도달했지만, 지금까지 『국조시산』의 연구 대상이었던 목판본이 무엇이 문제인

---

57) 또한 장서각에는 서명은 『기아초(箕雅抄)』이나 내용은 목판본 『국조시산』 으로 된 책도 있다. 서명 뿐 아니라 박태순의 서문 첫머리인 '許筠取國朝詩'를 '許筠取箕雅'로 바꾸어놓기도 하였다. 이와 같이 다른 제명으로 된 『국조시산』도 더 존재할 것이기 때문에 이본 목록은 추가될 여지가 있다.

58) 일례로, 국립중앙도서관에 소장된 『동문시선전집(東文詩選全集)』(古3643-410)은 『국조시산』을 적극적으로 참조하였으나, 편집 체재가 『국조시산』과는 다르기에 어떤 계열의 『국조시산』을 보았는지 쉽게 판단되지 않는다. 다행히 참조한 『국조시산』의 편목을 '오절-칠절-오율-칠율-오고-칠고'로 하였기에 목판본 계열임을 알 수 있었고, 더불어 이영(李嶸)의 〈僧軸〉의 작자명 옆에 '一作權韠'이라는 소주(小註), 권근의 〈春日城南卽事〉에서 작자명 옆에 '一作上人'이라고 한 것이 확인되는데, 이 교감주는 목판본의 오류에 대한 교감이기에 이 책이 목판본의 오류를 교감한 후대본을 참조했으리라는 것을 알 수 있다. 따라서 『동문시선전집』의 사기(寫記)인 "癸酉三月始"에서 계유년은 해제에서 밝힌 1633년이 아니라 목판본이 간행된 1695년 이후의 계유년, 즉 1753년 이후에 제작된 책임을 알 수 있는 것이다.

지, 원본과 어떻게 다른지에 대한 문제는 해결하지 못했다. 이에 대한 보다 구체적인 논의가 있어야만 목판본에서 원본 계열로 선본을 교체하는 명분도 뚜렷해질 것이다. 따라서 두 계열을 대비하여 목판본이 원본을 편집한 양상과 그 의미들을 짚어보기로 하자.

Ⅳ. 『國朝詩刪』의 이본 대비

지금까지 『국조시산』의 이본들을 조사하고 계열을 나누어 형태적인 특징을 확인해보았다. 이제는 두 계열이 구체적으로 어떤 차이를 보이는지에 대해서 살펴보고자 한다. 이는 목판본이 원본을 어떻게 편집하였는지에 대한 고찰이기도 하다.

이 부분은 선행 연구에서 이대본을 소개하며 목판본과의 차이에 대해 형태적인 특징을 정리한 적이 있지만,[59] 결질 이대본에서 확인되지 않는 제10권과 부록 「허문세고」 부분은 목판본과의 차이를 살필 수 없었다. 앞서 밝혔듯 권10과 「허문세고」에 수록된 시는 『국조시산』의 1/4에 해당한다. 따라서 결질인 이대본으로 목판본과 대비한다면, 차이의 양상을 정확하게 제시할 수도 없으며, 많은 부분들이 문제 제기 차원에 머물 수밖에 없다. 본고에서는 완질인 동국대본, 제10권과 「허문세고」가 전하는 단국대본으로 이대본의 결본을 보완하여, 원본의 전권(全卷)을 토대로 두 계열의 차이를 자세하게 논해 보았다.

---

59) 박철상, 앞의 논문, 20~26면에서 목판본과 이대본의 차이점을 1)권차 배열 순서 2)목판본 권3이 이대본에는 누락된 문제 3)수록 작자의 수 4)수록된 시제수 5)작자명 표기의 차이 6)작자명 표기 방법과 위치 7)비와 평이라는 이름 설정과 위치 문제로 살펴보았다.

1. 체재

먼저 『국조시산』을 구성하고 있는 각 권의 수록 시체(詩體)를 보면, 원본 계열은 권1이 오언고시, 권2 칠언고시, 권3 잡체시, 권4 오언율시, 권5 오언율시, 오언배율, 권6 칠언율시, 권7 칠언율시, 칠언배율,[60] 권8 오언절구, 육언절구[61] 권9 칠언절구, 권10 칠언절구로 되어있으며, 이어서 「허씨세계고략(許氏世系考略)」과 「허문세고(許門世考)」[62]가 이어진다. 목판본 계열은 박태순의 서문부터 시작하고 권1이 오언절구, 육언절구, 권2 칠언절구, 권3 칠언절구, 권4 오언율시, 오언배율, 권5 오언율시, 권6 칠언율시, 칠언배율, 권7 오언고시, 권8 칠언고시, 권9 잡체시, 부록으로 「허문세고」가 이어진다.

〈표 3〉 권차별 수록 시체

		권1	권2	권3	권4	권5	권6	권7	권8	권9	권10	부록
원본		오언고시	칠언고시	잡체시	오언율시	오언율시 오언배율	칠언율시	칠언율시 칠언배율	오언절구 육언절구	칠언절구		허문세고
목판본	서문	오언절구 육언절구	칠언절구	칠언절구	오언율시 오언배율	칠언율시	칠언율시 칠언배율	오언고시	칠언고시	잡체시		허문세고

〈표 3〉에서 확인되듯, 두 계열은 각 권별 시체(詩體)가 다르게 배치되어 있다. 결국 이 차이는 수록 시의 순서와도 관계되어 두 계열은

60) 권5의 오언배율과는 달리 권7의 칠언배율에는 소자로 '附'가 붙어있다.

61) 육언절구의 경우는 '附六言絶句'로 되어 있다.

62) 허씨 문장가의 시만 모아놓고 붙인 제목이 목판본과 동국대본에는 '허문세고(許文世藁)'이지만, 단국대본에는 '허가시고(許家詩藁)'로 되어 있어서, 허균이 본래 붙인 제목이 무엇인지는 알 수 없다. 일단 본고에서는 완질본 동국대본을 따라 '허문세고'라고 하였다.

시는 구성은 같으나 그 순서가 시작부터 끝까지 전혀 다르게 되었다. 또 원본 계열은 전10권, 목판본은 전9권으로 전체 권수에서 차이가 있는데, 10권이 9권으로 축소된 것은 오언율시에 대해 원본은 권4와 권5의 두 권으로 나누었지만, 목판본은 권4 한 권으로 편집했기 때문이다.

이 체재의 차이에서 생각해볼 점은 오언고시부터 시작되는 원본의 순서를 굳이 목판본이 오언절구부터 바꾸어 배치한 이유에 대한 것이다. 이에 대해서는 목판본이 임란을 전후로 하여 만들어진 시선집이나 문집의 각체별 배열 순서, 곧 당대에 시를 배치하는 유행에 따랐을 것이라는 추정이 제기된 바가 있다.[63] 여기에서 생각할 수 있는 것은 두 가지이다. 하나는 목판 간행자가 간행을 위해 수집하고 참조했던 『국조시산』의 상당수 필사본들이 목판본과 같은 순서로 되어 있었을 것, 다른 하나는 간행자가 특정한 의도를 가지고 일부러 배치를 바꾸었을 가능성이다.

일단 첫 번째 가설은 현전 이본의 대개가 오언고시로 시작하는 원본의 모습을 그대로 보여주고 있고, 또 목판본과 같이 오언절구로 시작하는 필사본들은 모두 박태순의 서문까지 필사하며 목판본의 특징들을 그대로 드러내고 있기 때문에, 현 이본 상황으로는 목판본 간행 이전에 목판본과 같은 순서의 필사본이 존재했으리란 추정이 쉽지 않다.

그렇다면 박태순이 특정 목적에서 시의 순서를 수정했을 가능성이 있다. 이 문제는 『국조시산』에 대한 허균 생전의 평가나 이본의 양상을 보면 어느 정도 추정이 가능하다. 허균은 생전에 『국조시산』이 정도전의 시로 시작한다는 이유로 곤욕을 치른 적이 있다.[64] 이러한 사건을

63) 박철상, 앞의 논문, 23면.

목판 간행자인 박태순이 몰랐을 리 없다. 또한 앞서 계명대(B)본과 같이 정도전을 은폐하는 방향으로 편집한 이본도 있음을 확인했다. 추정이긴 하지만, 목판본의 현 모습은 정도전의 시를 뒤로 배치하기 위해 마련된 방식일 수도 있다.[65] 이와 관련하여 「허문세고」의 각체 순서를 보면, 원본 계열은 본문과 부록의 순서가 같지만, 목판본은 본문이 절구-율시-고시의 순서인 것에 반해 목판본에 붙은 「허문세고」는 원본의 순서(고시-율시-절구의 순)를 따르고 있다. 목판본에서 본문은 적극적으로 원본의 순서를 재편한 것에 비해, 부록은 5,7언 고시의 순서만 교체되어 있다.[66]

---

64) 『光海君日記』 光海 10年 5月 3日 참조.

65) 박태순이 『국조시산』의 편집을 완료하고 서문을 쓴 시점이 1695년인데, 그는 3년 전 비슷한 작업을 한 적이 있다. 『玉溪生集纂解』가 그것이다. 이상은(李商隱)의 시집에서 시를 뽑아 비평을 덧붙이면서 원본의 시체 순서를 그대로 따랐다. 저본이 된 『李商隱詩集』의 권차별 시체는 권1이 오언고시, 권2가 칠언고시, 권3,4가 오언율시, 권5,6이 오언배율, 권7,8 칠언율시, 권9가 오언절구, 권10이 칠언절구로 '고시-율시-절구'의 순으로 이어지는 원본 『국조시산』과 동일하다. 비슷한 시기에 先人의 시를 편집하면서 『국조시산』에 대해서는 원본의 순서를 따르지 않고 달리 했는지, 유행탓으로만 단정하기에는 어려워 보인다. 박태순의 『玉溪生集纂解』 작업은 박철상, 위의 논문, 16~17면에서도 소개한 적이 있고, 강찬수·양은선의 논문(「조선본(朝鮮本) ≪옥계생집찬해(玉溪生集纂解)≫와 그 가치 -고려대(高麗大) 한적실(漢籍室) 소장본을 중심으로」, 『중국어문논총』46, 2010.)에서도 확인된다.

66) 허균의 원본은 본문과 부록이 각체별로 편집된 순서가 동일하나 목판본의 부록은 원본 계열에서 크게 벗어나지 않았고, 본문에서만 시체 배열을 달리하였다. 혹 본문에서 정도전을 의식하여 편차를 바꾸는 편집을 한 게 맞다면, 부록에는 정도전의 시가 없고 허균 일가의 시만 수록되어 있기에 굳이 편차를 바꾸지 않아도 되었던 것이다. 「허문세고」의 편집 양상까지 고려한다면 박태순이 정도전을 의식한 편집을 시도했으리라는 가능성이 커 보인다.

〈표 4〉 허문세고의 각체 순서

계열	시 형식	양상
원본 계열 본문 순서	오언고시 칠언고시 오언율시 칠언율시 오언절구 칠언절구	원본 계열은 본문과 부록의 순서가 동일함
원본 계열 허문세고 순서	오언고시 칠언고시 오언율시 칠언율시 오언절구 칠언절구	
목판본 본문 순서	오언절구 칠언절구 오언율시 칠언율시 오언고시 칠언고시	목판본은 본문과 부록의 순서가 상이함. 허문세고의 순서는 원본에 가까움
목판본 허문세고 순서	칠언고시 오언고시 오언율시 칠언율시 오언절구 칠언절구	

이렇듯 두 계열의 상이한 체재는 수록시의 순서가 완전히 달라지는 것이어서 원본과 목판본의 가장 큰 차이점이라고 할 수 있다.

2. 수록 시와 작가

논의의 편의를 위해 시 형식별 권차(卷次)와 작자의 수, 시의 편수를 먼저 제시해보았다. 『국조시산』의 논문마다 시수나 작자 수 기록에 차이가 있어서 본고에서는 원본을 토대로 시제수를 모두 바로잡았다. 실명씨의 시는 각각 개별 작자로 보아서 작자수를 실명씨의 숫자대로 하였다.

〈표 5〉 시체별 작자 수와 시제수

시 형식	계열	권차	작자수	시수	비고
오언고시	원본	권1	30인	53제 56수	작자수 차이: 목판본 권7에서 변계량 1인 누락 (-1)
	목판본	권7	29인	53제 56수	
칠언고시	원본	권2	23인[67]	33제 36수	작자수 차이: 목판본 권8에서 박순 1인 누락 (-1)
	목판본	권8	22인	33제 36수	

시 형식	계열	권차	작자수	시수	비고
잡체시	원본	권3	6인	10제 42수	동일
	목판본	권9	6인	10제 42수	
오언율시	원본	권4	42인	90제 91수	분권의 차이: 오언율시를 원본은 4,5권의 두 권으로, 목판본은 4권 한 권으로 배치 시수의 차이: 목판본 권4 권필의 〈客中上元書懷〉와 〈示玄翁〉은 목판본에만 보이는 시이다. (+2)
		권5	16인	60제 60수	
			58인	**150제 151수**	
	목판본	권4	58인	**152제 153수**	
오언배율	원본	권5	6인	6제 6수	동일
	목판본	권4	6인	6제 6수	
칠언율시	원본	권6	36인	101제 110수	동일
		권7	41인	109제 116수	
			77인	210제 226수	
	목판본	권5	36인	101제 110수	
		권6	41인	109제 116수	
			77인	210제 226수	
칠언배율	원본	권7	3인	3제 3수	동일
	목판본	권6	3인	3제 3수	
오언절구	원본	권8	34인	47제 49수	동일
	목판본	권1	34인	47제 49수	

67) 칠언고시 〈투구행(鬪狗行)〉의 작자에 대해 이대본은 '무명씨(無名氏)'라고 기록하였기에 선행연구에서는 무명씨를 포함하여 24인이라 했으나, 이대본을 제외한 다른 원본 계열에는 이 시에 대해 작자 기록을 해놓지 않아서 앞 시의 작자인 권필의 시로 되어 있다. 원본 계열의 『국조시산』을 참조했던 『기아』에도 권필의 시라 하였으며 권필의 문집에도 이 시가 보인다. 따라서 필자는 '무명씨' 표기를 한 이대본을 따르지 않았고, 동국대본을 비롯한 타 원본계열을 참조하여 23인이라고 하였다. 또 한 가지, 이 무명씨 기록이 사자관의 실수로 보인다는 점이다. 허균은 실명씨의 시에 대해서는 "失名氏一人"과 같은 분류를 미리 해놓고, 다음 행에 시제목과 시를 수록하였는데 유독 이 시에만 작자명을 기록하는 위치에 "무명씨"라고 기재한 것이다. 이는 사자관의 실수가 아니라면 전체적인 편집 방향과도 맞지 않는 것이다. 이 시가 또 마지막 시이며 새로운 면에 필사를 시작한 것을 보면 여러 정황상 오기의 가능성이 커 보인다.

시 형식	계열	권차	작자수	시수	비고
육언절구	원본	권8	2인	2제 2수	동일
	목판본	권1	2인	2제 2수	
칠언절구	원본	권9	55인	133제 148수	〈원본 권9와 목판본 권2〉 작자수 차이: 목판본 권2에서 권근과 창수 누락, 원본 마지막 신잠의 시는 목판본이 다음 권으로 배치하여 3인의 차이 생김. 시수의 차이: 신잠의 시를 뒷 권으로 배치한 결과 1수 차 생김. 〈원본 권10과 목판본 권3〉 작자수 차이: 목판본 권3에서 홍적, 이영, 신응시의 작가명이 누락되었으나(−3), 목판본은 실명씨의 시가 한 수 추가되고 신잠의 시 한 수가 권3의 첫 수로 배치됨.(+2) 시수의 차이: 목판본 권3에서 신응시의 수 2제 2수 누락(−2). 정작의 시 1제 1수가 누락(−1), 신잠의 시 목판 3권에 배치(+1), 실명씨의 시 목판에 한 수 추가(+1) 결과적으로 목판본이 1수 적게 수록됨.
		권10	65인	156제 170수	
			120인	**289제 318수**	
	목판본	권2	52인	132제 147수	
		권3	64인	155제 169수	
			116인[68]	**287제 316수**	
	원본	全10권		803제 889수	
	목판본	全9권		803제 889수	
부록 허문세고	원본	권10	**7인**	41제 64수	작자수 차이: 목판본에서 칠언율시의 첫 시의 작가 허종(許琮)을 허침(許琛)으로 오인하여 누락시킴. **허문세고 포함 전체 시제수: 844제 953수**
	목판본	권 9	**6인**	41제 64수	

〈표 5〉에서 먼저 살펴볼 것은 시의 편수이다. 원본과 목판본 모두 803제 889수이며, 부록까지 포함시킬 경우 844제 953수이다. 결과적으로 두 계열의 총 시수는 동일하나, 각권을 자세히 살펴보면 작품의 출입이나 작가명을 누락한 것이 있어서 실제로는 두 계열이 같은 모습이 아니라는 것은 알 수 있다. 위의 표에서 밝힌 차이를 포함, 두 계열을 대조하여 수록 작가나 시수에 대한 문제들을 자세하게 알아보자.

68) 기존 연구에서는 '실명씨의 시 5수'에 대해 작자수를 1인으로 처리하였으나, 원본 계열에 실명씨를 시를 수록하기 전 "失名氏者四人"이라 하여 각 시별로 작자수를 더했기 때문에 이를 따라서 목판본의 실명씨의 시 5제 5수에 대해 5인으로 계산하였다.

(1) 목판본 권3: 칠언절구 신응시(辛應時)의 시 〈제문암폭포(題門巖瀑布)〉 〈영아중행화(詠衙中杏花)〉 2수가 누락되었다. 단국대본에는 이 시에 대해 작자명과 두 수의 시가 제대로 수록되어 있으나 동국대본에는 작자가 빠져있고 시만 전하고 있다.[69] 1660년에 간행된 신응시의 문집 『백록유고(白麓遺稿)』에는 이 두 시가 등재되어 있어서 그의 시임이 확실하다.

(2) 목판본 권3: 정작(鄭碏)의 시 〈과망우고택(過亡友故宅)〉[70]이 누락되어 있다. 동국대본과 단국대본에는 모두 정작의 시로 양경우의 시에 이어 등장한다.

(3) 목판본 권3: 원본 계열에는 실명씨(失名氏)의 시 4수가 수록되어 있으나, 목판본에는 원본에는 보이지 않는 실명씨의 시 〈봉래승소작망기명(蓬萊僧所作忘其名)〉 1수가 추가되어 실명씨의 시가 모두 5수이다.

(4) 목판본 권4: 권말에 권필의 시로 〈객중상원서회(客中上元書懷)〉와 〈시현옹(示玄翁)〉이 보이는데, 이 2수의 시는 원본 계열에는 없는 시로 목판본에만 보이는 시이다.

(5) 목판본 권2: 목판본에는 정도전 시 6수에 이어 조운흘의 시가

69) 동국대본에는 신응시의 작자를 누락시켜 앞 시의 작자인 정작(鄭碏)의 시로 오인하게 하였고, 목판본에는 시 전체가 누락되어 있다. 혹 박태순은 동국대본과 같은 모습의 필사본을 참조하다가 정작의 시가 아닌 것을 확인하면서 시를 일부러 누락시켰을 가능성도 있다.

70) 다만 〈過亡友故宅〉은 생몰년순의 작자 배치에서 원래의 정작의 순서가 아닌 해당 권에서 생년순으로 가장 뒤에 위치한 양 경우 다음에 이 시가 등장한다. 칠언율시에서의 정작의 순서는 이순인과 신응시의 사이에 위치하는데, 아마 원본 계열의 선행 이본에서 정작의 시 한 수를 누락하였다가 나중에 추가로 보완했을 가능성을 생각해볼 수 있다. 이러한 본이 단국대본이나 동국대본까지 영향을 미친 것을 보면 원본 계열의 초기 유전과정에서의 문제가 확대된 것으로 추정된다. 더군다나 이 시에는 허균의 비평까지 필사되어 있어서 후대에 필사자 누군가가 임의로 추가하였다고 보기는 어렵고, 필사 과정에서의 문제로 보는 편이 타당할 것이다.

등장하나, 원본 계열에는 정도전의 다섯 번째 시 〈격옹도(擊甕圖)〉와 여섯 번째 〈춘일성남즉사(春日城南卽事)〉는 권근의 시로 되어 있다. 목판본에서 권근을 누락시켜 권근의 시를 정도전의 시로 오해하게 한 것이다.

(6) 목판본 권2: 김천령의 시로 되어 있는 〈영제도중(永濟道中)〉과 〈효기정강재(曉起呈强哉)〉의 문제이다. 두 번째 시에는 시 제목 아래 이어지는 비어에서 "동문선에는 이 시를 종실 창수의 작품이라고 하였는데, 이강재의 시대로 고증해보니 맞지 않다.[東文選以此詩爲宗室昌壽作, 而以李强哉時世考之非是.]"라고 기록되어 있다.[71] 원본 계열을 살펴보면 〈효기정강재〉의 저자를 이대본은 창수(昌壽), 동국대본은 '종남부사(終南副守) 창수(昌壽)'로 기록해 놓았을 뿐, 작자 문제와 관련한 기록이 붙어있지 않다. 이 부분은 목판본에만 확인되는 것이다. 허균은 『국조시산』을 편찬할 때에 조선 초기의 시에 대해서는 선행 시선집을 많이 참조하였는데,[72] 허균이 참조한 『속동문선』에도 이 시의 작자는 창수로 되어 있다. 목판본에서는 작자에 대한 의문을 제기하는 위의 비어를 덧붙이면서 이 시에 대해 작자 표기를 따로 하지 않았다. 이 때문에 결국 목판본에서 이 시는 바로 앞 시의 작자인 김천령의 시로 오인하도록 편집된 것이다.

(7) 목판본 권3: 서익(徐益)의 시로 되어 있는 〈제승벽(題僧壁)〉 〈증승(贈僧)〉이 원본 계열에는 〈증승(贈僧)〉이 홍적(洪迪)의 시로 되어 있

---

71) 이 고증은 재고될 필요가 있다. 허균이 원본에 표기한 원 작자인 창수는 1517년에 세상을 떴고, 시를 받은 이강재(李强哉 이려)는 1484년생으로 1512년에 죽었다. 생몰년으로 따져보아도 둘은 동시대에 살았음이 분명하다.

72) 허균이 『국조시산』을 편집할 때에 참조한 서적에 대한 수용 양상은 『국조시산』에 대한 본격적인 연구 이전에 해명되어야 할 부분들이다.

다. 목판본에서 홍적의 작자명을 누락시켜 앞 시의 작자인 서익의 시로 오인하게 하였다.[73] 〈증승〉은 홍적의 문집인 『하의유고(荷衣遺稿)』에 〈증산인(贈山人)〉이라는 제목으로 수록되어 있고[74], 곽열(郭說, 1548~1630)도 『서포일록(西浦日錄)』에서 홍적의 시로 이 시를 인용하고 있다.[75]

(8) 목판본 권3: 권필의 시로 〈승축(僧軸)〉, 〈과송강묘유감(過松江墓有感)〉 〈임처사창랑정(林處士滄浪亭)〉 등이 계속 이어지나, 첫 번째 시 〈승축(僧軸)〉의 경우는 원본 계열에는 이영(李嶸)의 시로 되어 있다. 실제로 권필의 문집에는 이 시가 없기에 목판본에서 이영을 누락하여 권필의 시로 오인하게 한 사실을 확인할 수 있다. 『기아(箕雅)』 역시 〈승축〉을 수록하면서 이영의 시로 기록하고 있다. 이를 보아서도 『기아』가 『국조시산』의 원본 계열과 관계 있음이 확인되며, 한치윤(韓致奫, 1765~1814)의 『해동역사(海東繹史)』에도 이영의 시로 〈승축(僧軸)〉을 기록하고 있는데[76] 그가 밝힌 시의 출처는 『명시종(明詩綜)』이어서 허균이 일찍이 오명제가 『조선시선』을 편찬할 때에 이 시를 전달했음을 짐작할 수 있다.[77]

---

73) 서익의 후손은 후대에 문집을 간행하면서 『국조시산』의 목판본을 보고 홍적의 시를 서익의 시로 잘못 수습하여 다음과 같이 문집에 수록해 놓았다. 徐益, 〈贈僧入國朝詩刪〉 『萬竹軒先生文集』 卷1(『韓國文集叢刊』 續5輯) "郊外逢僧坐晚沙, 白巖歸路亂山多. 江南物候春猶冷, 野寺叢梅未着花."

74) 洪迪, 〈贈山人〉 『荷衣遺稿』(『韓國文集叢刊』 續6輯). "郊外逢僧坐晚莎. 白巖歸路亂山多. 江南物候春猶冷, 野寺叢梅未作花."

75) 郭說, 「西浦日錄」 『西浦集』 卷7(『韓國文集叢刊』 續6輯). "洪迪贈山人詩, '郊外逢僧坐晚沙, 白巖歸路亂山多. 江南物候春猶冷, 野寺叢梅未着花."

76) 한치윤 편, 『국역해동역사(國譯海東繹史)』, 제48권 「예문지(藝文志)」 7(민족문화추진회 역, 1996.)에도 해당 내용이 보인다.

77) 허균이 외워서 준 시를 기반으로 『조선시선』이 만들어진 것도 『국조시산』에 수록된 시들을 분석할 때에 참조해야 할 부분들이다. 이 『조선시선』이 『열조시집』에 수용되고

(9) 목판본 권4: 〈추풍(秋風)〉과 〈삼전도(三田渡)〉가 정희량(鄭希良, 1469~?)의 시로 되어있으나, 이 시들은 원본 계열에서 서거정(徐居正)의 시로 되어 있다. 허균은 이 시들에 대해서 1611년에 쓴 『성수시화』에서도 서거정의 시로 인용하고 있으며, 신위(申緯, 1769~1845)와 이유원(李裕元, 1814~1888)도 『성수시화』를 보고 서거정의 위 시에 대해 논하고 있는 것을 확인할 수 있다.[78] 『속동문선』에는 〈삼전도도중(三田渡途中)〉이라는 제목으로 『기아』에는 〈삼전도〉라는 제목으로, 두 시가 모두 서거정의 시로 되어 있다. 1705년에 간행된 서거정의 『사가시집보유(四佳詩集補遺)』에서 이 시가 수록되어 있으나 『속동문선(續東文選)』에서 시를 수습한 것이어서 작자의 진위 문제나 수록 시기의 문제를 논할 때에는 주의할 필요가 있다. 어쨌든 목판본에서 서거정의 시를 정희량의 시로 본 것은 원본 계열이나 먼저 편집된 『속동문선』과도 다른 모습이다.

(10) 목판본 권4: 정윤희(丁胤禧, 1531~1589)의 시로 수록된 〈풍영루(風詠樓)〉와 〈차운수황경문(次韻酬黃景文)〉이 원본 계열에는 유영길(柳永吉)의 시로 되어 있다. 『기아』 역시 〈차운수황경문〉를 〈수황경문(酬黃景文)〉이라는 제목으로, 유영길(柳永吉)의 작품으로 수록하고 있기에 작자 기록에 있어 두 계열이 차이를 보이고 있다.

(11) 목판본 권5: 〈주천현(酒泉縣)〉이 기준(奇遵)의 시로 되어 있으나, 원본 계열은 신광한(申光漢)의 시이다. 목판본에는 〈주천현〉 다음 시가

『명시종』에까지 이어졌기 때문에, 허균의 '시산' 작업을 검토할 때에 함께 고려되어야 한다.

78) 이유원은 「華東玉糝編」(『林下筆記』 卷33)에서 허균이 『성수시화』에서 이 시를 인용한 부분을 그대로 가져와서 기록하였고, 신위도 「東人論詩」(『警修堂全藁』 冊17)에서 서거정의 위의 시를 논하였다.

신광한의 시이다. 목판본의 편집 과정에서 작자 배치를 잘못했음을 알 수 있다. 이 오류는 홍만종(洪萬宗)이 『시화총림』에 붙인 부록 「증정(證正)」에서 이미 지적된 것이기도 하다.[79)]

(12) 목판본 권7: 변중량(卞仲良)의 시로 〈유자음(遊子吟)〉, 〈감흥(感興)〉이 이어지는데, 원본 계열에는 〈감흥〉이 변계량(卞季良)의 시로 되어 있다. 목판본에서 〈감흥〉의 작자인 변계량을 누락한 것이다. 변계량의 『춘정집(春亭集)』에는 〈감흥〉 7수가 보이는데 이 중 제6수가 『국조시산』에 수록되었다.

(13) 목판본 권8: 권벽(權擘)의 시로 〈효행(曉行)〉에 이어 〈어부사(漁父詞)〉가 수록되었으나 원본 계열에는 〈어부사〉가 박순(朴淳)의 시로 되어 있다. 박순의 문집에도 〈어부사〉가 보인다. 목판본에서 박순의 작자명을 표기하지 않아서 〈어부사〉를 앞 작가의 시로 오인하게 한 것이다.

(14) 목판본 부록 「허문세고」: 칠언절구를 보면 목판본에는 '허침(許琛)－허집(許輯)－허한(許澣)－허엽(許曄)－허봉(許篈)－허씨(許氏)'까지 모두 6인의 시가 수록되어 있지만, 원본 계열에는 칠언절구의 첫 시인 〈야좌즉사(夜坐卽事)〉가 허종(許琮)의 시로 되어 있다. 목판본이 허종의 시 〈야좌즉사〉를 허침의 시로 잘못 기재하였는데, 이러한 오각은 '종(琮)'과 '침(琛)'의 글자 형태가 비슷한 데에서 생긴 실수일 것이다.

이상 두 계열의 수록 시와 작가를 대비해보았다. (1)~(4)는 두 계열

---

79) 洪萬宗, 『詩話叢林』 「證正」(허권수·윤호진 교정, 『원문 시화총림』, 까치, 1993, 278면) "凡纂書者, 必考據精實, 勿之有疎, 然後可以傳信, 而朴汝厚泰淳, 尹廣州也, 刊行許筠所纂國朝詩刪, 其中酒泉縣七律, 乃申企齋光漢詩, 而係於奇服齋遵. 蓋詩刪元本, 服齋詩, 次在企齋之上, 想汝厚誤錄企齋名於其第二作, 故此詩自爾上係服齋之作矣. 企齋此詩, 旣昭載於本集, 且釘板於縣壁, 而其謬如此."

간의 시 출입 양상을 정리한 것으로, 원본 계열에는 보이는 시가 목판본에서 누락되거나, 원본 계열에는 없는 시가 목판본에서는 확인되는 사례를 정리한 것이다. (1),(2),(3)의 경우, 원본 계열의 마지막 권인 제10권에 수록된 시이기에 현재 완질인 동국대본과 권7부터 남아 있는 단국대본을 통해서만 확인할 수 있다. 먼저 (1)의 신응시(辛應時)는 동국대본에서도 작자명이 누락되어서 정작의 시로 오인하게 되어 있다. 이 때문에 목판 간행 시점에는 정작의 시로 잘못 전해지면서 박태순이 교감 과정에 작가 확인이 안 되어서 제외했을 가능성이 있다. 나머지 시들은 추가로 이본이 발견되어야 논의할 수 있는 문제들이다. (4)는 목판본에서 권필의 시가 추가로 수록된 양상인데, 권필의 시는 『국조시산』에서 수록된 시인들 중에서 생몰년을 기준으로 배치하였을 때 하한에 위치한다. 아마도 허균의 산정(刪定) 이후, 유전 과정에서 시 몇 수가 추가되었을 가능성이 커 보인다. 이 부분도 이본이 추가로 발견되어야 해결할 수 있는 문제로 본고에서는 차이만 밝혀놓았다.

(5)~(14)는 원본 계열과 목판본의 작자 차이를 정리한 것이다. 이 경우는 대개 목판본의 오류로, 목판본에서 작자를 누락시키거나 배치를 잘못하고, 또 원 작자가 아닌 다른 작자로 기록한 문제들이었다. 이러한 작자 문제는 선행 연구에서 허균의 실수거나 잘못된 판단을 하였다고 논의되었다. 그러나 두 계열의 대비를 통해 작자 오류는 목판본에만 보이는 문제임을 확인할 수 있었다. 『국조시산』에 오류가 많다는 인식은 모두 목판본을 연구 대상으로 삼았기 때문이며, 허균이 편집한 원본 계열과는 관계없는 논의라고 하겠다.

덧붙일 것은 두 계열의 대비만으로는 드러나지 않는 작자 관련 문제들이다. 두 계열에 동일하게 홍언필의 시로 기록된 〈봉화희락정견기(奉和希樂亭見寄)〉는 김안로(金安老)의 시인데 허균이 잘못 기록한 것이다.[80] 또 허균이 가야선녀(伽倻仙女)의 시라고 한 〈제영남루(題嶺南樓)〉는 『기아(箕雅)』에서는 무명씨(無名氏)로 처리하면서 제목 아래에 "도길부의 작품이라고도 하고 가야선녀의 작품이라고도 한다.[或云都吉敷所作, 或云伽倻仙女]"라고 하여 이 시의 작자에 이견이 있음을 밝혀 놓았다.[81] 여기에 대해 이제신(李濟臣)은 『청강선생시화(淸江先生詩話)』에서 도길부(都吉敷)의 시를 요녀가 잘못 전달한 것이라고 하였고, 『동국여지승람(東國輿地勝覽)』과 『동시총화(東詩叢話)』, 『시화총림(詩話叢林)』 등에서는 도원흥(都元興)이 임춘(林椿) 등 여러 사람의 운을 차운한 시라고 기록해놓아서 진위는 현재 가릴 수 없다. 또 어무적(魚無迹)의 시로 기록된 〈미인도(美人圖)〉에 대해서는 윤근수(尹根壽)가 『월정만필(月汀漫筆)』에서 그의 장인인 조안국(趙安國)이 왜구의 배에서 얻은 그림에 붙어 있던 시로, 중국 당인(唐寅)의 작품으로 전한다고 기록하고 있기도 하다.

이상의 작자 논란이 있는 시들은 『국조시산』의 완성도 문제로 접근할 것이 아니라 전후의 시선집과 해당 작자의 문집, 잡록 등을 두루 검토할 필요가 있으며[82] 수록 시를 다른 여러 자료와 정밀하게 대조한다면 위와 비슷한 예들을 추가로 더 확인할 수 있을 것이다. 그러나 이러한 시의 작자 문제는 시가 유전되는 과정에서 흔히 보이는 일이기 때문에 이 문제는 보다 신중하게 논할 필요가 있다.

또 작자 문제와 관련지어 추가로 살필 볼 것은 두 계열의 작자 표기

---

80) 이종묵, 앞의 논문, 1997, 87면.

81) 남용익 편, 『箕雅』(국립중앙도서관 소장, 古3641-1, 권5)

82) 원본을 중심으로 하는 『국조시산』에 대한 교감은 차후에 보완되어야 할 작업임에 분명하다. 이러한 광범위한 교감을 『허균이 가려뽑은 조선시대의 한시』(태학사, 1999)에서 시도하였으나, 목판본을 중심으로 한 것이며, 목판본의 권1~3만 부분적으로 출간되었기에 이러한 작업이 전권에 걸쳐 원본을 대상으로 다시 이루어질 필요가 있다.

방식에 대한 것이다. 원본 계열은 종실(宗室) 인물에 대해 성을 뺀 본명만을 기재해놓았지만, 목판본 계열은 군호(君號)로 표기해 놓았다.

〈표 6〉 종실 인물의 작자명 표기

본명	李婷	李深源	李賢孫	李誠胤	李棣
원본	婷	深源	賢孫	誠胤	泰山守 棣
목판본	月山大君	朱溪君	鳴陽正	錦山君	泰山守

원본 계열에서 '정(婷)'으로 기록된 인물은 성종의 형인 풍월정(風月亭) 이정(李婷)으로 목판본에서는 군호 '월산대군(月山大君)'이라 되어 있다. 목판본을 필사한 이본들은 모두 '월산대군'이라는 작자 표기를 쓰고 있으며, 원본 계열은 모두 '婷', '月山大君 婷', '婷月山大君'과 같은 모습을 보이고 있다. 원본은 이본에 따라 월산대군을 병기하기도 하였지만 본명을 분명히 밝혀두었다. 반면 목판본이나 목판본을 저본으로 한 필사본에는 '정(婷)'이라는 명명이 전혀 보이지 않는다. 허균이 '정(婷)'으로 표기한 것은 선행 시선집인 『속동문선』에서부터 본명을 사용했기 때문에 그대로 따른 결과라고 생각되며, 『국조시산』의 독자를 조선인으로 한정하지 않았기 때문에 종실 인물의 실명을 그대로 표기하였을 가능성도 생각해볼 수 있다.

반면 목판본은 중국 독자를 의식한 것이 아니라 조선에 이 시선집을 널리 보급하는 목적에서 만들어졌기에 조선에서 일반적으로 종실들을 지칭했던 군호를 그대로 사용했다고 여겨진다. 이러한 양상은 〈표 6〉에서와 같이 효령대군(孝寧大君) 이보(李補)의 증손인 이심원(李深源)이 원본 계열에서는 '심원(深源)'으로, 목판본에서는 '주계군(朱溪君)'으로 되어있으며, 태조의 4세손인 명양정(鳴陽正) 이현손(李賢孫)에 대해서는 원본 계열에는 '현손(賢孫)', 목판본에는 '명양정(鳴陽正)'으로 기록하고 있다. 또한 이성윤(李誠胤)은 원본 계열에서 '성윤(誠胤)'으로, 목판본에는 '금산군(錦山君)'이다. 마지막으로 태산수(泰山守) 이체(李棣)는 원본 계열에서 '태산수체(泰山守棣)'[83]로 목판본에는 '태산수(泰山守)'로 되어있어서 원본 계열은 작자명을 반드시 실명으로 표기하거나 군호를 쓰더라도 실명을 함께 기재했음을 알 수 있다.

군호의 문제는 아니지만, 작자 표기 방식과 관련된 것으로 목판본 권4에 '석둔우(釋屯雨)'로 기록되어 있는 승려의 이름도 함께 살펴보자. 이대본은 '석만우(釋卍雨)', 동국대본이나 아천문고본은 '석둔우(釋屯雨)'로 되어 있는데, 이는 '만(卍)'과 '둔(屯)'의 자형이 비슷한데서 생긴 오사(誤寫) 문제로 생각된다. 승려 만우(卍雨)에 대해서는 이미 『동문선』이나 『조선왕조실록』에서도 여러 번 등장하고 있다. 따라서 만우로 보는 것이 맞을 듯하나, 현재 『국조시산』의 이본들은 이대본을 제외하고는 모두 '둔(屯)'으로 되어있으며 『기아』의 필사본이나[84] 활자본도 모두 '屯'으로 되어 있다. 다만 『기아』의 이본중에서는 '屯'을 '卍'으로 수정한 본도 있어서[85] 후대에는 '만우' 쪽으로 합의되었던 것 같다. 이 승려의 이름에 대해서는 이덕무도 '屯雨'가 아닌 '卍雨'로 고증한 적이 있고,[86] 법명을 '屯雨'에서 '卍雨'로 개명했다고 한 논고도

83) 태산수의 시는 원본의 권10에 해당하여 동국대본에서만 확인할 수 있다. 동국대본이 19세기에 만들어진 필사본이기에, 실명에 태산수를 보완하여 위와 같이 기록하였을 가능성이 있다. 또 이대본의 표기 양상을 고려한다면, 아마도 일실된 이대본의 권10에는 '棣'로 기록되었으리라 생각된다.

84) 남용익 편(1980), 『箕雅』, 『韓國漢詩選集』 2, 아세아문화사.

85) 남용익 편, 『箕雅』(국립중앙도서관 청구기호 古3641-1)에는 기존의 '屯'을 지우고 '卍'으로 고친 흔적을 확인할 수 있다.

86) 李德懋, 『青莊館全書』 卷57, 「盎葉記」 4(『韓國文集叢刊』 257~259輯). "高麗詩僧卍雨, 傳寫譌作'屯雨'."

있어서 참조할 수 있다.[87)]

3. 시 제목과 시구

1) 시 제목

한시 작품에서 제목은 문헌에 따라 글자의 출입이 흔히 나타난다. 『국조시산』에서도 이러한 양상이 다수 보이는데, 두 계열간의 글자의 출입은 대개가 목판본에서 오각했거나 글자를 누락한 양상으로 나타났다. 본고에서는 목판본의 완성도를 살피는 정도에서만 두 계열을 대비한 결과로 몇 가지 사례를 선별하여 지적하고자 한다.

(1) 목판본 권1: 정용(鄭鎔)의 〈춘효(春曉)〉는 이대본, 동국대본, 아천문고, 모든 원본 계열 이본에 〈춘면(春晚)〉으로 되어 있으며, 『학산초담(鶴山樵談)』과 『성수시화(惺叟詩話)』에도 정용이 시마(詩魔)에 걸려서 뛰어난 절구 〈춘만(春晚)〉을 지었다고 소개하고 있다. 목판본만이 제목을 〈춘효(春曉)〉라 하여 달리 명명하였음을 알 수 있다.

(2) 목판본 권2: 정도전(鄭道傳)의 〈방김거사야(訪金居士野)〉는 원본 계열에 모두 〈방김거사야거(訪金居士野居)〉로 되어 있다. 정도전의 『삼봉집』에도, 『동문선』에도 이 시 제목은 모두 후자여서, 목판본 간행 시에 '居'를 누락한 사실을 알 수 있다.

(3) 정이오(鄭以吾)의 〈차운기정백형(次韻寄鄭伯亨)〉의 경우, 모든 원본 계열과 『기아』, 정이오의 문집에 〈차운기정백용(次韻寄鄭伯容)〉으로 되어 있다. 목판본의 제목에서 거론된 정백형는 작자인 정이오와

87) 심경호, 「詩僧 卍雨와 義砧」, 『한국한시의 이해』, 태학사, 2000, 249면.

동시대 인물이 아니다. 목판본이 '용(容)'을 '형(亨)'으로 잘못 판각하였음을 알 수 있다.

(4) 목판본 권3: 신노(申櫓)의 〈임진유월이십육일작(壬辰六月二十六日作)〉은 원본 계열에는 '二十六'이 아닌 '二十八'로 되어 있다. 시 제목에서 가리키는 날짜는 명종(明宗)의 기신일(忌辰日)이기 때문에 정확하게 6월 28일이 되어야 한다. 따라서 목판본의 '六'은 '八'의 잘못이다.

(5) 목판본 권4: 백광훈(白光勳)의 〈송이택만부경(送李擇萬赴京)〉은 원본 계열과 백광훈의 문집 모두 〈송이택가부경(送李擇可赴京)〉이다. 특히 『옥봉집(玉峯集)』에는 이택가(李擇可)에 대해서 '名惟謹'이라는 소주(小註)까지 붙여놓았다. 목판본이 '이택가(李擇可)'를 '이택만(李擇萬)'으로 오각하였음을 알 수 있다.

(6) 목판본 권5: 신광한(申光漢)의 〈삼월삼일기모동박대구(三月三日寄茅洞朴大口)〉는 원본 계열과 신광한의 문집 모두 〈삼월삼일기모동박대구(三月三日寄茅洞朴大丘)〉이다. 박대구(朴大丘)는 신광한의 문집인 『기재집(企齋集)』에서 박덕장(朴德璋)으로 확인된다. 『해동역사(海東繹史)』에도 이 시가 박대구(朴大丘)에게 주는 것으로 되어 있다. 목판본이 '丘'를 '口'로 잘못 판각한 것이다.

(7) 목판본 권6: 정작(鄭碏)의 〈송금사이종지평양(送琴師李鍾之平壤)〉은 원본 계열에서 〈송금사이수종지평양(送琴師李壽鍾之平壤)〉으로 되어 있는데, 이수종(李壽鍾)은 악사의 이름이다. 허목(許穆)의 기록을 참조했을 때,[88] 목판본이 '이수종(李壽鍾)'을 '이종(李鍾)'으로 잘못 표기했음을 알 수 있다.

88) 許穆, 『記言』 卷67, 「鏡銘」 (『韓國文集叢刊』 98-99輯). "赤松琴, 爲吾家有最舊. 先公常樂彈鄭希文古調, 稱之曰'東方正音', 其弟子李壽鍾, 變新曲, 後世無傳焉."

(8) 목판본 권8: 서거정(徐居正)의 〈춘규곡(春閨曲)〉은 원본 계열과 문집에는 〈춘규원(春閨怨)〉으로 되어 있다.

(9) 목판본 권9: 이달의 〈만랑가(漫浪歌)〉는 원본 계열과 『손곡시집(蓀谷詩集)』, 『성수시화(惺叟詩話)』에 두루 〈만랑무가(漫浪舞歌)〉로 기록되어 있는데, 목판본만이 '舞歌'를 '歌'로 표현하고 있다.

(10) 목판본 부록 「허문세고」: 허난설헌(許蘭雪軒)의 〈강남악(江南樂)〉은 원본 계열 동국대본과 『난설헌시집(蘭雪軒詩集)』에는 〈강남곡(江南曲)〉으로 되어있어서 목판본에서만 제목을 달리하였다.

이 밖에도 제목이 달라진 경우는 무수히 많다. 목판본 권2의 신광한의 〈독직내조야우(獨直內曺夜雨)〉는 원본 계열과 문집, 『기아』 모두 〈독직내조문야우(獨直內曺聞夜雨)〉이며, 목판본 권3 유영길의 〈잠부(蠶婦)〉는 문집과 동국대본에서 〈잠(蠶)〉으로 되어 있다. 목판본 권4의 정윤희의 〈부용포향사응제(芙蓉抱香死應製)〉가 원본계열에는 모두 〈부용포향사응제작(芙蓉抱香死應製作)〉이며, 권필의 〈초추야좌독서(初秋夜坐讀書)〉는 원본 계열과 문집은 〈초추야좌서회(初秋夜坐書懷)〉로, 목판본 권6의 이황의 〈제임사수관서록후(題林士遂關西錄後)〉는 원본 계열과 『퇴계집』 모두 〈제임사수관서행록후(題林士遂關西行錄後)〉로 되어 있다.

이렇게 목판본에서 달라진 시제는 대개가 목판본의 '오류'이지만, 전부 그러한 것만은 아니다. 허균이 『국조시산』을 편집할 당시에는 미간(未刊) 상태였던 개인의 문집들이 허균 사후에 간행되면서 제목이 달라지고, 이를 목판본에서 반영한 것도 확인된다. 1607년에 편찬된 원본 『국조시산』에 수록된 최경창의 〈차도확도운(次陶穫稻韻)〉은 1683년 간행된 그의 문집에는 〈차도확도운광기의(次陶穫稻韻廣其意)〉라는 제목으로 되어 있다. 목판본 『국조시산』은 최경창의 문집과 같은 제목을 보여주고 있어서, 박태순이 목판본을 편집하면서 기간(旣刊)된 문집을 참고했거나, 문집의 제목이 반영된 『국조시산』의 한 이본을 참조했을 가능성을 생각해 볼 수 있는 것이다.

그러나 대체로 목판본의 시제는 오류가 많다. 제목에 붙은 원주(原註)에 대해서 원본 계열 『국조시산』은 엄격하게 소자(小字)로 기록하고 있으며, 작자의 문집에서도 이 부분은 지켜지고 있다. 그러나 목판본은 원주(原註)에 대해 기준 없이 편집하여 원주(原註)가 시 제목에 편입되어 대자(大字)로 판각된 경우가 많다. 이 문제는 〈표 7〉로 몇 가지 사례를 제시해보았다.

〈표 7〉 목판본의 원주 처리 문제

권차	작자	목판본의 제목	제목 중 원주 부분
목판본 권2	朴宜中	〈次金若齋九容韻〉	九容
	姜碩德	〈秀菴上人卷子〉	上人
	趙云仡	〈丘山驛江陵〉	江陵
	李承召	〈留義州次朴判書元亨韻〉	元亨
목판본 권3	盧守愼	〈許太史筬家吟示諸人〉	筬
	朴淳	〈贈無爲僧天然〉	僧天然
목판본 권4	盧守愼	〈贈大谷成運〉	成運
목판본 권6	鄭士龍	〈朝謁是日頒曆〉	是日頒曆
	黃廷彧	〈題許端甫竹帖石陽正畫竹而朱天使畫蘭〉	石陽正畫竹而朱天使畫蘭

2) 시구

원본 계열 『국조시산』과 목판본 『국조시산』은 시구(詩句)에서 특히 차이를 보이고 있다. 이 역시 시 제목과 마찬가지로 필사 과정이나 유전 과정에서 흔히 발생하는 문제이지만, 원본이 존재하고 이를 간행하는 입장에서는 굳이 기존의 시구를 임의로 편집할 이유가 없다. 본고에서는 두 계열의 시구가 어떻게, 왜 달라졌는지 정도만 확인하는 목적에서 몇 가지 사례를 제시하였다.

(1) 목판본 권2: 강희맹(姜希孟) 〈첨성단(塹城壇)〉에서 제2구 "風吹沆瀣凝露溥"는 원본 계열에 "風吹沆瀣露凝溥"로 되어있어서 '露凝'의 자리가 교체되었다. 이는 목판본에서 잘못 판각한 것으로 목판본을 따르면 제2자가 평성(平聲)이고 제6자가 측성(仄聲)이어서 평측에도 맞지 않는다. 『속동문선』과 『기아』에도 이 시가 수록되어 있는데 원본 계열과 같은 모습이다.

(2) 목판본 권2: 이승소(李承召)의 〈유의주차박판서원형운(留義州次朴判書元亨韻)〉에서 제4구 "五月猶看芍藥花"는 원본 계열에 "五月初看芍藥花"로 되어 있다. 문집인 『삼탄집』, 『속동문선』, 『기아』 모두 원본 계열과 같은 모습이다.

(3) 목판본 권2: 남효온의 〈몽안자정(夢安子挺)〉은 "邯鄲一夢暮山前, 魂與魄逢是偶然. 細雨半夜春寂寞, 杏花無數落金錢."으로 되어 있으나, 원본 계열에는 '魂與魄'이 '魂與魂'으로, '半夜'가 '半庭'으로, '金錢'이 '紅錢'으로 되어 있는데, 번역을 해보아도 평측을 따져보아도 원본 계열이 맞으며, 『속동문선』, 『학산초담』, 『기아』, 남효온의 『추강집』에서도 원본 계열과 같은 모습이다.

(4) 목판본 권2: 김안국(金安國)의 〈도중즉사(途中卽事)〉의 제2구 "千里思家未到家"는 원본 계열에서 '思家'가 '思歸'로 되어 있다. 김안국의 『모재집』과 『기아』에서도 '歸'이다.

(5) 목판본 권2: 신광한(申光漢)의 〈송당질원량지임간성(送堂姪元亮

之任杆城)〉의 제3구인 "踈雨落花鳴玉路"는 원본 계열에서 '落花'가 '落霞'로 되어 있다. 『속청구풍아』와 『기재집』, 『기아』까지 원본 계열과 같은 모습이다.

(6) 목판본 권3: 소세양(蘇世讓)의 〈제상좌상진화안축(題尙左相震畫鴈軸)〉의 제4구 "不知雲水萬里深"은 원본 계열에서는 '萬里'가 '萬重'으로 되어 있다. 『양곡집』과 『기아』도 원본 계열과 같은 모습이다.

(7) 목판본 권3: 임억령(林億齡)의 〈화산폭포도(華山瀑布圖)〉의 제1구 "急雨暮崖掛白龍"은 원본 계열에서 '暮崖'가 '蒼崖'로 되어 있다. 『箕雅』에는 이 시가 수록되지 않았고, 문집은 원본 계열과 같다.

(8) 목판본 권3: 박순(朴淳)의 〈여산군별행사상인(礪山郡別行思上人)〉의 제3구 "金馬石城相送處"는 원본 계열과 『사암집』에 '石城'이 '古城'으로 되어 있다. '石'은 '古'의 오각으로 여겨진다.

(9) 목판본 권3: 양응정(楊應鼎)의 〈과어양교(過漁陽橋)〉의 제1구가 "樹色烟光盡大平"인데 원본 계열에는 "盡大平"이 "畵大平"으로 되어 있다. 이 시가 수록된 『속청구풍아』와 『송천유집』도 '畵'로 되어있어서 '畵'를 '盡'으로 오인한 것임이 분명하다.

(10) 목판본 권3: 고경명(高敬命) 〈어주도(漁舟圖)〉의 제4구 "宿鳥飛起渚烟中"은 원본 계열에서 '宿鳥'가 '宿禽'으로 되어 있다. 『제봉집』과 『기아』에도 '禽'으로 되어 있으며 또 평측을 고려해 봐도 '禽'이 맞다.

위와 같은 원본 계열과 목판본 간의 시구의 차이는 두 계열에서 무수히 많이 확인된다.[89] 『국조시산』의 수록시만 보고자 할 때에는 시어의

---

89) 목판본의 시구에 대한 이와 같은 교감 작업은 이미 시도된 바가 있다. (강석중·강혜선·안대회·이종묵, 『허균이 가려뽑은 조선시대의 한시』 1-3, 태학사, 1999.) 그러나 목판본을 기준으로 한 것이기에 이 교감본은 원본을 중심으로 하여 다시 이루어져야

교체나 오류 등이 크게 문제되지 않겠지만, 전후 시선집이나 문집과의 관계를 살필 때에는 이 작은 차이들이 중요한 변별점이 된다.

지금까지의 연구 대상이었던 목판본을 통해 전후 시선집과 대조를 한다면 『국조시산』은 선행 시선집과도, 바로 이어서 등장한 『기아』와도 전혀 관련성이 포착되지 않는다. 그러나 원본 계열은 위에서 확인하였듯이 『속동문선』이나 『기아』와 거의 동일한 시제와 시구로 되어 있다. 따라서 『국조시산』이 어떻게 만들어졌는지, 허균이 참조한 서적은 무엇이었는지, 『국조시산』이 『기아』를 비롯한 후대 시선집에 어떻게 수용되었는지를 탐색하려면 목판본이 아닌 원본 계열을 통해야만 사실 관계 파악이 가능함을 알 수 있다.

4. 비어

『국조시산』은 허균의 안목으로 엄선된 시뿐 아니라 허균의 단문 비평까지 함께 수록된 시선집이다. 허균이 『국조시산』의 첫 면에 자신의 작업을 '비선(批選)'으로 표현한 것[90]을 보면, 그가 『국조시산』을 기획하고 편집하면서 비어(批語) 부기를 처음부터 고려하고 작업했음을 짐작할 수 있다.

비어는 두 계열에서 확연한 차이를 보이는 부분이다. 목판본을 간행한 박태순이 서문에서 밝히기도 했지만[91] 시화나 잡록에서 시와 관련

한다.

90) 이대본의 권수제 아래에는 "陽川許筠端甫批選"이라고 하여 편집자와 그의 작업 범위(批選)를 밝히고 있다.

91) 朴泰淳, 『東溪集』, 「國朝詩刪序」(韓國文集叢刊 續51輯). "於是廣求諸本, 頗加證定, 又取諸家詩話, 以類補綴, 繕寫爲幾卷."

된 부분들을 추가한 것은 물론, 출전 표기도 없이 자신의 생각을 덧붙인 비어도 있다. 따라서 목판본의 비어는 이본 대교를 통해서 어디까지가 허균의 글인지를 구분할 필요가 있다. 더불어 목판본은 비어 부분의 오각도 많기 때문에 여러 면에서 연구 대상으로 적절하지 않은 판본이라고 하겠다.

1) 목판본에서 추가된 비어

박태순은 목판을 간행하면서 『기묘록(己卯錄)』, 『지봉유설(芝峯類說)』, 『어우야담(於于野談)』, 『동인시화(東人詩話)』, 『청강시화(淸江詩話)』, 『서애잡저(西厓雜錄)』, 『오산설림(五山說林)』, 제호시화(『霽湖詩話)』, 『견한잡록(遣閑雜錄)』 등에서 『국조시산』의 수록 시와 관련된 내용을 뽑아서 비어 부분에 붙여 놓았다. 이 시화들의 대부분은 허균이 『국조시산』을 편집할 당시에는 볼 수 없던 책들이며, 목판본에서도 이 부분은 인용 후 출처를 밝히고 있다. 목판본의 비어 중에서 문제가 되는 부분은 인용처 표시가 없으면서 목판에서만 확인되는 기록들이다.

예를 들면, 목판본 권6 이현욱(李顯郁)의 〈차허혼증승운(次許渾贈僧韻)〉 시의 제목 아래에는 "이 시는 『양명집』에 보이니, 편집할 때에 잘 못 살핀 것이다.[此詩見陽明集, 編次時失考.]"라고 하였는데, 이 비평글은 원본 계열에 없다. 허균은 『학산초담(鶴山樵談)』에서 이현욱이 시마(詩魔)에 걸렸을 때 지은 시로 위의 시를 소개하였고, 『국조시산』에도 이 시를 이현욱의 시로 등재하였다. 따라서 위의 글은 허균이 썼을 리가 없다. 『기아』도 위의 시를 '羽士一人'이라 하여 이현욱의 시로 올렸다. 추가된 비평은 원본 『국조시산』이 나온 이후, 위의 시가 왕양명(王陽明)의 문집에 수록되었다는 논의가 있었기에,[92] 박태순이 추가한 비평이라 여겨진다.

또 목판본 권1에 나식(羅湜)의 시로 〈여강(驪江)〉이 수록되어 있는데, 목판본에는 시의 제목 아래 "혹 정허암의 작이라고 한다.[或云鄭虛菴作]"라는 비어가 붙어 있고, 또 『지봉유설(芝峯類說)』의 기록을 끌어와 작자를 최수성(崔壽峸)이라고 보는 의견도 있음을 기재해 놓았다. 이러한 복잡한 비어는 목판본에만 보이는 것으로, 원본 계열에는 나식의 작자명만 기록되어 있을 뿐 작자에 대한 어떤 비어도 확인되지 않는다. 허균은 『학산초담』에서도 이 시를 소개하면서 나식의 시라 하였고, 『기아』 역시도 『국조시산』의 원본 계열을 참조했기 때문에 나식의 시로 표기해 놓았다. 또 앞서 작자 문제로 예시를 들었던 창수(昌壽)의 〈효기정강재(曉起呈强哉)〉와 같은 경우, 원본 계열에는 작자에 대한 설명이 추가로 없으나, 목판본은 작자명을 삭제하고 "東文選以此詩爲宗室昌壽作, 而以李强哉時世考之非是."라는 글을 추가로 붙여 놓은 사실이 확인된다.

허균은 시와 작자를 확정한 후에 『국조시산』을 편집했기 때문에 작자 문제와 관련한 비어를 부기하지 않았다. 작자에 대해 여러 의견이 있다면, 정확하지 않은 사실을 본문에 등재하기보다는 '무명씨(無名氏)'로 배치하여 작자 논란이나 추측 등을 불식시켰다. 원본의 오언절구 말미에 배치된 무명씨의 〈제원벽(題院壁)〉에는 "疑虛菴作云"이라 하였고, 또 다른 무명씨의 〈제벽(題壁)〉에는 "云是猿老之作, 與前篇姑存之."라고 한 것만 보아도, 조금이라도 의심이 가는 작자에 대해서는 무명씨로 배치하여 신중한 태도를 취했음을 원본 계열을 통해 살필

92) 金鎭圭, 『竹泉集』 卷17, 「代湖南儒生論辨國朝詩刪僞詩䟽」(『韓國文集叢刊』 174輯). "其所謂鬼李顯郁之作, 乃明儒王守仁集中之詩也. 筠於守仁, 無所愛憎, 猶且剽竊其詩, 詐稱鬼作."

수 있다.[93] 그러나 목판본에는 무명씨의 〈제원벽〉에 대해, 허균이 붙였던 "疑虛菴作云"이라는 중요한 비평을 누락하여서 허균이 무명씨로 편집한 의도를 알 수 없게 하였다. 또한 목판본에는 '一作○'와 같은 문구로, 글자에 대한 교감도 확인되고 있는데 원본 계열에는 전혀 보이지 않는 형태이다.

위의 비어들은 그동안 허균의 글로 받아들여졌다. 원본을 접하지 못한 상황에서 단지 문맥과 정황만으로는 허균의 비어인지 아닌지를 알 수 없었기 때문이다. 허균이 『국조시산』을 편집하면서 고민 끝에 확정했던 시구와 작자, 일관성 있는 편집 방향은 목판본에서 여러 가지 방향의 비어가 더해지면서 허균의 편집 의도를 흐리는 결과를 가져왔다.

다음으로 작자나 교감 문제가 아닌 목판본에만 보이는 비어를 몇 가지 더 살펴보자. 김극검(金克儉)의 오언절구 〈규정(閨情)〉에 대해서 목판본에는 "悲切"이라 평가했는데, 원본 계열인 이대본과 동국대본에는 이 비어가 없다. 칠언절구 양사언의 〈국도(國島)〉에도 목판본에는 "脫凡"이라는 비어가 붙어 있는데, 역시 원본 계열에는 찾아볼 수 없다. 원본에도 없는 비어가 이렇게 목판본에 보이는 것은 박태순이 목판본 간행 당시에 저본으로 삼았던 『국조시산』의 이본 중에서 이러한 비어가 붙은 이본이 있었으리라는 추정을 할 수 있다. 그가 비어를 통해 고증이나 설명은 보완하였지만 시에 대한 직접적인 비평을 하지는 않았기 때문이다. 현 이본 상황에서는 위 문제를 해결할 방안이 없지만, 이본들이 추가로 발견된다면 이본 간 비어의 출입 양상에 대한 논의도 가능해질 것이다.[94]

93) 원본의 칠언절구 말미에 배치된 '失名氏'의 경우에도 허균은 시 제목 아래에 실명씨의 시를 입수하게 된 경위를 설명하고 있다.

94) 다만 1675년에 편찬된 홍만종의 『소화시평』에서 양사언의 〈國島〉에 대해 "脫去塵臼"

목판본에서 추가된 비어는 허균이 의도한 『국조시산』을 연구하기에는 적합하지 않지만 달리 생각해 볼 면도 있다. 목판본은 허균의 원본이 편집된 지 88년이 지나서 만들어진 것이기에, 허균 당시보다 시와 관련된 논의들이 더욱 풍성하게 축적되었다. 박태순은 공간(公刊)을 기획한 입장에서 허균과는 다른 목적에서 『국조시산』을 편집하였을 것이다. 따라서 허균 사후에 출현한 시화들을 두루 검토하여 수록 시와 관련된 내용을 삽입하고, 작자에 대한 정보를 상세하게 제공하여서 작자와 시를 이해하기 쉬운 방향으로 편집했던 것이다.

2) 비어의 누락과 오각

두 계열을 대비하면 목판본이 원본의 비어를 누락하거나 오각한 부분도 상당수 확인된다. 현전 원본 계열의 이본을 보면 비어가 온전한 본이 거의 없다. 비어보다는 선발된 시만 보고자했던 독자층, 필사 시간의 부족, 시는 허균의 시가 아니지만 비어는 '허균'의 글이라는 의식 등, 여러 이유로 『국조시산』의 비어는 처음 모습 그대로 전승되기 어려웠을 것이다. 원본 계열의 이본 중에 동국대본은 이대본을 모본으로 한 후대본인데, 동국대본이 시 부분은 오자도 거의 없이 완성도가 높지만 비어 부분은 간혹 누락된 것이 확인되고 있다. 박태순이 목판을 간행하기 위해 수집했던 『국조시산』의 필사본들도 분명 원본만큼의 완성도를 보여주지 못했을 것이다.

비어의 누락도 문제지만 또 고려할 것은 목판본의 오각 문제이다.

라고 평한 것이 있는데, 목판본에 붙은 비평과 뜻이 같다. 이렇듯 목판본에서 추가된 비평은 기간(旣刊)된 시화와도 연관 지어 볼 수 있을 것이다.

목판본의 비어는 비슷한 글자로 잘못 새긴 오류가 매우 많다. 비어가 단문(短文)으로 이루어진 점, 시와는 달리 교감할 문헌이 없다는 점에서 비어의 오각은 원 문구의 형태를 추측하기가 쉽지 않기 때문에 목판본의 문제는 간단하지가 않다.

(1) 목판본 권1: 최경창(崔慶昌)의 오언절구 〈제고봉군상정(題高峯郡上亭)〉의 제2구에 이어지는 비평은 "樝梨橘柚, 各有等味."로 되어있지만, 원본 계열에는 '等'이 '其'로 되어있어서 목판본이 비슷한 형태의 다른 글자로 오각한 것을 알 수 있다.

(2) 목판본 권1: 규수(閨秀) 김씨(金氏)의 〈증인(贈人)〉의 제2구에 붙은 평은 "非常之也, 責之也."라 하였으나, 원본 계열에는 '責'이 '貴'로 되어 있다.

(3) 목판본 권2: 유방선(柳方善)의 〈서회(書懷)〉의 말미에는 "想其抱窮, 愁詩自好."라 하였는데, 원본 계열에는 '愁'가 '然'으로 되어 있다.

(4) 목판본 권3: 이언적(李彦迪)의 〈무위(無爲)〉의 제4구 말미에 "悟通之言."으로 되어있으나 원본 계열에는 "悟道之言."이다. 대개의 오류가 비슷한 자형에서 비롯된 것임을 알 수 있다.

(5) 목판본 권2: 황형(黃衡)의 〈해운대(海雲臺)〉의 제목 아래에 "庚午破倭後, 登次韻"으로 되어있으나, 원본 계열에는 "登次韻"이 "登此次韻"으로 되어 있다. 같은 발음의 '차'가 나란한 데에서 둘 중 하나를 누락한 것임을 짐작할 수 있다.

(6) 목판본 권4: 김안국(金安國)의 〈차최용인광윤촌거벽상운(次崔龍仁光潤村居壁上韻)〉은 원본 계열에서 〈차최용인광윤촌거벽상운(次崔龍仁光潤村居壁上韻)〉로 되어 있다. 최용인의 이름을 밝힌 원주(原註)가 목판본은 '光閏'으로 되어 있으나, 원본은 '光潤' 이다. 실제 최광윤(崔光

潤)이라는 인물이 있기 때문에 분명히 목판본의 오각임을 알 수 있는 것이다.

이 밖에도 비어는 무수한 오각이 발견되나, 본고에서는 연구 대상 원본을 확정하였기 때문에 목판본의 여러 문제적인 상황에 대해서는 몇 가지 사례만 제시하였다.

3) 비와 평의 명명(命名)과 위치의 문제

허균은 『국조시산』에 비어를 덧붙여서 시에 대한 부연 설명과 품평, 감상 등을 드러내었다. 원본 계열의 비어는 '비(批)'와 '평(評)'이 구분되지 않고, 소자(小字)로 해당 시구 옆에 평문(評文)이나 평어(評語)를 달았을 뿐이다. 이러한 허균의 작업은 목판본에서 '비(批)'와 '평(評)'으로 분류되었다. 그동안 원본을 확인 못한 연구에서는 이 구분을 허균이 의도를 가지고 한 작업으로 읽을 수밖에 없었다. 그러나 이 분류 작업은 목판본에만 보이는 특징으로 허균이 구분한 것이 아니다.

마지막으로 살필 것은 비어의 위치에 대한 것이다. 원본 계열에서 비어의 위치는 시구의 오른 쪽에 주로 기록되었고, 시 제목의 아래, 시가 끝나는 부분에도 비어가 달려있다. 원본에서 시구 옆에 배치되었던 비어가 판본에서는 계선(界線) 내로 편입되면서 해당 시구가 끝나는 부분에 위치한다. 책의 형태 문제로 인하여 비어의 배치 방식이 달라진 것이다.[95] 그러나 대개의 비어가 어느 시구에 해당하는 지는 목판본에서도 살필 수 있어서 박태순이 비평 작업에 공을 들였다는 것을 알 수 있다.

95) 목판본 계열의 필사본은 계선이 없어도 목판본의 비평 위치를 그대로 따랐다.

다만 몇몇 위치가 다르게 배치된 비평을 살펴보면, 변중량의 칠언절구 〈철관도중(鐵關道中)〉의 시 제목 바로 아래에 붙은 "逼唐"이라는 비평이, 원본 계열에는 모두 시가 끝나는 부분에 기록되어 있다. 강희맹의 칠언절구인 〈次金太守宗直咏田家韻〉의 경우도 목판본에는 시 제목 아래에 "姿媚橫生"이라는 비평이 있는데, 원본은 시구의 말미에 붙어있다.

이와 같이 원본에는 해당 시가 끝나는 부분에 배치된 비어가 이 목판본에는 제목 아래로 이동된 모습이 자주 확인된다. 비어의 내용에 따라서 자리가 바뀌어도 문제가 안 되는 것도 있으나 예시로 든 위의 경우는 원본을 따르는 것이 맞다. 그러나 원본 계열의 경우도 시의 전체적인 미감에 대해 간혹 시 제목 아래에 기록한 것도 보이기 때문에, 내용에 따라 엄격하게 비어의 위치를 구분했던 것은 아니었다.

지금까지 『국조시산』의 이본을 두 계열로 구분하고 대비하여, 목판본의 재편집 양상과 오류를 확인해보았다. 먼저 두 계열의 시 제목과 시구의 차이는 대부분 목판본의 문제임을 밝혔다. 이러한 문제들은 그동안 『국조시산』의 완성도와 관련해 논의되었던 부분이다. 또 시구의 대비를 통하여 목판본과 달리 원본 계열의 시구가 『속동문선』과 『기아』와 거의 동일한 모습이라는 점에서 전후 시선집과 『국조시산』의 관계에 대한 연구가 원본 계열로 가능하리라는 것을 짐작할 수 있었다. 이어서 비어가 어떻게 달라졌는지도 살펴보았다. 원본 계열에 비해 목판본에서 많은 오류가 발견되기는 하지만, 목판본에서 추가적으로 한 작업들을 고려한다면 이제는 두 계열의 비어는 별도의 장에서 논해야 할 것이다. 원본 계열의 비어는 허균의 글이라는 점에서 '허균'의 『국조시산』, 허균의 선시관, 허균의 비평 양상 등을 살필 때에 활용되어야 하며,[96] 목판본 계열의 비어는 원본의 편집 이후 약 1세기 동안의 추가된 논의를 보여준다는 점, 목판 간행이라는 특수한 상황에서의 다수의 독자를 고려한 설명이 보완되었다는 점, 당대 문인들의 『국조시산』에 대한 인식과 기대를 보여준다는 점을 고려한 새로운 접근이 필요해 보인다.

『국조시산』의 문헌 검토 결과, 이대본·동국대본·단국대본을 기본 자료로 한 원본 계열을 통해 '허균의 『국조시산』'을 논해야함을 알 수 있었다. 구체적으로 선본 한 종을 지목하지 않은 이유는 가장 완성도가 높고 편찬 시기가 앞선 이대본이 결질이기 때문이다. 완질인 동국대본은 19세기에 필사된 후대본이고 사소하지만 비어와 작가의 오류도 확인된다.

따라서 『국조시산』 이본의 현 상황은 특정 이본 한 종을 중심으로 살피기보다는 여러 종을 취합한 '원본 계열'로 연구를 진행해야 한다. 연구에 앞서 이본 간의 대비, 개인의 문집과 전후 시선집을 교감하는 『국조시산』의 정본(定本) 작업이 이루어졌어야 하지만, 본고에서는 이 연구에서 활용할 대상 자료를 검토하는 목적에서 문헌 분석을 진행하였기에 정본 작업은 후일을 기약한다.

홍만종(洪萬宗)은 『시화총림(詩話叢林)』의 말미에 붙인 「증정(證正)」에서, 박태순이 『국조시산』을 간행하면서 저자를 누락시켜 앞 사람의 시로 오인하게 한 사실 등을 거론하며 책을 만드는 편찬자의 부주의함을 책망한 바 있다.[97] 홍만종이 이러한 논변을 할 수 있었던 것은 원본

---

96) 원본을 확인하지 못했던 선행 연구 중에서도 특히 재론해야 될 부분도 목판본의 비평을 허균의 작업으로 보았던 결과물이 될 것이다.

97) 洪萬宗, 『詩話叢林』, 「證正」. "凡纂書者, 必攷據精實, 勿之有踈, 然後可以傳信. 而朴汝厚泰淳, 尹廣州也, 刊行許筠所纂國朝詩刪. 其中 酒泉縣七律, 乃申企齋光漢詩, 而係於奇服齋遵. 蓋詩刪元本, 服齋詩次, 在企齋之上. 想汝厚, 誤錄企齋名於其第二作, 故此詩自爾上係服齋之作矣. 企齋此詩, 旣昭載於本集, 且釘板於縣壁, 而其謬如此. 且七絶

계열 『국조시산』을 소장한 상황에서 목판본을 접했기 때문이다. 홍만종은 허균의 『국조시산』을 목판본과 대비하여 '시산원본(詩刪元本)', '시산구본(詩刪舊本)'이라고 칭하였다. 목판 간행 이후, 허균이 편찬했던 『국조시산』을 '원본', 혹은 '구본'이라고 칭하면서 두 사람의 작업을 별개로 인식한 것은 홍만종 만이 아니었을 것이다. 이는 동국대본과 같이 원본 계열 『국조시산』이 19세기까지도 온전히 유전되는 상황, 후대 시선집에서 원본 계열을 수록하는 양상, 목판본의 오류가 수정된 새로운 시선집이 만들어지는 상황[98] 등에서 짐작해 볼 수 있다.

또한 계열 구분이 중요한 이유는 문헌에 기록된 '국조시산'이 어느 계열을 지칭하는지를 판별해야 하기 때문이다. 예컨대 남용익은 『기아』의 서문에서 『국조시산』을 수용한 사실을 밝히고 있는데, 『기아』의 편찬 과정에서 참조한 『국조시산』은 원본 계열이다. 『기아』는 1688년에, 목판본 『국조시산』은 1695년에 간행되었기 때문이다. 『국조시산』의 두 계열에 대해 인지하지 못한다면, 『기아』의 교감에 당시 존재하지도 않았던 목판본 『국조시산』을 활용하게 될 것이다.[99] 이는 시화나 잡록에서 인용된 『국조시산』을 논할 때에도 적용되는 문제이다.[100]

中題僧軸詩, '疎雲山口草萋萋, 夜逐香煙到水西. 醉後高歌答明月, 江花落盡子規啼'之詩, 首係於權石洲, 而考之石洲集中, 而無有, 余家有詩刪舊本, 此乃李嶸詩, 而次在石洲之上. 此亦汝厚, 誤漏李嶸名, 故通係於石洲, 疎率甚矣. 且其所稱栗谷初出山詩, 乃許筠贋作, 自註曰'本集不載, 似爲三四諱之', 其意不難知, 而汝厚刊正而不刪此詩, 兼錄其註, 敢有訕謗, 自朝家, 竟命毁板, 纂書者, 宜戒之."

98) 국립중앙도서관에 소장 『동문시선전집』(古3643-410)의 편집 양상에 대해서는 각주 76) 참조.

99) 조계, 『기아교주(箕雅校注)』(남용익 편, 조계 교주, 『기아교주』 上·下, 중화서국, 2008.)에서 참조한 『국조시산』은 목판본 계열이다. 따라서 이 책에 수록된 『국조시산』의 비평은 박태순의 비평과 목판본의 오각을 그대로 반영한 문제가 있다.

100) 특히 『종남총지』, 『서포만필』, 『소화시평』 등 17세기의 시화들은 모두 목판본이 간행되기 전에 출현한 것들이어서 원본 계열 『국조시산』을 보고 그에 대한 기록을 남긴

두 계열에 대한 명확한 구분은 『국조시산』에 대한 연구는 물론, 『국조시산』 수용의 문제, 『국조시산』에 대한 기록을 남기고 있는 문헌들을 살필 때에 우선적으로 고려되어야 한다. *

것이다. 목판본이 간행된 이후 출현한 시화집은 시기를 따져볼 수 없기 때문에 두 계열 간의 특징이나 오류 양상 등을 통해 점검하는 것도 필요하다.

* 이 글은 「『국조시산』의 두 계열에 대하여」, 『남명학연구』 44집(2014, 265~316면)과 「『국조시산』 연구」(연세대학교 대학원 국어국문학과 박사학위논문, 2016, 10~60면)에 수록한 논문을 수정하여 재수록한 것이다.

【영인자료】

影印
國朝詩刪

여기서부터 影印本을 인쇄한 부분으로 뒤에서부터 보십시오.

임미정 林美貞

연세대학교 국어국문학과 졸업, 동 대학원 문학박사.
연세대학교 강사.

국조시산연구총서 2

影印 國朝詩刪

2017년 5월 22일 초판 1쇄 펴냄

지은이 허 균
편저자 임미정
펴낸이 김흥국
펴낸곳 도서출판 보고사

책임편집 황효은
표지디자인 손정자

등록 1990년 12월 13일 제6-0429호
주소 경기도 파주시 회동길 337-15 보고사 2층
전화 031-955-9797(대표), 02-922-5120~1(편집), 02-922-2246(영업)
팩스 02-922-6990
메일 kanapub3@naver.com / bogosabooks@naver.com
http://www.bogosabooks.co.kr

ISBN 979-11-5516-692-5 94810
979-11-5516-690-1 세트

정가 45,000원

【영인자료】

이화여자대학교 소장

필사본『國朝詩刪』

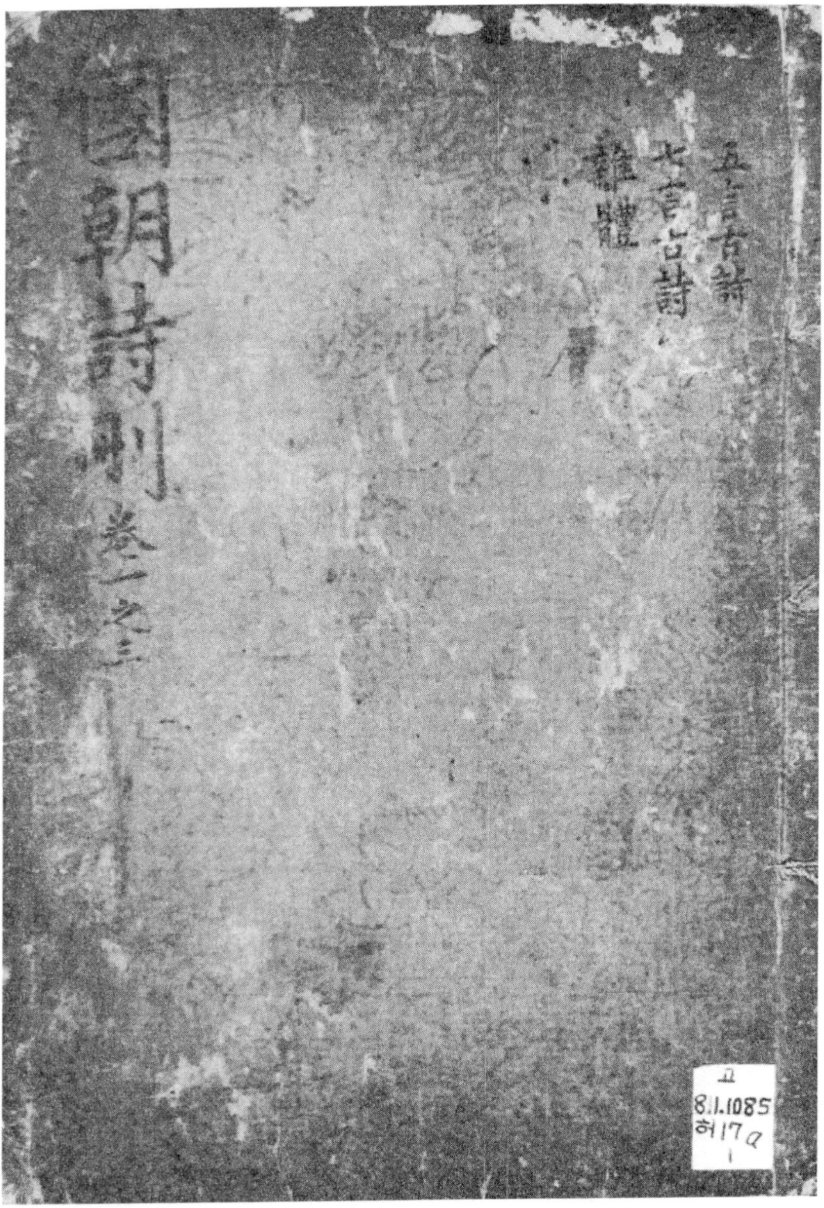
國朝詩删 卷一之三
五言古詩
七言古詩
雜體
고
8.1.1085

國朝詩删卷之一

陽川許筠端甫批選

五言古詩

遠遊歌

鄭道傳

置酒賓滿堂起舞歌遠遊遠遊亦何方九州復九州朝（便古）枻洞庭波暮泊易水流四顧騁遐矚想像雍熙秋翼翼唐虞都（入聲音）棠棠殷夏丘歲月曾幾何邈矣不可求登車復行邁翩翩逝宗周嗟峨（雄渾舂容波瀾稱者可歎）靈臺高藹藹祥雲浮鳳凰鳴高崗關雎在河洲綿綿千載後綽有無疆休繼世何莫述王風一以偷祖龍呀其口一擧呑諸侯阿房與天齊兀盡蜀山顚禍在魚狐聞一朝輸項劉孰非出民力得失

如薰猶徘徊感今昔日晏旋我軿滿堂賓未散擧酒相獻酬高歌未終（卒章奇杰）曲雙涕爲君流 滔滔洪遠當是 國初大手

嗚呼島予田橫

曉日出海赤直照孤島中夫子一片心正與（激烈）此日同相去曠千載嗚呼感余衷毛髮竪如（終謝予安累塵）竹凜凜吹英風

效蘇州謝李舍人安注書見訪　權近

地僻寡輪鞅高樓含夕清詞人挈榼至對咏仍細傾煩想一消（今上）散微風生兩楹草根露華滋候（入選）蟲有哀聲歡諧未云洽去住良可驚相期後夜會莫負華月明

遊子吟　卞仲良

遊子久未返髮盡慈母衣故山苦遼邈何時賦言歸人生不滿百惜此西日暉 此次孟參謀韻者亦自悲切

感興 卞季良

綺樓何鮮明照耀浮雲邊樓中有佳女容色妖且鮮一笑竟不發芳心誰為傳試取鳴琴彈哀響飛青天願為君子逑偕老終百年 頗得古詩遺法

和太白紫極宮感秋詩韻書懷 申叔舟

西風萬里來秋聲起叢竹高堂夜不寐幽思正堪掬緬懷追前修黽勉慎所獨有德不敢忘 持論確實 有愆不敢宿五十尚迷途從茲亦可卜回與及未暮 思遠之語 庶幾不遠復行行遵

大路視彼前車覆一日更一日人事備生熟 成侃

效顏特進

三辰霽玄穹(太逼近之口氣)百祥凝赤縣龜筮協日時土圭正方面翼翼敞周庭(雕繢雜切已除王李唐)巍巍開漢殿重簷(富艷可稱)欝層雲丹爐閃流電繁露下空明瑞樹交葱蒨華月麗中閨(鋪得甚洪鬯)鮮風擁丹輦萬億握靈符逍遙享清讌天開(特換如弾丸脫手)氛祲消運泰謳歌遍廸迩感風雲揚名蓬冠弁奏疏列謀猷獻賦承顧眄道拙却懷慚情紆不知倦(結尾似魏晉格)(二篇俱是選体不意東方有此作也)

效鮑參軍(極力彌綜亦有連迭)

宛馬紫游韁(便是俊逸)翩翩五陵間琱弓揮雙鞬晨夕騁遊般閑

雞臨東郊駈獸上南山桑風盪近甸彤范耀陽鑾陳筵
[illegible]似[illegible]音入語 如是
薦美酒燕趙發清彈留連歲云徂嘲謔心未闌巖栖有
妙處可喜 [illegible]
隱士逸駕誰能攀采綠搴春華班坐蔭秋蘭諧德既已
好 又似陸長公口氣
殷十年閑重闕滿盈物之忌謙益身之完山從太早進
曲曲得体 名言破的
器從太美剋嘽焉羣居士持此須鑑覯 殊快人意

鳳臺曲 貽帝上官后 金宗直

秦女儀簫史日夕吹參差崇臺遺鏡匳巾袖雲披披暮
伴鳳凰宿朝侶鳳凰嬉天地以永久那識人間悲宴淚
不可忍此生長别離 寓意深切
嗚咽欲絶

古朗月子 平帝王后

金魄非自朗受與陽烏影兩曜若合璧萬國仰光景陽
烏一榻翼金魄所不幸長年兎搗藥未信蟾災青蕭〻
桂已蠹雖華焉得永感歎徹遙夜肝膽不能静 托諷亦妙

用鮑昭東門行韻別安東亞判　李瓊仝

離絃不堪聽絃急無和聲離觴不可醉觴盡還淚零停
盃且勿彈與君相一訣丈夫識輕重悲騅不在別高堂
在萬里惆悵桑榆晚調膳子所職未嘗忘一飯棄官豈
養志去住難自斷留家奉晨昏南望眼長寒除書昨日
下捧檄喜見顔君歸勉爲官忠孝非兩端

使覺凄切　兩句逼孟參謀　思別　稍脆　至此方造古體

結客少年場行　成俔

少年不讀書學劒敵萬夫所交皆荊聶出入長安衢腰
間挾匕首(詞采傑然)紫電光射途刺人白晝市(氣槩雄逸)報怨亡其軀前年
赴召募(蒼古)走馬西擊胡先行度沙漠(凌厲宇宙)叱咤風雲駈霜鶻奮
老拳飛鳥散驚呼探盡豺虎穴長歌回大都功成若固
有不願朱紫紆還隱舊屠(癡語通古)肆蒲博聚其徒(有鮑家氣格可貴)

有所思　　　　　　　　　　　　　　　　婷

朝亦有所思暮亦有所思所思在何處(唐人佳品)千里路無涯風
潮望難越雲鴈託無期欲寄音情久中心亂如絲

待月有懷

灔灔高樓月團團玉窓裏(從迢迢牽牛星出來)娟娟一美人渺渺隔秋水紉

佩不可見蘭香空在玆思之望何處腸斷亦天涯

三娘歌 即古三婦艷之遺也 深源

一娘橾橦絮二娘書謗文三娘堂下立髮髮雙朶雲客子且來坐斜陽猶未曛

一娘汲水去二娘當竈炊三娘窓下坐彩線繡紅襦客子且停騎日沉雞上塒 稍有樂府故態故存之

曳履商歌 南孝溫

累我以利名辱我以爵位與改我初服寧守我髮髮𩯭嵒 自托於子輿意甚警言

聞一貫語豈無東周意方圓知不周商歌徹天地 放浪語亦雜人

晚步 賢孫

散髮携短笻衣裳不自整緩步空庭曲齟齬隨孤影颼
颼晚風動孤光沒西嶺頹畦菜花殘疎蔓秋瓜冷白露
團翠篠(淡語清冷)淡烟生古井翩翩歸鳥集深林暝(入微)色迥微物亦
知棲我何長汎梗歸來臥(冷語收拾)一室燈吟四壁靜

投擇之求和　　朴闓

丈夫一發憤金石亦可摧當時魯連子(磊磊不凡)東海小如盃人
生會一死臨(意氣激烈)死或低回此心苟能推餘風廉頑吾徒
有餘愧非(似指淳夫沉江事)命豈不哀江流深莫測四山欝崔嵬欲招平
生魂千秋倘歸來(殊非古選家法故只取此云)

放言　　李鱉

我欲殺鳴雞恐有舜之聖雖欲不殺之亦有跖之橫風
雨鳴不已舜跖同一聽善惡各孜孜不鳴非雞性

寓意　　辛永禧

男僕掃庭除女僕掃堂閨丈夫掃邊塵（滄海橫流處不安也）志不在門楣高
卧斗屋下掉我胸中旗野人非丈夫丈夫各自奇

一室用祝融峯韻（諸篇從黃陳中來殊不居古）　　李符

下有清溪流上有青山高其間數間屋默坐如藏逃景
物自四時耳目唯爾遣（安排處得意語）莫登喬嶽頂（委曲）莫涉滄海濤嶽有
虎與羆海有鯨與鼉頃刻或不戒（紆餘不盡）性命輕秋毫世路豈
不夷勢利分秋毫咄哉亦莫前死汝以貪饕蕭然一室

内偃息可無勞歲月不相貸奈此雙鬢毛長夜何漫漫

老懷何滔滔莫如讀我書恰似痒處搔（常有新意不覺爲煩）

春雪用大雪韵

天公好戲劇與人多參差春後遣滕六入我雙鬢絲久

知老縛律試（奇而觀）以羣玉妃不貪是爲寶何有珠與璣用意

自有在定非兒輩知藹藹山氣（鋒條實蔚動心駭聽）夕漠漠雲陰低強起傍

寒梅瀟洒塵外姿折之欲贈誰渺渺（情曲深至）余所思相看兩不

猒脉脉空自奇短笻吾（何等風流）固有麴生亦我隨投杖作一醉（正在有意）

敲（無意之間）杖吟新詩天（達用峽潰何訣）運有相代此趣無窮時

與仲說士華遊北園

春風喧百鳥草木漸和柔勝事不覺懶更作今日遊可
人與同好一笑豈待謀天公有老眼為闢山水幽邂逅
落吾輩短節寄寘搜醉罷得佳趣詩清仍閣投俗子但
聞此蟪蛄論春秋三歎謝主人樂地非人求

聲色與味俱好　翛然有味　如入宗廟但見禮樂器

感懷

白髮非雪白豈為東風滅春愁若春草一夜生滿道東
海無返波西日難再早大運只如此安得不衰老生也
本澹泊外物作煩惱奈何今之人不自寶其寶當食是
金液陋巷乃蓬島超然萬世內下視彭鏗夭

達見達見　遊玄關　可與知道者言

無盡亭

十日九官府未信腰脚頑漸涤已如此吾生自作艱今

(一往奔詣故復自佳)

晨得休告把酒登南山高秋葉歸本薄暮鳥知還平生

(玲瓏不可摹泊)

倚坦率到頭多厚顏醉眠松下石細故何足関山靈故

戲我洗耳聞潺潺

次韻

西風入我室秋月照我帷我懷不能定天運自相差攪

(闇澹沖融皓似涵明)

衣出門去竹杖仍手持山氣夕固佳爲我生新姿獨賞

有餘興安用兒輩隨羣動一已靜竚立亦多時歸還卧

空室幽夢慰所思 (渾金璞玉莫知名其晃)

追憶壬戌七月蚕頭之遊用張湖南詩韻

赤壁千載後勝絶蚕頭峯當時兩玉人幽賞頗疊重扣舷泝流光俯瞰馮夷宮擧酒徵舊令清響敵笙鏞俛仰已陳迹白首空龍鍾髙歌廣陵散落日生悲風（通篇如寫水首地正自縱横流漫略無正方圓者）

七月八日與洪（彦瑯）曹（仲）二君會適菴分韻得境字

留客石屛深勸酒岩泉冷偶爾了佳約欣然悟真境人好物無醜地勝語難警（名言名言）木末迓祥飆雲外縶（使奇）隆景遇賞各忘歸待月時引領

偶題

莫謂生足樂未始不爲死死者或不朽（富貴無能磨滅誰記）與生亦何異春秋迭代謝禍福互伏倚浩然天地間中夜存一氣彼何

須吾事我自有餘地 (語到會心處自覺理竅通)

即景 (入俗離途中作)

金淨

夕陽沒西峯奇彩在東嶺參差高與低巧分青紫影風生洞雲暝(輞川高韻)露沐嵓樹淨百態各呈媚遠近互掩映世人眼俱肉眞(意好)畫誰能省我亦乏妙思多慚寫奇勝

感懷

客散酒初(清冷有韻)醒茅軒坐幽獨華月流素(蘇州艶處)光層城藹遐矚雲湛瑤空露葉疎虛簷木蕭蕭篁行林寒風碎叢玉候蟲罷秋吟蔓草歇芳綠觀靜迹已冥感時思還續遺聲倘可傳寄之雙黃鵠 (盛李中李之間自成幽思)

古意次韻　金安國

壯士惜流景慷慨揮黃金逐日不自量萬古空鄧林悲歌未成寐撫枕淚流衾運化無停息高陵或變深良宵雞易號白日忽復陰所懷在天涯路遠不可尋寂寞橫素琴有調無其音鍾期聽憮然見指難得心仰睇遙漢間翩飛有臯禽

丁丑七月禁直詠懷　奇遵

黃鵠千里遠矢繳杳何施江鴻戀香稻啣蘆遵水涯出門望鄉關客子何所之蕭蕭楓桂林一夕容顏衰寒雲（何清王適六朝正韻）落空庭菊花依短籬美人隔湘浦日夜長相思相思不

可見日日秋風吹 (藉可咏)

禁直詠懷示元冲

南山松栢幽北山烟霧深遊子暮何之庭樹生秋陰歸雲向遥岑宿鳥投前林幽懷杳不極清風吹我襟 (浩然遺韻)

題洛山寺 (從韓蘇來得大篇家放法)

林億齡

江南綠髮翁本自清都謫雖乘使者車豈有王喬舄暮投洛寺樓迥與金山敵大洋衡其下頫覺天地窄有物名曰鯨嵯峨露鼻額鬐鬣皺青天水族皆辟易揚波六合昏噴雪千里白鬪罷血連波朽骨頹沙磧俄有白龍升裂缺燕霹靂蜿蜒沒馬鬣雲爪牙森劒戟去入無窮鄉 (汪洋自恣[illegible]) (使事亦突兀) (何等氣崛) (變幻韓蘇[illegible]) (鉅麗奇觀不厭)

猛氣拔木石(雄豪奔放)銀柱倒揷濤蕩似(壯浪駭目)天河析秤捲魚與蝦陽

侯又附益山僧相謂曰如此大雨射攫攫羽林槍(狀景潑墨)散落

穿窓壁長風掃東南(烟波萬里)澄澄上下碧高枕夜向晨天雞鼓

兩翮火山横大(眩晃恍惚不可覊束)壑氣射半天赤暘谷烘爲窰如羹沸釜

萬騰湧上黃道照灼臨下(淋漓鼓舞)赫寥寥攊枯梧蒼蒼日之夕

皎皎白蓮花浮出龍王宅坐令纖貊墟(極其龜之觀以冷語結局)化爲水晶域姮

娥喚欲醻桂花手堪摘吾觀宇宙間萬變一局奕醉来

卧梨亭落花盈我幘(叙事頗挫文氣亂激陽當與此境同壯)

種竹西窓外以遮夕陽風吹影亂絶勝圖畫詩以

状之

古來竹傳神皆稱文與可似而不生活亦未逼造化風
本自然吹竹亦無心者適然兩相值拂我西窓下分明
（看他擺玩造化處）（儘是奇動）
紙窓面如以淡墨洒風微乍蕭森風急復掀簸凉氣滿
（快活中藏巧思）（美得至此）
室中誰云五月煑如入竹林中手把劉伶斝
（稍談）（俗思）

晩步　李湜

（先生詩不斷高而自高乃所以爲高）

苦忘亂抽書散亂還復整曜靈忽西頹江光搖林影扶
（深遠高處）
笻下中庭矯首望雲嶺漠漠炊烟生蕭蕭原野冷田家
（閑遠自在）（從陶柳門中來）
近秋穫喜色動臼井鴉還天機熟鷺立風標逈我生獨
（悟理之言）
何爲宿願久相梗無人語此懷瑤琹彈夜静
（活潑潑地）

石川第酬唱　金麟厚

酬酢淺深酌唱和長短吟此間有真意誰人知大音仰面蔑一笑靜聽松風琴 氣自豪放

送許佐郎箴朝天 盧守愼

抱病亟移枕今宵星斗明南窓竹光分北窓枯竹鳴世人輕夜氣不謂萌蘖生起坐問前途而有車馬聲此時何許子不憚萬里行令人釋氷炭其如二豎嬰

造語造奇 意景俱佳 倏忽到底 得杜變後之音

天際雲送盧公 奇大升

悠悠天際雲浩浩欲成雨隨風亂如絲微潤不入土空堂坐支頤世事默自數有來必當去旣散還復聚紛紛夢中夢造物以何故君如海上鶴鬖鬖振毛羽我如路

意好 理當

傍壓飄颻迷處所漢陰一分手佳期杳何許努力勉所業玉音俾無阻 昌黎家遺法氣自渾昌

次陶穫稻韻

崔慶昌

萬事相糾紛憂樂亦多端居富苦未足處貧孰能安達 便是名訓 人乃遺榮超然獨寘觀豈但恥折 一團洒落 腰林園宜早還力耕 陶翁口吻氣 亦有穫而不免飢寒平陸起風波坦途生險難謝絕世上交物累寧我干田父時時 看他許多閑適之意 至農談共開顔既去山日夕寂寞掩柴関 令軟動人 知音苟不存已矣何足歎 擬議以成變化

晝憩大慈川上

午憩高陽口秣馬大慈川川水自東注彎 古雅 回小山前側

峭嵓石古屈曲抱重淵倒影雜楓栝其下可方船神物（弘仲賞其咏此覺神聳形越）（渟泓幽深）
蟠深黑弱鱗遊清漣臨岸藉晴莎披襟散幽悄栖遲宜（較妻）
結廬柰此官道邊欲去屢回首留思還紛然（諸篇出選入唐可貴而較弱氣不逸）

感遇

山翁得乳虎養之置中園馴擾日已長狎近如家豚妻
言虎性惡翁怒愛愈敦畢竟噬翁死寧復顧前恩人皆
笑翁愚我獨爲翁寃（未乾鷹補罡已學射羿弓）

山中

山中風氣寒霜霰日以積疊疊晷景促纔早已成夕林
空無留景暝後有歸翼寂寞誰相顧憂來不能釋（古雅）

古意

轔轔雙車輪一日千萬轉同心不同車別離時屢變車輪尚有迹相思人不見 [張王雅韻]

夜坐偶成寄楊應遇　白光勳

凉風生高樹微雨洒秋響幽人中夜起默感千里想居然[有味其言]年景迫復此音徽曠雲波莽無期嶺陸互迷望愁来取琴彈調古人無賞瑤草[清冷入幽]行休歇流螢度虛幌榮華諒難恃物情靡定狀歎息竟此辰放歌當自廣 [白地明光錦酷無裁製]

齋居感懷寄孤竹

齋居寂無事閉門春日遲幽卉漸映砌[簡澹]新流已滿地復

此時雨霽好鳥鳴高枝所思不在此誰可共華滋日夕西南望默默中自悲 闖韋柳者

斑竹怨 石洲云置之太白集不易辨　李達

二妃昔追帝南奔湘水間有淚寄湘竹至今湘竹斑雲深九疑廟日落蒼梧山餘恨在江水滔滔去不還 望美人於瀟湘洞庭之間輒有騎氣之思

尋孤竹坡山庄

屢月抱膝曠及此喜相尋田廬樹木下瓜蔓懸秋林主人固無恙貧窶不嬰心怡然坐庭草為我奏鳴琴琴盡即還別悵悵恨彌襟 胸中無宿物 出儲入韋

淮陽寄安邊楊明府

十月菼漢陽今在交州道交州雨雪多明發恐不早相思隅重関一夜令人老 短語亦紆餘

降仙樓次泥丸李覺韻

王孟仙韻 月明露華白夜静秋江深仙閣一杯酒冷冷三尺琴不 超然自得 是感時節自然傷我心 無點綴艱辛而自有情調

余閑居無事習懶成癖絶朋友過從之樂因以涵明詩爲會心友玄鶴琴爲知音友麴生爲忘形友遂題三詩以志之 三篇俱自陶陳中點化来容齋之後僅見斗韻 權韠

開口使真 禮樂歸金刀平陸渾成江斗粟聊爾耳高節不可降秋花非俗物濁醪盈我缸平生五字句古意極淳龎吾今

百世下夢想拜老龐每到會心處清風生北窓(油然可見)
孤桐生龍門直上高十尋下臨不測淵上有哀(寓意)鳴禽何
人斲天骨製此丘中琴一皷清人耳再皷和人心舉世
無鍾期誰知音外音
世路極險巇吾身安所歸幸有麴秀才風味不我違乎
生老死盃白首相因依一盃遺萬物寧復爲人饑聖處(達道之言聊托於酒耳)
不難(真得酒中趣者)到酒德能庶幾未覺軒冕榮豈知蓬蓽微至味諒(宏放次心胸直外形骸)
斯在所貴知者稀回語獨醒人醉鄉無是非(極妙極妙)

感興　誠衜

明月出東林(便不俗)流光射簾隙閑軒坐南榮一盃聊自適宿

烏栖畢枝飢鼯窺破壁夜深玉宇淨銀河横歷歷露脚

濕桂枝(六朝解氣)清香飄處碧所思終不來沉吟終永夕(冲淡爲貴)

國朝詩刪卷之二

七言古詩

公州錦江樓　　鄭道傳

滾滾知翻三峽波濤

君不見賈傅投書湘水流翰林醉賦黃鶴樓生前轗軻
無足憂逸氣凜凜橫千秋又不見病夫三年滯炎洲歸
來又到錦江頭但見江水去悠悠那知歲月亦不留此

今語

宛轉有力

身已與秋雲浮功名富貴復何求感今思古一長吁歌

浩蕩可喜

聲激烈風颼颼忽有飛來雙白鷗

豪逸宋肆足爲壓卷

謫仙吟與李教授別　　李詹

太白飄然謫夜郎長安故人消息絶梨園不奏淸平詞

沉香百花香色歌知音獨有杜草堂夢中見之夢中別
風吹羽翼天綱恢錦袍坐弄水底月醉中俯仰度春秋
蘆花柳絮白如雪濯纓歌罷好歸来江湖風波不堪説

老人行

成 侃

隴草萋萋（興也）雉雙飛隴邊老人長歎息自道餘生今七十
手脚凍皺面黧黑男婚女嫁知幾時短衣襤衫纔過膝
前年召募度黄沙萬死歸来鬢如雪今年把鋤事耕耨
石田犖确牛蹄脱牛蹄脱知奈何獨坐蒼然心斷絶（國初）

諸人俱尚蘇長公獨此君知法盛唐如此作雖非王岑之比亦無愧張王樂府

古意

徐居正

海底珊瑚高幾丈千年試作千尋網萬牛挽出滄溟深
蛟龍屭贔霹靂響搏桑日出紅濤熱光芒照燿黃金闕 語奇
平生季倫麁男兒一擊破碎紛如雪紛如雪不足惜從
此至寶無顔色 意有所指

春閨怨

春風昨夜吹洞房杏花零落桃花香短屏月出琉璃光
半被老却雙鴛鴦强撥琵琶不成曲淚痕點染臙脂額
春愁如許深如海青鳥一去無消息 溫李遺韻

青春曲 殊富

瓊樓畫閣雪未殘曲欄剪剪餘春寒流蘇帳暖錦屏開

羔兒酒滿鸚鵡盃美人低唱金縷衣十指宛轉朱桐絲
攪鏡韶華又一春曲渚鴛鴦愁殺人 亦是流艷

登金剛山看日出 鏗鏘幽眇足使長公作衙官 金宗直

金剛之山高揷天 便是崔崒 白石亭亭露秋骨榑桑遠影晴勾引
日觀孤標共崷崒我昔討奇凌絶頂手闢雲關敲石室
滄溟眼底小如盃 凌厲翩然 八極風來神擴逸同遊老僧倚壁睡
夜半蹴客候初日 状得惝怳 北方沆瀣澄似酒天外鷄鳴聞彷彿
是時暘谷半明暗卧牛車蓋爭點綴長庚睒睒欲收芒
火輪忽輾波濤出 令人愕眙 紅光騰起數千丈萬里驚盪魚龍窟
人寰鼻息尚雷鳴 奏雅 輒向峯頭晞我髮平生偉觀此已足

㑹宗之遊豈相埒不須崦嵫看入處至今冷笑夸父渴

曉仙謠　成俔

桂花影濕姮娥宮鶴馭伴月還青空淸香滿室悄無語（腴艷色）
（達足嗣温李本色）夜闌帳燭寒銷紅流蘇亂迸鮫珠淚寶釵斜籠金翡翠（彩繪如組）
帳望銀橋幾千丈天高難可通名字若爲遐擧淩紫烟
（稍墮宋人窠中）伐毛洗髓隨飛仙人間塵土已迥脫身世羽化飄飄然
（又入當行）何處吹簫鳴作鳳耳邊彷彿聞三弄高唐神女是何人
（結句亦好）一朝來入襄王夢

瀟湘曲

九疑雲掩靑嶂屼瀟湘夜雨波生寒重瞳一去何時還

湘娥鼓瑟愁空山曲終聲盡空冥間愁思菀結傷秋蘭
臨江翠竹凡幾竿至今清淚猶斑〻 亦自清麗

胡笳曲

三點四點北斗明一拍兩拍胡笳聲胡笳聲中霜滿城
邊人聽之淚縱橫思家步月難爲情 悲切

家有一馬甚駿畜之幾十年一日忽無病而死余
嗟惜者久作詩而記之 申從濩

有馬有馬黃騮馬眼挾菱鏡耳批竹渡海遠自耽羅國
長安市上驚飛肉 鋪得雄麗 不顧章臺香土數十里翠幙珠簾綠
楊褭金鞭褭影四蹄驕滿路紅雨東風起又 何等宏放 不顧玉帳

分弓萬貔貅皐蘭山下戰未休丈八蛇矛鐵鍛鞍塞外
追斬（今語莞鎮）名王頭三生宿願獸豪奢寂寞來到詩人家吟鞭
傍掛一壺酒遊遍山巔與水涯昔時謫宦洪陽城天寒
古屋無人聲霜花如席霜如錢衾鐵稜〻（此句法於科臼則切而於古法則千里思予）睡未成偶窓
終夜吃枯萁半江寒浪枕邊吹他鄉流落憶故鄉除却
（麻衣之不入選篁于此）此馬無親知鸞書催召墨色濃繙雲飛上蓬萊宮奮迅
長鳴似有得　闕下喜聞長樂鍾九龍殿（氣自滔〻）中九鳳幃獸
鑪三尺烟霏〻（不了語結句）宮壺勅　賜葡萄春日暮天街馱醉歸
房精一夕忽上天欲喚景純知無緣家人共謀葬銅瀝
忽見塵蒙杏花韉（又奏一着好）靈虬滴〻催五夜陌上泥深雨如瀉

燈前草疏欲朝天更向東隣借果下 深得大篇法

日出扶桑圖

東方碧海蘸天濕鼇極浮々如覆笠扶桑枝頭雞一聲 此實條條

萬縷丹霞吹水立羲和女子獨西行浪底敲日玻瓈明 宏麗 幽遐之韻

火龍擎出黃金輪霓旌絳節紛縱橫人間更漏過未畢 非温非李自成偉麗 始入宮體

三十六宮夜如漆蘭房香夢春酣々寶欄十二緗簾密 [illegible]纖麗

須臾千門萬戶闢一抹晨光射天赤看圖使我雙眼開 擺弄到此地頭

恍然身在瑯琊臺秦橋鞭石血未乾羨門安期安在哉

兩袖仙飆冷似水吾欲乘此觀蓬萊 曲終奏雅 誠唐宋作家佳品

渾沌酒歌

鄭希良

長繩欲繫白日飛大石擬補青天空狂圖謬筭坐蹉落
(可人可人)
半世倏忽成老翁豈如飲我渾沌酒坐對唐虞談笑中
渾沌有道人未識此法遠自浮丘公不夷不惠全其天
(愉怡酣適何等風味)
非賢非聖將無同招呼麴君因覓底日夜噫意氣聲蓬々
俄頃春流帶雨渾醞釀古色清而濃酌以巨瓢挹浮丘
澆下萬古崔嵬胸一飲通神靈宇宙欲闢猶朦朧再飲
(淋漓鼓舞)
合自然陶鑄渾沌超鴻濛手撫渾沌世耳聽渾沌風醉
(男兒到此方可稱不凡)
鄉廣大我乃主此爵天爵非人封何用區々頭上巾淵
明亦是支離人 出長公而穠

流民歎

魚無迹

蒼生難蒼生難年貧爾無食我有濟爾心而無濟爾力
蒼生苦蒼生苦天寒爾無衾彼有濟爾力而無濟爾心
願回小人腹（條達）暫爲君子慮暫借君子耳（曲盡情曲）試聽小民語小
民有語君不知今歲蒼生皆失所北闕雖下憂民
詔州縣（至今通患）傳看一虛紙特遣京官問民瘼馹騎日馳三百
里（室陛千里）吾民無力出門限何暇面陳心內事縱使一郡一京（刺骨之
談）官京官無耳民無口不如喚起汲淮陽（秦聲一轉萬騎寂然）未死孑遺猶可
救（當爲司牧者之鑑祇不特詩工而已）

題李晉州兄弟圖（陡然峻整）

朴祥

斑衣且作悅親具況此釋褐穿錦袍存者以宴歿者祭

推 恩所生均寵褒龍駒蟬嫣指李孫(鏞得宋達)大小二難俱俊
髦 東堂卻桂擢兩枝青雲䕺軔車已膏一朝棒檄下嶺
海 魯衛連城常棣高魚軒大家往来穩怡愉不識南征
勞 昨日春官上(賀而不俚) 啓目門下奉敎申地曹遙 賜華筵
古 康州九重 聖澤傾滔匕(推擺滔匕)鳳鳴朱樓壓城敞紫霞萬
瓮 醞仙醪陸海狼籍物其備刲羊擊豕已空牢白幞浮
雲 靄廣殿半千歌舞森周遭彩棚突兀移造化三山彷
髣 髴駕金鼇是時清和屬初夏初柳冥匕蔭塹壕鴈行袍
笏 擁雙盖宮花攧匕(鼓舞恣肆)翻隨飈依然放榜金門回了童百
隊 聲呀嘈優人散落奏伎倆来觀十郡奔波濤夫人自

慶懷抱中做得兩箇名世豪津々色笑擧壽盃鶴髮烱
々顔如桃頭流拱翠飛瑞(何等氣象)氣青鶴仙人鍭羽旋鼉鼓逢
々幾通雷鯤絃鐵撥轟檀槽抑六(奇來磊何疊々無厭)龍首頃羲轡窮歡已
到𡋾時難號聞者不量(結語收拾)才品殊累月笞兒却怨咷人間勝
事不可泯丹青忽落秋兎毫菁川夜々鬼神泣文物江
(飄逸俊倆)山無一毛傳家科第是青氈雲仍(不可語結住)感興承風騷(敍事鴻麗大篇神品)

宣川紫石硯歌

宣城石(突兀起去)工手握昆吾刀夜沒萬丈碧玉寒(遣語甚悍)隱々如聞地
母哭剖(奇來)出千年赤龍肝龍饞々食丹砂肉腥血未醨頏
復頑磨刀琢(卓詭不群)削天爲驚排空列星落斑々風漪(巧而不制)瑟々舍

秋色泉眼納匕 天地寬琅玕謂骨補精彩交帶大庚春
前信金聲玉德配君子(過文條暢)六丁將過龍灣鎮龍灣將軍拔
(恠奇語)
剱奪紫氣漫空霹靂震婆(要帖)律香水百洗過玉露曉瀉銀
蟾蜍春薰(婀娜)松麝玄雲起鴨(語如許大)江畫昏無日車將軍生怪不
敢蓄什襲萬里遥示余鳳山居士再拜受珍重不下金
錯刀銅雀斷尾忽無顔寬剜孔硯邦爭高呼爲唾面待
乾容遲鈍不數輕銳胄

強硬勝前篇

聞方生談牛島歌　　金淨

(通篇以顚晦起伏)
瀛洲東頭鼇抃傾千年闕影(晦)涵重溟羣仙上訴攝五精
贔屓一夜轟雷霆雲開霧廓忽湧(顚)出瑞山新畫飛王庭

濆濤崩洶噬山腹谽谺洞天深(又晦)雲窩凌層鏤壁錦纈殷

扶桑日照(又顚)光晶熒繁珠凝露濺輕濕壺中(晦而顚)瑤碧邐列星

瓊宮涸底不可見(顚而晦)有時隱々窺窓欞軒轅奏樂馮夷(極幽遐詭)舞

(怪之觀)玉簫寥寥來青冥宛虹飲海垂長尾鹿鵬戲鶴飄翅翎

曉珠明(晦而又顚)定塵區黑燭龍爛燁雙眼青驂虬踏鯶多嫮婷

天吳九首行(已下皆入晦)谽谺幽(如淒風苦雨四面而至而毛髮森竪)沉水府因百靈邪鱗頳甲毒風腥

(極入幽晦之中)太陰之窟玄機停仇他禹穴(引事繳得甚委曲)傳神蹟惜許絶境詭圖經

(幽陰鬼語)蘭橈拏入懼神形鐵笛吹裂老恠聽水咽雲暝悄愁人

(方入自已語結句)歸來恍兮夢未醒嗟我只道隔門限安得列叟乘風泠

晦顚幽儵眑冥惝恍出神入鬼極

瓌畫詭理勝於協律事實於玉泉

四時詞 規模長公而出入于唐季自穠自艷

日照千山紅錦爛烟愁芳草青春晩簾前蝶散落(温之雅)花寒
堤上鶯飛新柳短曉起濃粧畫蛾眉自熏蘭葉護臙脂
綠窓無夢夜如海腸斷東風聽子規 本色描說
芍藥花開緋露重(當行家語)夜來烟濕清香動遊蜂戀々過雕墻
乳燕交々飛畫棟輕簾微颭拂翠幃粉珠凝(嬌姿媚嫵)汗沁羅衣
西湖連伴納涼去折得滿船紅藕歸
木落千山江杳々秋天一鴈秦雲曉空階月皎蛩音長
蔓草露漙螢(尖細)影小耿々蘭鐙焰半斜紅樓西畔(高看)落星河
疊衣剪罷涼無睡一夜雨聲鳴敗荷 最警絕

北風舞雪散穹昊萬尾凝氷天地皓梅吐輕香玉藥踈
松含寒凍鶴巢倒沉〻錦幙暖圍春珠貝玲瓏甲帳新（蕭鎖滿眼）
粧罷酡顔微暈上麝煤薰惹綉鞋塵

竹枝歌　　黃汝獻

竹枝歌竹枝歌〻罷千年遺恨多西風一夜湘水冷洞
庭木落生層波黃陵廟前楓桂林淒（蕭瑟）涼落日啼栖鴉舟
人争唱競渡曲碧海千尋連汨羅秦閑一閉歸不得滿
庭春草埋章華可憐虞姬帳中泣英雄已逝恨無涯楚（三句收拾盡無欠）
山蒼〻楚水碧騷人遷客幾度過請君今日更莫歌天
涯流落淚橫斜　雖涉亢格而譫宕可咏

湖堂曉起用東坡定惠院韻　李滉

鷄鳴水村月掛簷一枕歸夢驚殘夜房櫳閴寂蓬觀裏
曙色葱朧花樹下庭梅半落香更吹(裊娜可愛)石澗新蹊響轉瀉
欲知仙境定何如聞說瑶臺此其亞綺滄常繼太官供
蘭燭時容漁店借病来酒伴已全疎老去詩情渾未謝
青春欲謝鳳城塵(有許多情)白雲空憶芝山舍年多老松栖怨鶴
雨荒幽圃拋寒蕉榮辱如雲本来無富貴逼人真堪怕(達人所見到底)
朝来百囀林下鶯似與詩人助嘲罵(韻調逼東坡自是清健雅婉)

湖堂春暮梅花始開用秦少游詩韻(便是長公口吻語)

我昔南遊訪梅村風烟日日銷吟魂天涯獨對歎國艶

驛路折寄悲塵昏通來京輦苦相憶清夢夜〻飛丘園 有情

那知此境是西湖邂逅相看一笑温芳心寂寞殿殘春 嬌艶動人

玉貌綽約迎初曒伴鶴高人不出山辭輦貞姬常掩門 蕭瑟悽惋

天教晩蕟靨桃杏妙處不盡騷人言媚嫵何妨鐵石腸 有味

莫辭病裏携鸚罇 非唯理學爲東方祖而詩亦壓倒諸公

飯筒投水詞 尹潔

沅有茝兮湘有芷九疑山高皆相似芳洲五月蕟芙蓉 蒼古

風吹香氣動南紀滿船竹枝楚國人且將飯筒投江水 極有雅致 切近有趣

去是離騷屈大夫五月五日沉江死秖今猶有未招魂 幽情動人

萬里寒潮朝夕至芰荷裳盡木蘭空生別美人長已矣 恨情可掬

江潭日暮採杜蘅楓岸蕭條欲誰寄空將幽怨動郢人
舊俗傳來成往事沙棠舟上客倚槳一曲悲歌(綴得的當)數行淚
人生何必醒自苦(結以別思)一尊爲爾臨江醉

耆老宴作　盧守愼

所(終篇以寄思寄語寫入神境)貴希年更達官九人而已亦(好)才難金章鳩杖聯翩来
八(鄭君宗榮封君)溪敞宇華筵開小至霜風振駝駱(山名)令者不醉(凄切)餘幾日
我如老牛鞭不動未罷驩娛最蕭瑟

曉行　權擘

南村北村雞亂(寫得曉景便真)鳴東方大星如鏡明山頭霧捲月猶在
橋上霜凝(入詠)人未行征馬蕭〻翔風急客子悲吟僕夫泣

何當早賦歸去来一醉都忘百憂集

漁父詞 朴淳

山民重獸鳴桑弓好魚獨有南来翁(古雅)纖〻繭絲結短綢(閒遠有味)遮得玉鱗澄潭中輕刀割處水聲寒石上坐對青山餐向日覓魚長安市(意便佳)腐臭至今令眉攢

美人曲 楊士彦

美人端坐光碧之高堂(從李青蓮門中来)玉容絶世而獨立美人手揮龍門之孤桐獨奏陽春白雪曲調高千載少知音(雙關說来承上生下恰好)秀色曠世難再得爲我彈鳳凰百鳥呑聲嚴啾唧再皷龍虎吟(奇壯)(渾〻)震風捲海雲湧碧慢調乍變樹冬華羽商亂撥天夏雪(出之不窮)

陶然忽回天地春戞ㄷ韶鈞諧六律蚩氓解慍鄙夫清
象尼有聞應不肉胡然爲帝胡爲天使我一見腸斷絕
腸斷絕斷復續百年三萬六千日ㄷ相隨無遠別古 論ㄷ洪遠
人亦有言得意則可樂雲屏錦帳夜同寢瓊糜琅玕朝 調古
共食約蘭巵杜襲芳馨坐令青天駐白日美人兮美人
莫學春風桃與李願作歲寒之松栢 是獨得盛唐歌行法

李氏婦輓詞 崔慶昌

相公之孫鐵城李養得幽閨天質美幽閨不出十七年
一朝嫁與梁氏子梁氏之子鳳鸞雛珊瑚玉對交枝株
池上鴛鴦不失侶園中蛺蝶何曾孤梁家嚴君仕遠方

千里將行拜高堂出門恩愛從此隔山川阻絶道路長（古意[illegible]淸）
不是征戍向邊州不是歌舞宿倡樓心知此去唯爲親
好着斑衣膝下遊兒女私情不忍别别来幾時腸斷絶
秋梧葉落黃菊香忽驚今朝是九日佳辰依舊人不在
滿苑茱萸誰共採獨上高樓望北天々涯極目空雲海
不向儕人道心事回身暗裏諳下淚牛羊歸盡山日夕
門外終無北来使此身願得歸泉土死後那知别離苦
一聲長吁掩玉顔芳魂已逐郎行處當時未生在腹兒（爾語反高）
母兒同死最堪悲魂兮不作武昌石定化湘江斑竹枝
斑竹枝頭杜鵑血（何等峭麗）々點淚痕俱不滅嗚呼萬古何終極

一片青山墳上月 銓古為貴而氣或不逮且淺萎

鄭御史以周借裘題贈

我家舊有錦貂裘香毛柔膩墨色深前年被向燕京道
萬里朔氣連窮陰雪裏驅馬渡遼河邊風蕭々日西沉
肌膚重暖如陽春遠行不愁苦寒侵歸来置諸篋笥中
以々此愛之輕南金今日殷勤持贈君別離始見平生心 題甚難而出之容易是為甚工

送李楨從以陵門中來從鄭亞判赴京 便渾々 崔岦

國朝丹青誰出群安可度後李将軍山水平遠是餘事 妥帖承
援傳好御容繪成泣 嗣君二孝伯仲世其名今之存者孫阿 敍事典則

禎昔余遇之亂離際始任戴冠秋已成冬裘夏葛不時（李君固奇而敘得亦奇）
換此不能爲切身患爲人掃紙風烟生有酒即傾醉不（古朴）
（倔崛真得杜法）亂年少相戲號無腸不知其中堅且剛余爲太守邀館
置心取有在非專長班氏文章孫子略願從之學如嗜
欲嗟余屢蹭甘轉蓬能使斯人忘桂玉吏書鄭公同余
嗳談笑得之形骸外奉使令爲萬里行托將弓刀逐車（氣自淋漓）
盍悲歌感慨燕趙風知有合否屠沽中近邊物色無𧰼（何等風骨）
賞嗣貌雙節與三忠渠家能事在傳神就寫五觟當逼（滔滔不窮）
真白日青天一展哭持歸風厲邦之人悠悠西去入朝（雄厲激昂）
陽如出羊腸得康莊雖有妙筆寫不得衣冠文物何洋（渢渢乎大國風）

七

還須買〔筆端恣肆不厭其冗〕絹兩幅各數丈一寫鄭公稅歸鞅一寫老子

理漁舫〔通篇一氣直下雄渾奇偉公亦不知其所至也〕渠亦一青驢一酒盞兩處各着開来訪

漫浪舞歌 浙人吳明濟云酷似太白 李達

奇乎〔空生大覺中如海一漚發〕哉漫浪翁海山中栖霞美月神想雲鴻說劍白猿〔普佛世界六種震動〕

學舞青童蓬山謁金母鄉〔雲駛月運〕下乘天風瓔珞寶幄敞畫堂〔南方成佛〕

繡衫〔一刹那頃〕鈿帶羅縠香〔拈花微笑其音如雷〕鳳吹簫兮鸞鼓簧翁欲舞〔山河及大地全露法王身〕身飄揚一

拍手〔刹竿着〕始擧鵬褰兩翼擊海〔廓然無聖〕波遠控扶搖勢再拍衫〔倒却門前〕袖旋

驚雷急電飛青天三拍四拍變轉不可測龍騰〔響逐聲來〕虎攫相

奮搏倏若箭離〔風幡非動〕弦疾如駒過隙〔毋以須彌納於芥子〕前傾後倒若不支左盤

右蹙如不持神之出兮鬼之沒出沒無時霹靂揮斧風

雨聲怒東海上金剛一萬二千多少峯丘陵騰擲嵓壑（清淨摩尼珠映於五色隨方各現）
巃嵸最高毗盧峯揷空層崖倒掛藏九龍懸流萬尺洗（淨裸裸赤灑灑沒可把）
玉壁噴石三百曲此翁得之毫髮盡移胸中獨奪造化（庭前栢樹子）（色即是空）
妙長袖翩躚性所好向来筵前千萬狀會與此山爭豪（水中之月鏡中之形）（打動關南鼓）
壯奇乎哉漫浪翁渾脫何時窮恨不與公孫大娘生同（一口吸盡西江水）
時舞劒器決雌雄世上無張顛誰能學奇字縱使公孫（應無所住而生其心）（放汝三頓棒）
大娘生同時公孫大娘未必能勝此
歷劫讚歎不盡
聊用諸禪話脚

送成則優遊楓岳　鄭之升

素匣悲鳴劒氣騰手携萬歲胡孫藤扶桑坐見東海日（二句殊好）（較粘皮骨）
古栢尚對西来僧毗盧萬仞入霄漢爛銀濃玉光淩亂

天風吹下五雲車時有仙人一笑粲 [脫洒有仙韵]

古長安行

權韠

[便有唐韵]

長安甲第橫青雲高樓絲管遙相聞漢代承相七香車
轔〻夜入金張家雕盤綺食天厨来宮中美女顏如花 [半典有法]
燭影熒煌清漏遲尊前密語無人知門巷斜連夾城路 [寫得十分明挽終謝王岑一格]
平明冠盖多如霧機關欻翕令人迷白日鼻息吹虹蜺 [得意濃時] [切近淋漓而終墜惡道]
一朝人事忽顛倒金館玉臺生春草寄語世間夸奪子 [極力效唐人且深曉長篇法殊非東人口事排比者之流但格墜於張王樂府]
向来浮榮不足一瞬只今人憐賈太傅紛〻絳灌誰比數

鬪狗行　　　　　　無名氏

誰投與狗骨群狗鬪方狠小者必死大者傷有盜窺覦欲誒嚳主人抱膝中夜泣天雨墻壞百憂集 詞古意渊

國朝詩刪卷之三

雜體詩

農謳　創格爲之詞極理達公之所作無逾於此　姜希孟

雨暘若

聖君建（使仔體）皇極玄德潛通雨暘時旣若雨暘極備無一切

傷我穡塊不破枝不揚絪縕調玉燭吁老農豈知蒙

帝力熙熙但耕鑿　頗有漢樂府遺法

捲露

清晨荷鋤南畝歸露溥溥猶未晞但使我苗長（當住）敗浥何

傷露我衣

迎陽

山頭初日上綠秧齊葉平如掌迎陽下田理荒穢嘉穀日ヒ長

提鋤

提鋤莫忘提酒鍾（善諧詠謔）提酒元是提鋤功一年飢飽在提鋤提鋤安敢慵（四用提鋤不覺複巧）

討草

彼莨莠與真同看来不辨愁老翁細討非類莫相容盡使莨莠空（吁爲國者其可不辨賢邪否）

誇晨

昨從市中過市中諸子顏如花爭來嗤老醜各自逞奢華老夫拄杖語市人刀錐末利安肯誇長金積玉細商量皆自吾家 名言名言

相勸

我身足可惜我生駒過隙豈獃終歲坐安閑安閑食不足勉勤畓田畯來相促 讀之爽然自失

待饁

大姑舂正急小姑入廚烟横碧飢腸暗作吼雷鳴空花生兩目待饁時提鋤不得力 描出十分好

皷腸

麥飯香饒在莒藜羹甜滑流匕少長集次第止四座誇
香美得一飽撐肚裏行鼓腹便欣喜

望秋

麥登場占年祥我稼穰穰無傷汚耶黃滿車箱殺羔羊
稱壽觴

竟長畒

竟長畒畒正荒日炙我背(辛苦到頭)汗翻漿大郎不及小郎強爭
咫尺手(妙)脚怗竟長畒回頭笑大郎大郎却慚小郎強竟
長畒畒政荒

水雞鳴

水雞鳴當擧巵朝雞累數巵已覺醺人飢晩雞已報釃
酒來何遲水雞鳴當擧巵 委曲有態

日啣山

回看斜日已啣山夕露微升濕葉端捲却長鋤插腰間
行逐村墟戴鴉還 恰好

濯足

濯足不用十分濯還家瞌眼雞咿喔雞咿喔鋤還握十
二時何時可伸脚夏夜短休幾刻濯足不用十分濯

八音歌傷田家 魚世謙

金屋羅酒食輿臺飽欲死石田與茅屋飢凍何時已絲

先二月賣穀先三秋糶竹間拾枯筍籬底背殘照飽葉（可憐）
亦堪烹聊以供朝飧土床久無烟何由度歲寒革毛時
既回更起覓耒耜木陰雖可憩將焉庇妻子

次朱文公十二辰

（牽强語然亦是當行）
李斯嘗歎厠中鼠樊須飯牛思農圃緇歎之魯虎狼秦
逐兎何如耕澤鹵神龍吐火不怕冬蟄虵伏穴何能雄
極知駿馬不受鞭彼有羸羊誰見容唐家养猴賜袍綠
豈與雞肋拳相角丈夫窮達匪冠狗莫似牢豬空飽肉

公在 宣廟朝主文柄其詩不多見獨立体詩稍可此二篇錄之以備一体非為其詩可觀

東都樂府 非古樂府故錄之于此

金宗直

會蘇曲

會蘇曲會蘇曲西風吹廣庭明月滿華屋王姬壓坐理
繅車六部兒女多如簇甬筥既盈我筐空釃酒揶揄笑
相謔一婦歎千室勸坐令四海勤杼軸嘉俳縱失閨中
儀猶勝跋河爭嗃乙 雖非古樂府而自是蒼雅

憂息曲

常棣華隨風落扶桑扶桑萬里鯨鯢浪縱有音書誰得
將常棣華隨風返雞林雞林春色擁雙闕友于驩情如

許琛 情摽語切

鵄述嶺

鵠述嶺頭望日本粘天鯨海無涯岸良人去時但携手
生歟死歟音耗斷音耗斷長別離死生寧有相見時呼
天使化武昌石烈氣千載干霄碧 慷慨激烈千古希聲

怛忉歌

怛々復忉々大家幾不保流蘇帳裏玄鶴倒揚且之晳 形容得襯
難偕老忉怛々々神物不告知何奈神物告兮基畐大

陽山歌

敵國爲封豕荐食我邊疆赳々花娘徒報國心靡遑荷
戈挈妻子嗽泉啖糗粮賊人夜劘壘毅魂飛劍鎧回首
陽山雲矗虹蜺光哀哉四丈夫終是北方強千秋爲鬼

雄相與歆椒漿 出入古樂府古詩而自成機軸甚佳 七

碓樂

東家砧舂黍稻西家杵搗寒襖東家西家砧杵聲卒歲之資贏復贏儂家窖乏甑石儂家裕無尺帛懸鶉衣兮藜羹椀榮期之樂兮飽煖糟妻糟妻莫謾憂富貴在天那可求曲肱而寢有至味梁鴻孟光眞好逑 曲折生姿

黃昌郎

若有人兮幾雖鬠身未三尺何雄驍平生汪踦我所師爲國雪恥心無聊劍鐔擬頸股不戰 壯哉〻〻 劍鍔揞心目不撓功成脫然罷舞去挾山超海猶可超 壯浪稱人

古意五韻五篇 出杜而雅潔

美人煢〻隔秋水連空萑葦無涯涘雄虺短狐潛復起
商飇輟楫舟航斷欲徃從之思𡾊嵯
美人遰〻居嵓嶅通天箭筈豺虎嗥擇肉吮血饒腥臊
搴蘺補芳春復秋欲往從之思悠〻
金甌玉盌世所珍百行一缺祇自塵扵戲此意難重陳
山有蘭兮隰有鷰我思美人未敢言
羲和曖〻薄崦嵫玉軑雲旗何處之攀援桂枝渴且飢
我有佩璲不可問水遙〻兮山隱〻
前修事業有竹帛大雅風俗誰能識杜陵八哀堪太息

我生々長析木津云誰之思西方人 篇々俱佳

東峯六歌 金時習

有客有客號東峯鬖髿白髮多龍鍾年未弱冠學書劒
爲人恥作酸儒容一朝家業似雲浮波々挈々誰與從
嗚呼一歌兮歌正悲蒼々者天多無知 歔欷欲絶

柳㮚柳㮚枝多莖扶持跋涉遊四方址窮蘇羯南扶桑
底處可以埋愁腸日曛途長我行遠安得扶搖摶九萬
嗚呼二歌兮歌抑揚北風爲我吹凄凉 慷慨自卬

外公外公愛我嬰喜我期月吾伊聲學立亭々論書計
七字綴文辭甚麗 英廟聞之召丹墀巨筆一揮蛟龍

飛嗚呼三歌兮歌正遲志願不遂身毋違 嗚咽不勝
有孃有孃孟氏孃哀〻鞠育三遷坊使我早學文宣王
異將經術田虞唐爲知儒名返相誤十年奔走關山路
嗚呼四歌兮歌鬱悒慈烏反哺啼山谷 沉痛難雪
碧落無雲天似掃勁風淅〻吹枯草佇立窮愁望蒼昊 何等氣槩
我如稊米天何老我生何爲苦幽獨不與衆人同所好
嗚呼五歌兮歌斷腸魂兮歸來無四方 激烈無涯
操余弧欲射天狼太一正在天中央撫長劍欲擊封狐 磊落自肆
白虎正負山之嵎慷慨絶兮不得伸劃然長嘯傷無人
嗚呼六歌兮歌以吁壯志濩落兮空撚鬚 情思俱情絶

渤海

渤澥秋深驚二毛鴻飛遵渚求其曹莫思閑事秖自勞

且與鐺杓同生死逞盡丈夫平生豪 豪宕可人

謾興 自荊變格

新月團〻秋露凝明河皎潔風稜〻布衾踈冷不成夢

時有草虫來撲燈 憭慄

山人指我歸來篇筍已成林栗過拳滿庭風雨養莓苔

秋露濕慢梧桐絃 泬寥

楓嶽三五七言 楊士彥

白玉京蓬萊島浩〻烟波古熙〻風日好碧桃花下閑

来往笙鶴一聲天地老 仙標拔俗

四禽言 四篇皆逼唐人樂府蘇秦非其配也 權韠

姑惡姑惡姑不惡婦還惡摻摻之手可縫裳桑葉滿筐蠶滿箔但修婦道致姑樂何須向人說姑惡 （意甚忠厚） 右姑惡

鼎小也鼎小也秋禾如雲被原野今年鼠壤有餘蔬貫羊釃酒讌同社主婦炊黍客滿座鼎小也釜亦可

右鼎小也

我欲死我欲死四月千山萬山裡食有果兮巢有枝生 （善謔） 無所苦死奚爲爾不見去年東郡避甲兵辛苦到骨猶願生

右我欲死

布穀布穀布穀聲中春意足健兒南征村巷空落日唯
聞寡妻哭布穀雖啼誰布穀田園茫〻烟草綠
右布穀

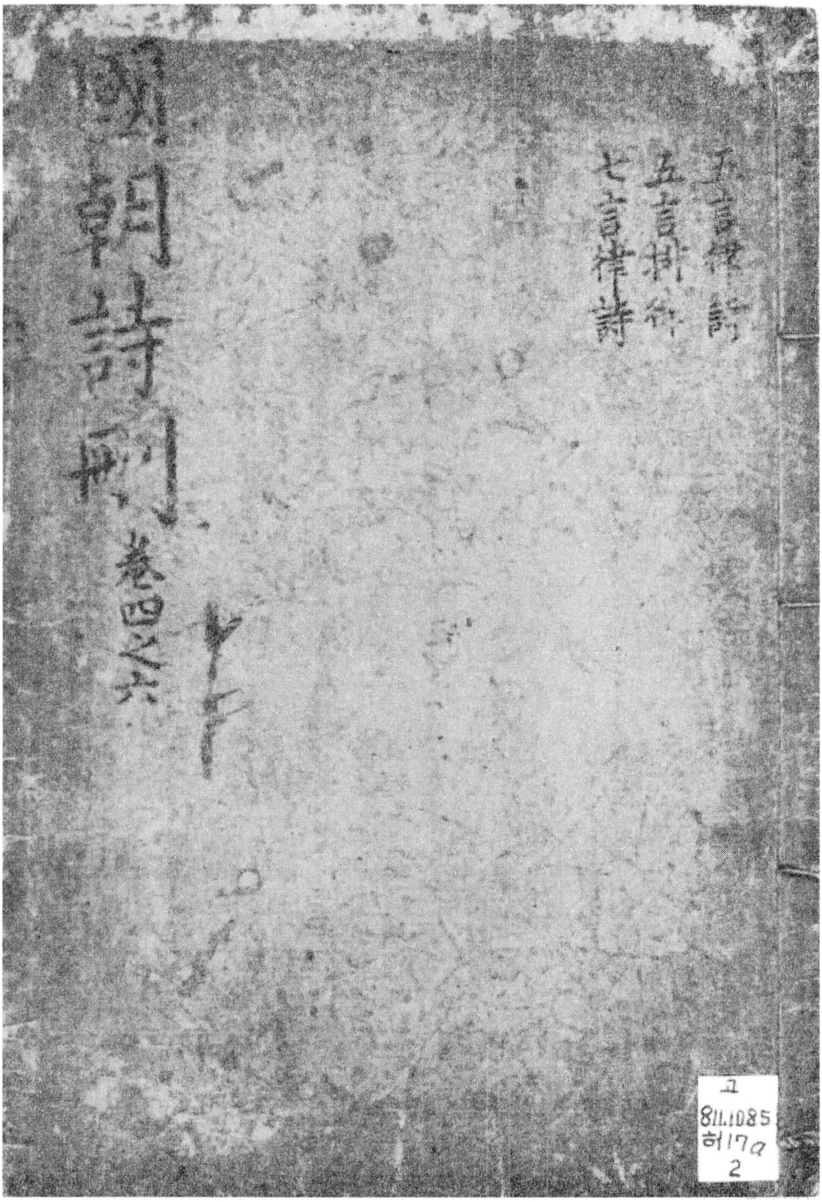
國朝詩刪 卷四之六
五言律詩
五言排律
七言律詩
고
811.1085
허17a
2

國朝詩删卷之四

五言律詩

山中　　鄭道傳

獘業三峯下歸來松桂秋家貧防養疾心靜足忘憂（閒澹有味）護
竹開透徑憐山起小樓隣僧來問字盡日爲相留

登州　　李詹

久客饒情緒（唐人穠韵）春來更惘然焚香靈應廟乞火孝康船鴈
度三千里鵬騫九萬天幾時還故國爛熳醉花前

舟行至沭陽潼陽驛

（極好句是盛唐人吻）
一粟滄波上飄然任此身楚山遥送客淮月近隨人衰

鬢渾成雪征衣易染塵那堪久行役汀草暗知春

寄金副令九容

卞仲良

家憐金典校華髮卜山屋睡枕松聲落吟回竹影踈耕當春種豆水宿夜叉魚盛代求賢急行當見鶴書

冷軟可喜

病松

李穊

百尺蒼髯叟曾經幾雪霜風枝元偃蹇雲葉半凋傷誰識歲寒翠反同秋草黃猶餘直幹在赤足棟明堂

可卜其終任端揆

宿東坡驛

權遇

學道功安在匡時術已踈十年名利後一夜夢魂餘淅瀝窮秋雨荒涼古驛墟松燈寒照壁遷客意何如

冷語

愁思可掬

晨興　　卞季良

殘夜凉侵簟由虛露氣通四隣明宿火萬井動晨鍾日出疎烟外秋生積雨中幽栖忘盥櫛客至強爲容

（清渠）（極有雅趣）

春事

苒苒花期近纖纖徑草深風光憐弱柳野燒入空林幽夢僧來鮮新詩鳥伴吟境偏無外事酒客只相尋

（賈長江清韵）（結惱）

曉過僧舍　　柳方善

東嶺上朝暾尋僧扣竹門宿雲留塔頂積雪擁籬根小徑連溪洞疎鍾徹遠村蕭然吟未已清興到黃昏

（境清）（寒苦稱家）

即事

愛靜揮麈客忘機狎水鷗詩從三上覓理向一中求屋
破茅淡古山深對木稠江魚秋正美有意買漁舟

呈逸溪金相國　　趙須

今朝零露冷穫運獨悽其處世同炊黍持身若累棊浮（從兩陳中來亦自沉鬱　勁悍極好）
沈亢有數覆載本無私白酒可人意頹然一中之

蓮堂月夜　　徐居正

晚坐陂塘上荷花未半開月從今夜好風送故人來欲（春容穠厚自是大家）
著濂翁說佳停太白杯更深揮不寐星々共徘徊

七夕　　井（思佳）

天上神仙會年々此日同一宵能有幾萬古亦無窮月

色蛩吟外河聲鵲影中誰無文乞巧得句語還工

夜咏

已恨秋光老空悲清夜徂蛩聲連竹塢月色得庭梧(苦而不傷)墻

角蘄(洪棗)長短尊中酒有無田園頻夢想三徑欲荒蕪

秋風

茅齋連竹徑秋日灔晴暉果熟擎枝重瓜寒(淡而不寒)着蔓稀遊

蜂飛不定(有情語)閑鴨睡相依頗識身心靜棲遲願不違

三田渡

(舒徐涵遠亦是大家手段)

羸馬三田渡西風吹帽斜澄江涵去鴈落日送還鴉古

樹明黃葉(逼唐)孤村見白沙青山將盡處遙認是吾家

向闕東行在次金化板韻　姜希孟

法駕東巡日蓬萊望渺然旌旗雲葉動(脘俚)劍戟日華鮮仙仗春風裏(聲調俱暢)行宮碧海前矢詩陳吉日聊欲頌周宣

廣津舟中早起　洪貴達

舟中晨起坐相對是青燈雞犬知村近(北景甚巧)星河驗水澄隨身唯(可矜)老病屈指少親朋世事又撩我東方紅日昇

入侍　經筵　金克儉

肅〻金門闢丁〻玉漏殘清霜飛(有耿拾遺〻韻)劍佩破月曉鵷鸞對仗言猶切封章墨未乾徒言雙鬢白(欠古意)猶自侍心丹

二月三十日入　京　金宗直

强爲妻孥計虗抛故國春明朝將禁火遠客欲霑巾花
事省々晩農功處々新蒭將湖海眼還眯市街塵(介重姿揖)

洽東津

津吏非瀧吏官人即邑人三章韡 聖主五馬慰慈親(士夫勵志當若是耳)
白鳥如迎棹(切當)青山慣送賓澄江無點綴持以律吾身

差祭宿江上

卷幔臨江水焚香夜寂寥鶴鳴清露下月出大魚跳刮(何減唐人高處)
眼占銀漢齋心禱絳綃篙師知我意早艤木蘭橈

寓興(通篇渾融奇治自是行中第一)

無君凡幾月晦魄八環回世事詎可問故人猶不來睃

泥新燕怯澁雨小桃開寂寞歌春興東風吹酒盃

佛國寺與世番話 金季昌

爲訪招提境松間紫翠重青山半邉雨落日上方鐘語與居僧軟盃隨古意濃頹然一榻上相對鬢髮鬆

仙槎寺

偶到仙槎寺嵒空松桂秋鶴翻羅代盖奇龍蹴佛天[illegible]細雨僧縫衲遍唐寒江客棹舟孤雲書帶草獵〻滿池頭

途中 金時習

貊國初飛雪春城木葉踈秋深村有酒客久食無魚山遠天垂野白覺曠遠江邉地接虚孤鴻落日外征馬政躊躇

有客

有客清平寺春山任意遊鳥啼孤塔靜苔落小溪流住 閒適自在
菜知時秀香菌過雨柔吟行入仙洞消我百年遊

登樓

篇無雕琢字無推敲而自古雅自平遠乃是無上〻乘諸詩槩同

向晩山光好登臨古驛樓馬嘶人去遠波靜棹聲柔不
淺庾公興堪銷王粲憂明朝度関外雲際衆峯稠

昭陽亭

島外天將盡愁邊恨不休山多從北轉江自向西流鴈
下沙汀遠舟回古岸幽何時抛世網乘興此重遊

何處秋深好 出香山而自超遠

何處秋深好秋深隱士家新詩題落葉夕饌掇籬花木脫千峯瘦苔斑一路賖遺書堆手紫臏目對朝霞

何處秋深好漁村八九家淸霜明柹葉綠水漾蘆花曲曲竹籬下斜斜苔徑賖西風一釣艇攸去逐烟霞

沙斤驛亭 俞好仁

乾坤真逆旅無處不居停往者猶來者長亭復短亭遙空孤鴈度薄暮數峯青一抹南柯夢斜陽欲半庭

甚好

登鳥嶺

凌晨登雪嶺春意正濛濛北望君臣隔南來母子同蒼茫迷宿霧迢遞倚層空更欲裁書札愁邊有北鴻

切當宜動宸心

次韵答淳夫　曺偉

嗣宗非達士何用哭途窮世固遺神驥穩的人多好画龍飢鳶鳴曉日徒鶻下秋風穿莫草玄子長揚獻賦翁

通州　李胄

通州天下勝樓觀出雲霄市積金陵貨江通揚子潮寒好雲秋落渚獨鶴暮飮遵鞍馬身千里登臨故國遙老杜清韵

贈李德優

海亭秋夜短一别復何言惟雨連鯨塞頑雲接鬼門青銅衰鬢色危涕滿衫痕更把離騷語憑君欲細論沈鬱律可惜

雨中懷擇之　朴誾

寒雨不宜(雄拔)菊小尊(棲觀)知近人閒門紅葉落得句(渾渾有味)白頭新離
憶情親友愁添寂寞晨何當對青眼一笑見天真

曉望

曉望星(奇壯)垂海樓高(何等氣字)寒襲人乾坤身外大(壯語拔境)鼓角坐來頻遠
岫看如霧(壯景入神)暄禽覺已春宿醒應自解詩興謾相因

癸丑移舟

夜雨鳴篷憩(景奇思佳)朝雲出壑新磨舟石鑿々(擺矣)滕客魚鱗々敢
有秉將志長懷擊楫人夢中過上院瞥眼失龍津

逢雪

馬上逢新雪孤城欲閉時漸能消酒(沉着)力渾欲凍吟髭落 (魚無迹)

日無留景栖禽不定枝灞橋驢背興吾與故人期 獻渾

題天磨錄後 李荇

卷裏天磨色依〻尚眼開斯人今已矣古道日悠哉細雨靈通寺斜陽滿月臺死生曾契闊衰白獨徘徊 公詩篇〻百雅沉厚・歷却讀揚所不能盡

次雲卿韻

新詩知繾綣細字看縱橫此日頭渾白何時眼共明江湖魚淂計鐘鼓鳥非情兩地無窮思毫端寫不成

獨酌有感

薄酒時多酌剛腸日九迴道爲當世棄迹或後人哀歸興生芳草春愁付落梅百年湖海願莫受二毛催

新秋

薄晩新秋邑殊方久客情蟬聲高樹靜螢火遠林明文字三生誤功名一笑輕鹿門他日約妻子幾時迎

次洞口晩眺韻

依〻春事晩杳〻洞門深地淨無塵遠峰高易夕陰幽芳迎幾步啼鳥惱新吟已得忘言趣從誰說此心

風樹

風樹多危葉秋山易夕陽鴈行斜度漢蛩韻冷依床病欲侵年至愁今抵夜長知音空海內誰與一商量

有懷北亭用定王臺韻

止老今如許何人載酒来青春回洞壑白首隔泉臺幽
鳥自相喚閑花空復開今明板上字三復有餘哀

遊龍門登絶頂　金安國

步〻緣危磴着〻眼界通閑雲迷極浦飛鳥沒長空萬（胸次亦豁）
壑餘殘雪千林響晩風天涯懷渺〻孤月又生東

次惟龍仁光潤村居壁上韵

老得閑居味無人獨自憐煉茶蘇渴肺蒔藥護殘年亂（閒適自在）
帙抛花下殘碁散酒邊鳴琴須月夕聽罷更欣然

清風寒碧樓　金凈

盤礡山川壯乾坤兹境幽風生萬古穴江撼五更樓虛（豪放自造）

枕宜清夏詩魂爽九秋何因脫身累高卧寄滄洲

送徐老歸濵州

歲暮倦遊客關河山萬重孤雲隨去馬落葉沒行蹤嶺外餘荒業(不用意不費力語自清逸)沙邊一釣翁相思明月滿夢盡海天東(超遠)

春夜贈奉君朝瑞往松都因返故林

華月未揚光(直接孟王高派)層城夜蒼蒼臨觴怨怊悵幽意故徊徨故國雲烟斷舊園林木長(通篇無雕繢而語自高妙)歸歟在明發江海杳難望

遣懷

海國恒陰翳荒村盡日風知春花自發入夜月臨空(應帆)鄉思千山外殘生絕島中蒼天應有定何用哭途窮

絕國

絕國無相問孤身棘室圍夢如關塞近僮作弟兄依憂 語皆凄悲
病工侵鬢風霜未授衣思心若明月天末寄遙輝

積水

積水浮天極溟茫漾太虛地孤疑世外人遠得秦餘舟 寫遠
揖通吳楚魚龍半邑墟乘桴潛聘歎終不陋蠻居

江上 奇遵

遠遊臨野戍高會惜年華夜靜胡天月春深古塞花長 淡而有力
江誰作酒哀唱不成歌望望雲空外殘星沒曉河 俱宬 唐

急上道好

日暮登城

殘營收夕雨孤堞屬春晴落日長江遠(幽沉)頹雲古塞平埜
溪天氣黑峰(高峯奇思)迴戍烟青漠漠三城北猶聞邊笛横

秋日城頭

塞國初霜下胡山一半黄野寒風葉動(巧而不纖)江落鴈沙長朔
氣沉孤戍邊雲老戰場高城聊極目日暮淚茫茫

題萬義寺東浮屠　崔壽峸

古殿殘僧在林梢暮磬清回通千里盡墻壓衆山平木
老知(鍊洗得好)何歲禽呼自別聲艱難憂世綱今日(抑知其終不免否)恨吾生

贈僧

嶺外寒山寺逢師眼忽青石泉同病客(此不拘偶爲勝)天地一浮萍跡

雨殘燈冷持盃遠海聲開曲重話別雲薄曉星明

醮李女夜宿珍山村舍　申光漢

客卧是誰家夢驚天一涯隣雞鳴不巳山雨夜如何暗

水喧溪石輕香濕澗花人生婚嫁畢有酒且宜賖 (唐人雅格) (自適)

晩望

峽盡滄江遠沙平水驛開炊烟花外沒夕鳥日邊回故 (通篇清新婉切真韋孟高韻) (何處得來)

國無消息孤舟有酒杯前山浸道峻何處望蓬萊

病裏山齋即事寄趙士秀和

自是嬰衰疾還如謝世紛夢凉荷濕露衣潤石生雲作 (語有神助)

吏真兼隱栖山不負君清芬誰可共持此欲相分

奉和希樂亭見寄　洪彥弼

病矣吾何事頹然懶作人恩從毛穎薄情到鉄婆親短
枕那能夢幽窓不肯晨百年分得半衰白又蕞春（岑寂語）

題麟蹄縣　成世昌

杳寵通危棧依俙見數家庭梧高過屋野麥晚生花峽（巧思）
束天容窄溪回夜響多征人清不寐鈌月入簾斜

書扇面寄巴山兄　蘇世讓

忽報平安字聊寬夢想懸孤雲飛嶺嶠片月照湖天兩（亦自楚楚）
地無千里相望近六年節簷雨聲夜長憶對床眠

岐江　鄭士龍

灘到交流處船移亂樹間急風吹霧駿跡雨打篷斑行
役能催老功名不博閑終慚庾開府詞賦動江關

納灝堂

天半笙歌起亦曰嚴鎮留連豁客愁俯臨山側展遐矚水分流懷
賞兼桃漲來遊近麥秋晚凉江樹暝烟雨送歸舟

沂臨津用紫陽唐皐韻

潦縮潭光淨瀾撓內晚閑對闉粧鉄岸山斷聳層臺江寫景嚴重者是爲甚難
氣生跡雨濤聲殷遠雷船官好看客結纜待吾來

釋悶縱筆

隨意攤書坐孤吟對晚暉岸風帆腹飽沙雨荻芽肥離

鈇通江色黛垂礙蝶飛誰知浴沂節和病試春衣 甚未甚重雨景自佳

大灘

轟輵車千兩喧闐鼓萬椎篙工心欲細病客膽先摧振鷺衝岩起跳山入座回片帆愁激射欹側岸邊來 狀景如許險好

贈僧 黃汝獻

直旨知名寺屋僧閒幾三石泉鳴瀨〻夜雨落蹤〻定罷香烟細鐘殘鶴夢酣話頭如有味呼我老龐斋 工緻

病鶴 沈彥光

病羽思宵漢荒園每夕曛臨池吊孤影塌翼戀遙群半夜樊中淚三湘夢裏雲聲〻多意緒淒切不堪聞 昔庵 均孫

書座壁　成運

事往嗟何及懷賢淚滿衣波乾龍爛死松倒鶴驚飛地（可破千古恨沸）

下忘恩怨人間說是非仰瞻黃道日誰得掩光輝（忠厚藹然）

秋村雜題　林億齡

志與江湖遠形隨草木衰美人嗟已暮楚客自悲哀（此老平生行止）

網江魚駭機心海鳥疑非無流水曲何處遇鍾期

贈覺玄

墻下客猶卧山中僧獨歸江村秋日暮野寺遠鐘微殘（淡語有味）

夜鳥同宿曉天雲共飛離懷不自整醉筆為君揮（超邁）

竹西樓

江觸春樓走天和雪嶺圍雲從詩筆湧鳥拂酒筵飛浮
海知今是趁名悟昨非松風當夕起蕭颯動荷衣

雄放　跌宕可見　音節諧捷神氣豪上

次石川韻　嚴昕

宥底花飛急風光不貸人春歸殘夢裏家在大江濱酒
薄難成醉更長未易晨猶餘輸寫處得句寄東隣

氣超語

次詠薔薇韻　洪暹

絕域春歸盡邊城雨送凉落殘千對艷留得數枝黃嫩
蘂承朝露明霞護曉粧移床故相近拂袖有餘香

句麗

次友人寄詩求和韻　李滉

性僻常耽靜形羸實怕寒松風關院聽梅雪擁爐看世

味衰年別(知道之言)人生末路難悟來成一笑曾是夢槐安

宿十三山次板上韻　柳希齡

祗役非戎事儒裝過薊門風烟連碣石墻堡限關原設伏龍庭遠燒荒海戍昏胡笳何處發邊思曲中論(公有大東詩林一部衆次雖有議者而有功於詩家甚大此作亦不凡)

秋晩作(氣象超然)　金麟厚

夜靜星河動秋深露氣高輕寒生枕席倦夢落江皐未泛重陽獨誰題九日餻孤懷愁不寐奈復曉雞號

登吹臺(盛唐高韻)

梁王歌舞地此日客登臨慷慨凌雲趣凄凉弔古心長

風生遠野白日隱遙岑當代繁華事茫茫何處尋 沉著

華陽序 泓淨閑澹

水闊經新雨山明轉夕陽風威金息浪雲日政涵光近岸亭誰築中流鳥自翔回舟乘暝色玄玄上蒼茫 字巧

盆菊 亦自可咏

十月清霜重芳義不耐寒枝條將萎絕花蘂半凋殘北闌承朝露東籬謝夕飡貞根期永固歲歲玉欄干

次韻贈柳宣川永吉 鄭惟吉

十里湖堤路偏宜信馬過魚遊明鏡裏人在水仙家地比東吳勝人方謝朓多龍泉無計斲空憶晉張華 耿艷可誦

水月亭清溪晩雨　李洪男

返照翻成晴畝雲擁已迷金蛇忙不駐(巧)銀竹散難齊鳥翼投林重鍾(亦奇)聲出寺低尋僧明日去愁殺漲前溪

次楊烱從軍行　尹鉉

夕烽通兩京胡虜幾時平(此極力模唐人者)千里遠從役三年長築城鴈無關外信劒有匣中聲方欲効心力未遑言死生

次王勃三學寺

亂石鳴春溜(入妙)孤雲斂夕岑松扉僧閑久林逕(幽邃窈窕)客行深藤老過墻蔓(巧思)鐘清出寺音夜來山籟寂禪話散塵襟

題忠州樓軒　尹潔

如此等作何愧古人

中原古名勝物色訥齋餘有客登樓處高秋落木初江

詞格中有義重

淡中有氣

蒼和雨重山氣入簾虛四顧非鄉國長吟意未舒

次陰城東軒韵

流麗

清槩

碧落收寒雨青山潑返暉野橋人欲斷官路樹相圍爲

悽切

蕭颯

客時將晩還家夢屢飛夜深成獨坐風露襲秋衣

國朝詩删卷之五

五言律詩

十六夜感歎成詩　盧守愼

八月(磊落軒騰)潮聲大三更桂影疎驚栖無定鵲失(壯浪語)木有奔鼯萬事秋風落孤(蕭颯語)懷白髮梳瞻望匪行後生死(慘然)在須臾

別文白二生

莽蕩乾坤大蕭(少陵清處)條性命微詩書禮學未四(奇對)十九年非露菊憑烏几秋虫掩竹扉此時文白至三宿乃言歸

路中吟(一篇奇崎渾融)

曉過荒山僻曛歸黑石幽徑深雪一丈巖老雲千秋歲

月空消䨥乾坤未解憂儒窓夜無月萬事集(突兀)蛩頭

宿三社倉

旅食三村里時當七月秋干戈亂離際稻豆暵乾憂海月蛩吟盡(情景入神)山風露氣收安危古百濟萬慮倚晨樓

十六夜喚仙亭(筆力凌厲宏放氣蓋一世)

二八初秋夜三千弱水前昇平好樓閣宇宙幾神仙曲檻清風度長空素月懸愀然發大嘯孤鶴過翩躚

成世雲回憑寄家書

老病雙親在尚州縣化寧鴈辭蘇武繫犬(引事工緻)豈士衡聽澤畔頭渾白天涯眼忽青好歸成大孝傳札一奴星

和龍灘先生韻 (通篇筆端皷舞)

山頹天喪矣木老人歸哉短景鳴寒瀨春風立古臺有
親仁里接無友遠方來誰識今蘇武前身是老萊

贈大谷 成運

偶作山陰興迂尋谷口廬經寒松(況大谷)自秀帶臘柳(以自況)微舒元
祐完人(指大谷)老周南滯客(自道)餘何須載酒問已勝十年書

神勒寺次覺長老軸韻

神勒前朝寺高僧(絶勝用意之作)普濟居烟雲暮帆落水月夜窓虛名
利身猶縛山林迹若疎孤懷感泡沫萬事付澆書

愼氏江亭懷弟

路盡平丘驛(變俗作椎)江深判事亭登臨萬古闊(何等壯大)枕席五更清露
渚翻魚鳥(樂府)金波動月星南鄉雙淚盡北　闕寸心明

幽谷驛

勉奉吾儕毋欽趨我(偶然使眞)　聖王垂輿鶴髮影滿袖　鳳綸
光錦綉羞晴畫襴斑媚夕陽如何日夜淚太半是故鄉

葩溪

萬瀑深深洞茲其第一流紅扉石不老(奇甚)碧靄山無頭鏡
面長河瞻琴心太古秋盤岩不盡興歸路夢悠悠

・玉堂看李(彥迪)宋(麟壽)二先生詩次韻寓感

二老實間世兩南還一時如何孔顏樂便作誼原悲天

上箕騎尾人間死別離凄凉玉堂月只照舊知心(悽惋有情)

會謁議政影幀移安于家

歲月幷臨辰移安鼻祖真招要祖免服序拜十三人柳(眞冊在手黙鉞成金)暗青披晩天晴白嶽春誰知修禊事所以勸親親

月溪舟中

百丈牽風浦孤蓬泝月溪空明同上下烟靄半東西客興南程闊歸魂北極迷清秋望不極寒日向人低(磊砢脫俗)

大灘次韻

急峽回群麓貪潭集萬溪愁岩老溫上問站大灘西兩岸楊根坼(大膽語)孤帆瞑色迷青雲長路濕白首壯心低

送李欽叔 憲國

楊柳三春暗江湖萬里清心隨白雲去淚洒繡衣行寒
兩孤篷捲芳尊兩眼明相看意中友白髮滿頭生（降格爲王孟亦自明概）

遆右相

土虎春全暮吴牛喘未蘇初辟右議政便就判中樞（此老善於用俗作雅）
澤深如海慈恩潤似酥避賢仍樂聖能住幾年盧

題龍湫院樓

一宿嶺下縣縣樓微雨來山容主屹角水氣龍湫哀亂（偶然語亦破的）（費奇反滯）
世 君王聖迷途老病催去留均失意沾灑重徘徊

端午祭 孝陵

廟表全心德陵加百行源衣裳圖不見社稷欲無言天
斬逾年壽人咎萬古寃春坊舊僚屬只有右司存 金悍玉剛

挽李政丞鐸

碩士生周國賢臣立漢廷檻摧三窟破雲爛上台明經 儘是的語
濟當平世膏肓屬暮齡承家有龍虎遺德見哀榮

挽金大諫鸞祥

珎島通南海冊陽近始安風霜廿載外雨露雨朝間白 情極哀語極切讀之令人破涕
首鷺時晩青雲保歲寒東風壯夫淚一洒在桐山

沔川伴月樓 二篇俱以和平澹雅為勝 沈守慶

檻外池心淨松間矢道長竹踈微見影荷老細聞香薄

晩風鏖暑新秋雨助凉客邊驚節序歸興立斜陽

鴻山澄淸樓次韻

竹色分雙島荷香滿一池雨過平野後人(語好)倚小樓時勝
地誰同賞羈愁只自知欲將詩作壘聊用酒爲基

青鶴洞　朴枝華

(語道思幽非等閑作者可肩)

孤雲唐進士初不學神仙蠻觸三韓日風塵四海天英
雄那可測(極好)眞訣本無傳一入名山去淸風五百年

山居卽事　權應仁

結屋倚靑嶂(極巧)携瓶盛(好)碧溪逕因穿竹細籬爲見山低枕
石巾粘蘚裁花屐印泥繁華夢不到閑味在幽栖

呈高峯奇大升 高敬命

異代人私淑澗源遡考亭青丘鍾秀氣南斗繞文星身

遠淹瀧浦名高動漢廷蒼生望已久飛詔下天局

芙蓉抱香死應製作 丁胤禧

玉露凋銀渚朱華隕碧潯未堪秋水晚叵耐曉寒侵鏡

裏銷紅臉釵頭抱苦心香魂招不得愁絶暮江深

風詠樓 柳永吉

楚雨霾殘照(響亮)雲開錦席明笙歌欺病守刀筆誤書生睽

箔山榴艶(清樂)通池野水清酒醒愁易集流落愧身名

次韻酬黃景文

葉雨西廂夜殘釭夢覺時浮榮不在念遠別自生悲錦 悄黯
瑟消年急金屛買笑遲江南一片恨唯許故人知 鏗鏘金石

禁林應製　河應臨

千門催曉闕仙漏正沉沉花氣熏長樂鶯聲繞上林雲 太逼沈宋
披天仗近月隱露臺深明日長楊獵誰懷獻賦心 初唐穠韻

因李達北歸寄朴觀察民獻　崔慶昌

草草河邊酒悠悠別後期聊因北歸客始寄去年詩塞
外早霜落關中芳草衰相思月頻滿秋鴈到來遲

闇陽驛 篇篇俱是王孟錢劉雅韻

馬上時將換西歸道路賒人烟隔河少風雪近關多故

國書難達他鄉鬢易華天涯意寥落獨立數栖鴉

七家嶺逢立春

旅食逢春菜羈愁且物華經年猶在路幾日定還家山 (婉語猶是韋錢遺意)
郭烟和柳(知畫)河橋雪半沙佳辰任蓬梗顔鬢轉蹉跎

朝天宮

碧宇標眞界仙壇降太清鸞栖珠圃樹霞繞紫微城寶
籙三元秘神丹九轉成芝車人不見空外有簫聲 (仙家上乘)

擣紈應 製

誰家擣寒杵一下一傷情滿地秋風起孤城片月明淒 (正自痛警) (珠玉在側覺我形穢)
清動霜葉寂寞入寒更征客關山遠能聽空外聲

送趙伯玉瑗赴槐山

直道難容世微官且為貧全家向山郡孤棹別江春階下銷丹竈窓間挂笏人王喬有舃早晩謁麒麟

送秦上舍好信

遠客經寒食歸期後落花白雲隨望在芳草出關多病（光芒閃閃逼人）負江頭別看如夢裏何明朝春（好）亦去相伴過天涯

惠全軸

一路看花伴披簑（居然自勝）似去年逢僧問山寺立馬喚津船遠樹春城背平蕪暮雨連猶愁後臺磬隱隱隔微烟

憶孤竹　白光勳

門外草如積鏡中顏已凋郁堪秋氣夜復此雨聲朝影在時相弔(苦語)情來每獨謠猶憐孤枕夢不道海山遙(錢郎遺韵)

送沈公直赴任春川

厭亂仍淸疾移官愜素情行廚山吏(唐人雅趣)供春饟野花迎隱几看雲起停琴待月明應憐樓下水(最好)日夜向秦城

送李擇可赴京

歲暮遠爲客此行應過春河橋正風雪關路尚烟塵時見天邊月如逢故國人悲歌滿燕趙隨處莫傷神

閑居即事

欲說春來事柴門昨夜晴閑雲度峰影好鳥隔林聲客

去水邊坐夢回花裏行仍聞新酒熟瘦婦自知情

縣津夜泊

旅泊依村口重遊屬暮年鍾聲隔崖寺人語渡湖船月
上蒹葭遠烟沉島嶼連更深風更急落鴈不成聯

酷有佳致

襄陽道中 李達

日暮襄陽道烟沉漢水濱獨行騎馬客不見弄珠人下
渚多青草中洲采白蘋徘徊大堤上覽古一傷神

望之知其本色

引事切而不粘

上江陵楊明府

行子去留際主人眉睫間朝失黃氣舊日憶青山曾
國爰居饗南征薏苡還秋風蘇季子又出穆陵關

來

未久

儘好

經慶寺

此寺何年慶門前松逕深嵐蒸碑毁字雨漏佛渝金古井填秋葉(高而切)陰庭下夕禽不須興感慨人世幾銷沉

別西京

背指孤城遠(道情刺骨)鳴櫛渡客舟驛亭雲日晩江樹露(早)蟬秋久滯常歸計臨行又別愁隨身無長物長嘯看吴鉤

寧越道中

懷緒(緒)客行遠千峰道路難東風蜀魄苦(刺心裂肚)西日魯陵寒郡邑連山郭津亭壓水欄他鄉亦春色何處整憂端

端川九日

朔吹沙榆落河關驛路賒客中逢九日馬上折黃花飄梗無常處鷄橋不受東良辰倍憶家遙遙望孤戍城堞(堞)隱悲笳

中和道上 林悌

羸驂馱倦客日暮蔑黃州墟恨踏青節未登浮碧樓佳人金縷曲江水木蘭舟寂寂生陽館孤燈夜似秋

旅懷 權韠

東郡秋將盡西征計又非烟塵關外阻書信峽中稀古渡寒吹角空林暮掩扉愁時見歸鴈一一背人飛

清明 此君五律最佳而此尤絶倡

淑氣催花信輕黃著柳絲人烟寒食後鳥語晚晴時老

去還多事春來不賦詩京華十年夢惆悵只心知

初秋夜坐書懷

客子悄無睡空堂秋夜深螢從窓隙(栢溪中有蕭思)入虫在石間吟世路難如此兵戈動至今居然生白髮寂寞壯年心

九日對酒作

喪亂看今日凄涼異故園風塵桃竹杖江海菊花樽古戍遥關角荒城早閉門兵戈滿天地漂轉更堪論

有歎

兵戈今未定何處問通津地下多新(讀之堪涕)鬼樽前少故人衰年聊隱几浮世獨沾巾閉戶風塵際寥寥又一春

留别洛中諸舊　尹忠源

歲歲雖相見其如客裏何風塵猶澒洞京洛轄来過故里田廬廢荒城草樹多空將雨衰鬢明日出関河

（是蓀谷補得者韵格亦爾不凡）

東坡道中

古驛臨江口荒扉井落殘今宵為遠客昨晚夢長安露氣侵衣上春愁滿鬢端揮鞭逐徒侶落月照征鞍

（極古雅）

秋懷　白大鵬

秋天生薄陰華嶽影沉沉叢菊他鄉淚孤燈此夜心流螢隱亂草疎雨落寒林懷侶不能寐隔窓啼怪禽

（起甚奇）（較弱）（清刻）

衲子一人

送日本僧文溪奉教作　釋卍雨

相國古精舍(絶無蔬筍氣語似大家語可貴可貴)洒然無位人火馳應自息柴立更誰親楓岳雲生屐盆城月滿闉風帆海天遠梅柳(何等超洒)故鄉春

五言排律

楡岾寺　成任

寶地憐清淨名藍出等夷秋(均適華美但少遜一弟)霜凝玉砌朝日射金楣大駕親臨幸神功見設施厨開僧煑茗樓逈客吟詩雲物朝朝變林巒處處奇塵中郍有此勝槩獨心知

送趙場(士秀)之任濟州　申光漢

水國耽羅古天池島嶼青鵂啾蜒戶聚鳶帖瘴雲冥甃

轂仙班用還傾海外聽浮山迎羽駕清拔貫月載文星意重
誰非地　恩深意好看作溟只應資奮迅不是見飄零我夢
生青草君愁憶老形徬蠻吟裡調日月醉中經容易三
霜橘漂浮一點萍眼前無限意何用語丁寧

題乙卯洗兵宴軸　林億齡

王國比多難島夷頻吠　堯棠陰得安石幕下盡嫖姚
戰角長鯨竄壯猛飛砲巨艦燒螳蜋抗車轍螻蟻沃風濤斬
首埋南郭傳俘送　北朝威聲震草木凌厲兵氣彗雲霄洗
甲錦江潔開筵秋月高丹青非詑續尊酒不忘勞握手
凜相顧寒風生鬢毛結尤突兀

次韻寄穌齋 金麟厚

謫遠天南客孫懷寄十生秋風八蟋蟀春日幾倉庚去
國心應折懷親淚自傾精誠天地感玅句鬼神驚際海
雲凝島環山雪滿城明時知不屨何日笑相迎（雖復雍容終輸穌老一着）

酧寄金河西 盧守愼

有友多篇翰因人問死生明年歲在巳孟夏日斜庚俯
仰音容改豪釐事業傾波鴝萬里闊櫪馬五更驚落月
（淋漓皷舞）
南桃浦屯雲古岬城須成地下會且許夢中迎

送北評事李瑩 林悌

朔雪龍荒道陰風瀚海涯元戎掌書記（句好）一代美男兒匣

有千星劍囊留泣鬼詩邊沙暗金甲關月照紅旗玉塞
行應遍雲臺畫未遲相看豎壯髮不作遠遊悲氣豪語俊

國朝詩删卷之六

七言律詩

草舍

鄭道傳

茅茨不剪亂交加築土爲階面勢斜棲鳥聖知來宿處
野人驚問是(思佳)誰家清溪窈窕緣門過碧樹玲瓏向戶遮
出見江山如絶域閑門還似舊生涯

原城同金若齋逢河廉使崙偰牧使長壽賦之

別離三載始相逢往事悠悠似夢中毁譽(澹宕縱肆)是非身尚在
悲歡出處道還同風塵未息書生病歲月如(悲慨可涕)流志士窮
忍向尊前歌此曲明朝分袂又西東

航萊州海　　權近

十丈風帆萬斛船雲開滄海渺無邊星垂雪浪相涵泳
水拍銀河共接連可向半洋悲壯士不須三島問羣仙
舟中偃仰堪乘興自是浮槎易上天 純熟可貴

在固城寄舍弟　　成石璘

擧目山河深復深家書一字抵千金中宵見月思親淚
白日看雲憶弟心兩眼昏花春霧隔一簪華髮曉霜侵
春風不覺愁邊過綠樹鸎聲忽滿林 大抵國初諸詩單俚自渾厚故存之

漁翁　　偰長壽

不爲浮名役役忙生涯追逐水雲鄉平湖春暖烟千里

古岸秋高月一航紫陌紅塵無夢寐綠蓑青笠共行藏
一聲欸乃舟中趣那羨人間有玉堂 此篇獨可兩三峰春城之什次之

春日寄昆季 姜淮伯

旅窓聽雨苦難聽況復萊衣隔鯉庭心與暮雲歸不住
愁隨春酒醉無醒江山此日頭將白骨肉何時眼更青
宦路險夷曾歷試是身天地一浮萍

寒食 李詹

今年寒食滯京華節序如流苦憶家楊柳愁邊初弄線
荼蘼雨後已生花尋春院落多遊騎上墓郊原集亂鴉
物色漸新人漸老慕眞何處戀丹砂 獨有唐韵

次柳判事韻　　　鄭以吾

憐君別墅少人知漢曲奇遊足四時藤爲簷虛長送蔓 琢

巧 竹因墻缺忽橫枝白雲滿地尋蓮社明月沉江卷釣絲

抱道不輝安可得聖君前席要論思

題惠上人院　　　卞季良

山逕迢迢半入雲茲遊足可避塵喧百年身世客迷路

萬壑烟霞僧閉門晴澗束薪隨野老秋林摘實共寒猿

我來爲問楞伽字合眼低頭無一言 氣萎

村居即事寄李先達

村居寂寞亂峯前數樹桑棗二頃田斸藥每從林下步

曬書偏向月中眠江天雲盡見歸鴈山竹月明聞杜鵑
回首兩鄉何限意新詩一首為君傳

即事 柳方善

四六似不佳

四山松櫟一茅廬坐負墻暄睡味餘衣縫每捫王猛虱
漁竿空釣呂望魚軒裳已是無心得簡重金玉何須滿意儲
芋栗自堪謀送日盤飧不必辦為胥

正朝 尹淮

蓋風旦示者 泛菴西朝詠

金殿沉沉淑氣新百官朝謁賀元春彬彬禮樂侔中夏
濟濟衣冠拱北辰湛露自天沾綠醑薰風和雨浥紅塵
醉飲偏覺君恩重竊效華封祝聖人 冠冕條達有他富貴氣一

興海鄉校聞老妓彈琴　朴致安

七寶房中歌舞時那知白髮老荒陲無金可買長門賦有夢空傳錦字詩（恨思入骨）珠淚幾霑吴練袖薰香猶濕越羅衣夜深幽月絃聲苦只恨平生無子期

七月、誕辰賀禮作　徐居正

誕辰陳賀　紫宸朝稽顙瑤墀拜赭袍金甕初開千日酒玉盤齊獻萬年桃奇逢幸際雲龍會需澤深涵雨露饒醉飽小臣賡大雅更仲華祝頌唐堯（諸篇槩是深厚富健）

夏日卽事

小晴簾幙日暉暉短帽輕衫暑氣微解釋有心仍雨長

落花無力受風飛久拚翰墨藏名姓已厭簪纓惹是非
寶鴨香殘初睡覺客曾来少燕頻歸

次日休　見寄韻

平生性僻愛吾廬閑閣焚香淨掃除陶令但知尊有酒
馮郎空歎出無車病餘身世渾成夢老去文章欲著書
名利到頭徒自苦會須歸問鹿門居 思之爛熟

用贈子文詩韻寄李主簿

靜裏工夫課菜畦有時編簡費提携詩成或惡砭無客 穠厚有餘
計拙何營諫有妻世事對門曾嚼肉人心懲熱復吹虀
石田茅屋餘年興殘告天公首屢稽

敍懷

大隱誰知在世間宦情塵思共闌珊已請一鐵䏶成錯
未信千錢可買閑詩道中興黃太史世緣終淺白香山
殘年心事憑誰語笑把菱花仔細看

早朝　李承召

東華待漏曙光回萬戶千門次第開雙鳳遙瞻扶玉輦
九韶還訝上瑤臺香烟殿上霏如霧清蹕雲間響轉雷
聖代即今家四海盡教殊俗奉琛来　自是春容

題丈人觀壁

松窻靜夜篆香殘環佩珊珊下石壇小洞風吹瑤草長

高樓月入玉笙寒蟠桃待見千年實藥鼎初成九轉丹
莫訝紅塵猶滿面他年我亦掛朝冠 次放翁而殊勝

燕

畫閣深深簾額低雙飛雙語復雙栖綠楊門巷春風晩 世所稱似
青草池塘細雨迷趁蝶有時穿竹塢壘巢終日啄芹泥
托身得所誰相侮養子年年羽翼齊

宿碧蹄驛 崔淑精

通宵鄭吏語囂囂卧榻欹危睡不牢春色暗回溪畔草
愁痕工點鬢邊毛未醒宿醉頭猶重默數前程夢亦勞
入夜別懷深似海青燈生焰照征袍 雖工纖而未脫俚

將赴善山舟過驪州次清心樓韻　金宗直

維舟茆舍棘籬端魚鳥依然識我顔病後猶能撰杖屨
謫來纔得賞江山十年世事孫吟裏八月秋容亂樹間
一霎倚欄仍北望篙師催載不教閑 介兩均稱

泊報恩寺下贈住持牛師 寺舊名神勒 又六甓寺

報恩寺下日曛黄繫纜尋僧踏月光棟宇已成新法界
江湖猶攬舊詩膓上方鍾動驪龍舞萬 凝重不震 斅風生鐵鳳翔
珍重旻公亦人事特将萊把問舟航

次少游　韻却寄

持身纔足備三孱處世真同竊一斑才盡夢探懷裏筆

春歸日皺鏡中顏茅淡空卜東西瀼詞賦空慙大小山
吾黨如君知者少雪車氷柱可追攀

次綾城鳳栖樓韻

連珠山上月如盤草樹無風露氣寒千陣䋈雲渾欲盡
一椎鈴牒不須看年華更覺中秋勝客況偏知此夜寬
旌旆又遵西海轉指尖將擘蠏臍團

伏龍途中

點鐵

筍輿咿軋度晴川遥見前驅過阪田邑犬吠人籬有竇

淡金

野巫迎鬼紙爲錢短雲寒日工吞吐小巘平岡遠接連
南去錦城三十里却愁頳盡擔夫肩

宿直廬偶吟

藏室蓬山昔討論十三年後更叨 恩眼花正怯金蓮燭口梗難斟白虎樽霜後梧桐猶窣窣月明鵁鶄自飜故園松菊應蕪没妳毋而今足夢魂 浩蕩春容

曉赴安谷迎節度使有作

晝角聲中整韝鞬為迎旌節驛亭邊荒村十里火穿屋鈌月五更霜滿靴擊兎伐狐真有興栽松問竹豈無家隔溪羞殺氷髯叟鼾睡方酣寤曉笳

矗石樓雨後

雨脚看看取次收輕雷猶自殷高樓雲歸洞穴簾旌暮

風颭池塘枕簟秋菡萏香中蛙閣閣鷺絲影外稻油油
憑欄更向頭流望千丈峯巒聳玉蚪 雄麗滔〻

次李節度約東赴鎮韻

鼇背樓臺可俯憑鯨波萬里鏡光澄奚奴有暇能調馬
幕客無營但臂鷹鮫鰐暗驚千弩響鵰鶚閑立五牙層
太平未試龍韜策射雉仍過竹院僧 渾麗嚴重不覺為演雅所拘

寒食村家

禁火之辰春事多芳菲點檢在農家鳩鳴穀穀棣棠葉
蝶飛欵欵蕪菁花帶樵壠上烏犍返桃菜籬邊丫髻歌
有田不歸戀五斗元亮笑人将奈何 流九脫於區史

山居贈道人 疏易淡雅自是無上上品　金時習

支遁山中結草堂許詢来訪共匡床雲松趣味閑来雅
雪竹襟懷老去剛烏几倩繙方外語鴨鑪親挿海南香
休言寂寞無伎倆清水明燈祀古皇
春山無伴獨行時猿狖雙雙先後随槲葉蔭溪迷小徑
松楂偃石碍通岐年年收栗忘貧歎處處團茆任適宜
點檢一生忙事少世間轗軻不曾知
別有生涯住碧山閑情不欲語人間每沿一徑通脩竹
松檜千株匝小巒巖鳥下窺宗炳社洞雲来護祖師壇
阿誰為爾題招隱丹桂叢生怎可攀

獨木橋

小橋横斷碧波潯人渡浮嵐翠靄深兩岸蘚花經雨潤千峯秋色倚雲侵溪聲打出無生話松韻彈成太古琴此去精廬應不遠猿啼月白是東林 何等超遠

題細香院南窓

朝日将暾曙色分林霏開處鳥呼羣遠峯浮翠排窓着隣寺疎鍾隔𪩘聞青鳥信傳窺藥竈碧桃花落點苔紋定應羽客朝元返松下閑披小篆文 何減盛唐耶

無題

終日芒鞋信脚行一山行盡一山青心非有想奚形役

道本無名豈假成宿露未晞山鳥語春風不盡野花明
短筇歸去千峯靜翠壁亂烟生晩晴 悟入真如

大興隆寺　成俔

御溝流水綠溶溶信馬街西到梵宮四面金鈴鳴落日
千尋寶塔出層空袈裟院院飜經偈香火人人拜大雄
坐久自憐禪榻靜鬢絲輕颺落花風 雖無警絕亦自鴻麗國朝大槩如是

端午如晦設壽席為秋千戲比丘尼亦來叅

青娥皓齒笑爭妍浪作人間謝自然強屈春心寄蘭若
還隨女伴鬬秋千霜袍日照鵝毛嫩烏帽風輕燕翼翩
忽訝微塵成淨界如來方便散花天

山水圖 深源

十年流落二毛人千里江山入眼新楚子不成巫峽夢
漁翁還覓武陵春雲烟洞口僧三輩風雨峯頭月一輪
隱几早知吾喪我北山何必更尋真

賞花釣魚應 製次韻 金 訢

上苑芳菲一夜開翠華初自日邊來風飄漢帝横汾樂
春滿周王宴鎬杯戲藻錦鱗時出沒囀枝黃鳥乍低徊
宸心正與民同樂恩許微蹤得蹔陪

正月望都中女子羣渡玉河橋 諺云禳災 申從濩

露浥瓊花萬萬條香風吹送玉塵飄不隨月姊歸蟾闕

共學天孫渡鵲橋一夜宜男成吉夢千金買笑薦春嬌
明朝十里天街上多少行人拾翠翹 三四絶佳

百祥樓次韻 李詹

半簾踈雨冷侵樓瘴海腥烟午未收萬古湖山成勝槩
百年天地入搔頭江城秋晩霜敲葉野渡潮生浪打舟
一抹斜陽歸棹遠好風吹送白蘋洲

讀宋史 鄭希良

建隆初拏大平基半夜相傳揖讓規家法忽從金櫃變
天心先許杜鵑知啁啾羣議江南劃零落諸賢嶺外移
誰勸康王回馬首可憐殘業續如絲

偶書

年来索莫鴨江濵回首塵沙欲問津客裏偶逢寒食雨
夢中猶憶故園春一生愁病添衰鬢萬里溪山着放臣
直以踈慵成落魄非關時命滯詩人 三四極佳結稍不揚

寄慵齋居士

客魂銷盡瘦崢嶸咄咄長齋夢自驚片月照心臨故國
殘星随夢落邉城故人字迹千金重老子聲名一髮輕
莫話陳雷生死地從今粗亦識時情

鴨江春望

邉城事事動傷神海上狂歌異隱淪春不見花猶見雪 能而旨

地無来鴈況来人輕陰漠漠雨連曉細草萋萋風滿津
惆悵芳時長作客可堪垂淚更沾巾

次季文韻

過眼如雲事事新狂歌獨泣路岐塵百年三萬六千日
四海東西南北人宋玉怨騷悲落木謫仙哀賦惜餘春
醉鄉倘有閑田地乞與劉伶且卜隣 任誕不拘

次安邊樓題　李胄

鐵關天險似秦中古塞悲笳落遠空凍雨斜連千嶂雪
飢烏驚呌一林風百年去住身先老半世悲驩氣挫雄 結得杭慨
萬里羈懷愁不語關河迢遞近山戎 悲壯頓挫 盛唐能品

望海寺

山根鼇脊地凌虛一磬飄聲近 帝居朝日噴紅跳渤澥晴雲拖白出巫閭蝙鳴側塔千年宂龜負殘碑太古書穿衲七斤僧話好點茶聊復駐征驢 通篇如商彝周鼎奇氣逼人

海印寺

石橋斜入訪禪門暫借瓊樓倚夕曛蒲盞苔深涼意在渚蓮風度好香聞流回禁掖西湖水青透重簾萬壽雲閬苑蓬萊尋不得仙凡疑此路中分 亦自不凡

登高

落木蕭蕭節序過瘦笻扶病上高阿百年迷路身千里

萬事傷心海一涯醉借紅顔酹赤葉老将華髮負黃花
龍山落帽尋常事且可招魂賦楚些 本國人咏九日者此爲第一

赴謫所次子厚越江别舍弟宗一韻贈别舍弟

百年雙鬢已紛然地角從来此一邊閩越古邦人盡断
桂江腥雨日如年山回劒戟秋連海 山震海盪 舟落湘吳水拳天
此去莫更思乃伯放臣骸骨足蠻烟 聲氣俱盡

偶成

人間巫峽易浮沉白首餘生只抱襟夜梵殘時香火冷
晓禽驚後佛堂深一心歷歷皆忠孝 可悲 萬事悠悠自古今
笑罷雲窓歌激烈半山松檜月陰陰 入神

即事拗體

天開寶刹三兩間白業胡僧門不關石塔百層半空入(有如)
鐵崖萬丈千古頑(許氣力)寒潮曉落出塩井黑霧晚消多海山(奇思壯語)
游目天涯雲更遠北書不至吾得還(出杜) 通篇矯然龍翔

和擇之　朴　誾

深秋木落葉侵關(起便奇)戶牖全輸一面山(接得甚訣)縱有杯尊誰共對(信手拈)
已愁風雨欲催寒(來物物真)天應於我賦窮相菊亦與人無好顏(得玄珠於赤水)
撥棄憂懷眞達士莫教病眼謾長潸 當使黃太史却步

福靈寺

伽藍却是新羅舊千佛皆從西竺來終古神人迷大隗

至今福地似天台春陰欲雨鳥相語(有神助)老樹無情風自哀
萬事不堪供一笑青山閱世自浮埃(拔俗)

案上有擇之詩諷誦之餘感而有和

詩情往往猶能爾酒興時時未要禁晚向此中聊可托(曠懷掃翳)
曾於世事已無心青臨書帙山長近(突兀)寒擁柴荊雪政深
誰識微醺發清詠北風吹日欲西沉

夜臥有懷士華承旨

故人自致青雲上(陡然凌厲)老我孤吟黃菊邊(接得襯着)高蓋何妨容陋巷
酒杯終不負新篇(極佳思)一年秋興南山色獨夜悲懷缺月懸
旅鴈似知無伴侶數聲飛過沆寥天

寄擇之

黃菊花來撥懷抱青雲人遠廢追尋風從木葉蕭蕭過 錬洗不苟
酒許山妻淺淺斟使有兩鬢吾已足誰將一事更相侵 不羈 咄咄曠達
知君擁被寒如鐵夢不能成只獨吟 極有佳致

五月廿八日贈擇之

憂患秪應關已事襟懷尚欲爲誰寬鬢毛颯颯生秋氣 蒼涼
風雨凄凄作曉寒萬事可能辭爛醉十年端悔做微官
遽然罷却湖山夢依舊塵埃自滿冠

永保亭 四篇皆惝怳突兀極詩人之雄殆千古希音 超得渾渾無涯

地迫未窮千頃海山開猶納一頭潮急風吹霧水如鏡 奇思入微

近浦無人禽自謠客裏每爲清境惱日邊更覺故園遙
結得耿寘
苦吟不去乏新語愁見落暉沉遠霄
描景
平生病眼怯遐矚尋丈之間殊不分鳥過猶憐一點雪
逼真
山横但覺萬堆雲西邊落日劇相盪空裏玄花尤自紛
筆力扛百斛龍文
隱几茫茫輒成睡琅然鐵撥只堪聞
恍惚倏儵不可覊捉
地如拍拍将飛翼樓似搖搖不繫篷北望雲山欲何極
架出空中蜃樓
南来襟帶此爲雄海氛作霧因成雨浪勢翻天自起風
馳駕氣勢
瞑裏如聞鳥相呌坐聞渾覺境俱空
又入妙境
憐我朝来獨吟處一竿初日上簾旌風颿飽與潮俱上
若鞭風霆沃日月見之愕眙
漁戶渾臨岸欲傾雨後海山皆秀色春還禽鳥自和聲
舒爲媚語

客中奇勝猶須句平世文章不要名

臨風樓　　姜渾 湖老

所校 試吟佳句發天慳正值樓中吏牒閑紫燕交飛風拂柳
青蛙亂叫雨昏山一生毀譽身多病半載驅馳鬢欲斑
黃閣故人書斷絶客行寥落滯鄉關

海雲臺次韻

眼窮溟渤浩漫漫駭浪呑空勢未闌對馬青山孤鴈外
扶桑紅日裔雲端招邀笙鶴天風冷驚起魚龍鐵笛寒
千載儒仙留物色欲攀高躅奈蹣跚 藻艶可詠

廢朝應製御題寒食園林三月近落花風雨五更

寒

清明御柳鎖寒烟峠峭東風暁更顚不禁落花紅襯地更教飛絮白漫天高樓隔水褰珠箔細馬尋芳耀錦韉（晩唐佳品）醉盡金樽歸別院綵繩揺曳画欄邉 穠媚可愽笑而名檢掃地

義州聚勝亭次太虛韻　崔淑生

馬蹄西海到窮陲百尺危亭近紫微且倚雕欄看勝景不教珠箔（好）障晴暉江横鴨緑兼天淨柳暗鵝黄着雨肥忽憶玉堂身萬里蓬萊何處五雲飛 下四句甚麗

新秋

雨霽山中露氣清蒼茫桂魄半規明夜涼金井梧桐落

人靜紗囪蟋蟀鳴萬里雲開銀漢迴一簷風動玉繩橫
秋来多病腰圍减惆悵安仁白髮生 稍有晩李風格

人日 李荇

諸篇無蹊徑可尋無言說可讚

兹晨何幸值天晴睡起排囪眼忽明造物定應哀老子
春光寧復慰餘生雪消細草青青出風暖幽禽欵欵鳴
政使上弦饒月色祗今懷抱為誰傾

蚕頭呼韻

十里茫茫浪接天飛帆無數亂風前百年勝事能如許
一笑吾儕豈偶然佳境向来唯赤壁兹遊倘亦繼蘇仙
酒杯相屬聊乘快後世何須二賦傳

立春後有感

歲前春色動江干屋角微暉破薄寒種髮自然無數白
寸心寧有一分寬南園細菜人初摘暘谷消流雪已殘
獨立春風雙涕淚百年身事轉艱難

礪山道中

半生憂患二毛新匹馬南天潦倒身一事不諧歸去晚
百年餘幾往来頻青山得句將搖落白雨淹人作苦辛
吟罷無端問前路西風衰涕濕行塵

感懷用益齋韻

多難纍然一病夫人間隨地盡窮途青山在眼誅茅晚

明月傷心把筆孤短夢無端看穴蟻浮生不定似檣烏
秖今贏得衰遲趣聽取兒童捋白鬚

次止亭韻

西日微微下遠巒倦飛禽鳥各知還黃鸝無語分明老
紅藥傷心一半殘藜杖觧能扶病骨酒杯聊爲洗愁肝
東皐舒嘯邀清影偷得餘生分外歡

題畫

四序平分秋最悲蕭蕭木葉已辭枝畫圖寫出無窮意
詩句吟成一段奇瀑布定從天外落松陰不覺坐來移
仙禽對我如相笑白首塵籠栖息早

次東坡送春韻

青春垂盡已難追白首無言對落暉幽鳥惜陰終日囀殘花戀故遶枝飛是間丘壑堪娛老分外聲名未息機來歲重逢吾有約方知四十九年非

次仲說靈通寺壁上韻

偶乘微雨問叢林洞府清寒古木陰岳色淡濃朝暮態溪聲徐疾短長吟百年泉石渾如昨一日風流更有今酒盞茶甌俱不惡却愁殘景迫西沉

大興洞道中

芒鞋藜杖木綿衣未覺吾生與願違塵土十年寧有此

溪山終日便忘機多情谷鳥勸歸去一笑野僧無是非
更着詩翁哦妙句晩風催雨正霏霏

七夕　金安國

鵲散烏飛事已休一宵歡會一年愁淚傾銀漢秋波闊（清）
（麗）腸斷瓊樓夜色幽錦帳有心邀素月（婉切）翠簾無意上金鉤
只應萬刧空成慼南北迢迢不自由

酬鄭太史留別韻　朴祥

江城積雨捲層霄秋氣冷冷老火消黃犢野秔迷眼發
綠踈溪柳對樽高風隨舞袖如相約（運思極幽而巧）山入歌筵不待招
慙恨至今持斗米故園蕪絕負逍遙

南海堂

蔥肴椒醑穆将愉神衛煌煌(入神)䭾赤虬香火粲薰三宿裏(軒然)
(氣舉)月星明槪五更頭梢殘颶母天空閣(句杰事帖)鎖斷支祁海妥流
禾黍有秋從可卜慶雲時起祝融𠊱

太平館次使相韻

開府新功掩後先咄嗟華構更輪然海門潮至石如馬(勁悍)
(奇杰)島胛雲收人竦肩宗慤長風凌鉅浪(何等氣槩)蓬萊虎路問羣仙
盛陳伶樂魚龍舞横槊何妨賦錦筵

法聖浦雨後

晴旭妍鮮縱目初蒼茫遠嶠欝藍如龍宮䑛出鮫人錦

蜃市跳回姹女車雲蕤蓬萊仙縹緲颿騫舴艋路空虛
乘桴蹈海還追古老淚無端忽滿裾（雖欠緊要 望之眇冥）

次嶺南樓韻

客到嶺梅初發天嘉平之後（亦快活）上元前春生畫鼓雷千面（雄放自恣）
詩會青山日半邊漁艇載分籠渚月（緊重）官羊踏破冪坡烟
形羸心壯凌清曠驅使乾坤入醉筵
西湖萬里隔吴天綠浪東西忽墮前天上玉樓身坐處（何等氣宇）
海中鼇極眼窮邊江魚慣聽青娥瑟（追蠡極備）城樹恒熏錦燭烟
度嶺謾愁深涉險平生經賞捴塵筵

次咸昌東軒韻

久坐仍聞罷午鷄墻陰半側画欄西松花穩下露猶濕
柳絮交飛鸎亂啼人散月華垂屋角夜深雲氣宿榱題
明朝更試征途險鳥嶺攙天路不迷

彈琴臺 便如許鶴

湛湛長江上有楓仙臺孤截白雲叢彈琴人去鶴邊月 倏眩開闔
不可有二 吹笛客来松下風萬事一回悲逝水浮生三歎撫飛蓬
誰能寫出湖州牧 極纖 散步狂吟夕照中

再遊琴臺

往事迢迢不可探琴仙臺下水如 画着卓詭 藍文章強首無遺廟
翰墨金生有廢菴落日上江船兩兩斜風盤渚鷺三三

陶詞莫遣佳人唱太守聞来面發赬

次使相韻贈悦上人

曾宿招提七祖宮晨鍾雲外聽丁東窓欞窣窣千峯雨松檜刀刀萬壑風支遁許詢交既密江蓮天棘句還工 闘閫有力 十年不蹋山中路歸夢依依入夜濃

忠州南樓次李尹仁韻

肩輿樓下謾頻過高榻樓中與且多西北二江流太古 奇拔 東南雙嶺鑿新羅烟和暮堞栖鴉噪月照寒閨杵婦歌佩印故州寧有此端將畫錦向人誇

叢石亭 金淨

絶嶠丹崖蒼海隈孤標敻邈即蓬丘硬根直揷幽波險
有鄧艾入蜀勢
削面疑經巧斧修鼇柱天高殘四片羊碑峴古杳千秋
掉尾
鶴飛人去已寥廓目斷碧空雲自愁
得幽邃
千古高皐叢石勝登臨寥落九秋懷斗魁鏟彩墮滄海
險絶語譬
月宫借斧削丹崖巨渱欲泛危巒去頑骨長衝激浪排
盤硬語描得奇峭
蓬島笙簫空淡竚夕陽攙首寄天涯
泠泠欲出塵
八月十五叢石夜碧空星漢淡悠悠飛騰桂影昇天滿
搖盪銀光溢海浮六合孤生身一粒四仙遺躅鶴千秋
白雲迢遞萬山外獨立高丘杳遠愁
世所稱絶佳者
雲滅秋晴淡碧層淸晨起望大陽升光涵海寓初呑吐
狀巧

彩射天衢忽湧騰幽窟老龍驚火焰深林陰鬼失依憑
壓寰昏黑從今廓欲向崦嵫爲繫繩 下聯八面照妖鏡

淸風寒碧樓　柳雲

擘峽奔江賴巨靈倦來徙倚客魂醒灘聲撼耳寒生枕
山氣籠窓翠作屛雨洗鷗沙明似雪月沉漁火亂如螢
無端萬里孤舟笛一片歸心杳洞庭 清壯類其爲人

禁直記夢　奇遵

異域江山故國同天涯垂淚倚孤峯潮聲寂寞河關閉
木葉蕭條城郭空野路細分秋草裏人家多住夕陽中 酷似鬼語
征帆萬里無迴棹碧海茫茫信不通 翩翩造微之語無愧唐人

秋夜旅懷

雨晴雲卷暮城秋風急天空江水流月色漸分柔遠鎭笛聲多在撫胡樓遷人嶺外迷疆域戍客沙頭伴斗牛何處擣衣寒杵響夜深還起故鄕愁

酒泉縣　申光漢

鴉啼古樹白烟生蔓草深邊縣吏迎將泉水不曾着宿客酒泉何得記虛名雲橫高嶂秋無月木落寒江夜有聲憀慄遠懷愁不語厨人篝火報鷄鳴

甲寅仲春因病久辭文衡之任得釋重負病若脫然夜寢甚甘曉聞簷溜始覺雨來即事書懷

簷溜聲傳覺夜徂凍融春雨洗寒蕪穿林暗報花消息
度幕如探句有無(儘奇)酒覓欲香時漸好文衡纔折病還蘇
安閑適會從心欲深賀 天恩到首濡

沃原驛 三陟

假日鳴螺過海山驛亭寥落水雲間桃花欲謝春無賴
燕子初來客未還身遠尚堪瞻 北極路迷空復憶長
安更憐杜宇啼明月窓外誰栽竹萬竿(雖曰晩李亦自清麗)

保樂堂 金安老亭

聞說華堂結構新綠囱丹檻照湖濱江山亦入陶甄手(隱然不滿之意)
月笛還宜錦繡人進退有憂公保(有諷)樂行藏無意我全眞

風光點檢須閑熟可使何人佐上賓 何等含蓄

三月初八日月溪峽中作

誰畫吾行得意時東風吹峽綠參差 極奇 倒觀江水捫蘿遠背指山花策馬遲 句〻皆新 巖斷忽驚帆席出路危頻覺棧橋欹微吟到處春無盡一景看來一景奇

三月三日寄茅洞朴大丘 婉切有味

三三九九年年會舊約猶存事獨非芳草踏青今日是青尊浮白故人違 肩巧思新 風前燕語聞初嫩雨後花枝看亦稀茅洞丈人多不俗可能無意典春衣 雄奇不逮湖老而清豊過之

燕京即事　蘇世讓

宴開迎餞一旬間三月　皇州却未還柳絮白於衰容
（渠自得意處）
鬢桃花紅勝美人顏春愁黯黯連空館歸興翩翩落故
山早晚勾當公事了拂衣長嘯出秦關

題承政院契軸

跪捧絲綸入夜宣又從晨鼓侍　經筵極知鳳沼深嚴
地長拜　龍顏咫尺天綾被夢驚淸禁月錦袍香惹
御鑪烟他年萍水遙相憶勝事須憑畫史傳（行中第一）

上元觀燈應　製　趙仁奎

春入乾坤日漸融鼇山千疊擁晴空九　天星月籠仙仗
萬戶笙歌徹曉風金鴨噴香烟縷碧燭龍分影火山紅

昇平又値繁華節時許遊觀與衆同 富艶亦是應製高手

偶吟 中藏詩酒花柳魚鳥 曹伸

三杯卯酒詑年稀手拓南囱一詠詩泉眼溢池魚潑剌
樹林遶屋鳥來歸花生顔色雨晴後柳弄腰肢風過時
誰道適菴無箇事每因節物未忘機 雍容爛熟

朝詩刪
卷七之九
고
811.1085
허17a
3

國朝詩刪卷之七

七言律詩

荒山戰場 我 康獻王破倭之地　鄭士龍

昔年窮寇此殲亡 孫字法 鏖戰神鋒繞紫芒漢幟竪痕餘石縫
斑衣漬血染霞光商聲帶殺林巒肅 毛竦神頭 鬼燐憑陰堞壘荒
東土免魚由禹力小臣模日敢揄揚

奉天門見朝 是日免朝　二篇俱豐麗渾重

五更靴滿午門霜擬躡仙班仰穆光管裡固知難覰
大葵心元不異傾陽雞人罷報宮鴉亂虎士虛陳輦路
長揖額謝霑光祿供九關如海正茫茫 何等氣槩

朝謁 是日頒曆

（麗而不俗重而不滞誠詞家三昧）

地底潜陽欲動灰璇杓貞月曉參催佩隨仗下旋班急（好）臚出螭頭賛曆開仙樂緩和清蹕閴（班客冠冕）衮袍高擁異香回呼萬却殿緇黄退（使臣班在僧道後）簪履聲為一道雷

寒食書懷

清明佳節暮春前向晩輕寒透薄緜塞邑無村炊禁火卯山有鬼紙飛錢柔桑騎霧鳩鳴遠（琢妙）高柳繅風絮度顛坐逕　鸞書成滞悶松楸回首意茫然

次興德培風軒韻

（貴膂扛鼎舒徐自若）

巧曆何能數衆峰試開昏瞙遡淒風山根半入洪濤裡（嵓嵓清峭壁立千仞）

石骨高撐積氣中闡道雪霜留太始秪今融結想鴻濛
相期瑶草勤收拾小坐華軒意已通

玉笛

攻得崑岡六琯開柯亭嶰谷是奴材曲傳法部龍吟水
聲度胡山曉落梅朱箔月斜初破夢綠陰春去獨登臺
丁寧莫向江城奏觸撥離懷恨不裁

洛山寺

寺界窮波地接虛上方臺殿壓歸墟銀山亂碎馮夷窟
貝闕中涵海若廬靈感修因開淨域人天鍾異護僧居
軒囪一覽通暘谷紫氣輪囷浴日初

後臺夜坐

烟沙浩浩望無邊千仞臺臨不測淵山木俱鳴風乍起（此聯當壓卷）
江聲忽厲月孤懸平生牢落知誰藉投老迍邅秪自憐
擬着宮袍放身去騎鯨人遠問高天

步月

凉飈颯颯動墻烏桂影初分闊岸隅十二圓中今夜最
一千里（亦奇）外老臣孤洗空露重團銀闕息纊波恬（何等風骨）湛玉壺
回首瓊樓川路曠不勝寒氣襲清都

臘月廿一日夜夢得句云紅雲尚覆文華殿清蹕
初回左順門意若朝　天之作戲足成之

銅壷水咽漏籌繁 闕角踈星逸紫垣入仗微風旗脚偃遊班殘月佩聲喧紅雲尚覆文華殿清蹕初回左順門更識 (無一字懈無一字俗公亦不自知其所至) 皇居佳氣象萬年枝上射朝暾 (盛唐穠韻)

初夏用張宛丘詩韻

春去猶慳十日晴南山屬眺 (嚴重) 未分明危花已打連朝雨殘夢初回百囀鶯書卷試攤挑病睫茶甌頻瀹愜詩情自嗟竊廩終無補幸免經綸誤半生 (均稱未見次押之牽)

銷得春光幾日晴又和烟雨 (尤好) 到生明絳桃已謝殘粧面綠葉勻留巧舌鶯平子詠愁增藻思景純裁錦蹟寸情算來宦業終安勍不博漁樵過一生 (看他鑪錘妙處)

中元夜月蝕

經緯縱橫散白榆二更天黑烏驚呼二精未必交相掩
兩眼何因有獨枯忠欲磔蟇憐直道狂思斫桂屈雄圖
坐看不盡如鉤細誰識衰翁仰屋吁　（稍涉矜持）

楊根夜坐即事示同事

擁山爲郭似盤中暝色初沉洞壑空峰頂星搖爭缺月　（極巧思）（開口便奇）（幽妙）
樹顚禽動竄深叢晴灘遠聽翻疑雨病葉微零自起風　（脩然遠乎）
此夜共分吟榻料明朝珂馬軟塵紅

錢塘晩望　（春容奇重該盡一部西湖志於五十六字中）

靈隱寺中鳴暮鍾湧金門外夕陽春至今螘垤封猶合

依舊靈胥怒尚恟湖舫客歸花嶼暝蘇堤鶯擲柳陰濃
錢壚趙社都無所却問孤山處士蹤

八月初吉宿中隱堂

出郭蕭條討我曾斧斤初斷退堪憑已抛素蔓瓜區淨
欲劃黃雲穡事登病葉受風疑曉雨踈星垂野混漁燈（琢句嚴重）（寫得緊要）
明年請老收朝籍車馬敲門謝友朋

内集示兩兒

長繩那得絆斜暉心賞無憑撫景違高葉暗巢鶯獨語
殘花棲園蝶雙飛兒孫滿眼承歡謔歌吹驚隣徇舞衣
但使百年身却健東皐耕釣足忘機 丘壑風流

紀懷

四落階蓂魄又盈悄無車馬鬧柴荊詩書舊業拋難起稼圃功夫策未成雨氣壓霞山忽暝川華受月夜猶明（古人道不到者）思量不復勞心事身世端宜付釣耕

題上林春琴妓詩卷

十三學得猗蘭操法部叢中見藝成遍接貴遊聯客席又通宮籍奏新聲嬌鶯過雨花間滑（極好）細溜侵宵澗底鳴才調終慙白司馬豈能商婦壽佳名（公之七言律爲國朝以來第一）

鍾城館遇雨　沈彥光

雲鳥堂〻陣勢聯書生袖裡有龍泉（豪宕得稱）黃沙古戍身千里

白日長安夢九天榆塞雨聲連海嶠狄江秋色老風煙 濶大氣韻
蕭々落木關山夜旅館青燈惱客眠

高城道中

寒沙衰草接空原極目人烟十里村石爛便驚天地老
仙歸空記姓名存金剛鶴叫蒼山暝蓬島雲深碧海昏
簪履三千無處問客懷憑與白鷗論 豐贍

朱村驛有感

去國經秋滯塞城異方雲物揔關情洪河欲濟無舟子
悔心之萌而吁已晩矣
寒木將枯有寄生自笑謀身非直道還慙欺世坐虛名
曉來拓戶臨青海旭日昭々照膽明

獨樂亭遊春

上巳東風曲水湄 小亭松櫟碧叅差 春撩病客班芳草 花債愁人上接䍦 樽酒更謀千日醉 功名已判十年癡 良辰勝會能多少 莫負菁華未瞑時 跌宕可誦

夜坐有感　　閔齊仁

晩拋儒業捴戎旗 志士成功會有時 白髮多從西塞得 可悲 丹心只許北辰知 孤城暮角江流急 絶塞春風鴈到遲 起望雲河仍不寐 胡笳悄悄使人悲 寫得塞上歸思動人

謝慕齋金相國惠扇　　徐敬德

一尺清飇寄草堂 攄梧揮處味偏長 誰知一本當頭貫 非親到邊戰者安得

說到此耶

便見千枝自幹張形軋氣来能鼓吹有蔵虗底忽通凉 濂洛諸賢所不能道者

不須拂洒塵埃撲竹杖相從雲水鄉

贈篠真菴 趙昱

将身無愧立中天興入清和境界邊不是吾心薄卿相

從来素志在林泉誠明事業恢遊刃玄妙機關少着鞭

主敬功成方對越滿窓風月自悠然 已到十分地位 看擊壤一部有如此篇否

題喚仙亭 宋麟壽

紅粧翠黛載樓船新政還知太守賢羸女奏簫歌扇底

馮夷擊鼓舞衣前江魚吹浪牙檣動沙鳥驚群錦纜牽

莫道三山迷處所喚仙亭上會神仙 殊好但未免生剝少陵

送成聽松守琛還山用企齋韻　林億齡

寂寞荒村隱少微　蕭條石逕接柴扉　身同流水世間出（奇拔）
（語語）夢作白鷗江上飛　山擁客窓雲入座　雨侵書榻葉投幃（清警語）
飄然又作抽簪計　塵土無由滓素衣
（通篇若神龍不受羈絆）

次湖陰韻

（軒軒若霞擧空中）九衢人散遆寒更　庭樹翻翻宿鳥驚　別意凄凉殘燭泣（宕而）
（婉）酒光搖蕩小船明　山川客子求靈藥　宇宙尚書動大名
坐到夜央盃更洗　不知天際月輪傾

月精寺　朴光佑

松檜陰森一逕通　入門初見殿扉紅　千層寶塔回飛鳥

八角神鈴響半空法帙謾傳王子事居僧那識世尊功
鍾鳴忽作文殊會玉座香飄萬壑風 (斥兩骨肉俱均稱)

題朴僉使(啓賢)受降亭詩卷 洪 暹

江奔天塹雄襟帶亭壓危城號受降撫馭時須香案吏
風流盡屬碧油幢春回草色埋殘壘秋晚波光淨八窓
陳迹愧曾留姓字輕裘喜得士無雙 (二聯俱均適)

題林士遂關西行錄後 李 滉

捭闔奇謀漢子房當年曾受石公方赤翻巢窟龍庭界 (奇氣逼人)
先作干城鰈海疆絕域病攻天拂亂荒城雷鬪鬼驚忙
豪吟百首凌雲氣妙句何妨鐵石腸

通篇敍自實也

狂胡射月遼東塞壯士搜兵樂浪墟指顧威靈驅虎豹
風流談笑簇詩書海航病得龍王藥江閣吟窺帝子居
噬手功名歸燕頷太平容我老樵漁

次玉堂失鶴韻 金麟厚

語語皆仙

悔放殊姿送遠天只今蹤迹寄何邊留詩肯吊千年柱
刷羽堪依十丈蓮清轉玉簫臺畔影微茫赤壁夢中仙
山高海濶無消息倘記當時玳瑁筵

飄飄然羽化九皐

竹雨堂

坡山歸卧世情微白日閒簷半掩扉黃卷政堪終夕對
紅塵能向此間飛清泠澗壑鳴環佩窈窕林巒繞幛幃

病裏僅成婚嫁畢十年猶未製荷衣 亦自脫俗

寄答退溪　林亨秀

高義吾君我未知書来情款溢言餘本知卞玉能成刖
未必羊腸可覆車浮海宦情今已若買山歸計未應踈
江梅開落誰相問萬里空傳尺素書 其人異也 清亦清邵

送柳贇正 根 赴京　鄭惟吉

文獻徵華屬俊姿壯元聲價上邦知南宮演禮輸情素 切
賓 北極賓陽抱別離鑾館燭殘鷄夢後午門香動早朝詩 流麗
歸来倘問郊居地白髮枯笻候竹籬 館閣中上之品

小寒食用杜韻　李洪男

一番風雨送輕寒靜裏燒香坐整冠春服已成今未御
花枝猶早幾時看心隨去鳥游晴落身似孤舟滯險灘
最是尊空難强飲秖將詩句費吟安 五六得意

病後出湖堂 金賫忠

常苦愁腸日九迴忽驚啼鳥報春來三年藥物人猶病
一夜雨聲花盡開世事紛紛難自了天機袞袞遞相催
平生久負凌雲氣惆悵如今半已摧

題忠州樓軒 尹潔

水回山擁超然翩然古名州碧瓦朱欄照上游佳清麗絕世節忽來還作客
宿醒猶在更登樓郊原霽色人家晩江浦寒聲鴈陣秋

鬢髮易凋歸計緩遠遊何日免清愁

寄尹李二故人　　盧守愼

由来嶺海能死人不必驅馳也喪真日暮林烏啼有血 刺骨恨語
天寒沙鴈影無隣正逢蘧伯知非歲空過蘇卿返國春 真是杜陵
灾疾難消老形具此生良覿更何因

彈琴臺用訥齋韻

連延曠望縱平探東得瓊臺上蔚藍遠嶂高圍踞虎府 少陵勍敵 詞雄氣杰
長江曲抱卧龍菴二儀清濁元分一百代興亡竟合三 撑拄宇宙
大丈夫身生老病倚雲長嘯不生慙 豁達

用朴之樗韻

三十年前得識君別来芝蕙幾歎焚重尋穴蟻槐南夢
免作江魚腹裏䰟商嶺瞙雲餘薄業雪城春樹但深村
相逢俛仰空陳迹白首孤眠萬事惛 亦多斤兩

一訓軸中懷退溪大谷次其韻

誤入桃源路自通倦登葩寺境偏空龍門深省鍾聲外
衡嶽潛心日色東雲在水流從信馬鳥啼花落費移節 閑遠中有奇思
殘年安得成三老来往風流一笑同

洪政丞 暹 賜几杖宴席作

三從不出相門闌此事如今始有之更拄省中靈壽杖 奇事奇語相稱 容易得来
却披堂上老萊衣 恩承雨露真千載歡接冠紳盡一 向自破的

時何處得來叨席次愧無佳句賁黃扉

題鶴林守遊金剛軸

昔上毗盧覧衆山今從摩詰認孱顔屯雲古檜深ㄷ洞(勝宗必文)
落(壁畫)日危橋淺ㄷ灣跨鶴風流窮左海籠鵝(想有鶴翁詩)文彩擅東韓
可憐嶺外稀年客羸得城中滿袖潸

次(突兀)俞杞城泓江亭韻(接得好)

出(流便)郭已知危得仙瓊臺更有鬱藍天世紛錯落了無日(綴句)
歸夢悠揚尋幾年我欲孤帆上龍瀨(翁妙思巧而句自嚴重)君能斗酒下牛川
共驚身老　君恩渥又度清秋憶廢田

親祭　康陵逌　駕有吟

二陵松栢愴秋風　王輦東來謁　墓宮誠意滿空雲
漸下禮容（神色意妙）如始日方中香銷　御路千林靜角壯神行（矯然龍跳）
五衛同近侍舊臣還浪迹白頭南望思無窮

東湖送別

城東三月大（起便雄奇）湖平一帶林（渾渾不窮）風相與清花片本來隨世態
柳條（何等感慨）何以繫人情沿江百丈依依色喚渡長年歷歷聲
兔洞龍灘如在眼數行衰涕暗沾纓（蒼然鏗然 有韻有骨）

送盧子平赴東萊

古敦同姓今何薄人旺分宗我獨涼舊友若干常抱介
新　恩千里更情傷秋風乍起（換杜之胎）燕如客晚雨暴過（自出機杼）蟬若

狂南翁七十又二歲生別死別俱茫ㄴ 情至黯然 別調

自龍山歸漢江舟中口號　朴淳

琴書顚倒下龍山一棹飄然倚木蘭霞帶夕暉紅片ㄴ
雨增秋浪碧漫ㄴ江蘺葉悴騷人怨水蓼花殘宿鷺寒 清楚
頭白又爲江漢客滿衣霜露泝危灘 晩李佳品

訪釋王寺　沈守慶

雨後輕衫出郭西垂楊裊ㄴ草萋ㄴ溪深正漲桃花浪
路淨初乾燕子泥黃犢等閑依壠卧翠禽多事傍林啼 佳致
尋僧却恨春都盡不見殘紅撲馬蹄 和易富麗正自難得

誕日早朝　權擘

旭日初昇曙色分風飄佳氣正氤氳休祥已自虹流見
廣樂還從鳳吹聞玉佩響隨高閣漏金爐烟作半空雲
朝回更覺歡聲沸共把南山祝 聖君 春容富艶

元日早朝是日頒 赦

向曙鍾聲徹九門春生殿閣布微溫催班共聽金雞赦
拜賜欣霑白獸樽日照螭頭當眼纈香浮旗尾受風翻
詞臣忝草絲綸罷老去空慚未報恩 亦早朝之亞

報漏閣

頻聞高閣遞傳呼認得寒聲在漏壺曆象授時堯制度
璣衡齊政舜規模催殘曉箭開千戶報盡更籌徹九衢

鮮使老翁增感慨年光偏向此中徂 意好

故左相柳公 灌 遷葬挽章

鄰人加額家衣來玉燭須憑爕理才黃道初開賓出日青雲自致圻中台魏碑起踣流春澤董筆褒賢照夜臺滌盡舊冤新卜兆偏知生死極榮哀 引事琢辭俱甚工緻

聖節朝賀 梁應鼎

節到流虹擁百祥駿奔寰海篚玄黃旌竿攙攙雲烟鬧樂律融融鳥獸蹌拜 極一時瞻有作呼嵩三祝享無彊退朝凝坐成追憶夢裡清都轉渺茫 以矜莊爲貴也

萬景臺 楊士彥

九霄笙鶴下珠樓萬里空明灝氣收青海水從銀漢落白雲天入玉山浮長春桃李皆瓊蘂千歲喬松盡黑頭滿酌紫霞留一醉世間無地起閑愁 字字烟霞仙家神品

初出山贈沈景混長源　李珥

分袂東西問幾年欲陳心事意茫然前身定是金時習今世仍爲賈浪仙山鳥一聲春雨後水村千里夕陽邊 猶是龍象語 相逢相別渾無賴回首浮雲點碧天 亦有悟意 本集不載似爲三四諱之然絶佳詩

烏洞　朴枝華

雖復江西峭詭涸澤自是當行家第一

山葉欲黃南去後林鶯初囀北歸前光陰脫手箭相似蹤迹印泥鴻杳然百歲菟裘底處所一生行李只詩篇

瘦童羸馬江湖路倘有良工作畫傳

次梁大樸韻　　權應仁

蓬髮經旬懶不梳寂寥無客到幽居誰憐老子貧非病
長憶騷人話勝書賓館賞花春酒熟禪房聽雨夜窓虛
夢中舊事言猶耳音信雖稀意未踈 [爛熟入妙何害晩宋]

乙卯幕中作　　楊士俊 [氣槩洋ㄷ然]

[捷語] 將軍一捷萬人觀壯士從遊沱可還雨洗戰塵清海岱 [眞戰]
笛橫明月捻關山誰將婉畫安天下却笑浮名動世間 [有東山之戀]
高閣夜凉仍獨坐荷花偏似夢中顔

百祥樓 此篇力洗江西欲入李唐故頗流麗清遠　　高敬命

醉躡梯飈十二樓晴川芳草望中收水宮簾箔疑無地
蓬島烟霞最上頭天外梅花飛玉笛月邊蓮葉渺仙舟
臨風欲挹浮丘袂笙鶴飄然戲十洲

道中望十三山

綰結湘鬟翠幾重脩眉天際畫初濃神鼇戴立疑三島 眉目逈別
巫峽飛来剩一峯燕塞断鴻低積縞海門殘照下高春 話出十三山便好
恨無謝朓驚人句快寫平生芥蔕胸 雖無骨幹亦自儁立

玉泉郡雪後

朔吹通宵冷郡齋曉来飛雪漲官街剛泉積縞連千嶂
赤岸餘霞霽雨厓郊外臂蒼生獵興樓頭披氅動詩懷

山城茗椀眞多分金帳羔兒與願乖 語意俱豪宕

食錦鱗魚有感

錦纈纖鱗玉作肌此魚風味我深知鳴蓑細雨垂綸處 亦有味其言
滿座腥風斫膾時壁𢢽鮮敎遷客喜南烹翻動故園思
木溪烟艇應無恙來歲如今不負期 結亦婉切

謝林正字 復 送酒

松堂煮酒澹如油妙處方之内法優火活泉新齊氣力
蠟香椒烈備剛柔金莖瑞露濃初滴赤岸晨霞爛欲流
持餉病夫應有意黃封曾識殿西頭 通篇腴豔圓轉行中第一

官罷向芝川坐樓院 黃廷彧

午憩東樓御馬鞍窮陰忽作（儘好）暮天寒青春謾説歸田好（淡語）
（有味）白首猶歌行路難天或試人聊自遣雨還留客暫求安
明朝刮目鄉山碧且負今宵一夢闌　湖蘇之外公當登壇

送崔復初源興自洪陽再按海西

關海當年負弩人此來又送再回巡甘棠舊翠還新色
（説得便真）寶帶黃金換素銀自是功名苦相逼莫言歧路枉傷神
只應濯熱亭前水難洗湖（深厚）西悵望塵　此老結皆有力而此結最優

戲寄李宜仲永平水洞新亭

桂樹叢生在澗阿幽人晚計此婆娑千岩爛錦呈紅葉
萬壑驚雷送遠波不管問津迷道路（意）有時乘興出烟蘿

小山招隱眞堪賦射虎畫嘷(殷壑之音)君奈何

送別金應順命元赴咸興

曾玷 先朝侍從班愛君才氣濟艱難丁寧主署盛頗(何處得來)

(溫厚)牧畢竟邊城識范韓 天意可知還授鉞此心相待詎

彈冠只應離(感慨之言)別常吾輩又是春風一味酸

贈梧陰次韻

春事闌珊病起遲鶯啼燕語(極好)久逋詩一篇換骨奪胎去(奇妥)

三復焚香盥手時天欲此翁長漫浪人從世路姑低垂

銀山松桂芝川水應笑吾行又失期

送沈公直赴春川

淸平山色表關東下有昭陽(便好)江漢通馳出都門一疋馬(湖新[illegible])

(此奇)沂洄春水半帆風送人作郡鬼爭笑(偃而不拘)問舍求田囊久空

爲語當時句漏令衰顔須借點砂紅

縹緲春城水一限江山樓觀直文魁王堂步履星辰遠

碧落神仙笙鶴來模寫風烟翻幾句鍊成丹藥化三胎

平生驅足令頭白坐數交春歲六回　矯ヒ騰踔

海

目力東收碧海來茫ヒ(昌大得稱)溟渤在亭臺兩儀高下輪輿轉(古今有)

(道得歷)太極鴻濛汞鼎開貝闕珠宮生睇眄馮夷河伯送風雷

時危兵甲猶如許誰挽滄波洗得回　自作一家非杜非黄

山

萬里滄溟掃翳昏乾坤初闢坎離門(透得化竅)衆峰父祖皆相揖(極重)

(極悍筆力扛鼎)高頂星辰却可捫驅石謾傳秦帝跡(引事亦工)劉腸誰慰楚臣魂

桑田亦是須臾事賊滅時平海水翻(鎔範造化來)

吉州砥柱臺

(雄盪渾涵足洸千古爐鞴)混沌初分積氣浮何來巨石峙中流(屹〻嵒〻)雷風轟搏猶難動(氣壯語激)

(令人駭視)岳海驚翻只獨留萬古至今誰閱視一身千里幸來遊

聞君欲辨新亭子八九雄吞在極眸

穿島

仇池小有潛通地極目披襟海上臺(極好句)八九平吞雲夢濶

三千遠覲漢槎回滄波浩晶鯨爭戲碧落霏微雨驟來 渾言法之不竭
老去壯觀真快意向來憂惱捴成灰 壯麗可人
壬辰之亂余罹千萬不測之禍及被謫来配吉州
州老朴僉知士豪時来相見一日自言少時往從
慕齋先生之驪興村舍仍受學於同門金訓導器
氏且誦先生詩與文甚悉噫余又少從金訓導竊
聞先生之風而興起焉者其時先生已入朝以歿
雖不及面承緒論而實與親炙者無異也豈自意
干戈亂離之餘得見同門之侯芭於絕塞之外哉
感念存歿聊書此以贈 序文亦高古有氣力

慕老先生百代師我從門下覓歸歧關門紫氣青牛去
弟子玄經白首知亂世孤蹤還到此舊徒今日若前期
相逢共說當時事十二高樓夜雨悲 三四神對結亦超然

贈柳希聃憶鷺梁亭

江上漁村舊聚居遺民此日是周餘山川鬱〻紆疇昔
風月依〻竟自如坐客不禁周顗淚令人長憶武昌魚
借對亦斐然
十年問舍棲難定何處田園可稅車
悽斷動人

抱月亭 海州

何緣一棹過滄溟快見飛甍耀極汀曽躡此丘收勝槩
運思直下雍容自得
却聞新賞出前河海門萬里金波動碧落千層素氣經
如是如是

八九胸中添絶涵馭風疑入廣寒扃 (鑪錘甚巧)

一眉島

(奇思) 三岐水合一眉横拔地鳥頭見古城 (如神龍噴氣) 鳥去鳥来天界白 (矯上有)
潮生潮落鳥分青神遊八極樓居好目送千帆海氣清 (横放自恣)
多少朋遊俱興逸依然風詠舞雩行

詠朴淵

東眺天磨並聖居朴淵深在洞門回 (森邃可怖) 青山玉液何時坼 (雄放宏)
(悍) 碧落銀河此夜開聲入千岩萬壑吼 (倏忽) 爽隨大氣剛風培
依然導我參寥廓真若飛仙挾往来

贈申江陵湜之任

昔遊東表鏡湖亭雲夢胸呑八九（此老胸次善用八九）平露浥海棠狸血艶（濃而巧）
玉鳴沙路馬蹄輕衰宏秋諸波聲（帖妥不九）静庾亮南樓月色清
萬古風流餘興在亭中尙有客星經

題許端甫竹帖　石陽正寫竹而朱天使畫蘭

渭畒青ㄷ竹數竿移来卷裡揔琅玕王孫筆妙化工外
學士名高北斗間丹鳳忽宣　天上詔彩毫仍吐谷中
蘭自然意足難形處聲色前頭句未安　沉厚莊重

檜岩道中　鄭碏

疋馬十年西復東維楊今日又秋風山如圖畫白雲外（有神助）
路入招提紅樹中湘浦何須弔屈子鹿門終擬問龎公（意譏獨醒好語）

隱淪經濟各天性悲情可憐我亦初非田舍翁

送琴師李壽鍾之平壤

節迫三〻三日纔東風吹雨洗輕埃故人千里有行色松溪所稱

老子一春無好懷北郭無心問花柳浿江何處倚樓臺

繁華難遣故園思鶯囀上林来不来

奉祀 康陵有感　　辛應時

城東松檜鬱崔嵬一十年餘奉 祀来天外白雲長入

望岡頭金粟謾成堆龍墀畫接思前席 蛋衛宵嚴憶

扈陪白首啣恩猶未死瓣香燒罷淚盈腮

朝天　　崔慶昌

漏下重城曙色遥　君王將御紫宸朝衣冠盡入蓬萊殿馳道斜連太液橋仗裏祥雲隨(觸目見琳琅珠玉)轉蓋日邊佳氣繞吹簫遷喬自幸聯鵷鷺穆ㄷ明庭覲舜堯

西臺月曉漏聲遥左掖門前候早朝瑞靄尚含青瑣柳(秀色飛動)仙旂已繞絳河橋天香縹緲開龍闕輦路徘徊引鳳簫再拜賜霑光祿供微臣竊效祝　文堯　(不可易得)

奉恩寺次李伯生見寄之韻　白光勳

偶因休浣到雲門把酒題詩舊事存紅藕一池風滿院亂蟬千樹雨歸村深慚皓首從覊宦猶喜青山似故園問說錦湖烟景好乞容歸棹問真源　(亦有佳處)

上月汀亞相　　李達

客衾秋氣夜迢迢深屋踈螢度寂寥明月滿庭涼露濕
碧天如水絳河遙離人夢斷千重嶺禁漏聲殘十二橋
咫尺更懷東閣老黃門行馬隔雲霄 酷似仲默

龜城贈林明府 植

八月邊霜近授衣北風吹葉鴈南飛誰憐范叔寒如此
自笑蘇秦困不歸家在海西音信斷客來關外故人稀
燈前暫結思鄉夢秋水烟沉舊釣磯 絶佳之作

鳥嶺聞杜鵑

隴坂漫漫隴水悲旅人南去馬行遲韓家正欲懷吾土

入峽那堪聽子規(對巧)千峰不分雲起處(極佳句)數聲猶苦月沉時
杜陵無限傷心事直到鄜州別有詩

湖寺僧卷次韻

(妙處)東湖停棹暫經過楊柳悠悠水岸斜病客孤舟明月在(唐人)
老僧深院落花多春愁黯黯連芳草鄉夢迢迢隔海波
獨坐計程關塞外不堪殘日聽啼鴉

題湖寺僧卷 (極其突兀)

晴鳩相逐喚終朝睡起僧房(接得雍重)掩寂寥深院定中禪客坐
上方齋後佛香銷春山一雨蘼蕪長鄉國三更夢寐遙
更與吾師說幽約幾時重上廣陵橋 三四峭麗 六七渾融

挽孫明府 汝誠 子億先卒

君為明府我為客三月烟花烏鵲橋點檢遺篇如昨日淒涼哀輓即今朝人間父子情何極海内交親膽欲消京口閒門秋色裏何等哀感滿庭紅葉雨蕭〻情思入妙

無題

瑤絃纖縷合歡床暖壓文采葩流紅綿小洞房夢覺秦樓分翡翠日沉湘浦斷鴛鴦粧鈿寶月明珠綴腰帶盤雲瑞錦囊十二斜行金鴈柱碧紗如霧掩秋香諸篇大槩如水月鏡花

在北原送李益之向南原 梁大樸

春來無日不思家〻在龍城蓼水涯松逕幾寒孤鶴夢

竹窓應折早梅花 殊方作客別懷惡 歧路送君芳草多（晩唐佳品）
從此橫岡遮望眼 關河不盡暮雲賒（自有斤兩）

青溪

路入青溪古洞天 短筇隨處碧蘿懸 一區雲物三淸地
萬壑風雷百道泉 山鬼夜窺金鼎火（極力造微） 水禽秋宿石塘烟
令人忽起淩空思 不踏丹梯不是仙

奉送高苔軒之任東萊（軒豁氣擧）

巨浸漫漫日月開 綵雲多處是蓬萊（極好） 若教羽化猶能度
除却飇輪不可來 冠蓋遙通日本國（氣勢洋溢） 乾坤長繞海雲臺
令人忽起乘桴興 直到扶桑未擬回（以雲日疊字謂之擬人前說夢）

歸鴈

平沙浩〻水茫〻秋盡江南鴈字長雲渚月明時叫侶
塞天霜落亂隨陽斜〻整〻寧違陣弟〻兄〻自作行
菰浦稻畦應有繳不如飛入水雲鄉 世所稱絶唱然墮江西

海南寄許羨叔 林悌

公退烏巾坐小齋夕熏初換水沉灰馬卿猶抱三年病 自負
龐統元非百里才秋入碧梧鸞雨霽海連青嶂怪禽来
西樓一夜歸舟梦蘆葦烟深舊釣臺 降俊

呈叔父 鄭之升

舊事詩書着二毛有時舒嘯上東皐南貧置酒朝醺足

北富熏天(超然自高)夜笛高客去閑門(神語)留月色夢迴虛閣(冷然雪籟入耳)散松濤
思量正在功名外須信人間第一豪

永保亭　(四篇極力摹擬挹翠而韻調終讓一頭地然豪縱自肆則有之)　李春英

樓(馳頓)臺層構鬱穹崇高揭朱欄對碧峯千尺獨臨三面水(沈峯)
八窓不斷四時風城形圓似吐雲月(寫得森砢)山勢蜿如飮海龍
飛閣捲簾明鏡裏真仙都在水晶宮
百(思)尺樓西水接天四山松檜鬱蒼然簾旌撲地海風起(極其豪)
閣影轉階湖月圓近岸盡居排蚌戶晚潮常送釣魚船
五更聒枕波聲怒人在窓間夜不眠
雉堞縈紆樹水間金鼇頂上壓朱欄月從今夜十分(何讓)滿

古人
湖納晚潮千頃寬酒氣全勝水氣冷角聲半雜江聲寒 儘是快活
共君相對不須睡待到曉霧淸漫ㄴ
永保亭子凌虛閣高倚城墻下枕湖開户雲烟呈態度
捲簾山水看縈紆風颿忽過無蹤迹霞鶩齊飛入畫圖 氣勢淸壯
三十六窓明月夜秪疑身世在氷壺

題林子中帷陣中 權韠

畫角吹開萬竈烟陣橫雲鳥壓山川赤光在地戈揮日
白氣漫空劒倚天未着祖鞭吾老矣欲投班筆意茫然
可憐玉帳秋宵夢還繞西江舊釣舡 上四句極豪壯 下四句較均適

解職後戲題

平生樗散鬢如絲薄宦淒凉未救飢為問醉遣官長罵極
何如歸赴野人期好句催開臘瓮嘗新醞自在更向晴窓閱舊詩
謝遣諸生深閉户病中唯有睡相宜 氣矯肯受人拘

早渡碧瀾

江上鳴々聞角聲斗柄挿江々水明早潮侵岸鴨鵝亂
遙舍點灯砧杵鳴客子出門月初落舟人掛席風欲生
西州千里自玆去長路險艱何日平 為千古曉行絕調

暮歸

夕日已入群動息烟沙露草迷荒原虎嘯陰壑夜風烈
狐鳴空林秋月昏流螢閃々疑鬼火老樹騣々知山村

家僮出迎把兩炬枝間寒鵲驚飛翻 亦慕行絶倡

夕 梁慶遇

蒼苔一逕映斜曛便幽眇攀盡脩篁上古原鸛鶴追飛投水樹
牛羊自下入山村貪看暝景頻移杖何等風神爲有佳期不掩門
怊悵窮陰近殘臘小梅消息月黃昏

鬼作二人

題嶺南樓 伽倻仙女

金碧樓明壓水天昔年誰構此峯前一竿漁父雨聲外
十里行人山影邊入檻雲生巫峽曉逐波花出武陵烟
沙鷗但聽陽關曲那識愁深送別筵 別是一種超然

次許渾贈僧韻 李顯郁

秋山路僻問歸樵爲指前峯石逕遙僧與白雲還暝壑非人非鬼有是超絕月隨滄海上寒潮世情老去渾無賴游興年來獨未消回首孤航又陳迹踈鍾隔渚夜迢迢

失名氏一人

題琵琶背

鯤絃鐵撥撼高堂十指纖纖窈窕娘巫峽啼猿哀淚濕衡陽歸鴈怨聲長凍深蒼海龍吟壯淸徹踈松鶴夢凉曲罷參横仍月落滿庭山色曉蒼蒼 皷吹能品

七言排律 附

嶺南樓餞席謝主人李公忠傑時右兵使金公世熙黃腸木　敬差官郭君之蕃俱會　朴　祥

(直說便朴)丁卯東堂試院秋平生何幸識荊州依俙面目嗟相濶
荏苒星霜問幾周客路轉蓬逢蜡臘(便甫不允)公堂披霧謁君侯(奚允)
庫錢肯愛歡娛(委曲)費樽玉聊為壓倒謀(麗而不靡鏗鏘嚴重)燕寢凝香辭上館
(磊砢)冊梯跨漢赴高樓遮風甲帳圍三面納日珠簾捲一頭(鋪排)
斐潤緣筵裁錦繡鮮(出之不厭)華朱户削琳璆工書後到朝廷在
(有体)元帥前臨節制遒爐麝亂霏薰黚歘(富艷)髻鴉交襯妓行稠
微醺漸覺諧言笑卒爛還從錯獻酬黃鶴晴川天半落
吳門烟樹地偏浮西橋晚罷漁村市南浦遙通海賈舟

粧暮赤雲飛紫鳳(奇)鎮虛靈嶽舞蒼虬曠懷横厲翔鵬界(渾〻)
騷(不渴)興聯翩宿莽洲王母桃花開不盡茂陵金椀散無收
將詩欲答翰林月(翩〻豪擧)擧酒須投湘水流地主慇懃加慰藉
征人繾綣重夷猶塵寰未有神仙府(矯然遐想)清夢真成汗漫遊
松憤歲寒鏗寶瑟(矜莊不息)竹悲江色戛鳴球蒙山躑躅更登覽
要聽長林(不了語)黄栗留　雄辭傑句滔〻莽〻真千載奇作

滕王閣應製(起便渾重)　鄭士龍

剗華孤隋靖(入意便真)八荒根盤仙李葉(接得好)輝光山河宰割通南紀
節鎭雄腴屬少王物力(看他鎔範之工)擅殷誇宇內城池控勢占炎方
時丁多暇觀遊賁制出高懷結構良直壓巴山成枕臂

俯臨衡浦作滄浪般倕效技工難狀神鬼輸工妙叵(春容)量
納(鉅麗)日簷虛先曉白受風寮薄未秋涼清都恍惚移真界
紫府深嚴秘(曲折生姿)玉皇昊梵之彈奇供玩好鄒枚(筆端恣肆不覺誤引)摛藻盛文章
名(亦魯連書之不檢也)誇一世還消歇事去千年費賛(襯切不粘)襄竹色松聲俱境寂
清江白石紙心(有他強力押闔處)傷高秋勝會朋簪盍健筆雄(指滕王)詞腹藁忙
神(摘子安)借便風(兩事作關鎖)須蕟秘士雖宿構敢攖(極美九之妙)鋩地因人勝須恢拓
事待文傳(方用本色折證)要激昂霞鶩至今餘物色畫圖(入事不漏)終古謾留藏
飛雲捲雨懷時遠佩玉鳴鑾撫迹亡作記致高光熖爛
重新事(種種具載)偉姓名香政同分陝歸鼇華貶極(引事收了處好)投荒尚倔強
舊閣淪江徵信史新臺出漢繼遺芳微臣詎列三王後

歌頌無能獻斐狂(嚴悍宏麗無一歌語如構凌雲臺稱量材木不偏不重眞詞家老匠)

閨秀一人

謝徐牧使益 小室惠題額大字書 李 媛

瘦硬(便佰奇拔)寫成天外態元和脚迹見遺蹤眞行翥鳳飄揚裏(宏悍草)

(詭非脂粉家可及亦一異事)大字崩雲結窣中試掛山軒疑躍(看他雄放)虎乍臨江閣訝騰龍

衛夫人(押韻甚妙)筆方知健蘇蕙蘭才豈擅工體若蕙枝思則壯

指纖慈玉掃(極好句)能雄神交萬里通文墨為謝驪(冷語結了)珠白玉童

國朝詩刪卷之八

五言絶句

楓嶽 成石璘

一萬二千峯高低自不同君看日輪上高處最先紅 看他負遠到氣象

偶題 柳方善

結茆仍補屋種竹故爲籬多少山中味年〻獨自知 閒適然未免倫

紫薇花 成三問

歲〻絲綸閣抽毫對紫薇今來花下醉到處似相隨 有情

述樂府辞 金守温

十月層氷上寒凝竹葉栖與君寧凍死遮莫五更雞

李景良

蔡子休求畫作青山白雲圖一幅因題其上

姜希顏

足稱三絶

江上峯巒合 江邊樹木平 白雲迷遠近 何處是蓬瀛

囉嗊曲 三篇極似唐人樂府

成侃

爲報郎君道 今年歸不歸 江頭春草綠 是妾斷腸時

孟棨謀遺意

郎如車下轂 妾似路中塵 相近仍相遠 看〻不得親

綠竹條〻勁 浮萍箇〻輕 願郎如綠竹 不願似浮萍

睡起

徐居正

折旋蟻封亦好

簾影深〻轉 荷香續〻來 夢回孤枕上 桐葉雨聲催

閨情

金克儉

未授三冬服空催半夜砧銀釭還似妾淚盡却燒心

題畫扇　婷

黃葉秋風裡青山落照時江南杳何處一棹去遲〻

寄君實

旅館殘燈曉孤城細雨秋思君意不盡千里大江流（脩〻有味）

伯牙　申沆

我自彈吾琴不須求賞音鍾期亦何物強辨絃上心

贈人　朴繼姜

花落知春暮尊傾覺酒無光陰催白髮莫惜典衣沽

佳月　金净

佳月重雲掩迢〻暝色愁清光不可待深夜倚江樓 改以猶字者亦好

感興

落日臨荒野寒鴉下晩村空林烟火冷白屋掩衡門 隨州雅韻

贈釋道冲

落日毗盧頂東溟杳遠天碧嵓敲火宿聯袂下蒼烟 非涉此境安知此妙

贈别

回首送君處蒼茫海日昏家山應見過花落掩柴門

自挽 奇遵

日落天如墨山深谷似雲君臣千載意惆悵一孤墳 家兄得於穩城者讀之黯慘

輞川圖 崔壽峸

秋日下西岑暝烟生遠樹斷橋两幅巾誰是輞川主 相家款少有意

題畫猿 羅湜

老猿失其羣落日枯査上黙坐首不回想聽千峯響 山中

鄭所闇筆而蓀老所嘆服乃伊州遺格所謂截一句不得唯盛唐人能之

驪江

日暮滄江上天寒水自波孤舟宜早泊風浪夜應多 有憂時保身之意

道峯寺

曲〻溪回復登〻路屈盤黃昏方到寺清磬落雲端 逼唐

送白彰卿還鄉 林億齡

江月圓還缺庭梅落又開逢春歸未得獨上望鄉臺

舟過楮子島向奉恩寺　鄭礥

孤烟橫古渡寒日下遙山一棹歸来晚招提杳靄間

其人異也詩亦清遠

次忠州望京樓韵　尹潔

遠客思歸切登樓北望京還同江上鴈秋盡更南征

湖亭朝起偶吟　姜克誠

江日晚未生蒼茫十里霧但聞柔櫓聲不見舟行處

頗造微

秋思　楊士彥

孤烟生曠野殘日下平蕪爲問南来鴈家書寄我無

絶句　李後白

細雨迷歸路騎驢十里風野梅隨處發䰟斷暗香中

公詩不多見此自超凡

送人　河應臨

草々西郊別秋風酒一杯青山人不見斜日獨歸来　近於自挽

雪後偶吟　李純仁

古郭人聲絶寒鴉凍不飜還如去年雪寂寞卧江村　枯淡

無題　李誠中

紗窓近雪月滅燭延清輝珍重一杯酒夜闌人未歸　了得北里公案

題高峯郡山亭　崔慶昌

古郡無城郭山齋有樹林蕭條人吏散隔水搗寒砧　楂梨橘柚各有其美

弘慶寺　白光勳

秋草前朝寺殘碑學士文千年有流水落日見歸雲　絶唱

龍江別成甫

千里奈君別起看中夜行孤舟去已遠不可無一不可有二月落寒江鳴

洛中別友

長安相送處無語贈君歸却向江南望淡語有味青山又落暉

有贈

江南采蓮女江水跳奇拍山流蓮短未出水不失唐韻棹歌春政愁

江陵別李禮長之京　李達

桐花夜烟落孤情絶照海樹春雲空他日一杯酒相逢京洛中

偶吟　宋翰弼

花開昨夜雨花落若截一句篇不能成亦伊川遺格今朝風可憐一春事來往風雨中

閨怨　林悌

十五越溪女羞人無語別（有情）歸來掩重門泣向梨花月

傷春　鄭之升

草入王孫恨花添杜宇愁汀洲人不見風動木蘭舟

會宮　鄭碏

人度桃花岸馬嘶楊柳風夕陽山影裡寥寂會王宮（無限感嘆）

夜作

鵂鳴園樹裡（令人頭髮竦竪）雲黑五更天遠客那堪聽悠々夜似年

贈人

二月燕辭（琢妙）海千村花滿秦每醉清明節（極好）至今三十春

秋懷

菊垂雨中花秋鷺庭上梧今朝倍惆悵昨夜夢江湖 亦非常調

春晚

酒滴春眠後花飛簾卷前 未卷而花已落云 人生能幾許悵望雨中天 字〻珠璣

閨秀一金

贈人 金氏

境僻人来少山深俗事稀 非貴之也貴之也 家貧無斗酒宿客夜還歸

題院壁 無名氏

鳥窺頹院穴人汲 疑虛菴作云 夕陽泉山水爲家容乾坤何處邊

題壁

水澤魚龍國山林鳥獸家孤舟明月客何處是生涯（云是徐老之作與前篇姑存之）

附六言絶句

致齋昭格殿次東坡祭太乙韵　姜希孟

雲際如聞仙佩風端暗送天香露濕珠宮欲閉星河低度彤墻　清麗可喜

六言　李達

黃鳥百囀千囀綠楊長枝短枝雕窓綉戸深掩淚臉愁眉獨知　穠艶

國朝詩删卷之九

七言絶句

癸酉正朝奉天門口號 鄭道傳

春隨細雨渡天津太液池邊柳色新滿帽宮花霑錫宴金吾不問醉歸人 富麗溫重

自詠

致君無術澤民難欲向汾陰講典墳十載風塵多戰伐青衿零落散如雲 自負甚重

訪金居士野居

秋雲漠漠四山空落葉無聲滿地紅 如畫 立馬溪橋問歸路

不知身在畫圖中 玲瓏圖轉優入唐域

鐵嶺

鐵嶺山高似劒鋩海天東望正茫〻秋風特地吹霎鬢

驅馬今朝到朔方 有攏仗下形

擊毬圖 温公事

權近

玉斗碎時虧霸業珊瑚擊處有驕心 此字對處故是常格 争如幼日多奇氣

蒼卒全人慮已深 儘緊要

春日城南即事

春風忽已近清明細雨霏〻晩未晴屋角杏花開欲遍

數枝含露向人傾 甚佳

送春日別人　　趙云仡

謫宦傷心涕淚揮送春兼復送人歸春風好去無留意久在人間學是非 四佳老以爲絶好

即事

柴門日午喚人開步出林亭坐石苔昨夜山中風雨惡滿溪流水泛花來 語䕷思涸

丘山驛 江陵

珠淚雙〻落玉卮陽關三疊送人時太山作地東溟渴始斷丘山泣別離

訪騎牛子不遇　　成石磷

德爕不見太平年八十逢春更謝天桃李滿城香雨過
謫仙何處酒家眠 虛白所嘆賞

賀趙侍中邀座主開讌

得士方知座主賢侍中獻壽侍中前天教好雨留佳客
風送飛花落舞筵 氣槩

寄燈明師　姜淮伯

人情蟬翼隨時變世事牛毛逐日新想得吾師禪榻上 雖功而格自卑
坐看東海碧粼粼 匕

次金若齋九容韻　朴宜中

杜門終不接庸流只許青山入我樓樂便吟哦慵便睡

更無閑事到心頭 閑思可掬 香山遺韻

晉陽亂後謁聖 李啓

廨宇丹青一炬亡頑童尚解護文坊十年海嶠風塵裡
獨整衣冠謁素王

慵甚

平生志願已蹉跎爭奈疎慵十倍多午枕覺來花影轉
暫携稚子看新荷 閑遠有韻

夜過寒碧樓聞彈琴

神仙腰佩玉摐摐来上高樓掛碧窓入夜更彈流水曲
一輪明月下秋江 何等清切 有唐人雅格

聞鶯

三十六宮〻樹深蛾眉夢覺午窓陰玲瓏百囀凝愁聽
盡是香閨望幸心 酷似杜紫薇

慶安府　曺庶

水光山氣美晴沙楊柳長堤可想十萬家無數商舡城下泊
竹樓烟月咽笙歌

除夜　鄭摠

駈儺處〻皷如雷春色邊隨斗柄回挑盡寒燈題帖字
膽瓶相對一枝梅

鐵關途中　卞仲良

鐵關城下路歧賒滿目烟波日又斜南去北來春欲盡馬頭開遍海棠花 逼唐

松山

松山繚繞水縈回多少朱門盡綠苔惟有東風吹雨過城南城北杏花開 無限感慨千載想之猶當淚下況親覩之者乎

秋日　權遇

竹分翠影侵書榻菊送清香滿客衣落葉亦能生氣勢一庭風雨自飛匕 亦自楚匕

竹長寺　鄭以吾

衙罷乘閑出郭西僧殘寺古路高低祭星壇畔春風早

紅杏半開山鳥啼 中唐高品

次韻寄鄭伯容

二月将闌三月来一年春色（極好）夢中回千金尚未買佳節

酒熟誰家花正開 當爲 國初絶句第一

書懷　柳方善

門巷年来草不除片雲枯木似僧居多生結習消磨盡

只有胸中萬卷書 想其抱窮然詩自好

秀菴上人卷子　姜碩德

占斷烟霞心自閑茅茨高架碧孱顔飢飡倦睡無餘事

春鳥（似悟）一聲花滿山

海雲臺　　崔 恒

登臨不必御泠風拂盡東華舊軟紅醉踏金鼇吟未已
紫簫吹徹海雲中

宮詞 四時 四篇俱是當行而較之孫谷相去奚啻萬由旬　　成 俔

依々簾幕燕交飛日射晴窓睡起遲急喚小娃供頮水
海棠花(好)下試春衣

陰々簾幕暑風清閑瀉銀漿滿玉瓶好箇黃鸝多事在
隔墻啼送兩三聲

碧梧金井換新秋斜倚熏籠一段愁明月滿庭(甚新)天似水
起来無語上簾鉤

七寶房中別置春羅巾斜帶辟寒珍朝来試步梅花下
臉上臙肢懶未勻 最優

偶書

言肆出口釁觸諱世事折肱曾飽更黃昏風雨閙北牖
夢作聖居山水聲 奇拔
白日青天萬里暉祥麟彩鳳共乘時三更月落村墟黑
留與狐狸假虎威 意甚有指

遊城南

鉛槧年来病不堪東風引興到城南陽坡草軟細如織
正是青春三月三

怕寒不出吟呈諸公

南隣雲幕柳間横北里笙歌鬧曉晴九十春光都過了
揚雄辛苦草玄經 儘好

道中

籬落依〻半掩扃斜陽立馬問前程倫然細雨蒼烟外
時有田翁叱犢行

漁父

數疊青山數谷烟紅塵不到白鷗邊漁翁不是無心者
管領西江月一舡 篇〻氣自淋漓近代則稍萎矣

讀荊公詩 徐居正

杜鵑當日哭天津天下蒼生事匕新相業早知能誤世
半山端合作詩人 意好

春日

金入垂楊玉謝梅 尖 小池春水碧於苔春愁春興誰深淺
燕子不来花未開 豪宕

晩山圖

嵯峨古樹與雲叅石老嵓奇水滿潭更欲乘鸞吹鐵笛
夜深明月過江南 渾重富麗自是大家氣格

菊花不開悵然有作

佳菊今年開較遲一秋清興謾東籬西風大是無情思

不入黃花入鬂絲 可愛

題四皓圍碁圖

於世於名已兩逃 閑圍一局子頻敲 此中妙手無人識 稍俚

會有安劉一着高 結意極好

即事

捲簾深樹鵓鴣鳴 時見幽花一點明 清泠有姿 小坐西軒清似水

秋晴時復勝春晴

次金太守宗直咏田家韻 姜希孟

流水消〻泥沒蹄 煖烟桑柘鵓鴣啼 阿翁解事阿翁健 作入

剡竹通泉過岸西 作平 姿媚橫生

塹城壇 菴尼山

海上孤城玉界寒風吹沆瀣露凝漙步虛人在青冥外
吟罷瓊章月滿壇 雖欠仙骨亦稍脫俗

病餘吟成呈崔勢遠 灝元

南窓終日坐忘機 閑澹 庭院無人鳥學飛細草晴香難覓處 點綴縹渺
淡烟殘照雨霏霏

梅

黃昏籬落見橫枝緩步尋香到水湄千載羅浮一輪月
至今來照夢迴時 亦自可兒

留義州次朴判書 元亨 韻　李承召

旅館偏驚變物華風吹柳幕翠欹斜山城地僻餘寒在
五月初看芍藥花

美人圖

閑来相與鬪團碁却被春嬌下子遲手托香腮無限意
桃花枝上囀鶯兒 艷體中稍害一齊

濟川亭次宋中樞處寬韻

金宗直

吹花擘柳半江風檣影搖搖背暮鴻一片鄉心空倚柱
白雲飛度酒舡中 氣度弘厚

寶泉灘即事

桃花浪高幾尺許銀石沒頂不知處兩兩鸕鶿失舊磯 矯健入古

啣魚却入菰蒲去 獨此絶似唐

山行即事　金時習

兒捕蜻蜓翁補籬小溪春水浴鸕鷀青山斷處歸程遠橫擔烏藤一箇枝 阿龍故自超

從軍　朴撝謙

十萬貔貅擁戍樓夜深邊月冷孤裘一聲長笛来何處吹盡征夫萬里愁 真得塞曲豪壯之音宜蒙文忠之激賞也

詠杜子美

劒南千里絶家書身與沙鷗不定居夢罷四更山吐月子規聲裡秣征驢

帶雨題清州東軒 成俔

畫屛高枕掩罷幃别院無人瑟已希爽氣滿簾新睡覺
一庭微雨濕薔薇

三月三日 金訢

才經百五又三巳客裡那堪歲月淹且趁良辰沽美酒
杏花西畔颭青帘

馬島舟中夜坐

獨揭孤蓬枕不安西風一夕晩潮寒海天秋色尋無處
却向潘郎鬢上看

尋花古寺 婷

春深古寺燕飛〻深院重門客到稀我自尋花〻已盡
尋花還作惜花歸 雖談而意自好

寒食

寒食清明二月天東風庭院掛秋千流鶯啼過畫樓去
一樹杏花開政妍 芳蘭竟體

雲溪寺　深源

樹陰濃淡石盤陁一逕縈回透澗阿陣〻晴香通鼻觀
遙知林下有殘花 引人着勝地

即事

一犁春雨杏花殘處〻人耕白水間獨立蒼茫江海上

不勝惆悵望三山

次珍原客館韻 楊熙止

山藏小縣石田多村似朱陳八九家杜宇一聲愁欲死

滿庭明月照梨花

瀟溪竹枝曲 俞好仁

城南城北鬧雞豚賽罷田神穀雨昏太守遊春勸勸課

肩輿時入杏花村 無縹緲之音而自穠厚有味

君子寺 穠遠

烟樹平沉雨意遲晚來看竹坐移時老祥碧眼渾如舊 淡雅

更檢前年此日詩

題紅梅畫簇　　曺偉

夢覺瑤臺踏月華香魂脉々影橫斜似嫌玉色天然白
一夜東風染彩霞 (麗而婉)

聞子建卽眞赴洛作詩寄之

西掖罘罳隔霧看宮槐葉落曉光寒秋風江海金鼇膾
爲問何如苜蓿盤 (調越)

傷春　　申從濩

茶甌飮罷睡初輕隔屋聞吹紫玉笙燕子不來鶯又去
滿庭紅雨落(好)無聲 (晩李佳品)
粉墻西面夕陽紅飛絮紛々撲馬鬃夢裡韶(俚弱)華愁裡過

一年春事楝花風 得蘇之穠

無題

第五橋頭烟柳斜晩來風日轉清和湘簾十二人如玉

青瑣詞臣信馬過 風流不減

西江寒食　南孝温

天陰離外夕寒生寒食東風野水明無限滿舡商客語 何減右丞

柳花時節故鄉情

上巳城南

城南城北杏花紅日在花西花影東 巧 匹馬病翁驚節候

斜風吹淚女墻中

月溪

水北石山霜後樹水南茅店午時雞蹇驢古棧斜風勁
細雨蕭ㄴ過月溪（泬寥）

夢安子挺（應世）

邯鄲一夢暮山前魂與魂逢（一往有深情）是偶然細雨半庭春寂寞
杏花無數落紅錢（新）

秋晚　安應世

黃菊開殘故國花寒衣未到客思家邊城落日連衰草
啼殺秋風一樹花（峭麗深至）

無題

雨濕雲蒸暗海城傷心前歲送郎行燕鴻寂寞音書斷
深院無人杏子成

書懷　金宏弼

處獨居閑絶往還只呼明月照孤寒憑君莫問生涯事 清思可掬
萬頃烟波數疊山 神情散朗自有林下風

遊頭流山到花開縣作　鄭汝昌

風蒲獵〻弄輕柔四月花開麥已秋看盡頭流千萬疊 胸次脫然
孤舟又下大江流 豪

永濟道中　金千齡

羸馬凌兢驛路賒隔林尨吠是誰家黃昏月落郊原黑

認得前村蕎麥花 自別

暁起呈強哉 李替 昌壽

睡起窓扉手自推樹頭殘月尚徘徊春天漸曙林鴉散
卧看青山入戸来 翛然有味

書三體詩後 柳洵

無邪三百最精英詩到唐家亦大成獨笑江西傳晩派
強将排比賭虚名 論議得好

讀宋史 崔溥

挑燈輟讀便長吁天地間無一丈夫三百年来中國土
如何付與老單于 悲壯頓挫令人改觀

烏嶺　李孝則

秋風黃葉落紛〻主屹山高半沒雲二十四橋嗚咽水一年三度客中聞 潛夫所閣筆者

美人圖　魚無迹

睡起重門淰〻寒鬟雲繚繞練袍單閑情只恐春將曉折得梅花獨自看

謾成　李胄

老惕風霜病益頑一簷朝旭坐蒲團鄰僧去後門還掩只有山雲過石欄

夜坐

陰風慘〻雨淋〻海氣連山石竇深此夜浮生餘白首
點燈時復顧初心 悲切

懷人

銅掌霜飄月露鮮天街鍾漏落燈前黄茅小店香奩閉
今夜故人應未眠

寄僧

鐘聲敲月落秋雲山雨偷〻不見君盥井閉門猶有火
隔溪人語夜深聞 格高語超極似鬼語

傷別

池面沉〻水氣昏枕邊魚擲夜深聞明霽泊近驪江月

竹嶺橫天不見君 情思隱約

題舍人司蓮亭　　姜渾

竹葉清尊白玉杯舊遊蹤迹首空迴庭前明月梨花樹

爲問如今開未開 有情

三嘉鄭使君求雙明軒詩記舊遊以寄

古縣鴉鳴日落時雪晴江路細逶遲人家處々依林樾

白板雙扉映竹籬 三絶俱香奩本色語

寄星山妓

扶桑館裡一場驩宿客無衾燭殘十二巫山迷曉梦

驛樓春夜不知寒

姑射仙人玉雪姿曉窓金鏡畫蛾眉卯酒半酣紅入面
東風吹鬢綠妙參差 情景宛然
雲鬟梳罷倚高樓鐵笛橫吹玉指柔萬里關山一輪月
數行清淚落伊州 恨情可掬

贈擇之　　崔淑生

洞裡春風花亂開韶光言而俚鼎〻夢中催鄰家脩竹無人看
自愛清陰甚閒獨步來
祇見青山不見村漁郞無路覓桃源丁寧爲報東風道
莫遣飛花出洞門 意新語警
林下柴扉面水開蕭〻山雨竹間催小窓睡起無人過 少有味

時有風花自往來 亦儘佳

羽溪 李堣

雪過窓虛燭藏明 料峭語 月篩松影動西榮 巧 夜深知得山風過

墻外蕭騷竹有聲 蕭宗有趣

題友人江亭 成夢井

爭占名區漢水濱亭臺到處向江新朱欄大抵皆空寂

携酒來憑是主人 名言匕匕

海雲臺 庚午破倭後登此次韻 黃衡

建節高臺起大風 便壯 海雲初捲日輪紅 詞雄 倚天撫劍頻回首

馬島彈丸指顧中 氣吞舟寇

題神光寺 雖其人可怒可唾而詩自好 南袞

千重薄領抽身出十笏僧房借榻眠六月炎塵飛不到
上方知有別般天
入洞遙聞鍾磬響過橋初見殿寮開雲扃霧鑰何曾鎖
窅子塵蹤自不來
金書殿額普光明二百年來結搆精試問開山大檀越
碧空無際鳥飛輕
至正皇家屬亂離神光佛宇煥簷楣如今住社僧千指
爭道當年宋骨兒 疊疊不厭
庭前栢樹儼成行朝暮蕭森影轉廊欲問西來祖師意 引事甚的

北山靈籟送凄凉
參差洞壑列谽谺八百禪僧杖錫過丈室不增仍不減 信手拈来物上真
個中誰是老維摩 最好

書朴誾題畫屛詩後 李荇

古紙淋漓寶墨痕青山無處愴語可招魂百年寂寞頭渾白
風雨空齋獨掩門

四月十六日書 東宮移御所直舍壁

衰年奔走病如期春興無多冷語不到詩睡起忽驚花事晩
一番微雨落薔薇 和厚典則詞家上乘

二十九日再直有感次前韻

平世功名敢自期秪今還愧伐檀詩青山咫尺無歸路
一任東風老蕨薇 較前篇尤勝

陜川聞子規

江陽春色夜悽悽 已 睡罷無端客意迷萬事不如歸去好
隔林頻聽子規啼 開口輙好

八月十五夜

平生交舊盡凋零白髮相看影與形正是高樓明月夜
笛聲凄斷不堪聽 無限感慨讀之愴然

霜月 已下次南嶽唱酬集者

曉來微雨洗長天入夜高風捲瞑烟夢覺曉鍾寒徹骨

素娥青女鬪嬋姸(不藏唐人高處)

憶淳夫

盧菴居士去尋真不見悠已 (曲盡)世事新湘水有魂招不得

人間無(破的)地可藏身

對竹

此君相對要開襟

十年功力一園林誰識衰翁着意深白首更無知己在

讀仲說詩

挹翠高軒久無主屋梁明月想容姿自從湖海風流盡

何處人間更有詩(是得意友故詩輒得意)

終南

家住終南尺五天却嫌名字世間傳急流勇退知何日細草閑花又一年 穠遠有韻

温酒舉白韻

山間殘雪尚成堆何事春風挽未回直把人功切而不俚欺造化一團和氣兩三杯

花徑

無數幽花隨分開登山小徑故盤迴殘香莫遣東風掃倘有閑人載酒來 鄭重

盆城贈別 金安國

燕子樓前燕子飛落花無數惹人衣東風一種傷離恨
腸斷春歸客未歸 婉切

燕子樓次圃隱韻

燕子雙飛日幾回江南行客逐春来東風落盡梅花樹 多情
唯見山茶帶雨開

途中即事

天涯遊子惜年華千里思歸未到家一路東風春不管
野桃無主自開花 偶然到唐人境

朴太守稠見訪

烟花粧點太平春太守乘閑訪逸民醉後不知天月上

滿庭紅影欲迷人（極是得意）

雨中詠葵

松枝籬下小葵花意切傾陽奈雨何我自愛君來冒雨（不妨喚作此君）不知姚魏日邊多（思涸）

輓宮媛　李希輔

宮門深鎖月黃昏十二鍾聲到夜分何處青山埋玉骨秋風落葉不堪聞（詩自好而貽誚則大）

病中書懷

金花牋上妝丹詞太白聲名動彩眉（指何耶未曉）病裡如今輸歲月一年聊復一題詩

夏帖　朴祥

樹雲幽境報南訛休說東風捲物華紅綻綠荷千萬柄

却疑天雨寶蓮花 亦自奇峭

逢孝直喪

無等山前曾把手牛車草〻故鄉歸他年地下相逢處 破涕不禁

莫說人間謾是非 長歌之哀甚於慟哭

江南　金凈

江南殘夢晝懨〻愁逐年芳日〻添雙燕來時春欲暮

杏花微雨下重簾

義相菴　奇遵

高臺矗〻入烟空雲盡滄溟一望窮三十六峯秋夜月
玉簫吹徹海天風 仙語

獨直內曹聞夜雨 申光漢

江湖當日亦憂君白首無眠夜向分華省寂寥踈雨過
隔窓桐葉最先聞 淡雅而情穠

投宿山寺

少年常愛山家靜多在禪窓讀古經白髮偶然重到此
佛前依舊一燈青 婉切

過介峴金公碩 世弼 舊居有感

同時逐客幾人存立馬東風獨斷魂烟雨介山寒食路

不堪聞笛夕陽村 終當爲情死

次安城郡板上韻

當年潦倒過春城杖節重来意未平沽得濁醪知有主

杏花村户不分明 曲暢

別親舊夜泊楮子島書事

江湖浪迹已多年纔到紅塵意惘然却恠酒醒清入骨

不知身卧月明舡 清思逼人

陰城道中

征驂羸盡一冬深白首懐君正不禁家在石城歸亦好

朔風吹折倦遊心 鏗爾有韻

阻雨宿神勒寺

好雨留人故不晴隔窓終日聽江聲斑鳩又報春消息
山杏花邊款款鳴(令人心醉)

送堂姪元亮之任扞城

一萬峯巒又二千海雲開盡玉嬋娟少曰多病今傷別
辜負名山此百年(此世所稱者)
追惟勝迹發長嗟三十年來夢一過踈雨落霞鳴玉路(穠而練洗)
馬蹄曾踏海棠花

夜分後雨霽月色如畫舟泊長灘荻花灣

孤舟一泊荻花灣兩道澄江四面山人世豈無今夜月

百年難向此中看 說到此無欠

有所思

秋草離ㄷ白露時夜深明月候虫悲牽牛只恨天津隔
不識人間有別離 亦好

洞山驛

蓬島茫ㄷ 曠慷 落日愁白鷗飛盡海棠洲如今始踏鳴沙路
二十年前舊夢遊 何等淸思

崔同年 益齡 鏡浦別野次昌邦 朴禑 韻

沙村日暮扣柴扉夕露微ㄷ欲濕衣江路火明聞犬吠
小童來報主人歸 唐人正格

風雨過月溪峽

巀嶭嵳峨十里横緣江一路細紆縈平生粗識安危今
脚底風波未足驚 (練達之言亦自老成)

柳店漁火

依ヒ垂柳暗江濆人語黃昏未掩門忽怪雨中星宿亂 (變幻得好)
却聞漁唱辨漁村

船上望見三角山有感

孤舟一出廣陵津十五年來未死身我自有情如識面
青山能記舊時人 (有都亭之感)

呂望

清渭東流白髮垂一竿誰見釣璜時悠ㄷ湖海多漁父
不遇文王定不知 極好思

項羽

堂ㄷ氣力竟何如學劒無成恥學書賓擊詐降皆戰罪
八年空爲漢驅除 大議論

韓信

英雄意氣負多ㄷ漢業成來聽楚歌智勇竟爲兒女困
一生操縱在蕭何

醉題梨花亭 亦好　　申潛

此地來遊三十春偶尋陳迹摠傷神庭前只有梨花[illegible]

不見當時歌舞人

【영인자료】

동국대학교 소장

필사본 『國朝詩刪』

國朝詩刪卷之十

七言絶句

題玉堂山水屛　蘇世讓

百道飛泉掛樹梢野橋橫斷跨江郊齊坊知在峯回處滿地藤蘿細路交

題尙左相裏畫鴈軸

蕭蕭孤影暮江潯紅蓼花殘兩岸陰謾向西風呼舊侶不知雲水萬重深 殊有含蓄之思

通兒借草亭之基于竹林西麓

不論城市與山林卜築先須傍竹陰好是餘生游息地世間何事更關心

宿巴山館　鄭士龍

天畔逢秋恨轉新 悲笳嘹唳起西鄰 樹頭雲破初弦月 步盡樓陰不見人 [憭慄] [有力]

戲自遣

宿酲扶起對朝陰 落絮飛花滿院深 惱得春愁無處寫 一聲羌管水龍吟 [殊富] [如嘗大胾 咀嚼愈佳]

春興

花滿園林葉未齊 恰回殘夢有鶯啼 蝦鬚不礙東風過 無奈輕陰壓額低 [情思入微] [風致]

李將軍西湖知足堂　黃汝獻

龍山積水杳茫邊 過勝地逢人已十年 日落海門天遠大 夜深燈火見陽川

來禽花落　沈彥光

朱白扶春上老柯爲誰粧點野人家三更風雨鶺傷
僛落盡來翁滿樹花 二絶俱有味

落花

野桃花謝葉初生雨後風前蝶翅輕枝上晚紅猶未
落徐娘雖引儷好老尚多情

無爲 李彥迪 晦齋

萬物變遷無定態一身閑適自隨時年來漸省經營
力長對青山不賦詩 悟道之言

題海州盧白堂 徐敬德

盧白堂中憑几人一生心事淡無塵太平歌管來飄
耳便作羲皇以上身 自在超邁不下當家

叢祠 沈思順

四六

神鴉飛下石壇空腥雨淋〻蒟綠叢日晚山椒人散盡碧燈深閉古祠中 森遙

詠唄音 趙昱 龍門

口中梵唄應黃鍾魚樂純如處法宮無限人天皆着悟收聲方覺本來空 此驗老所推服者

次駱峯韵贈鑑湖主人

十年長憶故山扉塵土東華歲深衣愁得鏡湖春處月子規應喚不如歸 詩句甚至

示友人 林億齡

古寺門前又送春殘花隨雨點衣頻歸來滿袖清香在無數山蜂遠趁人 有唐人風格

華山瀑布圖

急雨蒼崖掛白龍詞人健筆氣成虹便安屏障應無
此我是人間富貴翁 氣象語佳

次井邑東軒韻

護軍雖散亦王官 內賜醞風再拜看白髮老臣心
耿〻滿墻隣女夜舂寒 此是絶筆令覺動人

登尾山峴望冠岳 鄭磏

荒村古木噪飢烏蘆荻蕭〻薄暮天立馬溪橋回首
望亂山遙在白雲邊 清遠有韻

扶餘落花巖 洪春卿 石壁

國破山河異昔時獨留江月幾盈虧落花巖畔花猶
在風雨當年不盡吹 李滉

義州

四七

龍樹雲氣曉淒〻鶴笛摩空白日低坐待山城門欲閉角聲吹度大江西遙是道壯

抵友人家汲松根水以飲　金麟厚

憶昨雲泉漱石根倚筇隨處見真源轆轤聲裡斜陽轉飲興翻〻滿故園亦趣九

侍中臺　林亨秀

龍公應娮勝遊閒風雨無端過海來很藉盃盤人去後一天明月照空臺悽爽可人

受降亭　鄭惟吉

醉倚胡床引兕觥聲宝宮宗名佳人狎坐憂銀箏陰山獵罷歸來晚馳渡氷河鐵戟鳴俠氣翻〻

賜祭棘城

聖新枯骨亦霑 恩香火年年傍墓門祭罷上壇風

雨庭白雲如海滿前村艷 殷

永柔梨花亭

落花風雨古人詩花到今年巧耐遲直至開時應有

月個中春色子規知 曲盡情態

夢賚亭春帖

白髮 先朝老判書閒拒隨分且安居漁翁報道春 安排得妙

江暖未到花時進鱖魚

詠王昭君 金質忠

絕代佳人是女戎前車相望汗青中畫圖不誤春風

面敵國分明在後宮 千古確論

謝山人寄鞋 尹潔

故人遙寄一處來知我庭中(墨)有綠苔仍憶去年秋寺暮滿山紅葉踏穿回

從兄惠石假山

愛山猶未住山間楓嶽頭流夢往還從此無心凌絕頂案頭長對碧孱顏

許太史筬家吟示諸人 盧守愼

翰林風彩善持門花竹依々日涉園可惜南山餘一皓不知霜露滿丘原 亦從杜絕來 故姑存之

重到湖堂次前韻 金貴榮 東園

一別湖堂三十秋南樓風月夢悠々重來物色渾依舊猶恨劉郎雪滿頭

訪曹處士山居 朴淳

醉睡仙家覺後疑白雲平壑月沉時翛然獨出長林
外石逕笻音宿鳥知雖以欺世日嘲之亦自清楚

湖堂口號

亂流經野入江沱滴瀝循殘檻外村籬掛簑衣簷晒
網望中漁屋夕陽多

謝恩後歸永平

荅恩無術寸心違收拾殘骸返野扉一點終南看
漸遠西風吹淚薜蘿衣悵切有去國之感

礪山郡別行思上人

王程那得駐征騑愁外青山幾夕暉金馬古城相送
處刺桐花落雨霏霏李晩

送退溪先生南還

鄕心不斷若連環一騎今朝出漢關底勸嶺梅春未
放留花應待老仙還

題楊總兵照廟

鐵衣金鎖已塵沙廟閉松杉噪夕鴉惆悵漢家飛將
死胡笳頻度白狼河佳

清風寒碧樓

客心孤迥自生愁坐聽江聲不下樓明日又登官道
去白雲紅樹為誰秋

贈堅工人

久沐恩波役此心曉鷄聲裡戴朝簪江南野屋今蕪
沒却倩山僧護竹林 嗚呼士大夫孰不欲易退耶 畢竟不得如志頹負愧多矣

過漁陽橋 梁應鼎

檻色垞、光盡太平河橋、從帶落時名伊涼、若是簫韶
曲豈使胡雛化兩京

謁夷齊廟

像設中堂兩儼然清風吹到億(俚)千年生平景仰西山
峻更覺灤河勝渭川

贈無為僧天然

張拳一硨(溪公并盛得稱其人則)峯頭石魍魎無憑白晝啼骨氣秪今講
得坐令裏䰡杜虹霓

西原贈妓 (權松溪以為得香奩體) 宋寅

臨分解帶當留衣教束纖腰玉一圍想得粧成增宛
轉被他牽挽入深幃 (頗婉曲)

海州芙蓉堂 鄭礥

荷香月色可淸宵(下字好)更有何人弄玉簫十二曲欄無夢寐碧城秋思正迢迢(亦淸絶)

國島　楊士彦

金屋樓臺拂紫烟曜龍雲路下麾仙靑山亦厭人間世飛入滄溟萬里天

次友人韻　姜克誠(醉竹)

朝衣典盡酒家眠賜馬將謀鬻頃田珍重 國恩猶未報夢和殘月獨朝天

食橘　高敬命

平生睡足小江南橘柚村中路飽諳朱實宛然親不待陸郎雖在意難堪(愴然風林之慷千古絶唱)

漁舟圖

蘆洲風颯雪漫空沽酒歸來繫短篷橫笛數聲江月
白宿禽飛起渚烟中

贈僧　朴枝華

逃世辭鄉歲又除亂山蕭寺曉鍾餘自憐心下無機
事白首挑燈讀古書 淵古有味

題宋礪城家歌兒石介詩軸

主家亭子漢濱秋庚月依俙逝水流唯有鳳凰天外
曲人間飄落錦纏頭 極好

贈紺坡山人安天瑞　成渾 牛溪

一區耕鑿水雲中萬事無心白髮翁搖起數聲山鳥
語杖藜徐步遶花叢 超逸不可及

偶吟

四十年來臥碧山是非何事到人間小堂獨坐春風地花笑柳眠閑又閑

進家故態

挽青陽君

去留浮世定誰眞逆旅相逢是故人今日江頭歌一曲送君歸臥舊山春

無限感愴而寫得自在

挽朴思菴

一聯詩情切

世外雲山深復深溪邊草屋已難尋拜鵑窩上三更月應照先生一片心

挽思菴當止是若看

黃閑事柰使不補

尹斗壽 梧陰

贈僧

關外羈懷不自裁一春詩興賴官梅日長公館文書靜時有高僧數往來

次李伯生詠玉堂小桃

黃廷彧

無數宮花倚粉墻 遊蜂戲蝶趂餘香 老翁不及春風看 空有葵心向太陽 是豈隨衆一番傷者耶

送許端甫作遂安郡 [illegible]

詩才突兀行間出 官況蹉跎分外奇 揔是人生各有命 悠悠餘外且安之 安排得好

送鄭察訪泗

世間榮辱儘悠悠 何處藏身可自由 只合任他牛馬我 蒼空來往白雲浮 試看此老之作 叩重沖融非等閑詞客可比者

福泉寺　柳永吉

落葉鳴廊夜雨懸 佛燈明滅客無眠 仙山一躡傷遲暮 烏帽欺人二十年 慨也有金石氣

南州東閣

麥熟南州雨未休綠槐門巷鬧爭流山僧去後午窓靜夢落烟波隨白鷗 字字皆出古人而盤盤自妙

贈洪長洲迪

天街明月舊時同人世如何事易空秋半玉堂庭戶冷紅蘭無數墮西風

次矗石樓韵

玉窓雲暖小桃嚬(穠艶)惆悵江梅已送春畫舸晚移芳渚泊白鷗爭拂鏡中人

蚕

侯家爭鮮製羅衣舞向春風競落暉野婦自嗟肌尚露天寒倚壁只空梭 惻怛可以諷

春日山村　河應臨

竹籬臨水是誰家隱約青帘出杏花欲典春衣沽酒
歐不堪芳艸日西斜

金洞驛東雀長淵立之

柳叢郵館馬嘶頻暫借風軒寄病身君且不来花又
老可憐虛負一年春 竹詩甚情化 恨不多見

咸興十月看菊　　鄭 澈 松江

秋盡關河候鴈哀思歸日上望鄉臺慇懃十月咸山
菊不爲重陽爲客開 格超 思淵

書懷

掖垣南畔樹蒼蒼歸夢超超上玉堂杜宇一聲山竹
裂孤臣白髮此時長

贈僧　　李純仁

宕遊山院已多時不及梨花聽子規欲識山中春早
晚莫教僧札入京遲

重陽 鄭碏

去人最愛重陽節未必重陽引興長若對黃花傾白
酒九秋無日不重陽 之亦稱絶佳者

甲午中元

中元之日薦亡魂亂後猶看舊俗存日暮四山聞衆
哭幾多新鬼有兒孫 惻愴傷心

題門巖瀑布

洞裡尋春歸去遲泉聲嶽色摠堪詩落花隨意東流
出一任漁郎知不知

詠倚中杏花

文簿今朝掌舊園始知春事已芳菲墻頭紅杏多情
思三度開花容未歸 二篇俱寬緩之華少思

映月樓　　崔慶昌

玉檻秋來露氣清水晶簾冷桂花明鸞驂不至銀橋
斷惆悵仙郎白髮生 此君絶句篇篇皆清絶置之唐世無讓小伯諸公

天壇

半夜瑤壇掃白雲焚香遥禮玉宸君月中拜影無人
見琪樹千重鎖殿門 此絶奏第於絳清之上

三清露氣濕珠宮鳳管徘徊月在空苑路至今香聲
絶碧桃紅杏自春風 二篇俱無愧遊仙

練光亭

澄江如練浸紅亭煙樹依微極望平待得夜深歌舞

散月明吹遶倚孤城 大自在

采蓮曲次鄭知常韵

水岸悠悠楊柳多小舡遥唱采蓮歌紅衣落盡秋風
起日暮芳洲生白波 無愧王龍標李君虞

邊思

幼少離家音信稀秋來猶着戰時衣城頭畫角吹霜
急一夜黃榆葉盡飛 何愧王常耶

大隱巖南止亭故宅

門前車馬散如烟相國繁華未百年村巷寥寥過寒
食茱萸花發石墻邊 風刺入髓

寄楊州成使君 義國

官橋雪霽曉寒多小吏門前候早衙莫怪使君常晏

出關東閣賞梅花 風俗不雅正在斯人

義州山亭贈韓使君 準

山城小逕百花間別院春晴燕入欄 聖代即今邊警息古書千卷閉門看

送鄭御史澈之北關

咸關北上馬頭顛雪嶺西看海接天客路重陽又何處黃花零落古城邊

武陵溪

危石纔教一逕通白雲千古秘仙蹤橋南橋北無人問落木寒流萬壑同 甚清峭

寄性上人

茅屋寄在白雲間丈老西遊久未還黃葉飛時疎雨

過獨敵寒巖宿秋山 宋僧

題僧軸

去歲維舟書寺雨折花臨水送行人山僧不管傷離別閒戶無心又一春

贈僧

三月廣陵花滿山晴江故路白雲間舟中北背指奉恩寺蜀魄數聲僧掩閣 晴潑 晚寺

贈賢雲上人

一別金陵三十年重逢此地各悽然白蓮社老今誰在舊日兒童雪滿顛 情事 別頭

重贈

經南省裏奉晨昏幾度看花到寺門存沒祗今多少

意夕陽僧過灞陵原 前[illegible]

無題

王頫霞啼出鳳城 曉鶯千囀爲離情 羅衫匹馬河関路 草色迢迢送獨行 無限傷情

崔白李三君有復古之功 但十首以後輕易獻

宋高宗

白光勳

痛飲黃龍計亦疎 廷臣爭議拜穹廬 江南自有全身地 河北空傳半臂書 扇好

寒川灘

寒川灘上水如藍 兩石巖西雪滿潭 明月不逢騎鶴侶 夜深鳴笛下江南 清亮

春後

春去無如客病何 出門時少閉門多 杜鵑空有繁華 雅致

戀啼在青山未落花

即事贈僧

故心一夜達溪南舊疾逢春更不堪偶見山僧話新

夢野梅香裡到西菴 暗淡謂得

春望 雖翼春深 碧浦亭八詠中一絶

日〻軒窓似有期捲簾時早下簾遲春風正在山頭

寺花外故僧不自知 不可及

三叉松月

手持一卷蘂珠篇讀罷空壇伴鶴眠驚起中宵滿身

影冷霞飛盡月流天 懷水晷月 亦有霜氣

徐君受穿

西出松坊舊路疑古稽新柳問人知秋風無限江南 楚

思半歷青燈一首詩

介山

秋山雨過夕陽明亂水交流引獨行岸上數村踈樹
裏寂無人語有蟬聲如顯唐視目

綾陽北亭

長堤日晩少人行楊柳青青江水聲爲是昔年離別
地不緣離別亦多情

宮詞王仲初舊格　李達

平朝日出殿門開鳳扇雙行引上來遥聽太儀宣詔
語罷朝新幸望春臺
東風院院落花飛侍女燒香掩夕扉過盡一春君不
見殿門金鎖綠忘情生衣

襄陽曲

平湖日落大堤西花下遊人醉欲迷更出教坊南畔路家家門巷白銅鞮 風流文采照映千古

出塞曲

虜中傳出左賢王塞馬如雲殺氣黃已近居延山下獵磧西烟火照天光 王少伯常歛名清韻

步虛詞 源出賓客而隨愈穠莊

青童結伴婉凌華夜下三洲小玉家閒說紫陽宮裡事玉階偷折碧桃花 遊山佳品

采蓮曲次鄭大諫韻

蓮葉參差蓮子多蓮花相間女郎歌來時約伴橫塘口年苦移舟遲過工波 勝孫妙

長信四時宮詞 (何處王龍即仲初以下不詳矣)

別院無人楊柳齊早衙初散戟門西畫梁東角雙飛燕依舊春風覓舊棲

龍輿新幸建章宮十部笙歌後苑中深院綠苔不人見石榴花影(一作欹)曲欄東 (殊有風色)

玉虫銷盡暗缸花六曲金屏倚繡霞 (玄圃積玉無非夜光) 一夜西宮風雨急滿庭紅葉晚來多

苑樹寒鴉凍不飛玉鑪 (使人不衣自煖) 添炷篆烟霏君王早御通明殿宮女催呼進尚衣

四時詞閨情平調 (韻秋格亮影絢內 均直庭意飛品)

門巷晴明燕子來綠楊如畫掩樓臺同遊女伴秋千下更向花間鬪草廻

五八

五色絲針倦繡窠玉階新飫石榴花銀床氷簟無餘事盡日南園蛺蝶多 初夏光景自然可愛

金井梧桐下玉欄琵琶絃緊不堪彈欲將寶鏡均新黛捲上珠簾却早寒 千人亦見萬人亦見

錦幕圍寶鼓危曉粧臨鏡澁臙脂繡籠鸚鵡香爐寒重循向簾間覓侍兒 刪右妝鏡全處不解

江陵書事

三月江陵花滿枝折花還有去年悲傷心莫問東流水日夜悠悠無歇時 故自濯濯

山行

近水疎籬紅杏花掩門垂柳兩三家溪橋處處連芳草山路無人日自斜 如入輞川畫中

松京

前朝臺殿草烟深落日牛羊下夕陰同是等閑亡國地笑看黃葉意好滿雞林

靈谷尋春

東峯雲氣沉翠微問道竹杖尋芳菲深林幾處早花發時有山蜂來撲衣

伽倻山

中天笙鶴座中和景語見之冷然下秋宵千載孤雲已寂寥明月洞門流水在不知何處武陵橋

題畫二首

寒林烟暝鷀鷥飛江上漁家掩竹扉斜日斷橋人去盡亂山空翠滴靡微清勁撥俗

綠楊閑戶是誰家 半出紅樓映斷霞 無賴流鶯鳴盡日 晚晴門巷落花多 穠麗稱情

鍾城道中

玉門關外雪漫山 月照沙河亂磧間 何處悲歌鳴遠戍 夜深遊騎射鵰還 塞曲悲壯之韻

病中折花對酒

花時人病閉門深 強折花枝對酒吟 惆悵流光憂中過 賞春無復少年心

洛中有感

好爵高官處處逢 車如流水馬如龍 長安陌上時回首 咫尺君門萬九重 諷諷消世

城闕參差甲第連 王侯歌管沸雲烟 灞陵橋上騎驢

客不獨襄陽孟浩然 菁川注

坡山望孤竹庄

遙望村庄淡靄中 五年墳樹擬荊榛 西州門外羊曇

醉 更有山陽笛裏人 不勝咸淚

挽南格菴 師古

鷲馭飄然獨木津 君平簾下更何人 屏來弟子收遺

草 玉洞桃花萬樹春 理亦應阿略上

贈僧 宋翼弼 龜峯

連宵寒雨歷層臺 僧到何山宿來回 小閑燈殘盡禪榻 ㅁ

靜倚看清月過松來 聽嶽一聯 可稱小傑

題僧壁 徐益 萬竹

樵笛依依隔暮林 佛龕寥落白雲深 天寒古木棲鴉

大寸

盡流水空山處々陰 羚羊掛角

贈僧 洪 廸 荷衣

郊外逢僧坐晩沙白雲欹路亂山多江南物候春猶
冷野寺叢梅未著花 雅々清上

高山驛 林 悌

胡虜曾窺二十州將軍躍馬取封侯如今絶塞無征
戰壯士閑眠古驛樓 豪壯

送鏡城黃判官 璨

元帥臺前海接天曾將書劒醉戎氈陰山八月恒飛
雪時逐長風落舞筵 氣槩 洋々

無題

瑤海漫々碧落寬玉娘消息楚雲寒秋風一夜相思

淡月照瓊樓十二欄

琴臺一別眼中人羅韈微瀾夢裡春欲向東湖問消息寒潮不上廣陵津

留別　鄭之升

細草閑花水上亭綠楊如畫掩春城無人為唱陽關曲只有青山送我行 從郎君曾遂王司直詩點出來

夜登簡儀臺　恭山守棣

擢空龍柱濕秋霞壺滴沉沉月欲斜風露滿壇星斗近夜深無夢看天河 此簡儀所稽天者

壬辰六月二十八日作 是日廟臣衣 明 中 櫓

先王此日棄群臣未命丁寧托聖人二十六年香火絶白頭號哭六遺民 無一字不際要情事可謂況觀觀之者否

六上

僧軸　李嶸

踈雲山口草萋萋夜逐香烟到水西醉後高歌答明月江花落盡子規啼

過松江墓有感　權韠

空山木落雨蕭蕭相國風流此寂寥惆悵一盃難更進昔年歌曲即今朝 鄭有短歌道死後墳上無一盃相勸之意故詩中及之

林處士滄浪亭

蒲團岑寂篆香殘獨抱仙經靜裡看江閣夜深松月白渚禽飛上竹闌干

寒食

祭罷原頭日已斜紙錢翻處有鳴鴉山蹊寂寞人歸去雨打棠梨一樹花 通庚

幽居漫興 篇篇皆法杜然而脫去蹊徑處處自成一家語高妙難摸捉

老公扶吾有短節林居無日不從容清晨步到澗邊石落日坐看波底峯

池岸纔容人往還兩池分蘸一邊山青荷葉小不掩水時見魚兒蒲葦間

引水作潭聊自娛平地波濤遠如許飛湍落石風雨喧滿岸人家不聞語

當日溪流深尺餘兩岸狹窄纔容車今朝化作滄浪水已有水禽來捕魚 最佳

哭具大受喪于楊州留宿天明出山

幽明相接杳無因一夢慇懃未是真掩涕出山尋舊路曉鶯啼送獨歸人 情鍾正在此

悼亡寄示李正郎子敏

親知零落已(情事故絶)無存萬事人間只斷魂爲問如今風雨夜也能重夢具綾原(李甫有夜雨殘燈夢具容之句)

城山過具容故宅

城山南畔是君家小巷依依一逕斜浮世十年人事變春來空鎖滿山花(具是居得意友故三篇俱得意)

贈秋娘

楊州一夢杳難追此地擧尊本不期莫唱江南斷腸曲向來存沒不勝悲(情真語切)

憶成川

雲雨高唐夢裏還滿空蒼(容易諫動人)翠是巫山至今最有開心處人在樓臺縹緲間

贈人 鄭 鎔

萬里鯨波海日昏 碧桃花影照天門 鸞驂一息空千載 緱嶺瑤簫半夜聞 仙郞見郞自是動人 音響非俗

鏡浦臺 崔 澱 楊浦

蓬壺一入三千年 銀海茫茫水清淺 鸞笙今日獨飛來 碧桃花下無人見 冷冷如吹笙雲表

香浦

朝元何處去不逢 碧洞渺渺桃千樹 瑤壇明月寒無眠 萬里天風滿香浦 亦佳

題李提督碑閣 具 容 竹窓

征東勲業冠當時 一夕遼河戰不歸 莫道峴山能墮淚 行人到此盡霑衣 石洲推以為絕唱

信川重陽題寄黃㣧石　尹忠源

重陽故思倍多端鴻雁南飛不可攀欲上高峯望鄉國信州城外本無山 立下乾鴻 且有曲折

新正寄舍弟　梁慶遇

天時荏苒又新年到老離居益可憐想得讀書燈欲盡西峯殘月草堂前 寫情十分

過亡友故宅 奇哉　鄭碏

二十年來事已非舊時庭 古之是語 院亦依俙白頭 遯菴極稱此句 唯有羊曇在露菊霜楓滿一揮 朴遯菴以爲近代無此作

閨秀三人

夜行　曹氏

幽澗泠泠月未生暗藤垂地少行人村家知在山回

處淡露疎星一杵鳴 似是語

閨怨　楊士奇妾

西風㭃㭃動梧枝碧落冥冥鴈去遲斜倚綠窓仍不寐一眉新月下西池 [illegible]

寧越道中　李媛

千里長關三日越哀歌唱斷魯陵雲妾身自是王孫女此地鵑聲不忍聞 悲憤忼慨

雨

終南陰面懸青雨紫閣霏微白閣晴雲葉散邊殘照漏漫天銀竹過江橫 奇拔壯浪一洗脂粉

樓上

紅欄六曲壓銀河瑞霧霏微濕翠羅明月不知滄海

暝九疑山下白雲多(九霄崖鶴韻之泠泠)

即事

柳外江頭五馬嘶半醒愁醉下樓時春紅欲瘦臨粧鏡試畫梅窓却月眉(風韻瀏脩)

道士一人

三日浦　田禹治

秋晩瑤潭霜氣清仙風吹送紫簫聲青鸞不至海天闊三十六峯秋月明(田君有異術世傳仙去至今人或有遇之者詩率淺而此作最高)

鬼作一人

即事　李顯郁

風驅驚鴈(非鬼莫逮)落平沙水態山光薄暮多欲使龍眠移畫裏其如漁艇笛聲何

衲子三人

贈成川倅　釋參寥

水雲蹤迹已多年　針芥相投喜有緣　盡日客軒春寂寞　花落如雪雨餘天　超然有悟想

海南訪王峯　釋行思

相思人在海南村　消息天涯久未聞　今日獨尋芳草路　夕陽何處閑柴門　精雅而妥

寂滅菴　釋慶雲

花塵秋盡萬峯青　泉落銀橋轉翠屏　向夜月明看北海　金波千里漫寒星

失名氏者四人

贈人　秋江冷話

懶倚紗窗春日遲紅顔空老落花時世間萬事皆如此扣角狂歌誰得知世固有此等人特未之知也詩亦佳矣哉

梳尹斯文勉奉使湖南見逸士書贈此詩問其姓名不對而去

木梳梳了竹梳梳梳却千回虱已除安得大梳長萬丈盡梳黔首虱無餘

題豐山驛仲兄奉使出道見之於驛壁郵卒言有兵營軍官稱孫萬戶書之云

世上無人識駿才黃金誰是築高臺邊霜染盡青青鬢匹馬陰山十往來感慨

贈僧林子順於僧輒見之每稱道不已

竊食東華老學官盆山雖小可盤桓十年夢繞毗盧頂一枕松風夜夜寒清峭

國朝詩删卷之十

國朝詩删附錄

許門世藁(彙類) 永嘉權韠汝章 批選

五言古詩

贈志文上人 許曄(草堂)

志文惠瓊徒惠瓊吾故人惠瓊老而病志文事如親

織屨衣食之可知其酸辛故人若飢寒豈不傷吾神

我願文上人此心常日新身心無愧怍乃是清(情到了頭)平津

上元夫人 許篈(荷谷)

岧嶤崑山頂(洪崖門云畫太白佳處)清淺弱水流弱水不可涉相思三千秋

霜飛烟空濶月照崑桂幽乞君黃金液授我紫綺裘

崑山有仙鶴惆悵寄離愁

贈熈上人

春風回暖律澗水鳴幽瀨、門外柳今朝已堪攀
我有雙白鹿獨往青崖間他年倘相憶訪我蓬萊山

七言古詩

觀音崛前溪夜飲

許琛

天磨山深深幾許萬疊烟霞秘陰雨蒼崖從古有神
竅一朝造物煩雷斧鑿向雲根開工房餙稜金碧爭
輝煌俯視鴻濛橅一氣分明沆瀣栖層梁回頭兩儀
間一笑破天慳赤城高起石橋斷定是仙界非人寰
周遊日欲落偶坐溪邊石流霞洗我肝清泉濯吾足
窮探恣戲嬉幽興愜心期須臾瑞色臨祥雲危峯月
湧玻瓈盆碧羅天淨山如洗金波灧瀲浮青樽中郎
膝上焦尾琴[illegible]風宛轉生微音夜鶴驚飛蘂清唳幽

虬何苦來悲吟長啁樂未半聲將知無筭醉後紅綠
眩生纈起舞花影相凌亂性底神清骨欲凍不知晨
鼓猶喧鬧明日忽々下山路恍然一覺瑤臺夢氣格自高

清平山迎送神曲贈閭上人　許篈

清平山中鼓鬧々歡喜嶺外雲冥々冥々漠々迷處
所神之未來長天青長天青晩霞赤娑娑亂舞日將
夕瓊筵竽瑟陳浩倡神之來兮月華白義桂旛々寒
露零長河渺々層氷橫層氷橫路斷絶神之去兮何
勞苦飄飄六銖衣裳壓三珠樹顧神留此千年萬年
壽清平山中長作之 李蓀谷云此篇曲折宛轉深得盛唐歌行法荷谷歌行中最是第一

贈元希學

花宮星斗寒雲影重疊春山閑夜磬楚客初招萬里

六八

魂胡僧蹩趁經年定王孫艸綠漸芳菲松月留人歸
不歸歡喜嶺頭荒杜將芙蓉峰下恠禽飛荷衣蕙帶
宿雲濕寶殿沉沉鬼神入明日昭陽江上行知君倘
悵漢頭立 俗語 脫

山鷓鴣詞

山鷓鴣行不得碧霄彩霞浸綠蘿寒月黑苦竹嶺上
秋聲起苦竹嶺下行人稀蒼梧雲氣鴈門霜南禽北
禽相背飛鴈門道道一千里此是行人斷腸處憑君
莫問南與北君不聞想 使內典語 澄成國土 奇作

青陽亭子

水南亭子無垢氛朝朝暮暮南山雲東總雲老綠玉
樹路人猶說青陽君青陽豪貴今蕭索鷺渚鷗梁斜

日曛有客登臨重感慨西風滿笛不堪聞 無限悲慨

江樓曉思

西飛燕東流水人生倏忽春夢裡一夜悲歡不盡情
十年契闊無窮事渚烟汀封曉朦朧曲欄珠箔星在
東蘭臺聽鼓聲鼕鼕風沙滅沒浮雲驄

望仙謠 許氏蘭雪軒

瓊花風軟飛青鳥王母麟車向蓬島蘭旌蘂帔白鳳
駕笑倚紅欄拾瑤草天風吹擘翠霓裳玉環瓊佩聲
丁當素娥兩兩鼓瑤瑟三花珠樹春雲香平明宴罷
芙蓉閣碧海青童乘白鶴紫簫吹徹彩霞飛露濕銀
河曉星落 長吉之後性得二篇

湘絃謠

蕉花泣露湘江曲九點秋烟天外綠水府涼波龍夜吟蠻娘輕戛玲瓏玉離鸞別鳳隔蒼梧雨氣侵江迷曉珠閑攏神絃石壁上花鬟月鬢啼江妹瑶空星漢高超忽羽蓋金支五雲沒門外漁郎唱竹枝銀潭牛掛相思月 新都江世鐘云此作非我明以後諸人所可及假使溫李擇翰亦未必遽過之

五律

歷胡亭　許筠

塞國悲寒謹人烟接鬼方山圍孤障外水入毀陵傍白屋經年病青苗一夜霜登臨底蕭瑟衰鬢葉俱黃 騷人語當如是 六七林子順丞稽之鼓其詩曰白屋青苗十字丈

謫中送朴甥

甫去內庭閒余還掩舊扉重逢難自料一別更誰依

出關春雲滿西山夕照微當遊欲忍淚不覺已沾衣

出塞曲 許氏

烽火照長河天兵出漢家枕戈眠白雪駈馬度黃沙
朔氣傳宵柝邊聲入暮笳年年長結束辛苦逐輕車

效李義山

鏡暗鸞休舞樑空燕不歸香殘蜀錦被淚濕越羅衣
楚夢迷蘭渚荊雲落粉闈西江今夜月流影照金微

效沈下賢

春雨梨花白宵寒小燭紅井鴉驚曙色樑燕刼晨風
錦幙凄凉捲銀床寂寞空雲軿回鶴馭星漢綺樓東

七言律詩

送任萬戶訓赴知世浦 許璨

七十

爛熳春光去路迷 羽林初轂深 庭朝輜深虎豹能
開闔威重湖山可動搖 水府晩烟迷蜃市 漁門殘雨
送鯨潮 貂蟬本自兜鍪出 努力功名鬢未彫

花園

血射無成便自嗔 到頭兵氣繞鈎陳 鑾車未正能遮
道 横潮空勞枉殺人 運去君臣同掩淚 悲浮天地不
容身 蒼皇一飛鑾輿 夢 廢苑殘花寂寞春 三篇皆足為有國以諷當國者之戒詩可如此道

松都本闕舊基

操雞搏鴨已雄飛 一炬秦宮舊業微 天下董公元自
健 輦前繈紹竟何歸 儼威不恤窺神器 蹈虎方知觸
駭機未待百年悲 麥秀君王當日亦沾衣

壽昌宮

扶蘇王氣欲沉淪仲文猾謀巧奪秦尚有重心窮逸
欲豈知天意屬眞人無情鳥語珠欄曉滿目昝班王
歷春莫向前朝昝舊說摩挲銅狄會沾巾

居山驛　許筠

長途鼓角帶晨星倦向青州古驛亭羅下洞深山簇
簇侍中臺逈海濱濱千年折戟沉沙短（短字非本色）十里平蕪過
雨腥舊事徵茫問無處數聲橫笛不堪聽

杆城詠月樓

危樓高架郡城隅坐閱瀛（東岳少時稱此句）翁太極圖鯨引火珠沉碧
海鶴扶銀闕上清都奧暉蕩漾開明鏡下界微茫瞰
積蘇惆悵秦京一千里滿衣清露楚臣孤

次仲氏高原望高臺韻　許氏

層臺一柱壓嵯峨西北浮雲接塞多鐵峽霸圖龍已
去穆陵秋色鴈初過山連大陸蟠三郡水劃平原納
九河萬里登臨日將暮醉憑長劒獨悲歌 一洗萬古庸拙態

五言絶

效崔國輔體　　許　氏

池頭楊柳踈井上梧桐落簾外候虫聲天寒錦衾薄

莫愁樂

家居石城下生長石城頭嫁得石城婿来往石城遊

江南曲 咄咄逼唐

人言江南樂我見江南愁年年沙浦口腸斷望歸舟
湖裏月初明採蓮中夜歸輕橈莫近岸恐驚鴛鴦飛
生長江南村少年無別離那知年十五嫁與弄潮兒

貧女吟

豈是乏容色 工針復工織 少小長寒門 良媒不相識
夜久織未休 軋軋鳴寒機 機中一匹練 終作阿誰衣
手把金剪刀 夜寒十指直 為人作嫁衣 年年還獨宿

七言絶

夜坐即事 許琮 尚友也

滿庭花月寫窓紗 花易隨風月易斜 明月固應明夜
又 十分愁思屬殘花

春寒次太虛韻 許琛

銅壺滴瀝佛燈殘 萬壑松濤夜色寒 喚起十年塵土
夢 擁爐新試小龍團 情境宛然

寶性寺 許輯

梵宮金碧照山椒萬壑雲深一磬飄僧在竹房初入定佛燈明滅篆香銷（筠按公是護軍祖文子司諫堇之子少以詩名賜假湖堂官至知中樞）

興德寺法席

梵音初徹象香焚五色瓊毫射雨雲奔走龍天來聽法半空花落繽紛雨

村庄即事　許澣

春霖初歇野鳩啼遠近平原草色齊步出柴門開一望落花無數漲南溪（羅長吟極稱之以爲不可及）

箕城戲題　許曄

許椽東來下界塵大同江上喚真真相將去作吹簫畔浮碧樓高月色新（戲語詩體）

塞下曲　許篈

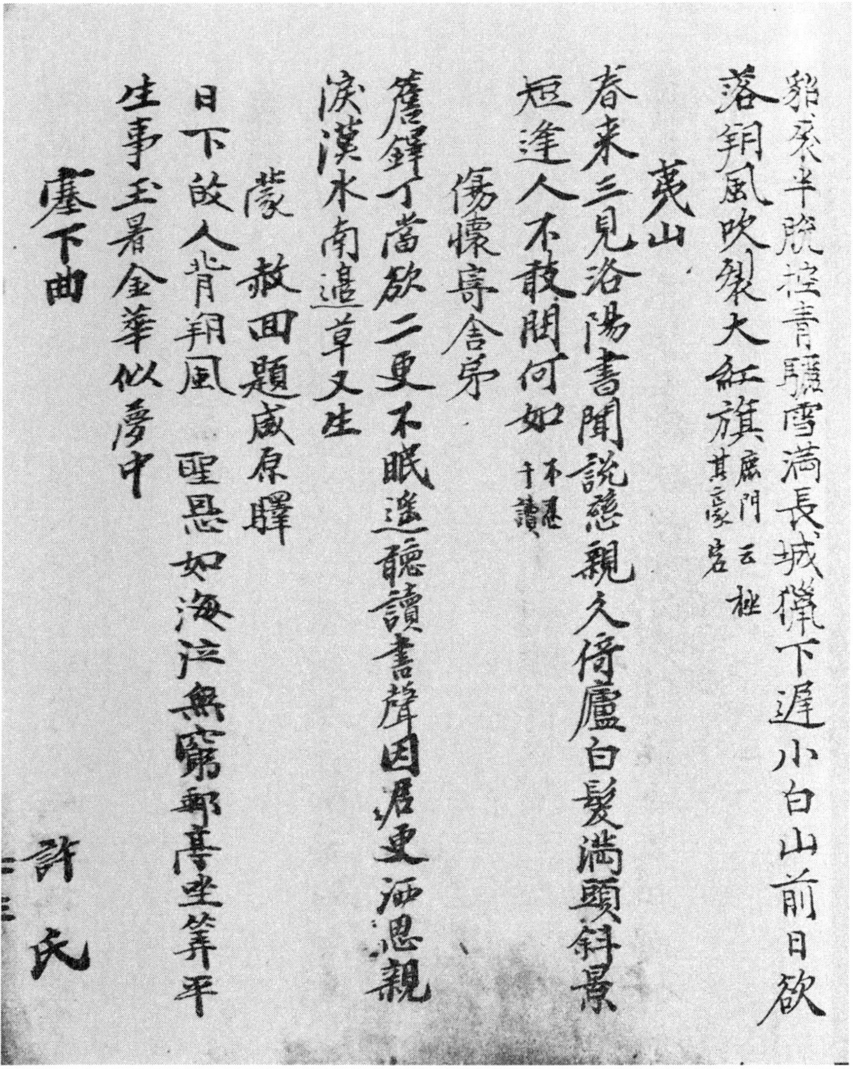

貂裘半脫控青驄雪滿長城獵下遲小白山前日欲
落翔風吹裂大紅旗 鹿門云極其豪宕
荑山
春來三見洛陽書聞說慈親久倚廬白髮滿頭斜景
短逢人不敢問何如 不厭千讀
傷懷寄舍弟
簷鐸丁當欲二更不眠遥聽讀書聲因君更洒思親
淚漢水南邊草又生
蒙 赦回題咸原驛
日下故人背翔風 聖恩如海泣無窮郵亭坐算平
生事玉署金華似夢中
塞下曲
許氏

前軍吹角出轅門雪撲紅旗凍不翻雲暗磧西看候
火夜深遊騎獵平原
虜馬千羣下磧西孤山烽火入銅鞮將軍夜發龍城
北戰士連營聲鼓鼙
寒塞無春不見梅邊人吹入笛聲來夜深聲起思鄉
夢月滿陰山百尺臺 浙人吳明濟云王少伯遺韻

入塞田

落日狼烟度磧來塞門吹角採旗開傳聲漢北天驕
破白馬將軍入塞回
騂弓白羽黑貂裘綠眼胡鷹踏錦鞲腰下黃金印如
斗將軍初拜北平侯 乳涕

宮詞

清齋秋殿夜初長不放宮人近御床時把剪刀裁越
錦燭前閑繡紫鴛鴦
新擇宮人直御床錦屏初賜合歡香明朝阿監來相
問笑指胸前小佩囊

遊仙詞十六首 (熘々決非烟火食人語)

新詔東妃嫁述郎紫鸞烟駕向扶桑花前一別三千
歲却恨仙家日月長
烟鎖瑤空鶴未歸桂花陰裏閉珠扉溪頭盡日神靈
雨滿地香雲濕不飛
閑携姊妹禮玄都三洞真人各見呼敎着赤龍花下
立紫皇宮裡看投壺
瑞露微々濕玉虛碧欄偷寫紫皇書青童睡起捲珠

箔星月滿壇花影疎

雲角青龍玉絡頭紫皇騎出向丹丘閑從碧户窺人
世一點秋烟辨九州

催呼滕六出天閑脚踏風龍徹骨寒袖裏玉塵三百
斛散爲飛雪落人間

玲瓏花影覆瑤碁日午松陰落子遲溪畔白龍新賭
得夕陽騎出向天池

騎鯨學士禮瑤京王母相留宴碧城手展彩牋書玉
字醉顔猶似進清平

皇帝初修白玉樓碧階璇柱五雲浮閑呼長吉書天
篆掛在瓊楣最上頭

別詔真人蔡少霞八花磚上合丹砂金爐碧炭成圓

承白玉盤盛向帝家
彤軒璧尾飾瑤墀不遣青苔涴履綦朝罷列仙爭拜
賀內家新領八霞司
氷崖春回桂有花自憐孤鳳出彤霞山前逢着安期
子袖裡携將棗似瓜
蓬萊故路海千重五百年中上度逢花下爲沽瓊液
酒莫教青竹化蒼龍
自騎青鹿入蓬山花下仙人各破顔爭說象中看易
辨七星符在頂毛間
六葉羅裙色曳烟阮郎相喚上芝田笙歌暫向花間
盡便是人寰一萬年
簷鈴無語閉珠宮紫閣凉生玉潭風孤鶴夜驚滄海

夢(一作月)洞簫聲在縹雲中

蘭嵎朱太史之畨曰飄〻乎塵壒之外秀而不靡

冲而有骨遊公諸作更屬當家

惺田梁黃門有年曰颯〻乎古先飄〻乎物外誠

匪人間世所恒有者

當宁元年庚戌六月二十二日謄出華南精舍

清之道光三十載

國朝詩删附錄卷之終

【영인자료】

서울대학교 규장각 소장

목판본 『國朝詩刪』

419 서울대학교 규장각 소장, 목판본『國朝詩刪』元

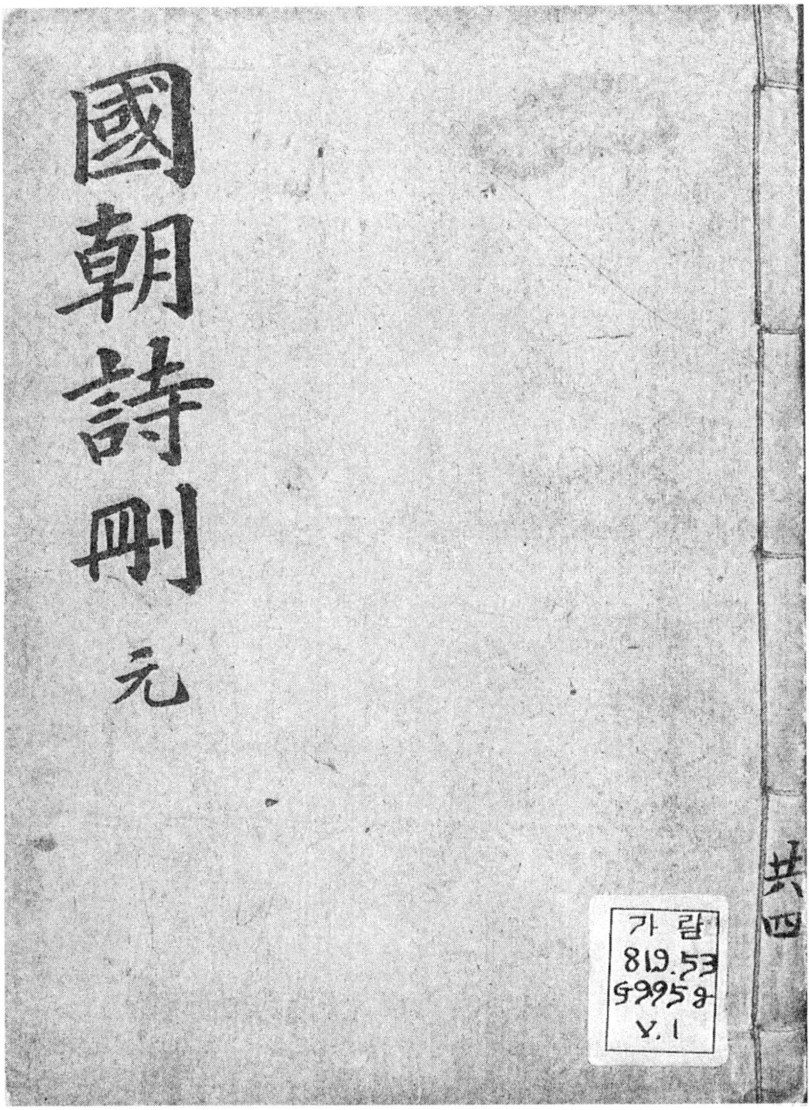

許筠取 國朝詩斷自鄭三峯道傳下
至權石洲韠選名體自加批評名之曰
國朝詩刪選東詩有數家而論者咸稱
是集為最優蓋筠素以詞翰自任其父
若諸兄皆有名一世又其所与交遊無
非鉅公才士則 國朝以来諸家詩長
短精粗不待其藻鑑之自識得之於平

素講論者亦已多矣長袖善舞多錢善賈信夫茅其所取者多主於聲律之清色澤之絢故輕靡脆弱之作或有濫竽沉深平遠之什不免遺珠至其批評之語尤多浮誇過實讀者或以是病焉雖然有宋諸人咸宗少陵而大年别主西崑皇明文士皆尊空同而鹿門獨推荆

川如鈔選唐詩者唐音品彙鼓吹三體
詩等書各有所偏主人見之不同亦自
如此故曰何傷乎亦各從其志也又曰
從吾所好況上下數百載蒐羅諸家採
拔旁流去取之際安能無一二得失哉
今若稍摘其一二紕繆而遂欲訾其全
集則此正蘓文忠不欲撰史之說也竊

既誅死是集与其所著述殆堙亡好事者間或收錄而以其出於筠也莫肯有表章之者此又東俗之迫隘也夫不韋盜秦月令列於禮經息夫亂漢詞賦編於楚辭劉安著書莊列同稱敬宗有詩沈杜並遙范曄猖狂而漢史繼於孟堅沈約反覆而宋書擬乎子野其人廢

其言尚不可廢況其所集非其言而諸
賢之言者哉東詩選集既未多有而與
爲稱最則其不可不傳也審矣於是廣
求諸本頗加證定又取諸家詩話以類
補綴繕寫爲幾卷詩云采葑采菲無以
下體觀者若忘其人而取其選略其短
而得其長則其於鼓吹　盛朝之文明

庶幾為一助云

時乙亥清和潘南朴泰淳汝厚甫叙

國朝詩刪卷一

五言絶句 三十二人 無名氏二 四十九首

成石磷 字自修號獨谷昌寧人高麗恭愍時登第入我朝官至領議政昌寧府院君謚文景

楓岳

一萬二千峯高低自不同君看日輪上高處最先紅

評 看他負遠到氣象

柳方善 字子繼號泰齋瑞州人進士蔭主簿遭家禍禁錮不第居原州訓誨後進一時公卿多其門人

偶題

評 閑適然未免偸

結茆仍補屋種竹故爲籬多少山中味年年獨自知

成三問 字謹甫昌寧人 世宗朝登第選湖堂登 重試官至承旨 世祖朝與李塏等謀復 魯山事覺被誅 後有六臣祠

紫薇花

歲歲絲綸閣抽毫對紫薇今來花下醉到處似相隨

評 有 情

金守溫 字文良號乘崖永同人 世宗朝登第選 湖堂登重試魁拔英試登俊試官至領中 樞永山 府院君

述樂府辭

十月層氷上寒凝竹葉栖與君寧凍死遮莫五更鷄

姜希顏 字景愚號仁齋 世宗朝登第官至仁壽府尹書畫俱絶

蔡子休求畫作青山白雲圖一幅因題其上

江上峯巒合江邊木樹平 批足稱三絶 白雲迷遠近何處是蓬瀛

成侃 字和仲號真逸齋魯山朝登第官止修撰三十而夭

囉嗊曲 ▣三篇極似唐人樂府

為報郎君道今年歸不歸江頭春草綠是妾斷腸時

郎如車下轂妾似路中塵 ▣孟參謀遺意 相近仍相遠看看不得親

綠竹條條動浮萍箇箇輕願郎如綠竹不願似浮萍

徐居正 字剛中號四佳大丘人 世宗朝登第魁重試叅拔英試登俊試典文衡官右贊成達城君諡文忠

睡起

簾影深深轉荷香續續來夢回孤枕上 [illegible]折旋蟻封亦好 桐葉雨聲催

金克儉 字士廉金海人 世祖朝登第魁重試叅拔英試官至户曹叅判

閨情

未援三冬服空催半夜砧銀釭還似妾誤盡各燒心 [illegible]悲切

月山大君 名婷字子美號風月亭 成宗大王之兄諡孝文

題畫扇

黃葉秋風裡青山落照時江南杳何處一棹去遲遲

寄君實

旅館殘燈曉孤城細雨秋思君意不盡千里大江流

申沆 字容耳成宗朝駙馬高原尉年三十一卒

伯牙

我自彈吾琴不須求賞音鍾期亦何物強辨弦上心

朴繼姜

贈人

花落知春暮尊空覺酒無愁儂催白髮莫惜典衣沽

金淨 字元冲號冲菴中宗朝登魁科選湖堂官至刑曹判書己卯被禍諡文簡

佳月

佳月重雲掩迢迢䐜色愁清光不[illegible]改以借字者亦好可待深夜倚江樓

感興

落日臨荒野寒鴉下曉村空林烟火冷白屋掩衡門

贈釋道心

落日毗盧頂東溟杳遠天[illegible]非淺此境[illegible]知此妙碧巖敲火宿聯袂下蒼烟

贈別

回首送君處蒼茫海日昏家山應見過花落掩柴門

奇遵 字敬仲號服齋幸州人中宗朝登第選湖堂官止應敎己卯被禍

自挽 [illegible]家兄得於闉城者讀之潸然

日落天如墨山深谷似雲君臣千載意惆悵一孤墳

己卯錄 金大司成湜亡命到居昌縣高梯院題一絶於巖上曰日暮天含黑山空寺入雲君臣千載義何處有孤墳此其絶命之詞也與此詩畧有不同而明是一作也是集編於服齋詩未詳孰是

崔壽峸 字可鎭其始末詳見下驪江詩

輞川圖 己卯錄 南袞以山水圖寄冲庵求題詩猿亭題其上云云袞見而銜之

秋日下西岑暝烟生遠樹斷橋兩幅巾 己卯錄作幅巾三四人
誰是輞川主

羅湜 字長源號長吟亭安定人乙巳被禍

題畫猿

老猿失其群落日孤查上兀坐首不回想聽千峯響

[illegible]此巾鄭時閣筆而蘓老所歎服乃伊州遺格所謂截一句不得盛唐人能之

驪江或云鄭齋菴作○[illegible]崔壽峸江陵人號猿亭磊落不羈己卯士禍後其叔父世節為承旨公寄書與詩勸乞補外世節以其書上告遂被訊死其詩云云即是詩也[illegible]集以為長吟亭所作未詳孰是

日暮蒼江上天寒水自波孤舟宜早泊風浪夜應多

道峯寺 [illegible]過唐

曲曲溪回復登登路屈盤黃昏方到寺清磬落雲端

林億齡 字大樹號石川善山人 中宗朝登第官至監司

送白彰卿還鄉

江月圓還缺梅花落又開逢春歸未得獨上望鄉臺

鄭磏 字士潔號北窓溫 陽人早卒有異術

舟過楮子島向奉恩寺 批 其人異也 詩亦清遠

孤烟橫古渡寒日下遙山一棹歸來晚招提杳靄間

尹潔 字長源號醒夫南原人中宗朝 登第選湖堂官止修撰乙巳冤死

次忠州望京樓韻

遠客思歸切登樓共望京還同江上鴈秋盡又南征

姜克誠 字伯宗號醉竹晉州人明宗朝 登第選湖堂登重試官止舍人

湖亭朝起偶吟

江日晩來生蒼茫十里霧但聞柔櫓聲不見舟行處

批 頗造微

揚士彦

字應聘號蓬萊明宗朝登第官止府使風骨不俗筆法奇古

秋思

孤烟生曠野殘日下平蕪爲問南來鴈家書寄我無

李後白

字季眞號靑蓮延安人明宗朝登第選湖堂官至吏曹判書

絕句

批 公詩不多見此自超凡

細雨迷歸路騎驢十里風野梅隨處發魂斷暗香中

河應臨

字大而晉州人明宗朝登第官止修撰河應臨年甫十歲以奇童有

長者指竹笋為題呼韻應聲而答曰平地忽生黃犢角岩間初長蟄龍腰安能折爾為長遂吹作太平行樂調及其少年登第一時言才者以應臨為首常送客西郊有詩云云當時以山中相送罷並稱而識者或知其年命不延未幾没

送人

草草西郊別秋風酒一杯青山人不見斜日獨歸来 此近於自挽○[illegible]曰李純仁送人詩曰一尊今夕會何處最相思古驛逢明月江南有子規何應臨詩云云此二作俱佳而李尤近唐

李純仁 字伯生號孫潭明宗朝登第官至承旨

雪後偶吟

古郭人聲絶寒鴉凍不飛 [illegible]作市郭人聲絶蒼茫凍樹昏 還如去

年雲寂寞卧江村

李誠中 字公著號坡谷定山人宣廟朝登第選湖堂官至戶曹判書

無題

紗窓近雪月滅燭延清輝 評 了得里公案 廿 珍重一盃酒夜闌人未歸

崔慶昌 字嘉運號孤竹海州人宣廟朝登第堂上府使

題高峯郡上亭

古郡無城郭山齋有樹林 評 植梨橘柚畧有詩味 蕭條人吏散隔水擣寒砧

白光勳 字彰卿號玉峯蔭叅奉詩筆復有名

弘慶寺

秋草前朝寺殘碑學士文千年有流水落日見歸雲

【評】習 絶

龍江別成南 【評】不可無一 不可有二

千里奈君別起看中夜行孤舟去已遠月落寒江鳴

路中別友

長安相送處無語贈君歸却向江南望 【評】淡語有味 青山

又落暉

有贈

江南采蓮女江水拍山流 【評】奇陡 蓮短未出水棹歌春

國朝詩删 卷一 七

政愁〔評〕不失音韵

李達 字益之號蓀谷亦孽

江陵別李禮長之京

桐花夜烟落海樹春雲空〔評〕孤絶照情他日一杯酒相逢

京洛中

宋翰弼 字師魯號雲谷

偶吟

花開昨夜雨花落今朝風可憐一春事来往風雨中

〔評〕若識一句篇不能戒亦伊州遺格

林悌 字子順號白湖錦城人宣祖朝登第官止禮曹正郎

閨怨

十五越溪女羞人無語別情[redacted]有歸來掩重門泣向梨花月

鄭之升字子愼號叢桂堂磏之從子停舉不仕

傷春

[redacted]此詩混書唐詩集中以示崔慶昌諸人皆不能辨云而細味之有不似唐者矣○[redacted]林白湖稱此絶句爲近世絶唱自以爲不可及是則果然矣

草入王孫恨花添杜宇愁汀洲人不見風動木蘭舟

鄭碏字百鍊海州人早發

魯宮

人度楓花嶺馬嘶楊柳風夕陽山影裏寥寂魯王宮

(無限感歎)

夜作

鵂鶹園樹裡雲黑五更天(令人頭髮竦竪)遠客那堪聽悠悠夜似年

贈人

二月燕辭海千村花滿秦(妙)家每醉清明節至今三十春(好極)

秋懷

菊蕊雨中花秋鶯庭上梧今朝倍惆悵昨夜夢江湖(亦非帝詞)

春曉

酒醒春眠後花飛簾捲前未捲而花已落云人生能幾許悵

望雨中天字學綵璘

金氏

贈人

境僻人來少山深俗事稀非貰之也責之也家貧無斗酒宿

客夜還歸

無名氏

題院壁

烏嶺頹院穴人汲夕陽泉山水爲家客乾坤何處邊

逸士類說

鄭壺菴希良 避士禍逃而爲髡或自稱李千年浮遊山水不知所終嘗題院壁曰風雨驚前日文朋負此時孤節遊宇宙孃闍並休詩又云云其所爲詭命之書今行於世有奇驗云

題壁 云是猿老之作與前篇姑存之

水澤魚龍國山林鳥獸家孤舟明月客何處是生涯

六言絕句 二人二首

姜希孟 字景醇號私淑齋希顏之弟世宗朝登第選湖堂從重試拔英試登俊試官至贊成晉山君諡文良

致齋昭格殿次東坡祭太乙韻六言

雲際如聞仙佩風端晴送天香露濕珠宮欲開星河低度彤墻隱清罷可譖

李達 見

六言

黃鳥百囀千囀綠楊長枝短枝形窓綉戶深掩淡臉愁眉獨知 題

國朝詩刪卷一

國朝詩刪卷二

七言絶句 五十三人 一百四十七首

鄭道傳 字宗之號三峯奉化人高麗恭愍時登第贊我太祖創業封奉化伯官至判三軍府事後與芳碩之亂被誅

癸酉正朝奉天門口號

春隨細雨渡天津太液池邊柳色新 富麗温重 端帽宮
花霑錫宴金吾不問醉歸人

自詠

致君無術澤民難欲向汾陰讀典墳 自負甚重 十載風
塵多戰伐青衿零落散如雲

訪金居士野

秋雲漠漠四山空落葉無聲滿地紅【評】如畫 立馬溪橋問歸路不知身在畫圖中【評】玲瓏圓轉優入唐域

鐵嶺【評】有旋狀下形

鐵嶺山高似劍鋩海天東望正茫茫秋風特地吹雙鬢驅馬今朝到朔方

擊甕圖

玉斗碎時豁霸業【評】此字對處故是奇格 珊瑚擊處有驕心爭如幼日多奇氣倉卒全人慮已深【評】溫公事儘緊要

春日城南即事

春風忽已近清明細雨霏霏晩未晴屋角杏花開欲
遍數枝含霧向人傾 甚佳

趙云仡 號石澗豐壤人官至監司高麗恭愍時辭職佯狂自晦號板橋院主

送春日別人

謫宦傷心涕淚揮送春兼復送人歸春風好去無留
意久在人間學是非 四佳光以為絶好

即事 [redacted] 麗季趙云仡退居廣州廣村一日見被罪謫去者有詩云云

柴門日午喚人開步出林亭坐石苔昨夜山中風雨
惡滿溪流水泛花來 語苑思淵

丘山驛 江陵

珠淚雙雙落玉巵陽關三疊送人時太山作地東溟
渴始斷丘山遊別離

成石磷 再見

訪騎牛子不遇【匯】居白所歎賞

德彝不見太平年八十逢春更謝天桃李滿城香雨
過謫仙何處酒家眠【東人詩話】詞語豪宕俊逸可想襟度

賀趙侍中邀座主開讌【東人詩話】趙文忠公浚邀座主李文靖公開筵
簪纓滿座時方小雨桃花亂落獨谷成文景
公石磷先成賀詩一絶云云滿座閣筆家君
昌寧府院君汝完盛怒曰文章當自損示函
於人誇才賤能取禍之道也深譴之獨谷悔
謝

得士方知座主賢侍中獻壽侍中前天教好雨留佳客風送飛花落舞筵【評】氣縣

姜淮伯 字伯父號通亭晉川人高麗恭讓初登第入本朝為東北面都巡問

寄燈明師

人情蟬翼隨時變世事牛毛逐日新想得吾師禪榻上坐看東海碧粼粼【評】雖切而搭自甲

朴宜中 字子虛號貞齋密陽人高麗恭愍朝行淸州時登第壯元官至大提學太宗朝拜叅贊

次金若齋九容韻

杜門終不接庸流只許青山入我樓樂便吟哦慵便

聽更無閑事到心頭〇閑思可掬香山遺韻

李詹字中叔號雙梅堂洪州人洪武元年壯元入本朝官至知議政府事謚文安

晉陽亂後謁聖

廟宇丹青一炬亡頑童尚解護文坊十年海嶠風塵裏獨整衣冠謁素王

慵甚

平生志願已蹉跎爭奈疏慵十倍多午枕覺來花影轉暫携稚子看新荷〇閑遠有味

夜過寒碧樓聞彈琴〇有唐人雅格

神仙腰佩玉摐摐来上高樓掛碧窓入夜更彈流水

曲一輪明月下秋江 何等淸絶

聞鶯

三十六宮宮樹深蛾眉夢覺玉窓陰玲瓏百囀凝愁
聽盡是香閨望幸心 酷似杜紫薇

曹庶 仁山入官至禮議嘗奉使入大明流金齒後還國

慶安府

水光山氣弄晴沙楊柳長堤十萬家 可想 無數商船
城下泊竹樓烟月唱笙歌

鄭摠 字曼碩號復齋高麗辛禍時登第叅 本朝開國勳封西原君洪武丙子被留於 大明卒謚文愍

除夜

驅儺處處鼓如雷春色還隨斗柄回拖盡寒燈題帖字膽瓶相對一枝梅

卞仲良 密陽人麗朝登第入我朝官至密直司承旨

鐵關道中（皆通）

鐵關城下路歧賖滿目烟波日又斜南去北來春欲盡馬頭開遍海棠花

松山

松山繚繞水縈回多少朱門盡綠苔惟有東風吹雨過城南城北杏花開（無限感慨千載想之猶當濺下況親覩之者乎）

權遇 字中慮號梅軒近之弟高麗辛禑時登第入本朝官至藝文提學

秋日

竹分翠影侵書榻菊送清香滿客衣落葉亦能生氣勢一庭風雨自飛飛〇亦自楚楚

鄭以吾字辯可號郊隱晉州人高麗恭愍末年登第入我朝官至贊成大提學謚文定

竹長寺 東人詩話 鄭郊隱守一善郡春日西郊詩云云雅麗清便雖置之唐詩無媿

衙罷乘閑出郭西僧殘寺古路高低祭星壇畔春風早紅杏半開山鳥啼〇中唐高品

次韻寄鄭伯亨

二月將闌三月來一年春色夢中回〇好挺千金尚未買佳節酒熟誰家花正開〇當為國初絶句第一

柳方善 乖見

書懷

門巷年來草不除片雲枯木似僧居多生結習消磨盡只有胸中萬卷書 想其抱窮愁詩自好

姜碩德 字子明號玩易齋淮伯之子蔭大憲知敦寧謚戴愍

秀菴上人卷子

占斷烟霞心自閑茅茨高架碧孱顔飢飡倦睡無餘事春鳥一聲花滿山 悟 似

崔恒 字貞父號太虛亭朔寧人世宗朝登甲科選湖堂常茎領相三冊勳寧城府院君謚文靖

海雲臺

登臨不必御泠風拂盡東華舊軟紅醉踏金鼇吟未
已紫簫吹徹海雲中

成俔 再見

宮詞 四時◎ [illegible] 四篇俱是當行而較之蓀谷相去奚啻萬由旬

依依簾幕燕交飛日射晴窓睡起遲急喚小娃供類
水海棠花下試春衣
陰陰簾幕暑風清鬪鶯銀漿滿玉瓶婢箇黃鸝多事
在隔墻啼送兩三聲
碧梧金井換新秋斜倚熏籠一段愁明月滿庭天似

氷起来無語上簾鉤

七寶房中別置春羅巾斜帶辟寒珠朝来試步梅花下臉上臙脂懶来匀 最優

偶書

言辭幽口屢觸諱世事折肱曾來更黄昏風雨閉北牖夢作聖居山水聲 奇拔

白日青天萬里暉祥麟彩鳳共乘時三更月落村墟黑留與狐貍假虎威 意甚有指

遊城南

鉛槧年來病不堪東風引興到城南陽坡草軟細如

綫正是青春三月三

怕寒不出吟呈諸公

南隣雲幕柳間横北里笙歌閙曉晴九十春光都過了楊雄辛苦草玄經 好 値

道中

籬落依依半掩扃斜陽立馬問前程瀞然細雨暮烟外時有田翁叱犢行

漁父

數疊青山數谷烟紅塵不到白鷗邊漁翁不是無心者管領西江月一船 龍篇氣自淋 濃近代則稍萎

徐居正 再見

讀荊公詩

杜鵑當日哭天津天下蒼生事事新相業早知能誤世半山端合作詩人 [批] 意好

春日

金入垂楊玉謝梅 [批] 尖 小池春水碧於苔春愁春興誰深淺燕子未來花未開 [批] 豪宕

晩山圖

嵯峨古樹與雲叅石老巖奇水滿潭更欲乘鸞吹鐵笛夜深明月過江南 [批] 渾重富麗自是大家氣格

菊花不開悵然有作

佳菊今年開較遲一秋清興謾東籬西風大是無情思不入黃花入鬢絲(圈)可愛

題四皓圍碁圖

於世於名已兩逃閑圍一局子頻敲此中妙手無人識(圈)稍佳 會有安劉一着高(圈)極好 結意

卽事

捲簾濼樹鵓鴣鳴時見幽花一點明(圈)有姿 清冷 火照西軒清似水秋晴時復勝春晴

姜希孟再見

次金太守宗直咏田家韻 [illegible] 姿媚橫生

流水涓涓泥沒蹄 煖烟蒜栢鷓鴣啼 [illegible] 入可 阿翁鮮事阿童健 劉竹通泉過岸西

塹城壇 摩尼山

海上孤城玉界寒 風吹沆瀣凝露溥 步虛人在青冥外 吟罷瓊章月滿壇 [illegible] 雖欠仙骨 亦稍脫俗

病餘吟成呈崔勢遠 灝元

南窓終日坐忘機 庭院無人鳥學飛 [illegible] 瀟閑 細草暗香難覔處 淡烟殘照雨霏霏 [評] 點綴縹緲

梅

黃昏籬落見橫枝緩步尋香到水湄千載羅浮一輪
月至今來照夢回時 亦自可憐

李承召 字胤保號三灘 世宗朝登魁第選湖堂參重試官至禮曹判書陽城君謚文簡

留義州次朴判書元亨韻

旅館偏驚變物華風吹柳幕翠欹斜山城地僻餘寒
在五月猶看芍藥花

美人圖

閑來相與鬪闌碁却被春嬌下子遲手托香腮無限
意桃花枝上囀鶯兒 艶體中稍雅一聯

金宗直 字季昷號佔畢齋善山人 世祖朝登第官至刑曹判書謚文簡熊山時稿及

泉壤

濟川亭次宋中樞處寬韻

吹花擘柳半江風檣影搖搖背暮鴻一片鄉心空倚柱白雲飛度酒船中 氣度弘孚

寶泉灘即事

挑花浪高幾尺許銀石沒頂不知處 矯健入古 兩兩鸂鶒失舊磯御魚却入菰蒲去 獨此絕似唐

金時習 字說卿號梅月堂江陵人五歲能文拆爲衲童 光廟時隱而不仕佯狂爲僧

山行即事

兒捕蜻蜓翁補籬小溪春水浴鸕鷀青山斷處歸程

遠擴擔烏藤一箇技 批 阿龍跋自超

朴擒譙 朴擒譙世祖朝人以生員登武科為部將從北征有功不言退居天安

有老將詩口白馬嘶風鬢抑絲將軍無事紉儀
鞘國恩未報身先老嬰踏關山雪未消又當以
軍官赴京有詩云三月三日天氣新潤邊搖抑
緑初句踏青佳會家山事應向尊前憶遠人

從軍

十萬貔貅擁戍樓夜深邊月冷狐裘一聲長笛来何
處吹盡征夫萬里愁 批 直得塞曲豪壯之音宜蒙文忠之激賞也

詠杜子美

劒南千里絶家書身與沙鷗不定居夢罷四更山吐
月子規聲裏秣征驢

成俔字磬叔號虛白 世祖朝登第選湖堂登重試拔英試典文衡官至禮曹判書謚文戴

滯雨題清州東軒

畫屏高挽掩羅幃別院無人瑟已希爽氣滿簾新睡覺一庭微雨濕薔薇

金訢字君節號顏樂堂延安人 成宗朝魁科選湖堂登重試官至工曹參議奉使日本不至

丙還

三月三日

才經百五又三三客裏那堪歲月淹且趁良辰沽美酒杏花西畔颭青帘

馬島舟中夜坐

獨揭孤篷拖不安西風一夕晩潮寒海天秋色尋無
處却向潘郎鬢上看

月山大君 再見

尋花古寺

春深古寺燕飛飛深院重門客到稀我自尋花花已
盡尋花還作惜花歸 批雖詼而 意想好

寒食

寒食清明二月天東風庭院掛秋千流鶯啼過畫樓
去一樹杏花開殘妍 批芳蘭 竟體

朱溪君 名深源字伯淵號醒狂 太宗大王子孝 寧大君某之孫嘗論介姑夫任士洪之奸

燕山朝終被害

雲溪寺

樹陰濃淡石盤陁一逕縈回透澗阿陣陣晴香通鼻觀遙知林下有殘花 評 引人著勝地

即事

一犂春雨杏花殘處處人耕白水間獨立蒼茫江海上不勝惆悵望三山

揚熙止 字可行中和人成宗朝登第與蔡壽等五人給暇讀書時謂文章摠官至大司憲

次琢原客館韻

山城小縣石田多村似朱陳八九家杜宇一聲愁欲

泥滿庭明月照梨花

俞好仁 字克己號濡溪咸陽人 成宗朝登第選湖堂歷掌令為親乞陜川郡卒

濡溪竹枝曲

城南城北鬧鷄豚賽罷田神皷雨昏太守遊春勤勸課肩輿時入杏花村 無綠纖之音而自穠厚有味

君子寺

烟樹平沉雨意邐迤 穠 晩來看竹坐移時 淡雅 老禪碧眼渾如舊更檢前年此日詩

曹偉 字太虛號梅溪昌寧人 成宗朝登第選湖堂官至戶曹參判謫死順天

題紅梅畫簇

夢覺瑤臺踏月華香塊耿耿影橫斜似孅玉色天然白一夜東風染彩霞 批 麗 兩姚

聞子建即真赴洛作詩寄之

西挍罘罳隔霧看宮槐葉落曉光寒秋風江海金虀膾爲問何如苜蓿盤 批 越調

申從濩 字次韶號三魁堂 成宗朝登第進士及第重試當魁選湖堂官至禮曹參判奉使燕京回到松京卒

傷春

茶甌飲罷睡初驚隔屋聞吹紫玉笙燕子不來鶯又去滿庭紅雨落無聲 批 晩李 佳品

粉墻西面夕陽紅飛絮紛紛落馬鬃夢裏韶華愁裏
過一年春事練花風 得蘇之髓

無題 三咫堂過妓上林春家口占云云從漢在當時既學章而所作未知果近唐舌上林春善琴時稱第一居廣通橋云

第五橋頭烟柳斜晚來風日轉清和緗簾十二人如
玉青瑣詞臣信馬過 不減風流

南孝溫 字伯恭號秋江與金時習相友十八上復昭陵疏登進士更不赴擧清遊物外早殁燕山朝禍及泉壤

西江寒食 寫得刺骨

天陰籬外夕寒生寒食東風野水明無限滿船商客

語柳花時節故鄉情 何減右丞

上巳城南

城南城北杏花紅日在花西花影東 巧 匹馬病翁驚節候斜風吹淚女墻中

月溪

水北石山霜後樹水南茅店午時鷄蹇驢古棧斜風勁細雨蕭蕭過月溪 寒沁

夢安子挺

邯鄲一夢暮山前魂與魄逢是偶然細雨半夜春寂寞杏花無數落金錢 新

安應世 字子挺號月窓進士早夭與南秋江友善

秋晩

黃菊開殘故國花寒衾未到客思家邊城落日連衰草啼殺秋風一樹鴉 精麗深至

無題

雨濕雲蒸暗海城傷心前歲送郎行燕鴻寂寞音書斷深院無人杏子成

金宏弼 字大猷號寒暄堂瑞興人生負刑曹佐郎以佔畢齋門人燕山甲子被禍贈議政諡文敬配享文廟

書懷

處獨居閑絶往還只呼明月照孤寒 評 清思可掬 憑君莫
問生涯事萬頃烟波數疊山 評 神情散朗自有林下之風
鄭汝昌 字伯勗號一蠹河東人成宗朝登第歷翰林求補安陰縣燕山時謫卒贈議政謚
文獻配享
文廟
遊頭流山到花開縣作
風蒲獵獵弄輕柔四月花開麥已秋看盡頭流千萬
疊 評 青次脫然 孤舟又下大江流 評 豪
金千齡 字仁老慶州人燕山時連魁進士及第選湖堂官止直提學早卒甲子之禍與焉
永濟道中
羸馬凌兢驛路賒隔林尨吠是誰家黃昏月落郊原

黑認得前村蕎麥花 [批] 自別○清江詩話金直學千齡兒時抱在乃祖膝上客得句曰雲捲天際孤輪月使其祖公對未及乃拍祖公肩曰何不曰風定江心一葉舟乎金後果以文名云

曉起呈强哉 李詹○東文選以此詩爲宗室昌壽作而以李強哉時世考之非是

鷄起窓扉手自推 樹頭殘月尚徘徊 春天漸曙林鴉散 卧看青山入戶來 [批] 翛然有味

柳洵

書三體詩後

無邪三百最精英 詩到唐家亦大成 獨笑江西傳晩派 強將排比賭虛名 [批] 論議得好

崔溥 字淵之號錦南羅州人 成宗朝登第選湖堂官止司諫奉使濟州奔喪飄風遍覽中國

山川而還燕山甲子被害

讀宋史

挑燈輟讀便長吁天地間無一丈夫三百年來中國主如何付與老單于 挑 悲壯頓挫令人改觀

李孝則

鳥嶺

秋風黃葉落紛紛主屹山高半沒雲二十四橋嗚咽水一年三度客中聞 挑 潛夫所聞華者

魚無迹 字潛夫號浪仙居金海以官奴免賤以詩譏守之貪縱守欲捕治逃之他郡客死

義人圖

睡起重門深深寒鬢雲繚繞練袍單閑情只恐春將
晩折得梅花獨自看 殊非俗語大通唐人

李胄 字胄之號忘軒固城人成宗朝登第選湖堂官止正言燕山時流珍島寃死

謾成

老悔風霜病益頑一簷朝旭坐蒲團隣僧去後門還
掩只有山雲過石欄

夜坐

陰風慘慘雨淋淋海氣連山石竇深此夜浮生餘白
首點燈時復顧初心 切悲

懷人

銅掌霜飄月露鮮天街鍾漏落燈前黃茅小店香奩閉令夜故人應未眠

寄僧

鍾聲敲月落秋雲山雨脩脩不見君鹽井閑門猶有火隔溪人語夜深聞 批 格高語超極似鬼語

傷別

池面沉沉水氣昏枕邊魚擲夜深聞明宵泊近驪江月竹嶺橫天不見君 批 情事隱約○詩當以清遠冲澹寄意於言外爲貴不然則只是陳腐語耳吾東人詩氣象局促難可議此惟李胄題忠州自警堂詩云云語頗自然而有遠致非他人學詩所及也

姜渾 字士浩號木溪晉州人 成宗朝登第選湖堂參靖國功臣晉川君官至判中樞

題舍人司蓮亭

竹葉淸尊白玉杯舊遊蹤跡首空廻庭前明月梨花樹爲問如今開未開 批 有情○ 芝峯類說 舍人所蓮亭舊有姜渾詩云云許篈詩曰前度劉郞又獨來亂蟬深樹舊池臺主人正抱相如病閑卻當年白玉杯二詩似有優劣

三嘉鄭使君求雙明軒詩記舊遊以寄

古縣鵶鳴日落時雪晴江路細逶遲人家處處依林樾白板雙扉映竹籬

寄星山妓

扶桑館裡一場驩宿客無衾燭燼殘十二巫山迷曉

夢驛樓春夜不知寒 [批] 三絶俱香奩本色語

姑射仙人玉雪姿曉窓金鏡畫蛾眉卯酒半酣紅入面東風吹鬢綠參差 [評] 妙又曰情景依然

雲鬟梳罷倚高樓鐵笛橫吹玉指柔萬里關山一輪月數行清淚落伊州 [批] 恨情可掬

崔淑生 字子真號忠齋慶州人成宗朝登第官至左贊成

贈擇之

洞裏春風花亂開韶光冉冉夢中催 [評] 旨而俚 隣家脩竹無人看自愛淸陰獨步来 [批] 甚閑

秖見青山不見村漁郎無路覓桃源丁寧爲報東風

道莫遣飛花出洞門◎意新語警

林下柴扉面水開蕭蕭山雨竹間催小窓睡起無人過時有風花自往來◎亦儘佳

李嵎 字明仲號松齋眞寶人燕山時登第官至戶曹參判所著有松齋集一卷東國史略一卷

羽溪

雪逼窓虛燭滅明◎料峭語月篩松影動西榮◎巧夜深知得山風過墻外蕭騷竹有聲◎蕭索有趣

成夢井 字應卿昌寧人聃壽之姪燕山時登第參靖國勳官至吏曹參判謚襄景

題友人江亭

爭占名區漢水濱亭臺到處向江新朱欄大抵皆空

寂携酒来憑是主人 評 名言○ [illegible]岑參類 可謂達者之詞

黃衡

海雲臺 庚午破倭後登次韻

建節高臺起大風 評 便壯 海雲初捲日輪紅 評 雄詞 倚天

撫劍顚回首馬島彈丸指顧中 評 氣吞升疑

南袞 字士華號止亭宜寧人成宗朝登第選湖堂典文衡官至領相諡文景造己卯之禍後削爵

題神光寺

千重簿領抽身出十笏僧房倚榻眠六月炎塵飛不

到上方知有別般天 評 雖其人可想可憐而詩自好

入洞遙聞鍾磬響過橋初見殿寮開雲扃霧鑰何曾鎖宦子塵蹤自不來

金書殿額普光明二百年來結搆精試問開山大檀越碧空無際鳥飛輕

至正皇家屬亂離神光佛宇煥簷楣如今住社僧千指爭道當年宋道兒 評疊疊不厭

庭前栢樹儼成行朝暮蕭森影轉廊欲問西來祖師意 評引事甚的 壯山靈籟送淒凉

參差洞壑列谽谺八百禪僧杖錫過 評信手拈來物物真 丈室不增仍不減個中誰是老維摩 評最好

李荇 字擇之號容齋德水人戊山時十八登第選湖堂典文衡官至左相謚文定

書朴誾題畫屛詩後

古紙淋灕寶墨痕青山無處可招魂 [評]語愴 百年寂寞頭渾白風雨空齋獨掩門

四月十六日書 東宮移御所直舍壁

衰年奔走病如期春興無多可到詩 [評]語冷 聽起忽驚花事晩一番微雨落薔薇 [批]詞和厚典則家上乘

二十九日再直有感次前韻

半世功名敢自期秪今還愧伐檀詩青山咫尺無歸路一任東風老薔薇 [批]較前篇尤勝

陜川聞子規

江陽春色夜凄凄聽罷無端客意迷萬事不如歸去好隔林頻聽子規啼 批 開口輒好

八月十五夜

平生交舊盡凋零白髮相看影與形正是高樓明月夜笛聲凄斷不堪聽 批 無限感慨讀之愴然

霜月

晚來微雨洗長天入夜高風捲瞑烟夢覺曉鍾寒徹骨素娥青女鬪嬋娟 批 不減唐入高處

憶淳夫

虛菴居士去尋真不畀悠悠世事新(批)盡曲湘水有塊應共弔人間無地可藏身(批)的破

對竹

十年功力一園林誰識衰翁着意深白首更無知己在此君相對要開襟

讀仲說詩

挹翠高軒久無主屋梁明月想容姿自從湖海風流盡何處人間更有詩(批)是得意友故詩輒得意

終南

家住終南尺五天却嫌名字世間傳急流勇退知何

月細草閑花又一年

溫酒擧白韻

山間殘雪尚成堆何事春風曉未回直把人功欺造
化一團和氣兩三杯

花徑

無數幽花隨分開登山小逕故盤廻殘香莫向東風
掃倘有閑人載酒來

金安國 字國卿號慕齋義城人燕山時登第典文衡官至贊成謚文敬配享 仁宗廟庭

益城贈別

燕子樓前燕子飛落花無數惹人衣東風一種傷離

恨腸斷春歸客未歸

燕子樓次圃隱韻

燕子雙飛日幾回江南行客逐春來東風落盡梅花樹唯見山茶帶雨開

途中卽事

天涯遊子惜年華千里思家未到家一路東風春不管野桃無主自開花

朴太守稠見訪

烟花撩亂太平春太守乘閑訪逸民醉後不知天月上滿庭紅影欲迷人

雨中詠葵花

松枝籬下小葵花意切傾陽奈雨何我自愛君來冒

雨不知姚魏日邊多

李希輔 字伯益完山人○於于野談李希輔讀書萬卷自少至老手不釋卷少時長老集親友設供帳山上遣騎邀希輔希輔方讀書無意赴邀強之來則袖出囊簡於座中注目時放鷹搏雉於席邊而希輔不一睨其溺於書可想一爲遠接使李荇從事官送天使于碧蹄天使有一句曰寄語于于諸顯相鄭士龍蘇世讓等皆未曉希輔一見冷笑曰諸公讀書不多故昧此也詩云飲餞于于謂諸公出餞此也兩人有慚色燕山有愛姬死使朝中文士詩之希輔有詩云云燕山見之爲淚以此時議薄之官多滯至年老醉中泣下漣如子弟驚訝之問其由希輔曰吾嘗讀書萬卷凡所著人未易曉今世人讀不博忽我文章擧世貿貿孰知余詩高出陳簡齋

上耶延無後有安分堂集十二篆未梓者傳之外[illegible]今經亂離未知能保不失也無

輓宮媛

宮門深鎖月黃昏升十二鍾聲到夜分何處青山埋玉骨秋風落葉不堪聞

病中書懷

金花牋上牧丹詞太白聲名動彩眉病裏如今輸歲月一年聊復一題詩

朴祥 字昌世號訥齋忠州人燕山時登第選湖堂登重試官至遞政牧使己卯被斥而卒

夏帖

樹雲幽境報南訛休說東風撩物華紅綻綠荷千萬

抦却疑天雨寶蓮花

逢孝直喪

無等山前曾把手牛車草草故鄉歸他年地下相逢
處莫說人間謾是非

金淨再見

江南

江南殘夢晝懨懨愁逐年芳日日添雙燕來時春欲
暮杏花微雨下重簾

奇遵再見

義相菴

高臺矗矗入烟空雲盡滄溟一望窮三十六峯秋夜月玉簫吹徹海天風 仙語

申光漢 字漢之號企齋中宗朝登第選湖堂典文衡官至贊成領經筵諡文簡

獨直內曹夜雨

江湖當日亦憂君白首無眠夜向分華省寂寥疎雨過槐窓桐葉最先聞 淡雅而情懷

投宿山寺

少年常愛山家靜多在禪窓讀古經白髮偶然重到此佛前依舊一燈青 婉切

過介峴金公碩世弼舊居有感

同時逐客幾人存立馬東風獨斷魂烟雨介山寒食路不堪聞笛夕陽村 批 縱當為情死

次安城郡校上韻

當年潦倒過春城杖節重來意未平 評 曲暢 沽得濁醪知有主杏花村戶不分明

別親舊夜泊楮子島書事

江湖浪迹已多年纔到紅塵意茫然却恠酒醒清入骨不知身卧月明船 批 清思逼人

陰城途中

征驂羸盡一冬深白首懷君正不禁家在石城歸亦

好朔風吹折倦遊心 [批] 鏗爾有韻

阻雨宿神勒寺

好雨留人故不晴隔窓終日聽江聲斑鳩又報春消息山杏花邊敹敹鳴 [批] 令人心醉

送堂姪元亮之任扞城

一萬峯巒又二千海雲開盡玉嬋妍少因多病今傷老孤負名山此百年 [批] 此世所稱者

追惟勝迹幾長嗟三十年来夢一過踈雨落花鳴玉路 [批] 穠而縟光 馬蹄曾踏海棠花

夜分後雨霽月色如畫舟泊長灘荻花灣

孤舟一泊荻花灣兩道澄江四面山人世豈無今夜
月百年難向此中看 說到此無今

有所思

秋草離離白露時夜深明月候虫悲牽牛只恨天津
隔不識人間有別離 亦好

洞山驛

蓬島茫茫落日愁白鷗飛盡海棠洲如今始踏鳴沙
路二十年前舊夢遊 何等情思

崔同年益齡鏡浦別墅次昌邦韓耦韻

沙村日落叩柴扉夕露微微欲濕衣江路火明聞犬

吹小童來報主人歸 [批]唐人正格

風雨過月溪峽

截壁嵯峨十里橫緣江一路細紆縈平生粗識安危分脚底風波未足驚 [批]練達之言亦自老成

柳店漁火

依依垂柳暗江濱人語黃昏未掩門忽怪雨中星宿亂 [評]變幻得好 却聞漁唱辨漁村

船上望見三角山有感

孤舟一出廣陵津五十年來未死身我自有情如識面 [評]有都亭之感 青山能記舊時人

呂望

清渭東流白髮垂一竿誰見釣璜時悠悠湖海多漁父不遇文王定不知 [illegible]極好思

項羽

堂堂氣力意何如學劍無成恥學書客擊詐降皆戰罪八年空為漢驅除 批大議論

韓信

英雄意氣負多多漢業成來聽楚歌智勇竟為兒女困一生操縱在蕭何

國朝詩刪卷二

國朝詩刪卷三

七言絶句 五十九人失名式一 一百六十九首

申潛 己卯錄申潛字元亮能文章善書畫人謂之三絶進士壯元登瀛舉爲翰林罷科放紅牌又失白牌吟一絶口紅牌已收白牌失翰林進士揔虛名從此我羨山下住山人二字孰能爭投授泰仁縣監累轉牧使陞通政號靈川子

醉題梨花亭

此地來遊三十春偶尋陳迹揔傷神庭前只有梨花樹不見當時歌舞人

蘇世讓 字彦謙號陽谷晉州人 中宗朝登第選湖堂典文衡官至贊成

題玉堂山水屏

百道飛泉掛樹梢野橋橫斷跨江郊實坊知在峯回
處蒲地藤蘿細路交

題尚左相震畫鴈軸

蕭蕭孤影暮江潯紅蓼花殘兩岸陰謾向西風呼舊
侶不知雲水萬里深

邇兒得草堂之基于竹林西麓

不論城市與山林卜築先須傍竹陰好是餘生遊息
地世間何事更關心

鄭士龍 字雲卿號湖陰東萊人 中宗朝登第 選湖堂賜重試與末衡官至判中樞

宿巴山館

天畔進秋恨轉新悲笳嘹唳起西隣 評 憭慄 樹頭雲破
初弦月 評 有力 步畫樓陰不見人

戲自遣

宿酲扶起對朝陰落絮飛花滿院深 評 殊富 惱得春愁
無處寫一聲羌笛水龍吟 評 如背大哉 咀嚼愈佳

春興

花滿園林葉未齊恰向殘叢有鶯啼 評 風鼓 蝦鬚不碍
東風過無奈輕陰壓額低 評 構思入微

黃汝獻 字獻之號柳村長水人中宗朝登第選湖堂官止蔚山郡守

李將軍西湖知足堂

龍山挺水杳茫邊勝地逢人己十年日落海門天遠
大夜灘燈火見陽川

沈彥光 字士炯號漁村世居江陵 中宗朝登第選湖堂官至吏曹判書以引進金安老削官追復

來禽花落

朱白扶春上老柯爲誰糚點野人家三更風雨驚侵
曉落盡來禽滿樹花 二絶俱有味

落花

野桃花謝葉初生雨後風前蝶翅輕枝上殘紅猶未
落徐娘雖老尚多情 引好

李彥迪 初名迪 中廟命加彥字字復古號晦齋 慶州人 中宗朝登第官至贊成乙巳謫
卒諡文元配享明宗廟庭又配文廟

無爲

萬物變遷無定態一身閑適自隨時年來漸省經營
力長對青山不賦詩 [批] 悟通之言 ○ [芝峯類說] 語意甚高非區區作詩者所能及

徐敬德 字可久號花潭唐城人居松京隱而不仕硏窮義理 贈左相諡文康

題海州虛白堂

虛白堂中憑几人一生心事淡無塵太平歌管來飄
耳使作羲皇以上身 [批] 自在超邁不下唐家

沈思順 字宜中豐山人 中宗朝登第進湖堂官至都承旨

叢祠

神鴉飛下石壇空腥雨淋淋滿綠叢日晩山椒人散盡碧燈深閉古祠中 評 刺遂

趙昱 字景陽號龍門石、壤人以逸拜主簿

咏唄音

口中梵唄應黄鍾魚樂純如震法宮無限人天皆悟收聲方覺本來空 評 此駱老所推服者

次駱峯韻贈鑑湖主人

十年長擁故山扉塵土東華幾染衣想得鏡湖秋夜月子規應怨不如歸 評 讖切甚至

林億齡 [illegible]

示友人

古寺門前又送春殘花隨雨點衣頻歸來滿袖淸香在無數山蜂遠趁人 [批] 唐人風格

華山瀑布圖

急雨暮崖掛白龍詞人健筆氣成虹侯家屛障應無此我是人間富貴翁 [批] 氣麤語猛

次井邑東軒韻

護軍雖散亦王官內賜幽風再拜看白髮老臣心耿耿隔墻鄰女夜舂寒 [批] 此是絶筆尤覺動人

鄭磏 再見

登尾峴望冠岳

荒村古木嘯飢鳶蘆荻蕭蕭薄暮天立馬溪橋回首望亂山遙在白雲邊 批 清遠有味

洪春卿 字仁仲號石壁南陽人 中宗朝登第選湖堂官至監司

扶蘇落花巖

國破山河異昔時獨留江月幾盈虧落花巖畔花猶在風雨當年不盡吹

李滉 字景浩號退溪眞寶人 中宗朝登第選湖堂典文衡官至貳相諡文純配享 宣祖廟廷又配文廟

義州

龍灣雲氣曉凄凄鶻出摩空白日低坐待山城門欲閉角聲吹度大江西 ○甚是遒壯

金鱗厚 字厚之號河西蔚州人中宗朝登第選湖堂官止校理求外為玉果縣監乙巳後終不仕後贈吏曹判書謚文靖

抵友人家汲松根水以飲

憶昨雲泉漱石根倚笻隨處見真源轆轤聲裡斜陽轉歸興翩翩滿故園 ○亦超凡

林亨秀 字士遂號錦湖平澤人中宗朝登第選湖堂官至濟州牧使丁未壁書之變寃死

侍中臺

龍公應妬勝筵開風雨無端過海來狼籍盃盤人去
處一天明月照空臺（踈奕可人）

受降亭

醉倚胡床引兕觥（極其豪宕）佳人押坐戞銀箏陰山獵
罷歸來晚馳騁氷河劍戟鳴（俠氣翩翩）

鄭惟吉（字吉元號林塘中宗朝擢魁科典文衡官至左相）

賜祭棘城

聖朝枯骨亦霑恩香火年年降塞門祭罷上壇風雨
定白雲如海滿前村（腴艷）

永柔梨花亭

落花風雨古人詩花劉今年巧耐遲直至開時應有月個中春色子規知口地曲巻知情態

夢賚亭春帖鄭□□余少時遊漢江夢賚亭卽相國鄭惟吉亭子也時相國多散居江湖窓戶皆有春帖子其一曰官閑身漫世誰嗔夢賚亭中白髮人頗是朝家無一事扁舟來釣漢江春其二曰梅欲粧梢柳發顰晴江氷泮綠粼粼老臣無與安危事唯向楓宸祝萬春其三云云余少時常記誦拈老不忘每一詠來可想相國之風致也

白髮先朝老判書閑忙隨分且安居□得好安排漁翁報道春江暖未到花時進□作薦鱖魚

金賀忠字直夫明宗朝登第選湖堂官止戸曹佐郎早歿

咏王昭君

絶代佳人是女戎前車相望許青中畫圖不誤春風面敵國分明在後宮 千古確論

尹潔 再見

山人寄鞋

故人遥寄一雙來知我庭中有綠苔仍憶去年秋寺暮滿山紅葉踏穿回

從兄惪石假山

愛山猶未住山間楓岳頭流夢往還從此無心凌絕頂案頭長對碧孱顏

盧守愼 守寡梅號蘇齋光山人 中宗朝登科選湖堂典文衡官至領相謚文懿

許太史箴家吟示諸人

翰林風采善持門花竹依依日涉園可惜商山餘一皓不知霜露滿丘原來匯 亦從杜絕來故姑存之

金貴榮 字顯卿號東園安東人 明宗朝登第選湖堂典文衡官至左相上洛府院君

重到湖堂次前韻

一別湖堂三十秋南樓風日夢悠悠重來物色渾依舊猶恨劉郎雪滿頭

朴淳 字和叔號思菴忠州人詳之姪 明宗朝擢魁升選湖堂典文衡官至領相謚文忠

訪曹處士山居

醉睡仙家覺後疑白雲平壑月沉時翛然獨出長林

外石遷節音宿鳥知[illegible]雖以欺世自嘲亦自清楚○朴思菴白雲洞詩云云時人謂之朴宿鳥

湖堂口號

亂流經野入江沱滴瀝猶殘檻外柯籬掛簑衣簷晒網望中漁屋夕陽多

謝恩後歸永平

荅恩無術寸心違收拾殘骸返野扉一點終南看漸遠西風淚濕碧蘿衣[illegible]悽切有去國之感

礪山郡別行思上人

王程那得駐征騑愁外青山幾夕暉金馬石城相送

䨥刹桐花落雨霏霏 [illegible]晩 手

送退溪先生南還

鄕心不斷若連環一騎今朝出漢關寒勒嶺海春未放留花應待老仙還

題楊摠兵廟

鐵衣金劍已塵沙廟閉松杉噪夕鴉惆悵漢家飛將死胡笳頻渡白狼河 [illegible] 佳

淸風寒碧樓

客心孤逈自生愁坐聽江聲不下樓明日又登官路去白雲紅樹爲誰秋

贈堅上人

久沐恩波從此心 曉鷄聲裡戴朝簪 江南野屋今無
沒 却倩山僧護竹林【評】嗚呼士大夫孰不欲易退耶 畢竟不得如志頭負鴻炙矣

梁應鼎 字公燮 號松川 南原人 明宗朝登第 魁重試 官至府尹

過漁陽橋

樹色烟光盡大平 河橋猶帶舊時名 伊凉若是簫韶
曲 豈使胡雛犯兩京

謁夷齊廟

像設中堂兩儼然 清風吹到億千年【評】俚 生平慕仰西
山峻 更覺灤河勝渭川

贈無爲僧天然

張拳一碎峯頭石（突兀壯猛得稱其太）魍魎無憑白晝啼骨
氣至今誰可得坐令衰魄雌虹霓

宋寅（字明仲號頤菴礪山人中廟朝駙馬礪城尉治禮學善書法謚文端）

西京贈妓

臨分解帶當留衣教束纖腰玉一圍想得粧成增窕
轉被他（一作誰）牽挽入深幃（頗婉曲）

鄭礥（字景舒礥之弟以乙巳僞勳官至府使後削勳爵）

海州芙蓉堂

荷香月色可淸宵（下字好）更有何人吹玉簫十二曲欄

無夢寐碧城秋思正迢迢 批 亦清切◇ [illegible] 鄭礥為海州牧使見芙蓉堂懸板盡取之付客舍鞱子曰斫而為薪以燎淨後之水自作一絕傳之榭上云云其詩膾炙當時而或深惡其驕也後壬辰之亂倭冦入海州盡破芙蓉堂板上之題獨留鄭礥金誠一兩詩誠一雖不能詩為日本信使時以強直取重日本故留其詩鄭詩則倭亦知其絕唱故留之倭入江陵見宮府懸板獨取林億齡之詩長篇載船而歸倭亦知詩乎哉

揚士彥 再見

國島

金鳌樓臺拂紫烟躍龍雲路下羣仙青山亦厭人間世飛入滄溟萬里天 評 脫凡

姜克誠 再見

次友人韻

朝衣典盡酒家眠賜馬將謀數頃田珠重國恩猶未報夢和殘月獨朝天姜克誠以弘文修撰在罷散中有詩云云 明廟聞而賞歎特命敍敘

高敬命字而順號霽峯 明宗朝登魁科選湖堂玉堂壬辰以前牧使起義兵討倭節死二子并殉節贈贊成諡忠烈

食橘

平生嗜足小江南橘柚村中路飽諳朱實宛然親不在陸郎雖在意難堪愴然風樹之懷千古絕唱

漁舟圖

蘆洲風颭雪漫空沽酒歸来繫短篷橫笛數聲江月白宿鳥飛起諸烟中

朴枝華 字君實號守菴從善人深於禮學爲學官壬辰之亂懷石自沉溪水而死

贈僧

遯世辭鄉歲又除亂山蕭寺曉鍾餘自憐心下無機事白首挑燈讀古書【批】澗古有味

題宋礪城家歌兒石介詩軸

主家亭子漢濱秋度月依俙逝水流唯有鳳凰天外曲人間猶【[illegible]】作觚得錦纏頭【批】極好○【[illegible]】石娥者礪城尉家婢以善歌名水月亭詞所謂絶唱佳兒者也朴枝華詩云云林悌詩曰秦樓公子風流盡檀板佳人翠黛殘唯有當時

歌舞處春江水月映朱欄礪城亭名水月故二詩云爾

成渾 字浩源號牛溪 宣廟朝徵召官至參贊諡文簡配享 文廟

贈紺坡山人安天瑞

一區耕鑿水雲中萬事無心白髮翁聽起數聲山鳥語杖藜徐步繞花叢 批 超逸不可及

偶吟

四十年來臥碧山是非何事到人間小堂獨坐春風地花笑柳眠閒又閒 批 逸家故態

挽青陽君

宦遊浮世定誰真逆旅相逢即故人今日祖筵歌一

曲送君歸臥故山春 無限感愴而寫得自好

挽朴思菴

世外雲山深復深溪邊草屋已難尋拜鵑窩上三更月應照先生一片心 挽思菴當止是造著黃閣事業更不刪

尹斗壽 字子仰號梧陰海平人明宗朝登第官至領議政封海原府院君

贈僧

關外羈懷不自裁一春詩興賴官梅日長公館文書靜時有高僧數往來

黃廷彧 字景文號芝川長水人明宗朝登第典文衡官至兵曹判書長溪府院君

次李伯生詠玉堂小桃

無數宮花倚粉墻遊蜂戲蝶趁餘香老翁不及春風
看空有葵心向太陽 [圈] 是豈隨衆看場者也

送人赴遂安郡

詩才突兀行間出宦況蹉跎分外奇總是人生各有
命悠悠餘外且安之 [圈] 安排得好

送鄭察訪泗

世間榮辱儘悠悠何處藏身可自由只合任他牛馬
我 [圈] 大夫當如是 蒼空來往白雲浮 [圈] 試看此老之作蘂章單拙非等閑詞家可比

柳永吉 字德純號月蓮全州人明宗朝登第選湖堂官至禮曹參判

福泉寺

落葉鳴廊夜雨懸佛燈明滅客無眠仙山一蹋傷遷
暮烏帽欺人二十年評擲地有金石聲

南州東閣

麥熟南州雨未休綠槐門巷潤爭流山僧去後奇窓
靜夢落烟波隨白鳥評字字皆古蒼整自妙

贈洪長淵廸

天街明月舊時同人世如何事易空秋半至堂庭戶
冷紅蘭無數墜西風

次矗石樓韻

玉窓雲暖小桃頭評警[illegible]惆悵江梅已送春畫舸晚發

芳洲泊白鷗爭拂鏡中人

蚕婦

侯家爭鮮製羅衣舞向春風競落暉野婦自嗟肌尚露天寒倚壁只空機【翻】惻怛可以諷

河應臨 再見

春日山村

竹籬臨水是誰家隱約青帘出杏花欲典春衣沽酒飲不堪芳草日西斜

金訶驛東 崔長淵立之

柳蔵郵館馬嘶頻【翻】如書暫借風軒寄病身君且不來

花又老可憐虛負一年春 評 詞詩甚清切恨不多見

鄭澈 字季涵號松江迎日人明宗朝登魁科選湖堂官至左相寅城府院君謚文清

咸興十月看菊

秋盡關河候鴈哀思歸且上望鄉臺慇懃十月咸山菊不爲重陽爲客開 評 格超思淵

書懷

掖垣南畔樹蒼蒼歸夢迢迢上玉堂杜宇一聲山竹裂孤臣白髮此時長

李純仁 再見

贈僧

客遊山院已多時不及梨花聽子規欲識山中春早晩莫教僧札入京遲

鄭碏 字君敬號古玉磏之弟蔭司評

重陽 [於于野譚]鄭北窓磏九月念後咏晩菊曰十九廿九皆是九九月九日無定時多少世人皆不識謂惜惟有菊花知其弟碏和之云云向者朝廷開局纂方詩是時有以磏碏此詩言大提學柳根取碏詩而舍磏詩以爲無律吁磏識音律之人曾謂不如根之知音乎所以自古得知音者難矣

世人最愛重陽節未必重陽引興長若對黃花傾白酒九秋無日不重陽 [評]世所稱絶佳者

甲午中元

中元之日薦云塊亂後猶着舊俗壽日暮四山聞衆哭幾家新鬼有兒孫

崔慶昌再見

映月樓

玉檻秋來露氣清水晶簾冷桂花明鸞驂不至銀橋斷惆悵仙郎白髮生〔批〕此君絶句篇篇皆清切置之唐世無讓少伯諸公

天壇

午夜瑤壇掃白雲焚香遥禮玉宸君月中拜影無人見琪樹千重鎖殿門〔批〕二篇俱無愧遊仙○〔[illegible]〕〔評〕李達詩風泉響落秋山空石門月出蹤鐘後道人讀罷黃庭經夜掃天壇拜北斗崔慶昌詩云云此二作俱佳而崔詩末句押旁韻可

惜

三清露氣濕珠宮【評】冷然奏簫於絳霄之上 鳳管徘徊月在空苑

路秪今香輦絕碧桃紅杏自春風

練光亭

澄江如練浸紅亭烟樹依微極望平待得夜深歌舞

散月明吹笛倚孤城

采蓮曲次鄭知常韻

水岸依依楊柳多小船遥唱采蓮歌紅衣落盡秋風

起日暮芳洲生白波【評】無愧王龍標李君虞

邉思

幼少離家音信稀秋來猶着戰時衣城頭畫角吹霜急[評]哨麗一夜黃楡葉盡飛[批]何愧王常耶

大隱巖南止亭故宅

門前車馬散如烟相國繁華未百年村巷寥寥過寒食菜黄花發古墻邊[批]風刺入髓

寄楊州成使君義國

官舍雪霽曉寒多小吏門前候早衙莫怪使君常晏出醉開東閣賞梅花[批]風流不墜正在斯人○成斯文某為楊州牧使畜一娼名梅花沉惑廢衙崔贈詩云云

義州山亭贈韓使君準

[illegible]城小遷百花間別院春晴燕入欄聖代卽今邊警
息古書千卷閉門看

送鄭御史澈之北關

咸關北上馬頻顚雪嶺西看海接天客路重陽又何
處黃花零落古城邊

武陵溪

危石纔教一遷通白雲千古秘仙蹤橋南橋北無人
問落木寒流萬壑同 評甚清峭

寄性眞上人

茅菴寄在白雲間丈老西遊久未還黃葉飛時蹄雨

過獨敵寒磬宿秋山 批 寒儉

題僧軸

去歲維舟蕭寺雨折花臨水送行人山僧不管傷離別閉戶無心又一春 批 用意做的

贈僧

三月廣陵花滿山晴江歸路白雲間舟中背指奉恩寺蜀魄數聲僧掩關 批 降淺晩李

贈寶雲上人

一別金陵三十年重逢此地各悽然白蓮社老今誰在舊日兒童雪滿顚 批 情事到頭

重贈

征南省裡奉晨昏幾度看花到寺門存沒至今多少意夕陽僧過灞陵原 批 感慨勝前篇

無題 批 崔白李三君有復古之功但十首以後數易厭

玉頰雙啼出鳳城曉鶯千囀爲離情羅衫寶馬河關路草色迢迢送獨行 批 無限傷情

白光勳 并見

宋高宗

痛飲黃龍計亦疎廷臣爭議拜穹廬江南自有全身地河北空傳半臂書 批 好

寒川灘

寒川灘上水如藍兩石巖西雪滿潭明月不逢騎鶴侶夜深鳴笛下江南 [illegible]清亮

春後

春去無如病客何出門時步閉門多杜鵑空有繁華戀啼在青山未落花

即事贈僧

歸心一夜建溪南舊疾逢春更不堪偶見山僧話新夢野禪香裡到西菴 [illegible]清淡語好

春望

日日軒窓似有期捲簾時早下簾遲春風正在山頭寺花外歸僧自不知 批 不可及

三叉松月

手持一卷蘂珠篇讀罷空壇伴鶴眠驚起中宵滿身影冷霞飛盡月流天 批 懷氷暑月亦有霜氣

徐君受第

西出松坊舊路疑古梧新柳問人知 批 枯淡 秋風無限江南思半壁青燈一首詩

介山

秋山雨過夕陽明亂水交流引獨行岸上數村疎樹

裡寂無人語有蟬聲

綾陽壯亭

長堤日晚少人行楊柳青青江水聲為是昔年離別地不緣離別亦多情

李達 三見

宮詞

平明日出殿門開鳳扇雙行引上來遙聽太儀宣詔語罷朝新幸望春臺 王仲初舊格

東風院院落花飛侍女燒香捲夕扉過盡一春君不見殿門金鎖綠生衣 情怨

襄陽曲

平湖日落大堤西花下遊人醉欲迷更出教坊南畔路家家門巷白銅鞮 批 風流文采照映千古

出塞曲

虜中傳出左賢王塞馬如雲殺氣黃已近居延山下獵磧西烟火照天光 批 王少伯常徵君請韻

步虛詞

青童結伴婉凌華夜下三洲小玉家 評 遊仙佳品 閒說紫陽宮裡事玉階倚折碧桃花 批 源出賓客而覺愈濃壯

采蓮曲次鄭大諫韻

蓮葉參差蓮子多蓮花相間女娘歌来時約伴橫塘口辛苦移舟逆上波 勝孤竹

長信四時宮詞

別院無人鎖柳齊早衙初罷戟門西畫樑東角雙飛燕依舊春風覓舊棲 何減王龍標耶仲初以下不論矣

龍輿新幸建章宮十部笙歌後苑中深院綠苔人不見石榴花影曲欄東 殊有風毛

玉蟲銷盡蠟釭花六曲金屏倚繡霞一夜西宮風雨急滿庭紅葉曉来多 玄圃積玉無非夜光

花樹寒鴉凍不飛玉鑪添炷篆烟霏 使人不良自悛 君王

早御通明殿宮女催呼進尚衣

四時詞淸平調

門巷淸明燕子來綠楊如畫掩樓臺同隨女伴秋千下更向花間鬪草廻【評】調和格亮彩絢但均眞盛唐能品

五色絲針倦繡簾玉階新發石榴花【評】初發芙蓉自然可愛

銀床氷簟無餘事盡日南園蛺蝶多

金井梧桐下玉欄琵琶絃緊不堪彈【評】千人亦見萬人亦見

攜將寶鏡拘新黛捲上珠簾惻早寒

錦幕圍香寶獸危【評】爛若披錦無處不鮮曉粧臨鏡澁臙脂繡籠鸚鵡嬾寒重猶向簾間覓侍兒

江陵書事

三月江陵花滿枝折花還有去年悲傷心莫問東流水日夜悠悠無歇時 【批】故自擢擢

山行

近水疎籬紅杏花掩門垂柳兩三家溪橋處處連芳草山路無人日自斜 【批】如入輞川畫中

松京

前朝臺殿草烟深落日牛羊下夕陰同是等閑亡國地笑看黃葉滿鷄林 【批】好意

靈谷尋春

東峯雲氣沉翠微澗道竹枝尋芳菲深林幾處啼花
發時有山蜂來撲衣

伽倻山

中天笙鶴下雲霄千載孤雲已寂寥 評 空中市景覽之泠然
月洞門流水在不知何處武陵橋 評 故憶其烟霧中

題畫

寒林烟暝鷺絲飛江上漁家掩竹扉斜日斷橋人去
盡亂山空翠滴霏微 評 清勁拔俗
綠楊閑戶是誰家半卷紅樓映斷霞 評 穠艶鋪情 無賴流
鶯啼盡日晩晴門巷落花多

鍾城道中

玉門關外雪漫山月照沙河亂磧間何處悲笳鳴遠戍夜深遊騎射鵰還 批 塞曲悲忼之言

病中折花對酒

花時人病閉門深強折花枝對酒吟惆悵流光夢中過賞春無復少年心

洛中有感

好爵高官處處逢車如流水馬如龍長安陌上時回首咫尺君門隔九重 批 刷刷剽世

城闕參差甲第連五侯歌管排雲烟 評 長袖善舞 灞陵橋

上騎驢客不獨襄陽孟浩然

坡山望孤竹庄

遥望村庄淡靄巾五年墳樹滿荊榛西州門外羊曇醉更有山陽笛裡人◎不勝感淒

挽南格庵

鸞馭飄然弱水東[illegible][illegible]簾下更何人床東弟子收遺草玉洞掩花萬樹春◎裡亦應阿堵上

宋翼弼字雲長號龜峯家本微賤文學超詣與牛栗相友善

贈僧

連宵寒雪壓層臺僧在他山宿未廻小閣燈殘靈籟

寂獨看淸月過松來 批 即此一篇可稱寸璧

徐益 字君受號萬竹扶餘人宣廟朝登第官至義州牧使

題僧壁

樵笛依依隔暮林佛龕寥落白雲深天寒古木棲鵶盡流水空山處處陰 批 羚羊掛角

贈僧

郊外逢僧坐晚沙白鷺歸路亂山多江南物候春猶冷野寺叢梅未着花

林悌 再見

高山驛

胡虜曾窺二[illegible]作數十州將軍躍馬取封侯如今絕塞

無征戰[illegible]作烟塵靜壯士閒眠古驛樓[illegible]豪氣○曰崔公慶昌[illegible]

將軍躍馬鴻

當時躍馬

送鏡城黃判官璨

元帥臺前海接天曾將書劍醉戎氈陰山八月恒飛

雪時逐長風落舞筵[illegible]氣題詳詳

無題

環海漫漫碧落寬玉娘消息塞雲寒秋風一合相思

淚月照瓊樓十二欄

琴臺一別眼中人羅襪纖纖夢裡春欲向東湖問消

息寒潮不上廣陵津

鄭之升再見

留別

細草閑花水上亭綠楊如畫掩春城無人解唱陽關曲只有青山送我行○從郎君胄送王司直詩點出來

泰山守 名棣宗室

夜登簡儀臺

擢空龍柱濕秋霞宮漏沉沉月欲斜風露滿壇星斗近夜深無夢看天河

申檣 字濟而高原人生員以先累停舉終不第

壬辰六月二十六日作 是日明廟忌辰口[illegible] 無一字不緊要情事可 涕泣親覩之者乎

先王此日棄羣臣末命丁寧托聖人二十六年香火絕白頭痛哭只遺民

權鞸 字汝章號石洲倜儻不仕光海時 坐詩案冤死 仁祖朝贈持平

僧軸

踈雲山口草萋萋 [illegible]也似偈語 宜爾不長 夜逐香烟到水西醉後高歌答明月江花落盡子規啼

過松江墓有感

空山木落雨蕭蕭相國風流此寂寥惆悵一盃難更

國朝詩刪 卷三 二十四

進昔年歌曲即今朝 批 鄭有短歌道死後墳土無一盃相勸之意故詩中及之

林處士滄浪亭

蒲團岑寂篆香殘獨抱仙經靜裡看江閣夜深松月白諸禽飛上竹闌干 批 淸麗

寒食

祭罷原頭日已斜紙錢翻處有啼鴉山蹊寂寂人歸去雨打棠棃一樹花 批 逼唐

幽居漫興

老去扶吾有短笻林居無日不從容淸晨步到澗邊石落日坐看波底峯 批 篇篇皆法杜絕而脫去頓滯處自成一家語高妙難摸捉

池岸纔容人往還兩池分蘸一邊山青荷葉小不掩
水時見魚兒蒲葦間

引水作潭聊自娛平地波濤還如許飛端落石風雨
喧隔岸人家不聞語

當日溪流深尺餘兩岸狹窄纔容車今朝化作論浪
水已有水禽來捕魚 批 最好

哭具大受喪于楊州留宿天明出山

幽明相接杳無因一夢艱懃未是真掩淚出山尋舊
路曉鶯啼送獨歸人 批 情鍾正在此

悼亡寄示李正郎子敏

親知零落已無存萬事人間只斷䰟[評]情事欲絶爲問如
令風雨夜也應重夢具綾原[評]李嘗有夜雨殘燈夢具容之句

城山過具容故宅

城山南畔是君家小巷依依一逕斜浮世十年人事
變春來空發滿山花[評]具是君得意友故三篇俱得意

贈秋娘

楊州一夢杳難追此地琴尊本不期莫唱江南斷腸
曲向來存殁不勝悲[評]情真語切

憶成川

雲雨高唐夢裡還滿空蒼翠是巫山[評]容易語動人至今最

有關心處人在樓臺縹緲間 有言外意

鄭鎔 再見

贈人

萬里鯨波海日昏碧桃花影照天門 仙耶鬼耶 自足動人 鸞

驂一息空千載緱嶺靈簫半夜聞 音響幽備

崔澱 字彥沉號楊浦進士 弱冠文詩華俱奇

鏡浦臺

蓬壺一入三千年銀海茫茫水淸淺鸞笙今日獨飛

來碧桃花下無人見

香浦

朝元何處去不逢碧洞渺渺掩千樹環壇明月寒無眠萬里天風滿香浦

具容 字大受號竹窓綾州人蔭縣令

題李提督碑閣

征東勳業冠當時一夕居庸戰不歸莫道峴山能墮淚行人到此盡沾衣 即此可想其才

尹忠源 元衡之孼子

信川重陽題寄黃獨石

重陽歸思倍多端鴻鴈南來不可攀欲上高峯望鄉國信州城外本無山

梁慶遇 字子漱號霽湖大樸之子宣祖朝登第參重試常爲製述官官止縣令

正朝寄舍弟

天時苒苒又新年到老離居益可憐想得讀書燈欲
盡西峯殘月草堂前 批 十分寫情

曹氏

夜行

幽澗泠泠月未生暗藤垂地少人行村家知在山回
處淡霧疎星一杵鳴 批 似鬼語

楊士奇妾 [illegible] 楊斯文士奇妾能蜀詞士奇以豐川府使往安岳未還其妾寄詩曰
悵望長途不掩扉夜深風露濕羅衣楊山舘
裡花千樹日日看花歸未歸 楊山安岳別名

閨怨

西風撼撼動梧枝碧落冥冥鴈去遲斜倚綠窓仍不寐一眉新月上西池[illegible]脂粉常調

李氏[illegible]趙念知瑗妾李氏號玉峯送人往號江詩曰神勒烟波老淸心雪月樓謝人來訪曰飲水文君宅青山謝眺廬庭痕雨裡屐門到雪中驢飲水即其所居也又閨情詩曰有約郎何晚庭梅欲謝時忽聞枝上鵲虛畫鏡中眉佳矣

寧越道中

千里[illegible]作五日長關三日越哀歌唱斷[illegible]作東風立馬魯陵雲妾身自是王孫女此地鵑聲不忍聞○[illegible]悲憤忼慨[illegible]魯山遷于寧越聞杜鵑聲有詩云蜀魄啼山月低相思憶倚樓頭爾啼苦我聞苦非爾啼無我愁爲報天

下苦勞人愼莫登春三月子規啼山月樓此事載於欲江冷話近歲有三陟府使趙瑗妾李氏乃宗室之裔隨瑗往三陟過寧越有一絶云云

雨

終南壁面懸青雨紫閣霏微白閣晴雲葉散邊殘照漏漫天銀竹過江橫 評 高抜壯麗一洗脂粉

樓上

紅欄六曲壓銀河瑞霧霏微懸翠羅明月不知滄海暮九疑山下白雲多 評 九霄笙鶴聽之泠泠

卽事

柳外江頭五馬嘶半醒愁醉下樓時春紅欲瘦臨粧

鏡試盡梅窓却月眉 批 風韻 劉偕

田禹治 道士有幻術 中廟時人

三日浦

秋晩瑤潭霜氣清仙風吹送紫簫聲青鸞不至海天
闊三十六峯明月明

鬼李顯郁

即事

風驅驚鴈落平沙水態山光薄暮多欲使龍眠移畫
裡其如漁艇笛聲何 批 非鬼莫逮

釋參寥

贈成川倅

水雲蹤跡已多年針芥相投喜有緣盡日客軒春寂寞落花如雪雨餘天

釋行思

海南韶玉峯

相思人在海南村謝息天涯久未聞今日獨尋芳草路夕陽何處閉柴門〔評〕稍雅而萎

釋慶雲

寂滅庵

花臺秋盡萬峯青〔評〕便脫九泉落銀河轉翠屏〔評〕奇語向夜

月明看北海金沙千里侵寒星[illegible]緲冥

失名氏

贈人[illegible]世固有此等人特未之知也詩亦佳矣我○[illegible]有老父乞米於村野遇讀書生曰措大讀書太苦僕平生丐乞足矣仍示一云絕云云語意甚奇蓋隱者也

懶倚紗窓春日遲[illegible]紆餘不盡紅顏空老落花時[illegible]感不至傷

世間萬事皆如此扣角狂[illegible]作謳歌誰得知

梳[illegible]尹斯文勉奉使湖南見逸士書贈此詩問其名姓不對而去

木梳梳了竹梳梳梳却千回虱已除安得大梳長萬

丈盡梳黔首虱無餘

題豐山驛[illegible]仲兄奉使北道見之於驛壁郵卒言有兵營軍官孫萬戶者書之云矣

世上無人識駿才黃金誰是築高臺邊霜染盡青青
鬢匹馬陰山十往来

贈僧 見林子順於僧軸之每稱道不已

竊食東華老學官盆山雖小可盤桓十年夢繞毗盧
頂一桄松風夜夜寒 峭請

蓬萊僧所作忘其名

百丈丹崖桂樹可攀羅一掩不曾開忽聞南海蘇仙
過喚鶴看庵乞句來

國朝詩刪卷三

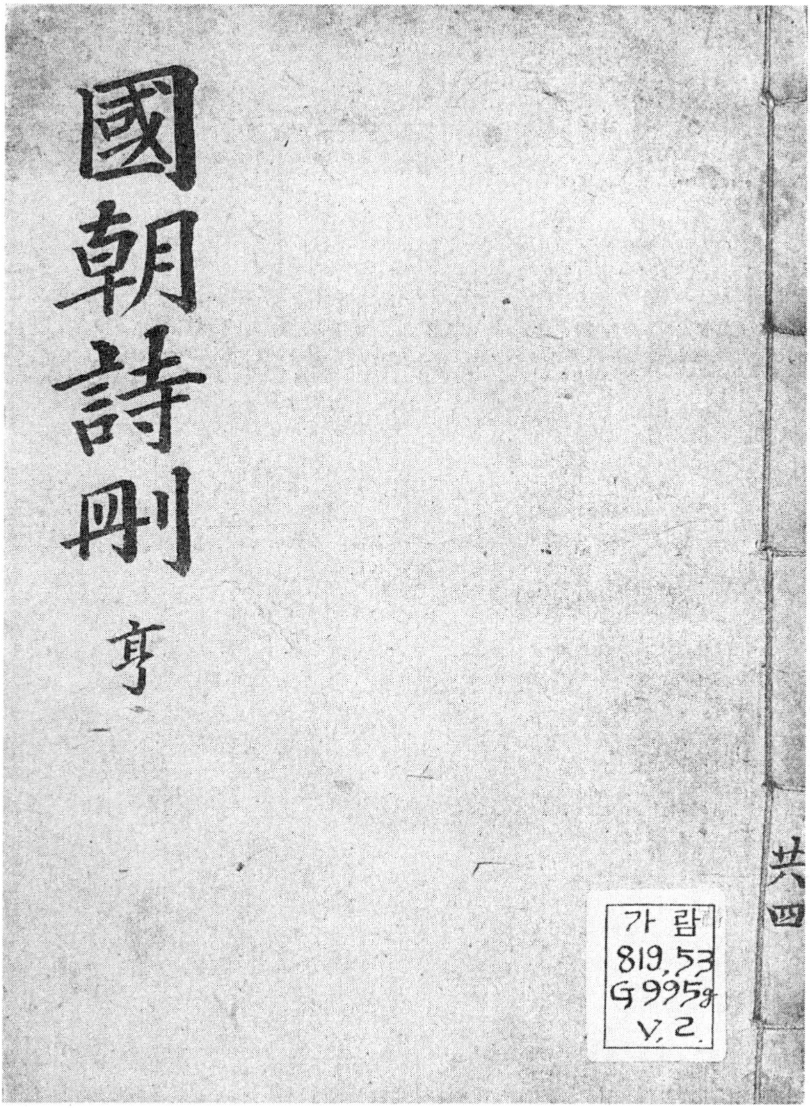
國朝詩删
亨
共四
가람
819.53
G995g
V.2.

國朝詩刪卷四

五言律詩 五十八人 一百五十三首

鄭道傳 再見

山中

弊業三峯下歸來松桂秋家貧妨養疾心靜足忘憂

護竹開迂徑憐山起小樓隣僧來問字盡日 有味閑淡

爲相留 幽思

李詹 再見

登州

文客饒情緒春來更惘然 撫韻唐人 樊香靈應廟乞火

孝廉船鴈度三千里鵬鶱九萬天幾時還故國爛熳醉花前

舟行至沐陽潼陽關

一粟滄波上飄然任此身楚山遙送客淮月近隨人衰鬢渾成雪征衣易涴塵那堪久行役汀草暗知春

極好句是盛唐人吻

卞仲良 季兄

寄金副令 九容

最憐金與校華髮卜山居聽枕松聲落吟窓竹影疎當耕春種豆水宿夜叉魚盛代求賢急行當見鶴書

選 華

李稷 字虞庭號亨齋星山人辛禑時年十六登第入本朝開國佐命功臣官至右議政星山府院君諡文景

病松

百尺蒼髯叟曾經幾雪霜風枝元偃起雲葉半凋傷
誰識歲寒翠反同秋草黃猶餘直幹在亦足棟明堂

評 可卜其終任端揆

權遇 再見

宿東坡驛

學道功安在匡時術已疎十年名利後 評 冷語 一夜夢

魂餘浙瀝窮秋雨荒涼古驛墟 評 愁思可掬 松燈寒照壁逐客意何如

卞季良 字巨卿號春亭仲良之弟辛禑時十七登第入我朝登重試官至贊成典文衡諡文肅國朝文衡始此

晨興

評 清新

殘夜涼侵簟窓虛露氣通四隣明宿火萬井動晨鍾日出疎烟外秋生積雨中 評 極有雅趣 幽栖忘盥櫛客至強為容

春事

苒苒花期近纖纖逕草深風光憐弱柳野燒入空林

幽夢僧來解新詩爲律吟評賈長江諸韵覺偏無外事酒客

只相尋評詁嗚

柳方善三見

曉過僧舍

東嶺上朝暾尋僧叩竹門評淸曉猶雲留塔頂積雪擁

籬根評寒岩稍象小逕連深洞踈鍾徹遠村蕭然吟未已

淸興到黃昏

即事

愛靜揮塵客忘機狎水鷗詩從三上覓理向一中求

屋破茅茨古山深樹木稠江漁秋正美有意買漁舟

趙須 字亨父號松月堂太宗朝登第為成均司藝

呈逸溪金相國

今朝零露冷巖邅獨僂其◯從兩陣中來亦追驚震世同炊黍
持身若累碁跨跪元有數覆載本無私◯勁悍擬好白酒
可人意頗然一中之

徐居正 四見

蓮堂月夜

晩坐陂塘上荷花未半開月從吟夜好風送故人來
◯霖谷朧厚自是共家欲著濂溪說休停太白盃更深渾不寢
星斗共徘徊

七夕

天上神仙會年年此日同一宵能有幾萬古亦無窮評居佳月色蛩吟外詞聲鵲影中雖無文乞巧得句語還工

夜詠

已恨秋光老空悲清夜徂蛩聲連竹塢月色碍庭梧評苦而不偷墻角蘩長短評俱蕪尊中酒有無田園頻夢想三逕欲荒蕪

鄭希良字淳夫號虛菴燕山初登第拜翰林選湖堂推卜預知甲子之禍托以沉江脫跡遯去

秋風

茅齋連竹徑秋日豔晴暉果熟擎枝重瓜寒着蔓稀（淡而不寒）遊蜂飛不定閑鴨睡相依（有情語）頗識身心靜栖遲願不違

三田渡

羸馬三田渡西風吹帽斜（舒徐極遠亦是大家手段）澄江涵去鴈落日送還鴉古樹明黃葉孤村見白沙（遥）青山將盡處遥認是吾家

姜希孟三見

向闕東行在次金化縣韻

法駕東巡日蓬萊望渺然旌旗雲葉動劒戟日華鮮

評 脫俚 仙仗春風裡行宮碧蘚前 評 聲調俱暢 矣詩隱者曰

聊欲頌周宣

洪貴達 字兼善號虛白亭咸陽人 世宗朝登第選湖堂典文衡官至右參贊燕山時賜死 諡文匡

廣津舟中早起

舟中晨起坐相對是青燈鷄犬知村近星河驗水澄

評 狀景甚巧 隨身雖老病屈指少親朋世事又撩我東方

紅日昇

金克儉 再見

入侍經筵

肅肅金門闢丁丁玉漏殘淸霜飛劍佩【評】有興拾遺韻破月照鵷鸞對仗言猶切封章墨未乾休言雙鬢白【評】欠古意猶自片心丹

金宗直 再見

二月三十日入京

强爲妻孥計虛抛故國春明朝將禁火遠客欲沾巾花事看看晩農功處處新羞將湖海眼還眯市街塵【評】亓重姿媚

洛東津

津吏非灘吏官人即邑人三章辭聖主五馬慰慈親

白鳥如迎棹青山慣送賓 評 當切 澄江無點綴持此律

吾身 評 士夫勵志當若是耳

差祭宿江上

巷幔臨江水焚香夜寂寥鶴鳴清露下月出大魚跳

評 何減唐人高處 剖服占銀漢齋心禱絳霄篙師知我意早

整木蘭橈

寓興

無君凡幾月晦魄入環回世事詎堪問故人猶不来

暖泥新燕快澁雨小梅開寂寞歌春興東風吹酒盃

批 通篇渾融奇治白是行中第一

佛國寺與世蕃話 金季昌

為訪招提境松間紫翠重青山半邊雨落日上方鍾
語與居僧軟盃隨古意濃頹然一榻上相對鬢髼鬆

仙槎寺

偶到仙槎寺巖室松桂楸鶴翻羅代盖龍蹴佛天毬
【評】奇 細雨僧縫衲【評】唐逼 寒江客掉舟孤雲書帶草獵獵
滿地頭

金時習 再見

途中

貊國初飛雪春城木葉疎秋深村有酒客久食無魚

山遠天垂野江遥地接虚【評】自覺瀟遠孤鴻落日外征馬
政躊躇

有客

有客請平寺春山任意遊【評】閒適自任鳥啼孤塔靜花落
小溪流佳菜知時秀香蘭過雨柔行吟入仙洞消我
百年憂

登樓

向晩山光好登臨古驛樓馬嘶人去遠波靜棹聲柔
不淺庾公興堪消王粲憂明朝度關外雲際衆峯稠
【評】篇無雕琢字無推敲自古雅自平遠乃是無上上乘諸詩槩同

昭陽亭

鳥外天將盡愁邊恨不休山多從北轉江自向西流
鴈下沙汀遠舟迴古岸幽何時拋世網乘興此重遊

何處秋深好

何處秋深好秋深處士家新詩題落葉夕饌摘籬花
木脫千峯瘦苔斑一路餘道書堆玉案瞋目對朝霞
[illegible]出香山 石自迢遠
何處秋深好漁村八九家清霜明柿葉綠水漾蘆花
曲曲竹籬下斜斜苔逕賒西風一釣艇歸去逐烟霞

兪好仁再見

沙斤驛亭

乾坤眞逆旅無處不居停往者猶來者長亭復短亭
[illegible]甚好
遙空孤鴈度薄暮數峯青山擾南柯夢斜陽欲
半庭

登鳥嶺

凌晨登雪嶺春意正濛濛北望君臣隔南來母子同
[illegible]曰俞㵢溪好仁成廟朝學士最被殊遇
及歸覲嶺南上命中使趕於中路搜其詩槀以來其
登鳥嶺詩曰北望君臣隔南來母
子同 上稱歎曰此人忠孝俱備
蒼茫迷宿霧迢遞
倚層空更欲寄書札愁邊有北鴻

曹偉再見

次韻答諍夫

嗣宗非達士何用哭途窮世固遺神驥人多好畫龍[illegible]的穩飢鷹鳴曉目健鶻下秋風寂寞草玄子長楊獻賦翁

李胄 再見

通州

通州天下勝樓觀出雲霄市積金陵貨江通揚子潮[illegible]州寒烟秋落渚獨鶴暮歸遼鞍馬身千里登臨故國遙[illegible]老杜清韵。〇[illegible]李胄以嵩状赴中原登通州門樓題詩云中國之士揭懸板稱之曰獨鶴篠歸遼先生

贈辛德優

海亭秋夜短一別復何言怍雨連鯨窟頑雲接鬼門圖說倔青銅衰鬢色危涕滿衫痕圖爵作何憐更把離騷語憑君欲細論

朴闓 字仲說號挹翠軒高靈人燕山時十八登第選湖堂官至修撰甲子被殺年二十六

雨中懷擇之

寒雨不宜菊小尊知近人圖雄拔閉門紅葉落得句白頭新圖渾渾有味離憶情親友愁添寂寞晨何當對青眼一笑見天真

曉望

曉望星垂海[評]奇拔 樓高寒襲人[評]何等氣宇 乾坤身外大
鼓角坐來頻[評]壯語稍境 遠岫看如霧 喧禽覺已春 宿酲
應自解 詩興漫相因

癸丑發舟

夜雨鳴蓬急 朝雲出壑新[評]景奇思佳 磨舟石鑿鑿 騰沓
魚鱗鱗[評]擺開 敢有乘桴志 長懷擊楫人 夢中過上院
瞥眼失龍津
魚無迹再見

逢雪

馬上新逢雪 孤城欲閉時 衝飈誚酒力 揮欲凍吟髭

[illegible]沉落日無留景栖禽不定枝灞橋驢背興吾與設

人朝[illegible]謂訣

李荇再見

題天磨錄後

卷裡天磨色依依尚眼開斯人今已矣古道日悠哉

細雨靈通寺斜陽滿月臺死生曾契闊衰白獨徘徊

[illegible]公詩篇古雅沉厚歷劫讀揚所不能盡

次雲卿韻

新詩知繾綣細字看縱橫此日頭渾白何時眼共明

江湖魚得計鐘鼓鳥非情兩地無窮思毫端寫不成

獨酌有感

薄酒時多酌剛腸日九回道爲當世棄迹或後人哀
歸興生芳草春愁付落梅百年湖海願不受二毛催

新秋

薄晩新秋色殊方久別情蟬聲高樹靜螢火遠村明
文字三生誤功名一笑輕鹿門他日約妻子幾時迎

次洞口晩賦韻

依依春事晩杳杳洞門深地靜無塵迹峯高易夕陰
幽芳迎緩步啼鳥惱新吟已得忘言趣從誰說此心

風樹

風樹多危葉秋山易夕陽鴈行斜度漢蛩韵冷依床
病欲侵年至愁令抵夜長知音空海内誰與一商量

有懷止亭用定王臺韻

止老今如許何人載酒来青春囬洞壑白首隔泉臺
幽鳥自相喚閒花空復開分明扳上字三復有餘哀

金安國 再見

遊龍門登絶頂

步步緣危磴看看眼界通開雲迷極浦飛鳥沒長空
萬壑餘殘雪千林響晚風天涯懷杳杳孤月又生東

評 胸次亦豁

次崔龍仁(光閔)村居壁上韻

老得閑居味無人獨自憐煉茶蘇渴肺蒔藥護殘年亂帙抛花下殘碁散酒邊(評 閑適自在)鳴琴須月夕聽罷更欣然

金淨 三見

淸風寒碧樓

盤闢山川壯乾坤玆境幽風生萬古穴江撼五更樓(評 豪放自然)虛豁宜淸夏詩魂爽九秋何因脫塵累高卧寄滄洲

送猿老歸滇洲

歲暮倦遊客關河山萬重孤雲隨去馬落葉後行蹤嶺外餘荒業沙邊一釣翁（不用意不費力語自清逸）相思明月滿夢盡海天東（超逸）

春夜贈奉君朝瑞羅松都因返故林

華月未揚光層城夜蒼蒼（直接孟王高孤）臨觴忽惆悵幽意故佪徨故國雲烟斷舊園林木長歸歟在明發江海杳難望（通篇無影響而語自高強）

遣懷

江國恒陰翳荒村盡日風知春花自發入夜月臨空鄉思千山外殘生絕島中蒼天應有定何用哭途窮

絶國

絶國無相問孤身棘室園夢知關塞近僮作弟兄依麗語高意甲憂病工侵鬢風霜未授衣思心若明月天末

寄遙輝

積水

積水浮天極溟茫漾太虛地孤疑世外人遠得秦餘靈宊達舟揖通吳楚魚龍半邑墟乘桴諳聖嘆終不陋

蠻居

寄遵 三見

江上

遠遊臨野戍高會惜年華夜靜胡天月春深古塞花

評 淡而有力 長江誰作酒衰鬢不成歌 評 忽忽道好 望鄉雲空

外殘星送曉河

日暮登城

殘營收夕雨孤堞屬春晴落日長江遠頹雲古塞平

評 幽沈 野深天氣黑峯迥戍烟清 評 高岑奇思 漠漠三城址

猶聞邊笛橫

秋日城頭

塞國初霜下胡山一半黃野寒風葉動江落鴈沙長

評 巧而不纖 朔氣迷孤戍邊雲老戰場高城聊極目日暮

淚蓰蓰

崔壽峸 再見

題萬義村東浮屠

古殿殘僧在林梢暮磬清窓通千里盡牆壓衆山平木老知何歲禽呼自別聲【評】鍊說得好 艱難憂世網今日恨吾生【評】抑知其終不免苦

贈僧

嶺外寒山寺逢僧眼忽青石泉同病客天地一浮萍【評】以不拘偶為勝 疎雨殘燈冷持盃遠海聲開窓重話別雲薄曉星明

申光漢 乔見

題李女夜宿珍山村舍

客臥是誰家夢驚天一涯隣鷄鳴不已山雨夜如何晴水喧溪石輕香濕澗花 唐人雅格 人生婚嫁畢有酒且宜賖

晩望

峽盡滄江遠沙平水驛開炊烟花外設夕鳥日邊回故國無消息孤舟有酒盃 得來何處 前山侵道峻何處望蓬萊 通篇清新婉切真韋孟高韵

病裡山齋即事寄趙士秀求和

自是嬰衰疾還如謝世紛夢凍荷瀉露衣凋石生雲國語神助有作吏真兼隱栖山不負君請芬誰可共持此欲相分

洪彥弼字子義南陽人官至領議政

奉和希樂亭見寄

病矣吾何事頹然懶作人恩從毛穎薄情到鐵婆親短枕那能夢幽窓不肯晨國半寂語百年分得半衰白又着春

成世昌字蕃仲號遯齋俔之子中宗朝登第選湖堂典文衡官至左相謚文莊

題獜蹄縣

杳窕通危棧依俙見數家庭梧高過屋野麥晚生花
峽東天容窄溪回夜響多[illegible]思[illegible]征人請不寐缺月入
簾斜

蘇世讓 再見

書劉面寄巴山兄

忽報平安字聊寬夢想懸孤雲飛嶺嶠片月照胡天
兩地無千里相思近六年[illegible]亦自楚楚節簷雨聲哀長憶
對床眠

鄭士龍 再見

岐江

灘到交流處船移亂樹間急風吹霧駮疎雨打篷斑
【圈】極巧而雄 行役能催老功名不博閑終慚庾開府詞賦
動江關

納灝壁

天非笙歌起留連豁容愁俯臨山側殿避曬水分流
懷賞乘飈灑來遊近麥秋晚凉江樹暝烟雨送歸舟

泝臨津用紫陽庸舉韻

潦縮潭光淨蘭橈向晚開樹圍擁缺岸山斷聳層臺
江氣生疎雨濤聲發遠雷【圈】寫景嚴重者是爲甚難船宦好看客
結纜待吾來

釋閑縱筆

隨意攤書坐孫吟對晩暉岸風帆腹飽莎雨荻芽肥籬缺通江色簾垂礙蝶飛誰知浴沂節和病試春衣

大灘

轟輵車千兩喧闐鼓萬椎驚工心欲細病客膽先摧振鷺衝巖起跳山入座面䨇狀景如絲巧危帆愁激射𧮾側岸邊來

黃汝獻 开見

贈僧

直者知名寺居僧問幾三石泉鳴㶁㶁花雨落毿毿

空罷香烟細鍾殘鶴夢酬 評 工 話頭如有味呼我老

麗祭

沈彥光 存晁

病鶴

病羽思霄漢荒園每獨聽臨池吊孤影矯翼戀遺群

半夜樊中淚三湘夢裡雲聲聲多意緖淒切不堪聞

評 均稱若尾

成運 字健叔號大谷昌寧人隱遯官止正不能仕入十年

書座壁 [illegible] 曰成微君運報恩鐘谷入也 行我也高文章亦妙詩曰一入鐘山裡

松筠卧草廬天高頭肯俯地窄膝猶舒名下

何人在朴開此老餘柴門客自絶無日罷琴

書乙巳衛社罷勳詩云云兩作皆極佳徵君
無意於世不求人知真處士也芝峯類說曰
成大谷詩地下忘恩怨人間說是非蓋悼乙
巳諸人也能詠遺諸賢之事可爲痛哭

事往嗟何及懷賢淚灑衣讒誣乾龍爛死松倒鶴驚飛
地下忘恩怨評可歎千古恨人間說是非瞻黃道日誰得
掩光輝評忠厚藹然

林億齡三見

秋村雜題

志與江湖遠形隨草木衰羨人嗟已暮楚客自生悲
密網沈魚駭機心海鳥疑評此老平生行止非無流水曲何
處遇鍾期

贈覺玄

墻下客猶卧山中僧獨歸江村秋日暮野寺遠鍾微
殘夜烏同宿曉天雲共飛離懷不自整醉筆爲君揮

竹西樓

江觸春樓走天和雪嶺圍雄雲從詩筆湧鳥拂酒
筵飛跌宕可見浮海知今是趨名悟昨非松風當夕起
蕭颯動荷衣音節諧捷神氣象上

嚴昕字啓昭號十省堂寧越人中宗朝登第官至典翰

次石川韻

有底花飛急風光不貸人春歸殘夢裡家在大江濱

評 超雋語 酒薄難成醉更長未易晨猶餘輸寫處得句寄東隣

洪暹 字退之號忍齋彥弼之子南陽人中宗朝登第選湖堂典文衡官至領相謚景憲

次詠薔薇韻

絶域春歸盡邊城雨送涼落殘千樹艷留得數枝黃嫩蘂承乾露明霞護曉粧 評 麗句 移來故相近拂袖有餘香

李滉 再見

次友人寄詩求和韻

性癖常耽靜形羸實怕寒松風關院聽梅雪擁爐看

世味衰年別人生末路難（評）之言知道 悟來成一笑曾是夢槐安

柳希齡 字子罕號夢窩晉州人中宗朝登第官至參議所撰大東詩林聯珠詩格行于世

宿十三山次板上韻 （評）公有大東詩林一部裒次雖有議者而有功於詩家甚大此作亦不凡

祗役非我事儒裝過薊門風烟連碣石墻堡限開原說伏龍庭遠燒荒海戍昏胡笳何處發邊思曲中論

金麟厚 再見

秋曉作

夜靜星芒動秋深露氣高（評）超然氣槩 輕寒生枕席倦夢

落江皐未泛重陽菊誰題九日餻孤懷愁不寐奈何曉雞號

登吹臺

梁王歌舞地此日客登臨評高韵咸唐慷慨凌雲趣淒涼吊古心長風生遠野白日憶遺岑評着沉當代繁華事茫茫何處尋

華陽亭

水濶經新雨山明轉夕陽風威全息浪雲日政涵光近岸亭誰築中流島自翔回舟乘評巧字暝色去去上蒼茫

盆菊

十月清霜重芳叢不耐寒 亦自可詠 條枝將萎絕花蘂半凋殘北闕承朝露東籬謝夕飡貞根期永固歲歲玉欄干

鄭惟吉 已見

次韻贈柳宣川永吉

千里湖堤路偏宜信馬過魚遊明鏡裡人在水仙家地比東吳勝人方謝朓多龍泉無計斷空憶晉張華

李洪男 字士重號汲古 中宗朝登第參重試官至參議

水月亭清溪晚雨

返照翻成暗歸雲擁已迷金蛇忙不駐銀竹散難尋

【評】巧 烏翼投林重鍾聲出寺低 【評】奇 亦 尋僧明日去愁殺

灑前溪

尹鉉 （字子用號菊磵坡平人中宗朝登第選湖堂官至戶曹判書）

次楊炯從軍行 （【評】此極力摸唐人者）

夕烽通兩京胡虜幾時平千里遠從役三年長築城

鴻無關外信劍有匣中聲方欲效心力未遑言死生

次王勃三學寺

亂石鳴春溜 （【評】妙） 入孫雲斂夕岑松扉僧閑久林逕客

行深 （【評】幽邃窈窕） 藤老過墻蔓鍾清出寺音 （【評】思巧） 夜來山

籟寂禪話散塵襟

尹潔 三見

題中原樓軒

中原古名勝物色訥齋餘有客登樓處高秋落木初
江聲和雨重山氣入簾虛四顧非鄉國長吟意未舒
【評】似此等作何媿古人

次陰城東軒韻

碧落收寒雨青山淡返暉野橋人欲斷官路樹相圍
【評】照請病客時將晚還家夢屢飛【評】切婉夜深成獨坐風
露濕次衣【評】瑟蕭

盧守愼 再見

十六夜感歎成詩

八月潮聲大 【評】磊落軒騰 三更樹影疎驚栖無定鵲失林

有奔鼉 【評】壯很語 萬事秋風落孤懷白髮梳 【評】蕭瑟語 瞻望戀

行役生死在須臾 【評】憐然

別文白二生

莾蕩乾坤大蕭條性命微詩書禮學未四十九年非

【評】對奇 露菊憑烏几秋虫掩竹扉此時文白至三宿乃

言歸

路中吟 【批】一篇奇峭渾蕭融

曉過荒山饑鷹歸黑石幽逕深雪一丈巖老雲千秋
歲月空消髀乾坤未解憂倚窓夜無月萬事集吾頭
評 突兀

宿三社倉

旅食三村裡時當七月秋干戈亂離際稻豆瞑乾憂
海月蟲吟盡 評 入神 情景 山風露氣收安危古百濟萬事
倚晨樓

十六夜喚仙亭

二八初秋夜三年弱水前昇平好樓閣穹窗幾神仙
曲檻清風度長空素月懸愀然發大嘯孤鶴過翩躚

批 筆力姿儁宏放氣蓋一世

成世雲 回憑寄家書

老病吾親在尚州縣化寧鴈辭蘇武繫犬豈士衡聽澤畔頭渾白天涯眼忽青好歸成大孝傳札一奴星

評 引事工緻

和龍灘先生韻

山顛天喪矣木老人歸哉短景鳴寒籟春風立古臺有親仁里接無友遠方來誰識今蘇武前身是老萊

批 通篇筆端鼓舞

贈大谷成運

偶作山陰興透尋谷口廬經寒松自秀【評 況大谷】帶騰柳徽舒【評 以自況】元祐完人老周南滯客餘何須載酒問已勝十年書

神勒寺次覺長老軸韻

神勒前朝寺高僧普濟居烟雲暮帆落水月夜窓虛名利身猶縛山林迹若疎孤懷感泡沫萬事付澆書

愼氏江亭懷弟

路盡平丘驛江深判事亭【評 變俗作雅】登臨萬古闊枕席五更淸【評 何等胷次】露渚翻魚鳥金波動月星【評 幽峭】南鄉雙淚盡壯闕寸心明

幽谷驛

勉奉吾賢毋欽趨義聖王（讀 使眞 偶然）乘輿鶴髮影滿袖

鳳綸光錦綉羞晴畫爛斑媚夕陽如何日夜淚太半

是思鄉

葩溪

萬瀑深深洞蘂甚第一流紅霏石不老碧霧山無頭

（讀 悲 奇）鏡面長河瞎琴心太古秋盤巖不盡興歸路夢

悠悠

玉堂看李（幽孝）宋（壽典）二先生詩次韻寓感

二老實聞世兩南還一時如何孔顏樂使作誼原悲

天上騎箕遲人間死別離淒涼玉堂月只照舊心知

〔題〕妻既 有情

會謂議政影幀移安于家

歲月并臨辰移安奠祖眞招要袒免服序拜廿三人

〔題〕眞丹在哥 咲錢成全

柳暗青旋晚天晴白岳春誰知修禊事

所以演襯觀

月溪舟中

百丈牽風濔孤篷泝月溪空明同上下烟霧半東西

客與南程闊歸魂址極迷清秋望不極寒日向人低

〔題〕嘉河 既浴

大灘次韻

急峽回羣麓貪潭集萬溪懸巖老過上閒站大灘西兩岸楊根折評大晴語孤帆瞑色迷青雲長路謾白首壯心低

送李欽哉憲國

楊柳三春暗江湖萬里淸心隨白雲去淚灑繡衣行寒雨孤蓬捲殘尊兩眼明評此聯爲王孟亦自明槪相看意中交白髮滿頭生

遞右相

土虎春全暮吳牛喘未蘇初辭右議政便就判中樞

評 此老善用俗作雅 睿澤深如海慈恩潤似酥避賢仍樂聖能
住幾年廬

題龍湫院樓

一宿嶺下縣縣樓欲雨來 評 偶然破的 山容圭屹角 音 費奇反
沸水氣龍湫哀亂世君王聖迷途老病催去留均失
意沾洒重緋細

端午祭孝陵 原註 日盧蘇齋於仁廟在東宮時為右司書號年祭

孝陵詩云云可謂一字一淚矣

廟表全心德陵加百行源衣裳圖不見社稷欲無言
天塹逾年壽人含萬古冤春坊舊僚屬只有右司存

評 金悍 玉刪

挽李政丞鐸

碩士生周國賢臣立漢廷檻摧三簷破雲爛上台明

經濟當平世膏肓屬暮齡承家有龍虎遺德見哀榮

挽金大諫鸞祥

孫島通南海丹陽近始安風霜千載外雨露兩朝間

白首驚時晚青雲保歲寒東風壯夫淚一洒在桐山

評 情極哀諷極切諷之令人破涕

沈守慶 字希安號聽天堂 明宗朝登魁料選湖堂官至右相

泗川伴月樓 評 二篇俱以和平淡雅爲勝

檻外池心淨松間夾道長竹疎微見影荷老細聞香
薄晩風鏖暑新秋雨助涼客邊驚節序歸興立斜陽

鴻山澄淸樓次韻

竹色分雙島荷香滿一池雨過平野後人倚小樓時
〔評〕語妍 勝地誰同賞覊愁只自知欲將詩作壘聊用酒
爲基

朴枝華 再見

青鶴洞

孤雲唐進士初不學神仙〔評〕語遺思幽非等閑作者可肩 蠻觸三韓
日風塵四海天英雄那可測眞訣本無傳一入名山

去淸風八百年 朴石川雙溪寺詩曰致遠仙人也飄然謝世氛短碑猶有字深洞本無墳濁世身如寄靑天鶴不羣高山安可仰從此揖淸芬俗傳孤雲得仙故石川之詩如此而守菴以爲不然

權應仁 字號松溪學官

山居卽事 題丹丘雲岩水雲亭此其一亭曺伸

結屋倚靑嶂鐫瓶盛碧溪逕因穿竹細籬爲見山低

枕石巾粘蘚栽花屐印泥 評 巧極 繁華夢不到閑味在

幽栖

高敬命 再見

呈高峯奇大升

異代人私淑淵源遡考亭靑丘鍾秀氣南斗繞文星
身遠淹潭浦名高動漢廷蒼生望已久飛詔下天扃

丁淑禧 字景錫號嬾菴押海人明宗朝謁聖壯元又魁重試官至江原道觀察使

芙蓉抱香死 應製

玉露凋銀渚朱華隕碧潯未堪秋水晩叵耐曉寒侵
鏡裡銷紅臉釵頭抱苦心香魂招不得愁絶暮江深
【評】中唐雅致

風詠樓

楚雨霾殘照雲開錦席明笙歌欺病守刀筆誤書生
映稍山榴艶通池野水淸【評】淸逸 酒醒愁易集流落愧

身名

次韻酬黃景文

葉雨西廂夜殘缸夢覺時[illegible][illegible]不在念遠別自生悲錦瑟消年急金屛買賦遲江南一片恨唯許故人知

河應臨 三見

禁林應 製

千門催曉闕仙衛[illegible]迤邐【評】太逼沈宋 花氣熏長樂鶯聲繞上林雲披天仗逈月隱露臺深明日長楊獵誰懷獻賦心【評】初唐穠詩

崔慶昌 三見

因李達北歸寄朴觀察民獻

草草河邊酒悠悠別後期聊因北歸客始寄去年詩
塞外早霜落關中芳草衰琢句如是如是相思月屢滿秋
鴈到來遲

問陽驛篇篇俱是王孟錢劉雅韵

馬上騎將換西歸道路賒人烟隔河少風雪近關多
故國書難達他鄉鬢易華天涯意寥落獨立數棲鴉

七家嶺逢立春

旅食逢春菜羈愁且物華經年猶在路幾日定還家婉語猶是韋錢遺意
山郭烟和柳河橋雪半消佳辰任蓬梗

顏髩轉蹉跎

朝天宮

碧宇標真界仙壇降太清鸞栖珠圃樹霞繞紫微城

寶籙三元秘神丹九轉成超真人不見空外有簫聲

(仙家上乘)

擣練應製

誰家擣寒杵一下一傷情滿地秋風起孤城片月明

凄清動霜葉寂寞入寒更征客關山遠能聽

(正自爾雅)

空外聲

(珠玉在側覺我形穢)

送趙伯玉瑗赴槐山

直道難容世徽官且爲貧全家向山郡孤棹別江春
階下銷丹竈窓間挂篘人王喬有鳧舃早晩謁麒麟

送蔡上舍好信

遠客經寒食歸期後落花白雲隨輦在芳草出關多
光芷門 門通人 病負江頭別着如夢裡何明朝春亦去相
伴過天涯

惠金軸

一路看花伴居然 自勝 披蓑似去年逢僧問山寺立馬
喚津船遠樹春城背平蕪暮雨連猶愁後臺磬隱隱
隔微烟

白光勳 三見

憶孤竹

門外草如積鏡中顏已凋那堪秋氣夜復此雨聲朝影在時相弔情來每獨謠猶憐孤枕夢不道海山遙

錢郎遺韻

送沈公直赴任春州

厭亂仍清疾移官慰素情行廚山吏供春饌野花迎

唐人雅趣

隱几看雲起停琴待月明應憐樓下水日夜向秦城

送李擇鵠赴京

歲暮遠爲客此行應過春河橋正風雪關路尙烟塵
時見天邊月如逢故國人悲歌滿燕趙隨處莫傷神

閑居卽事

欲說春來事柴門昨夜晴閑雲度峯影好鳥隔林聲
溶去水邊坐夢回花裡行偶開新酒熟瘦婦自知情

縣津夜泊

旅泊依村口重遊屬暮年鍾聲隔岸寺人語渡湖船
月上蕭葭遠烟沉島嶼連更深風更急落鴈不成聯

李達 叫見

襄陽途中

日暮襄陽道烟沉漢水濱獨行騎馬客不見弄珠人
下渚多青草中洲采白蘋徘佪大堤上覽古一傷神

上江陵楊明府

行子去留際主人眉睫間今朝失黃色夜坐憶青山
魯國爰居饗南征意燕還秋風蘇季子又出穆陵關

別西京

背指孤城遠鳴榔渡客舟驛亭雲日晩江樹露蟬秋
久滯當歸計臨行又別愁 醫道 剌滑 請 隨身無長物長嘯
看吳鉤

經廢寺

此寺何年廢門前松逕深嵐蒸碑毀字雨漏佛諭金
古井塡秋葉陰庭下夕禽【評】高而切 不須興感慨人世幾
銷沉【評】[illegible]似 正音

寧越道中

懷緖客行遠千峯道路難東風蜀魄苦西日魯陵寒
【評】判心裂壯○[redacted]李達與崔慶昌諸人遊寧越同題魯山墓詩達先占一句云云諸人遂閣筆云
郡邑連山郭樓亭壓水欄他鄉亦春色何處整憂端

端川九日

朔吹沙榆落河關驛路餘客中逢九日馬上折黃花
飄梗無常處良辰倍憶家遙遙望古戍纖堞隱悲笳

林悌三見

中和道上

羸驂馱倦客日暮發黃州堪恨踏青節來登浮碧樓

佳人金縷曲江水木蘭舟寂寂生陽館孤燈夜似秋

權韠再見

旅懷

東郡秋將盡西征計又非烟塵關外阻書信峽中稀

古渡寒吹角空林暮掩扉愁時見歸鴈一一背人飛

請明 此君五律录佳而此尤絕唱

淑氣催花信輕黃著柳絲人烟寒食後鳥語晚晴時

老去還多事春來不賦詩京華十年夢惆悵只心知

初秋夜坐讀書

客子悄無聽空堂秋夜深螢從窓隙入蟲在石間吟

評 枯淡中有藻思

世路難如此兵戈動至今居然生白髮寂寞壯年心

九日對酒作

衰亂看今日淒涼異故園風塵桃竹杖江海菊花尊古戍遥聞角荒城早閉門兵戈滿天地漂轉更堪論

有歎

兵戈今未定何處問通津地下多新鬼尊前少故人

[illegible]讀之悲涕

衰年聊隱几浮世獨沾巾閉戶風塵際參參

又一春

客中上元書懷

草草南州客悠邊歲又新微雲能掩月小雨不開春

亂世還今夕窮途只此身平生本上座頭白轉相親

示玄翁

問予何來此空山白竹扉夢中鄉路近江外故人稀

歲暮烏烏瘦天寒燈燭微相看俱白髮重覺寸心違

尹忠源再見

留別洛中諸舊

歲歲雖相見其如客裡何風塵猶澒洞京洛暫來過
故里田園廢荒城草樹多空將兩衰鬢明日出關河

東坡途中

古驛臨江口荒扉井落殘今宵爲遠客耶曉發長安
露氣侵衣上春愁滿鬢端揮鞭逐徒侶落月照征鞍

白大鵬[redacted]白大鵬典艦司奴也頗能詩嘗醉臥路傍人有問之者以詩答之曰

醉挿茱萸獨自娛滿山明月枕空壺傍人莫問何爲者白首風塵典艦奴

秋懷

秋天生薄陰華岳影沉沉叢菊他鄉淚孤燈此夜心
流螢隱亂草踈雨落寒林懷侶不能寐隔窓啼恠禽

釋卍雨 號千峯

送日本僧文溪奉 教作

相國古精舍洒然無俗人【評】絶無前蔬氣酷似火馳 大家語可貴可貴

應自息紫立更誰親楓岳雲生屐盆城月滿闔風帆

海天遠【評】何等趣 梅柳故鄉春

五言排律 六人六首

成任 字重卿號安齋 世宗朝登科 登重試官至吏曹判書謚文安

榆岾寺【評】詢適華嚴 與小遜二弟

寶地憐濤遭徭藍出等夷秋霜凝玉砌朝日射金楣

大駕親臨幸神功見設施厨開僧煮茗樓迥客吟詩

雲物朝朝變林巒處處奇塵中那有此勝槩獨心知

申光漢 三見

送趙蝪秀士之任濟州

水國耽羅古天池島嶼青鳩秋蜿戶聚鳶跕瘴雲冥

暫綴仙班用還傾瀛外聽浮山迎羽蓋貫月載文星

情意重誰辨地恩深看作濱 只應資奮迅不

是見飄零我夢生青草君愁憶老形獠蠻吟裡調日

月醉中經容易三霜猶漂浮一點萍眼前無限意何

用語丁寧

林億齡 四見

題乙卯誅兵宴軸

王國比多難島夷頻吠堯衆險得安石幕下盡嫖姚
戴角長鯨竄飛砲巨艦燒螳蜋抗車轍螻蟻試風濤
斬首埋南郭傳俘送北朝威聲振草木兵氣篲雲霄
酧凌 誅甲錦江潔開筵秋月高丹青非說績尊酒不
忘勞握手凜相顧寒風生鬢毛 突兀 結尤

金獜厚三見

次韻寄蘇齋

謫遠天南客孤懷寄十生秋風八蟋蟀春日幾倉庚
去國心應折懷親淚自傾精誠天地感妙句鬼神驚

際海雲凝島環山雪滿城明時知不廢何日笑相迎雖役雍容終。蔚老一着

盧守愼三見

酬寄金河西

有友多篇翰因人問死生明年歲在巳孟夏日斜庚俯仰音容改亮登事業傾波鳴萬里闊櫪馬五更驚落月南桃浦屯雲古岬城淋漓做舞須成地下會且許夢中迎

林悌四見

送壯評事李瑩

朔雪龍荒道險風渤澥涯元戎掌書記一代義男兒

匣有千星劒囊留泣鬼詩邊沙暗金甲關月照紅旗

玉塞行應遍雲臺畫未遲相看竪壯髮不作遠遊悲

評 氣豪語俊

國朝詩刪卷四

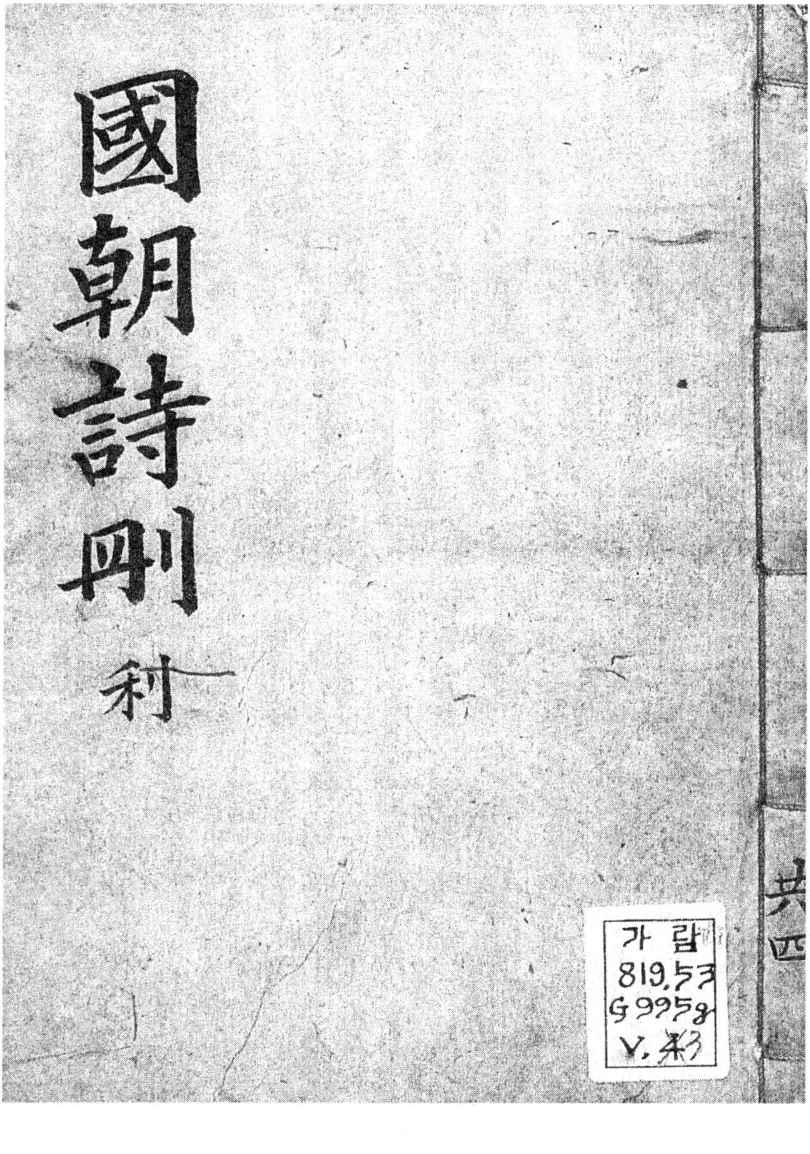

631 서울대학교 규장각 소장, 목판본『國朝詩删』利

國朝詩刪卷五

七言律詩 三十六人一百十首

鄭道傳 三見

草舍

茅茨不剪亂交加築土爲階面勢斜棲鳥聖知來宿處野人驚問是誰家 佳評思 清溪窈窕緣門過碧樹玲瓏向戶遮出見江山如絕域閑門還似舊生涯

原城同金若齋逢河崙使嶺偰牧使長壽賦之

別離三載始相逢往事悠悠似夢中毀譽是非身尚在 評縱肆潛 悲歡出處道還同風塵未息書生病歲月

如流志士窮悲慨可涕 忍向尊前歌此曲明朝分袂又西東

權近 字可遠號陽村安東人恭愍朝登第入我朝官至贊成事封吉昌君謚文忠

航萊州海

十丈風帆萬斛船雲開滄海渺無邊星垂雪浪相涵泳水拍銀河共接連可向半洋悲壯士不須三島問群仙孤舟偃仰堪乘興自是浮槎易上天純熟可貴

成石璘 三見

在固城寄舍弟

擧目山河深復深家書一字抵萬金中宵見月思親

淚白日看雲憶弟心兩眼昏花春霧隔一簪華髮曉霜侵春風不覺愁邊過綠樹鶯聲忽滿林【批】大抵國初諸詩雖俚自渾厚故存之

偰長壽

字天民號洪齋恭愍時登第官至判二司事本朝賜籍慶州

漁翁

不爲浮名役役忙生涯追逐水雲鄉平湖春暖烟千里【批】清麗古岸秋高月一航紫陌紅塵無夢寐綠簑青笠共行藏一聲欵乃舟中趣那羨人間有玉堂【批】此綃獨可兩三峯孫城之什次之

姜淮伯再見

春日寄昆季

旅窓簷雨苦難聽況復萊衣隔鯉庭心與暮雲歸不住愁隨春酒醉無醒江山此日頭將白骨肉何時眼更青宦路險夷曾歷試是身天地一浮萍

李詹三見

寒食

今年寒食滯京華節序如流苦憶家楊柳愁邊初弄線茶蘼雨後已生花尋春院落多遊騎上墓郊原集亂鴉物色漸新人漸老慕真何處戀丹砂 獨有唐韻

鄭以吾再見

次柳判事韻

憐君別墅少人知漢曲奇遊足四時藤爲簷廬長送蔓竹回墻缺忽橫枝臥窖藕地尋蓮社明月流江卷釣絲抱道不輝安可得聖君前席要論思

卞季良 再見

題惠上人院

山逕迢迢半入雲茲遊足可避塵喧百年身世客迷路萬壑烟霞僧閉門晴澗束薪隨野老秋林摘實共寒猿我來欲問楞伽字合眼低頭無一言 批 萎氣

村居即事寄李先達

村居寂寞亂峯前數樹桑麻數頃田斸藥每從林下步曬書偏向日中眠江天雲盡見歸鴈山竹月明聞杜鵑回首兩鄉何限意爲詩一首爲君傳

柳方善 四見

即事

四山松櫟一茅廬坐負墻暄睡來餘衣縫每捫王猛虱漁竿空釣呂望魚軒裳已是無心得金玉何須滿意儲[illegible]簡芋栗自堪謀遂口盤餐不必辦爲胥

尹淮 字清卿太宗初登科官至兵曹典書典文衡謚文度

正朔

金殿沉沉淑氣新百官朝謁賀元春彬彬禮樂侔中夏濟濟衣冠拱北辰湛露自天沾綵酌薰風和雨浥紅塵醉歸偏覺君恩重竊效華封祝聖人 〔圈〕 姬晃滕達有他富貴氣

朴致安

興海鄉校聞老妓彈琴 〔東人詩話〕 朴生致安早有詩聲屢舉不中居常怏怏薄遊寧海郡聞老妓月下彈琴聲甚悽咽有詩云云語意雄深真傑作也鄭圓齋老妓詩寒燈孤枕恢無窮錦帳銀屏昨夢中以色事人終見棄莫將紈扇怨西風前輩稱爲精麗然當避生一頭地又云鄭郊隱皐春興書英曾城南聯句同里子弟多在座郊隱先唱云眠牛壠上草初綠朴生致安屬對曰啼鳥枝頭花政紅滿座稱賞詩名自此大振然

終蹇躓不需一命

七寶房中歌舞時那知白髮老荒陲無金可買長門賦有夢空傳錦字詩珠淚幾霑吳練袖薰香猶濕越羅衣夜深窓月絃聲苦只恨平生無子期 傷心千古

徐居正 四見

七月 誕辰賀禮作

誕辰陳賀紫宸朝稽顙瑤墀拜赭袍金扆初開千日酒玉盤齊獻萬年桃奇逢龔際雲龍會霈澤深涵雨露饒醉飽小臣賡大雅更伸華祝頌唐堯 諸篇縣是深厚富健

夏日卽事

小晴簾幕日暉暉短帽輕衫暑氣微解籜有心仍雨
長落花無力受風飛久拚翰墨藏名姓已厭簪纓惹
是非寶鴨香殘初睡覺客曾來少燕頻歸

次日休 洪逸童 見寄韻

平生性癖愛吾廬閑閣焚香淨掃除陶令但知尊有
酒馮郎空嘆出無車病餘身世渾成夢老去文章欲
著書名利到頭徒自苦會須歸閉鹿門居 批 思之爛熟

用贈子文詩韻寄李主簿

靜裡工夫課菜畦有時編簡費提携詩成或惡砭無

客計拙何營諫有妻世事對門曾嚼肉入心懲羹復
吹虀石田茅屋餘年興幾告天公首屢稽

敘懷

大隱誰知在世間宦情塵思與闌珊已諳一鐵能成
錯未信千錢可買閒詩道中興負太史世緣終淺白
香山殘年心事憑誰語笑把菱花仔細看

李承召 再見

早朝

東華待漏曙光回萬戸千門次第開雙鳳遙瞻扶玉
輦九韶還訝上瑤臺香烟殿上霏如霧清蹕雲間響

轉覺聖代即今家四海盡教殊俗奉琛來[illegible]自是卷容

題文人觀壁

松窓靜夜篆香殘環珮珊珊下石壇小洞風吹瑤草長高樓月入玉笙寒蟠桃待見千年實藥鼎初成九轉丹莫訝紅塵猶滿面他年我亦掛朝冠

燕

畫閣深深簾額低雙飛雙語復雙棲綠楊門巷春風曉青草池塘細雨迷[illegible]世所稱妙趁蝶有時穿竹塢壘巢終日啄芹泥托身得所誰相侮養子年年羽翼齊

崔淑精 字國華世祖朝登第選湖堂癸重試拔英試官至副提學

宿碧蹄驛

通宵郵吏語囂囂卧燭欹危睡不牢春色暗知溪畔草愁痕工點鬢邊毛未醒宿酒頭猶重默數前程夢亦勞入夜別懷深似海青燈生焰照征袍 批 工緻而未脫俚

金宗直 三見

將赴善山舟過驪州次清心樓韵

維舟旃舍棘籬端魚鳥依然識我顏病後猶能攜杖屨謫來纔得賞江山十年世事孤吟裏八月秋容亂樹間一雲倚欄仍壯望篙師催載莫教閒 批 介兩均稱

泊宿報恩寺下贈住持牛師 寺舊名神勒 又云覺寺

報恩寺下日曛黃䌓纜尋僧跡月光棟宇已成新法
界江湖猶攬舊詩膓上方鍾動驪龍舞萬竅風生鐵
鳳翔珎重旻公亦入事時將菜把問舟航

次少游 表沿沫 韻却寄

持身纔足備三昇處世真同竊一斑 狂 才盡夢探懷裡
筆春歸日皺鏡中顔茅茨空卜東西瀼詞賦空慙大
小山吾黨如君知者少雪車氷柱可追攀 批 爛熟[illegible]自勝

次綾城鳳棲樓韻

連珠山上月如盤草樹無風露氣寒千陣䌓雲渾欲
盡一堆鈴牒不須看年華更覺中秋勝客况偏知此

夜寬旋旆又遵西海轉指尖特擘蠏臍團

伏龍途中

筍輿伊軋渡晴川遥見前驅過阪田邑犬吠人籬有竇野巫迎鬼紙爲錢薄雲寒日工吞吐小巘平岡遠接連南去錦城千里外却愁顦盡擔夫肩

宿直廬偶吟

蘂室蓬山昔討論十三年後更叨恩眼花正怯金蓮燭口梗難斟白虎尊簷後梧桐猶寂寂月明鵁鶄自翩翩故園松菊應蕪沒妳母兩今足夢魂

乙 [illegible] 春容 浩蕩

曉赴安谷迎節度使有作

畫角聲中整轡鞍爲迎旌節驛亭踈荒村十里犬穿屋缺月五更霜滿靴擊兎伐狐眞有興栽松問竹豈無家隔溪羞殺氷鬚叟鼾睡方酣寤曉谿

矗石樓雨後

雨脚看看取次收輕雷猶自隱高樓雲歸洞穴藏旌暮風颭池塘挽葦秋菰落香中蛙閤閤鷺鷥影外稻油油憑欄更向頭流望千丈峯巒聳玉虯迎姚羅 滔滔

次李節度約東赴鎭韻

鼇背樓臺可俯憑鯨波萬里鏡光澄奚奴有暇能調馬幕客無營但臂鷹皴鶚暗驚千弩響鸊鷉閒立五

牙層太平未試龍韜策射雉仍過竹院僧 批 鴟麗巖重不覺為演雅所拘

寒食村家

禁火之辰春事多芳菲點檢在農家鳩鳴穀穀棣棠
葉蝶飛款款蕪菁花帶樵壠上烏犍返趂菜籬邊丫
髻歌有田不歸戀五斗元亮笑人將奈何 批 流丸脫於區臾

金時習 三見

山居贈道人 批 流易淡雅台是無亡上品

支遁山中結草堂許詢來訪共匡床雲松趣味閑來
雅雪竹襟懷老去剛烏几倩繙方外語鴨鑪親拂海

南香休言定羅無伎倆請永明燈祀古皇

春山無伴獨行時猿狖雙雙先後隨槲葉蔭溪迷小
徑松檜偃石礙通[illegible]年收果忘貧歟處處團茆任
適宜點檢一生忙事少世間羈勒不曾知【批】世稱奇詩

別有生涯住碧山閑情不欲語人間莽答一逕通脩
竹松檜千株匝小巒巖鳥下窺宗炳社洞雲來護祖
師壇阿誰爲爾題招隱丹桂叢生忽可攀

獨木橋

小橋橫斷碧波潯人渡浮嵐翠靄深兩岸蘚花經雨
潤千峯秋色倚雲侵溪聲打出無生話松韻彈成太

古琴[redacted]何趙邁等此去精廬應不遠猿啼月白是東林

題細香院南窓

朝日將曦曙色分林霏開處鳥呼群遠峯浮翠排窓着犇寺疎鐘隔巘聞青鳥信傳窺藥竈碧桃花落點苔紋定應羽客朝元返松下閑披小篆文[redacted]何減盛唐耶

無題

終日芒鞋信脚行一山行盡一山青心非有想奚形役道本無名豈假識宿露未晞山鳥語春風不盡野花明短笻歸去亦擧靜翠壁亂烟生晩晴[redacted]悟入眞如

成俔 再見

大興隆寺

御溝流水碧潺潺信馬街西到梵宮四面金鈴鳴落日千尋寶塔立層空袈裟院院翻經偈香火人人拜大雄坐久自憐禪榻靜鬢絲輕颺落花風 批雖無警絶亦自灑麗國朝大槩如是

端午如晦設壽席為秋千戲比丘尼亦來叅

青娥皓齒笑爭妍浪作人間謝自然強屈春心寄蘭若還隨女伴鬪秋千霜袍日炤鵝毛嫩僞帽風輕燕翼翻忽訝微塵成淨界如來方便散花天

朱溪君 再見

山水圖

十年流落二毛入千里江山入眼新楚子不成巫峽夢漁翁還負武陵春雲烟洞口僧三輩風雨峯頭月一輪隱几早知吾喪我此山何必更尋真

金訢 再見

賞花釣魚應製次韻

上苑芳菲一夜開翠華初泊日邊來風飄漢帝橫汾樂春滿周王宴鎬盃戲藻錦鱗時出沒囀枝黃鳥乍低回宸心正與民同樂懇許微蹤得暫陪

申從濩 再見

正月望都中女子羣渡玉河橋 諺云穰災

露浥瓊花萬萬條香風吹送玉塵飄不隨月姊歸蟾
闕共學天孫渡鵲橋一夜宜男成吉夢千金買笑鷰
春嬌明朝十里天街上多少行人拾翠翹 絶佳 三四

李黿 字浪翁慶州人朴彭年之外孫成宗朝登第選湖堂官止禮曹正郎戊午杖流甲子竟死

百祥樓次韻

半簾踈雨洽侵樓瘴海腥烟午未收萬古湖山成勝
槩百年天地入搔頭江城秋晚霜敲葉野渡潮生浪
打舟一林斜陽歸棹遠好風吹送白蘋洲

鄭希良 再見

讀宋史

建隆初築太平基半夜相傳揖讓規家法忽從金櫝變天心先許杜鵑知啁啾羣議江南割零落諸賢嶺外移誰勸康王回馬首可憐殘業續如絲

偶書

年來寥莫鴨江濱回首塵沙欲問津客裡偶逢寒食雨夢中猶憶故園春一生愁病添衰鬢萬里溪山着故臣直以疎慵成落魄非關時命滯詩人 三四拯佳結稍不揚

寄慵齋居士

客魂銷盡瘦崢嶸咄咄長齋夢自驚片月照心臨故國殘星隨夢落邊城故人字迹千金重老子聲名一髮輕莫話陳雷生死地從今粗亦識時情

鴨江春望

邊城事事動傷神海上狂歌異悵淪春不見花猶見雪䨪排雨音地無來鴈況來人輕陰漠漠兩連曉細草萋萋風滿津惆悵芳時長作客可堪斷淚更沾巾

次李文韻

過眼如雲事事新狂歌獨泣路岐塵百年三萬六千

日四海東西南北人宋玉怨騷悲落木謫仙哀賦惜餘春醉鄉倘有閑田地乞與劉伶且卜隣（批）任誕不拘

李胄 三首見

次安邊樓韻

鐵關天險似秦中古塞悲笳落遠空凍雨斜連千嶂雪飢烏驚叫一林風百年去住身先老半世悲歡氣挫雄萬里羈懷愁不語關河迢遞近山戎（批）悲壯頓挫盛唐能品又結得慷慨

望海寺

山根鼇脊地凌虛一磬飄聲近帝居朝日噴紅眺渤

瀣晴雲拖日出巫閭蝙鳴側塔千年穴龜負殘碑太古書穿衲七斤僧話好點茶聊復駐征驢 通篇如商彞周鼎奇氣逼人

海印寺

石橋斜入訪禪門暫借璦樓倚夕曛蒲盎苔深涼意在渚蓮風度好香聞 好句 流田禁掖西湖水青透重簾萬壽雲閒苑蓬萊尋不得仙凡疑此路中分 亦自不凡

登高

落木蕭蕭節序過瘦筇扶病上高阿百年迷路身千

里萬事傷心海一涯醉借紅顏酬赤葉老將華髮負
黃花龍山落帽尋常事且可招魂賦楚些【批】本國人詠九日者此爲第一甚嘉

赴謫所次子厚越江別舍弟宗一韻贈別舍弟

百年雙鬢已紛然地角從來此一邊閩越古邦人盡
蜥桂江腥雨日如年山田劍戟秋連海舟落湘吳水
擎天【註】山震海溢此去莫更思乃伯放臣骸骨足蠻烟【批】聲氣俱盡

偶成

人間巫峽易浮沉白首餘生只抱襟夜焚殘時香火

洽曉禽驚後佛堂深一心歷歷皆忠孝萬事悠悠自古今【評】可悲笑罷雲窓歌激烈半山松檜月陰陰【評】入神

卽事拗体【評】通篇矯然龍翔

天開寶刹三兩間白業胡僧門不關石塔百層半空入鐵崖萬丈千古頑寒潮曉落出塩井【評】奇思壯語黑霧晚消多海山遊目天涯雲更遠北書不至吾得還【評】逼杜

朴誾 再見

和釋之

深秋木落葉侵關【評】起便奇戶牖全輸一面山【評】接得亦妙縱

有盃尊誰共對【評】信手拈來物物真 已愁風雨欲催寒天應於我賦窮相匊亦與人無好顏【評】得玄珠於赤水 撥棄憂懷真達士莫教病眼謾長潸【批】當使黃太史却步

福靈寺

伽藍却是新羅舊千佛皆從西竺來終古神人迷大隗至今福地似天台春陰欲雨鳥相語老樹無情風自哀【評】有神助 萬事不堪供一笑青山閱世只浮埃【批】拔俗

案上有擇之詩諷誦之餘感而有和

詩情往往猶能爾酒興時時未要禁晚向此中聊可托【評】曠懷掃辭 曾於世事已無心青臨書帙山長近寒擁

柴荆雪政深誰識瞰醺發清咏 評 甚妙 接得 北風吹日欲
西沉 評 兀突

夜卧有懷 壬華

故人自致青雲上 評 獨凌 老我孤吟黃菊邊 評 潮着 接得 高
蓋何妨容陋巷酒杯終不負新篇 評 佳思 極 一年秋興南
山色獨夜悲懷缺月懸旅鴈似知無伴侶數聲飛過
泬寥天

寄韠之

黃菊花乘撥懷抱青雲人遠廢追尋風從木葉蕭蕭
過 評 不許 錬 洗 酒許山妻淺淺斟使有兩螯吾已足 評 鷄 不

誰將一事更相侵【評】咄咄曉達 知君擁被寒如鐵夢不能成只獨吟【批】極有能致

五月二十八日贈擇之

憂患祇應關已事襟懷尙欲爲誰寛鬢毛颯颯生秋氣風雨凄凄亦曉寒萬事可能辭爛醉十年端悔做微官蘧然罷却湖山夢依舊塵埃自滿冠

永保亭【批】四篇皆惝怳突兀極詩人之雄始千古希音

地迫未窮千頃海【評】想得渾渾無涯 山開猶納一頭潮悪風吹霧水如鏡【評】奇思入微 近浦無人翁自謠客裏無爲淸境惱日邊更覺故園遥孤吟不去之新語愁見落暉

沉遠霄【評】結得眇冥

平生病眼怯遐矚尋丈之間殊不分鳥過猶憐一點

雪山橫但覺萬堆雲【評】拈景逼眞 西邊落日劇相盪空裏

玄花左自紛【評】筆力扛百斛龍文 隱几茫茫輒成聽琅然鐵撥

只堪聞【批】怳惚儻儻不可髣擬

地如拍拍將飛翼【評】架出空中蜃樓 樓似搖搖不繫蓬北望

雲山欲何極南來襟帶此爲雄海氣作霧因成雨浪

勢翻天自起風【評】駈駕氣勢 瞋裏如聞鳥相呼【批】又入妙覺 坐

間渾覺境俱空

憐我朝來獨吟處一竿初日上簾旌【評】若鞭風霆沃日月見之渴駘

風颿飽與潮俱上譙户運臨岸欲傾雨後海山皆秀
色〔評〕舒爲媚語春還禽鳥自和聲客中奇勝猶須句平世
文章不要名〔評〕可驚古人

姜渾 再見

臨風樓

試吟佳句發天慳正値樓中吏牒閑紫燕交飛風拂
柳青蛙亂呌雨昏山一生毁譽身多病半載驅馳鬢
欲斑黄閣故人書斷絶客行寥落滯鄉關

海雲臺次韻

眼窮溟渤浩漫漫駭浪呑空勢未闌對馬青山孤鴈

外扶桑紅日需雲端搖邀笙鶴天風冷驚起魚龍鐵
笛寒千載儒仙留物色欲攀高躅奈躊躕（〔批〕藻艶 可詠）

慶朝應製御題寒食園林三月近落花風雨五
更寒

清明御柳鎖寒烟料峭東風曉更顛不禁落花紅襯
地更教飛雪白漫天（〔評〕晚 李 佳品）高樓隔水褰珠箔細馬
尋芳耀錦韉醉盡金樽歸別院綵繩搖曳畫欄邊（〔評〕穠
媚可恃笑而 名檢掃地）

崔淑生 再見

義州聚勝亭次太虛韻

馬蹄西海到窮陲百尺危亭近紫微且倚雕欄看勝景不數珠箔障晴暉江橫鴨綠兼天淨柳暗鵝黃着雨肥忽憶玉堂身萬里蓬萊何處五雲飛 【批】下四句甚麗

新秋

雨霽山中露氣清蒼茫桂魄半規明夜涼金井梧桐落人靜紗窓蟋蟀鳴萬里雲開銀漢迥一簾風動玉繩橫秋來多病腰圍減惆悵安仁白髮生 【批】稍有境李風格

李荇 再見

人日 【批】諸篇無蹊徑可尋無言說可讚

茲晨何幸值天晴睡起排窓眼忽明造物定應哀老

子春光寧復慰餘生雪消細草青青出風暖幽禽款
款鳴政使上弦饒月色秖今懷抱爲誰傾

蠶頭呼韻

十里茫茫浪接天飛帆無數亂風前百年勝事能如
許一笑吾儕豈偶然佳境向來唯赤壁玆遊倘亦繼
蘇仙酒盃相屬聊乘快後世何須二賦傳

立春後有感

歲前春色動江干屋角微暉破薄寒種髮自然無數
白寸心寧有一分寬南園細菜人初摘暘谷消流雪
已殘獨立春風雙涕流百年身事轉艱難

礪山道中

半生憂患二毛新匹馬南天潦倒身一事不諧歸去晩百年餘幾往來頻青山得句將搖落白雨淹人作苦辛吟罷無端問前路西風衰涕濕行塵

感懷用益齋韻

多難纍然一病夫人間隨地盡窮途青山在眼誅茅晩明月傷心把筆孤短夢無端着穴蟻浮生不定似檣烏祇今羸得衰遲趣聽取兒童捋白鬚

次止亭韻

西日微微下遠巒倦飛禽鳥各知還黃鸝無語分明

老紅藥傷心一半殘藜杖能扶病骨酒盃聊爲洗愁肝東皐舒嘯邀清影偷得餘生分外歡

題畫

四序平分秋最悲蕭蕭木葉已辭枝畫圖寫出無窮意詩句吟成一段奇瀑布定從天外落松陰不覺坐來移仙翁對我如相笑白首塵寰摟息畀

次東坡送春韻

青春春盡已難追白首無言對落暉幽鳥惜陰終日囀殘花戀故遶枝飛是閒丘壑堪娛老分外聲名未息機來歲重逢吾有約方知四十九年非

次仲說靈通寺壁上韻

偶乘微雨問叢林洞府淸寒古木陰岳色淡濃朝暮態溪聲徐疾短長吟百年泉石渾如昨一日風流更有今酒盞茶甌俱不惡卻愁殘景迫西沉

大興洞道中

芒鞋藜杖木綿衣未覺吾生與願違塵土十年寧有此溪山終日便忘機多情谷鳥勸歸去一笑野僧無是非更着詩翁哦妙句晚風催雨正霏霏

金安國 三見

七夕

鵲散烏飛事已休一宵歡會一年愁淚傾銀漢秋波闊腸斷瓊樓夜色幽 評淸麗 錦帳有心邀素月 評婉切 翠簾無意上金鉤只應萬劫空成恨南北迢迢不自由

批詩格出流

朴祥 再見

酬鄭太史留別韻

江城積雨捲簷霄秋氣冷令老火淸黃膩野秔迷眼發綠疎溪柳對樽高風隨舞袖如相約山入歌筵不待招懸恨至今持斗米故園蕪絕負逍遙 評詩思超九

南海堂

蕙肴椒醑穆將愉祁衛煌煌觴赤虬香吹縈薰三宿
裏月星明概五更頭捎殘颶毋天空瀾鎖斷支祈海
安流 句 事粘 求 禾黍有秋從可卜慶雲時起祝融傲 頒
入似 唐

太平館次使相韻

開府新功掩後先咄嗟華構更輪然海門潮至石如
馬島岬雲妝人竦肩宗戀長風凌鉅浪蓬萊夷路闊
羣仙盛陳伶樂魚龍舞橫槊何妨賦錦筵

法聖浦雨後 雖欠緊要 望之渺冥

晴旭妍鮮縱目初蒼茫遠嶠鬱藍如龍宮晒出鮫人

錦屬市甿田姹女輦雲蔽蓬萊仙縹緲颿褰舴艋路
空蜃乘桴蹈海還追古老淚無端忽滿裾

次嶺南樓韻

客到嶺梅初發天嘉平之後上元前春生畫鼓雷千
面詩會青山日半邊漁艇載分籠渚月評緊重官羊踏
破幕坡烟形羸心壯凌清曠驅使乾坤入醉筵
西湖萬里隔吳天綠浪東西忽墮前天上玉樓身坐
處海中鰲極眼窮邊江魚慣聽青娥瑟城對恒薰錦
燭烟評追拙蠡隨度嶺漫愁深涉險平生經賞惣塵筵

次咸昌東軒韻

久坐仍聞罷午鷄墻陰半側畫欄西松花穩下露猶濕柳絮交飛鶯亂啼人散月華垂屋角夜深雲氣宿檐題明朝更試征途險烏嶺攙天路不迷

彈琴臺

湛湛長江上有楓仙臺孤截白雲叢彈琴人去鶴邊月吹笛客來松下風〔評〕悠眩開闊萬事一回悲逝水浮生三歎撫飛蓬誰能寫出湖州牧〔評〕楸極散步狂吟夕照中

再遊琴臺

往事迢迢不可採琴仙臺下水如藍文章強𤨏無遺

廟翰墨金生有餐庵落日上江舡兩兩鷗 韓詭沉着 斜風
盤渚鷺三三陶詞莫遣佳人唱太守聞来面發赧

次使相韻贈梳上人

曾宿招提七祖宫晨鍾雲外聽丁東窓櫳寧寧千峯
雨松檜刀刀萬壑風支遁許詢交既密江蓮天棘句
還工圖 有劲 閩 閩 十年不踏山中路歸夢依依入夜濃

忠州南樓次李尹仁韻

有與樓下謾頻過高棡樓中興且多西北二江流太
古東南雙嶺鑿新羅烟和暮堞棲鴉噪月照寒閭拚
婦歌佩印故州寧有此端將畫錦向人誇

金淨 四見

叢石亭

絶嶠丹崖滄海陬孤標夐邈卽蓬丘硬根直抑幽波險削面疑經巧斧修 有鄧艾入蜀勢 鰲柱天高殘四片羊碑峴古杳千秋鶴飛人去已寥廓目斷碧空雲自愁 掉尾

千古高臯叢石勝登臨寥落九秋懷斗魁鏟影墮滄海月宮借斧削丹崖巨溟欲泛危巒去頑骨長衝激浪排 骯硬語拙得奇峭 蓬島笙簫空延竚夕陽搔首寄天涯 嘉葩

八月十五叢石夜碧空星漢淡悠悠飛騰桂影昇天
滿搖盪銀光溢海浮六合孤生身一粒四仙遺躅鶴
千秋白雲迢遞萬山外獨立高丘杳遠愁【批】世所稱絶佳者
雲滅秋晴淡碧層清晨起望太陽升光涵瀛寓初呑
吐彩射天衢忽湧騰幽窟老龍驚火焰深林陰鬼失
依憑塵寰昏黑從今廓欲向崦嵫爲繫繩【批】下聯八面照妖鏡
柳雲 字從龍號恒齋文化人以燕山時登第選湖堂初爲己卯士類所斥及禍作以大司憲力救從削官而卒

清風寒碧樓

劈峽奔江賴巨靈倦來徙倚客魂醒灘聲撼耳寒生

挽山氣籠窓翠作屛雨洗鴟沙明似雪月沈漁火亂如螢無端萬里孤舟笛一片歸心杳洞庭 [批] 清壯類其為人

奇遵四見

禁直記夢

[批] 翩翩造微之語無愧唐人

異域江山故國同天涯春淚倚孤峯潮聲漠漠河關閉木葉蕭蕭城郭空野路細分秋草裏人家多住夕陽中征帆萬里無廻棹碧海茫茫信不通 [批] 劇以鬼語心

[錄] 奇遵直玉堂夢羈旅關外艱難跋涉吟成一首云云覺書于壁後謫穩城行到吉州途中所見皆是夢中景色挾馬諷咏悅然省悟士林傳誦莫不嗟悅云 心潮聲作頑雲木葉作古木

秋夜旅懷

雨晴雲卷暮城秋風悪天雲澄水流月色漸分柔遠
鎮笛聲多在撫胡樓邊人嶺外迷彊域戍客沙頭俾
斗牛何處擣衣寒杵響夜深還起故鄉愁

酒泉縣

鵶啼古樹白烟生蔓草溪邊縣吏迎漿水不曾着宿
客酒泉何得記虛名雲橫孤嶂秋無月木落寒江夜
有聲膠慄遠懷愁不語厨人篝火報鷄鳴

申光漢 四見

甲寅仲春因病久四辭文衡之任得釋重負病
若脫然夜寢甚甘曉聞簷溜始覺雨來卽事書

懷

簷溜聲傳覺夜徂凍融春雨洗寒蕪穿林暗報花消息度幕如探句有無酒瓮欲香時漸好文衡纔折病還蘇安閑適會從心欲深賀天恩到首濡

沃原驛

暇日鳴騾過海山驛亭寥落水雲間桃花欲謝春無賴燕子初來客未還身遠尚堪瞻北極路迷空復憶長安更憐杜宇啼明月窓外誰栽竹萬竿 【評】雖曰晩李亦自清麗

保樂堂

閒説華堂結構新綠窓丹檻照湖濱江山亦入陶甄
手月笛還宜錦繡人進退有憂公保樂行藏無意我
全眞風光點檢須閒熟可使何人作上賓

批何等含
蓄順以唐
詩◦[illegible]金安老構新亭于東湖扁曰保樂堂
求申企齋光漢詩企齋辭不獲贈詩然含譏諷其曰
閒説者明其不自拙見也其曰風光亦入陶甄手者
明其朝家燕啟及江山里土皆入陶甄之手其曰月
笛還宜錦綉人者明其繁華之事不宜於風月宜於
富貴人也其曰進退有憂公保樂者明其古人進退
皆有憂安老怖保其樂不與民共之也其曰行藏無
意我全真者明其無意進取於此時自全其飾也其
曰更使何人作上賓者明其我不願作上賓於其堂
更有何人附勢者為渠賓客乎此詩句句有深意千
載之下可以懸白君子之心也安老亦深於文章豈
不知其意然而終不害者恐為時賢口實而不欲露
其隱
也

三月初八日月溪峽中作

誰畫吾行得意時東風吹峽綠參差倒觀江水捫蘿遠背猜山花策馬遲嵓斷忽驚帆席出路危頻覺棧橋欹微吟到處春無盡一景看來一景奇

三月三日寄茅洞朴大口

三三九九年年會舊約猶存事獨違芳草踏青今日是請尊浮碧故人非風前燕語閒初嫩雨後花枝看亦稀茅洞丈人多不俗可能無意與春衣 評 雄奇不遜湖光而清警過之

蘇世讓 三見

燕京即事

宴開迎餞一旬間三月皇州却未還柳絮白於衰客鬢（評 渠自得意處）桃花紅勝美人顏春愁點點連空館歸興翩翩落故山早晚勾當公事了拂衣長嘯出秦關

題承政院契軸

跪捧絲綸入夜宣又從晨鼓侍經筵擬知鳳沼深嚴地長拜龍顏咫尺天綾被夢驚清禁月錦袍香惹御鑪烟他年萍水遥相憶勝事須憑畫史傳（評 行中弱一）

趙仁奎

上元觀燈應 製

春入乾坤日漸融鰲山千疊擁晴空九天星月籠仙仗萬戶笙歌徹曉風金鴨噴香烟縷碧燭龍分影火山紅昇平又值繁華節時許遊觀與衆同【批】富麗亦是應製高手

曹伸 孫適菴律之燕第

偶吟【評】中藏詩酒花柳魚鳥

三盃卯酒睡朱稀手拓南窓一咏詩泉眼溢池魚潑剌樹林遶屋鳥來歸花生頰色雨晴後柳弄腰肢風過時誰道適菴無個事每因節物未忘機【批】惆悵癖[illegible]

國朝詩刪卷五

國朝詩刪卷六

七言律詩 四十人失名氏一 一百十六首

鄭士龍 三見

荒山戰場 康獻大王破倭之地○[illegible] 人與明將批日爾才略龍乃反略務

昔年窮寇此殲亡鏖戰神鋒繞紫芒漢幟竪痕餘石縫斑衣漬血染霞光商聲帶殺林巒肅鬼燐憑陰堞黑荒 [illegible]毛竦神顔 東土免魚由禹力小臣摸日敢揄揚

奉天門見朝 [illegible]二篇俱麗[illegible]重

五更靴滿午門霜擬躡仙班仰穆光管裏圖知難覩大葵心元不異傾陽雞人罷報宮鴉亂虎士虛陳輦

路長塌額謝雲光祿供九關如海正茫茫 批 氣象何等

朝謁是日頒曆

地底潛陽欲動灰璇杓貞月曉參催佩隨仗下旋班
甍爐出鷁頭贊曆開 批 好絕 仙樂緩和清蹕閑 批 雍容氣象
袞龍高擁異香回呼嵩御殿緇黃退 使臣班僧道後 在簪纓
聲爲一道雷 批 麗而不靡重而不滯誠詞家三昧

寒食書懷

清明佳節暮春前向晚輕寒透薄綿塞邑無村炊禁
火印山有鬼紙飛錢柔桑翳霧鳩鳴遠高柳縈風絮
度顛 批 妙琢 坐逕鶯書成滯悶松楸回首意茫然

次與德培風軒韻 [illegible] 賷育拓鼎 [illegible]舒自若

巧曆何能數衆峯試開昏瞙遡淒風山根半入滄濤
裡石骨高撐積氣中 [illegible] 崇崇清峙 陡立千仞 聞道雲霜留太始
秪今紬結想鴻濛相期瑤草勤收拾小坐華軒意已
通

玉遂

攻得崑岡六牖開柯亭嶰谷是奴材曲傳法部龍吟
水聲度胡山曉落梅朱箔月斜初破夢綠陰春去獨
登臺下寥寞向江城弄觸撥離懷恨不裁

洛山寺

寺界窮波地接虛上方臺殿壁歸墟銀山亂碎馮夷窟貝闕中涵海若廬靈感修回開淨域人天鍾異護僧居軒窓一覽通暘谷紫氣輪囷日浴初

後臺夜坐

烱沙浩浩望無邊千仞層臨不測淵山木俱鳴風乍起江聲忽覊月孤懸（評 此老此聯當壓此篇）平生牢落知誰籍接老迍邅祇自憐擬着宮袍放身去騎鯨人遠問高天（[illegible] 或指以月孤懸三字為不承上語可謂癡人前說夢）

步月

凉飈颯颯動檣烏桂影初分濶岸隅十二圓中今夜

最一千里外老臣孫（國刪 亦）浩空露重團銀闕息繽波恬湛玉虛（國刪 何等 風骨）回首瓊樓川路遠不勝寒氣襲清都

騰月二十日夜夢得句云紅雲尚覆文華殿請蹕初回左順門意若朝　天之作戲足成之

銅壺水咽漏籌繁闕角疎星繞紫垣入仗微風旗脚偃趂班殘月佩聲喧紅雲尚覆文華殿清蹕初回左順門更識皇居佳氣象萬年枝上射朝暾（國無一字 刪無一字）

俗公亦自不知其所至又盛唐穠韵

初夏用張宛丘詩韵

春去猶慳十日晴南山屬䌫未分明危花已打連朝雨殘夢初回百囀鶯書卷試攤挑病睫茶甌頻瀹慰詩情自嗟窮廩終無補幸免經綸誤此生（均稱末見次押之平）

銷得春光幾日晴又和烟雨到生明絳桃已謝殘粧面綠葉勾留弄舌鶯平子詠愁增藻思景純裁錦躓才情笑來定業終安數不博漁樵過一生（看他鑪錘妙處）

中元夜月蝕

經緯縱橫散白榆二更天黑烏驚呼二精未必交相掩兩眼何曾有獨枯忠欲礫蟇蟆直道狂思斫桂屈

雄圖坐看不盡如鉤細誰識裏翁仰屋吁【評】稍後發詩

錫根夜坐卽事示同事

擁山爲郭似盤中瞋色初沉洞壑空【評】開口便奇峰頂墨搖爭缺月樹顛禽動竄深叢【評】幽眇極巧思晴灘遠聽翻疑雨病葉微零自起風【評】嶄然造平此夜共分吟榻料明朝珂馬軟塵紅【評】趙竹陰希逸每誦湖陰星掞禽動之句三復歎羨蓋曉起卽景也

錢塘晩望【評】眷容奇重說盡一部西湖志於五六十字中

靈隱寺中鳴暮鐘湧金門外夕陽舂至今螘垤封猶合依舊靈胥怒尚恟湖舫客歸花嶼暝蘇堤鶯擲柳陰濃錢墟趙社都無所却問孤山處士蹤

八月初吉宿中隱堂

出郭蕭條討我曾斧斤初斷退堪憑已抛素蔓介區淨欲劃黃雲牆事登([illegible]琢句嚴重)病葉受風起曉雨([illegible]寫得緊)要疎星垂野混漁燈明年諸老收朝請車馬敲門謝友朋

內集示兩兒

長繩那得絆斜暉心賞無憑撫景違高葉暗巢鶯獨語殘花棲圃蝶雙飛兒孫滿眼承歡謔歌吹驚鄰絢齋衣但使百年身却健東皐耕釣足忘機([illegible]丘壑風流)

紀懷

四落階貧魂又盈悄無車馬鬧柴荊詩書舊業抛難
起稼圃新功策未成雨氣壓霞山忽暝川華受月夜
猶明 [評] 古人道不到者 思量不復勞心事身世端宜付釣耕
[批] 雄詞傑句滔滔莽莽眞千載奇作

題上林春琴妓詩卷

[註] 中廟朝有名妓上林春善琴三魁堂申參判從濩眷之其家在鍾樓傍一日三魁堂過去口占曰緗簾十二人如玉青瑣詞臣信馬過好事者畫之題其詩於畫尾其後鄭判府事士龍作七言律詩贈之鄭右相順朋洪領相彦弼成右相世昌金二相安國申二相光漢諸公連和遂成巨軸

十三學得倚闌操法部叢中見藝成遍接貴遊聯密
席又通宮籍奏新聲嬌鶯過雨花間滑 [評] 好極 細溜侵

霄澗底鳴才調終懸白司馬豈能商婦壽佳名 [illegible]公之亡

言律爲國朝以來第一

沈彥光三見

鍾城館遇雨

雲鳥堂堂陣勢聯書生袖裡有龍泉黃沙古戍身千里白日長安夢九天榆塞雨聲連海嶠狄江秋色老風烟蕭蕭落木關山夜旅館青燈獨客眠

高城道中

寒沙衰草接空原極目人烟千里村石爛便驚天地老仙歸空記姓名存金剛鶴叫蒼山暮蓬島雲深碧

游昏鬢履三千無處問容懶憑與白鷗論 【評】駛 豐

宋村驛有感 【評】漁村晚與安老有隙出爲壯伯有詩云云蓋悔心之萌乎

去國經秋滯塞城異方雲物揔關情洪河欲濟無舟楫寒木將枯有寄生 【評】悔心之萌呀已晚矣 自笑謀身非直道還軆歎世坐虛名曉來拓戶臨青海旭日昭昭照膽明 【評】工極

獨樂亭遊春

上巳春風曲水湄小亭松櫟碧參差春撩病容斑芳草慾貧愁入上接羅尊酒更謀千日醉功名已判十年癡良辰勝會能多少莫負菁華未暮時 【評】跌宕可誦

閔齊仁 字希中號立嵓驪興人中宗朝登第選湖堂官至贊成西館提學

夜坐有感

晩䌷儒業捴戎旗志士成功會有時白髮多從西塞得丹心只許北辰知孤城暮角江流急絶塞春風鴈到遲起望雲河仍不寐胡笳悄悄使人悲 評 寫得塞上歸思動人

徐敬德 再見

謝慕齋金相國惠扇

一尺清飈寄草堂撼梧揮處味偏長誰知一本當頭貫便見千枝自幹張 評 非覷洞道竅者安得說到此耶 形軋氣來能

皷吹[評]瀬浴諸賢所不能道者有蔵虚底忽通凉不須拂洒塵埃
操竹杖相從雲水郷

贈禑眞菴 趙昱○[批]首聯十壞一部有如此篇否

將身無愧立中天興入清和境界邊不是吾心薄卿
相從來素志在林泉識明事業恢遊刃玄妙機關少
着鞭主敬功成方對越滿窓風月自悠然[評]已到十分地位○十
[illegible]徐花潭詩云云趙龍門和之至入心迹本同天小智區區滯一邊謾說軒裳爲桎梏從來城市卽林泉舟逢惡水難廻棹馬在長途合受鞭誠發圖非容易事誦君佳句問其然蓋花潭詩頗有自許之意故以勸勉之語答之

宋麟壽 字眉叟号圭菴 中宗朝登第選湖堂官至大司憲丁未寃死 贈吏判謚文忠

題喚仙亭

紅粧翠黛載樓舡新政還知太守賢蘼女奏簫歌扇底馮夷擊鼓舞衣前江魚吹浪牙檣動沙鳥驚群錦纜牽莫道三山迷處所喚仙亭上會神仙批殊好但未免生割

少陵

林億齡 五見

送成聽松守琛還山用仙齋韵

寂寞荒村隱少微蕭條石逕接柴扉身同流水世間出夢任白鷗江上飛批奇俊語山擁客窓雲入座雨侵書榻葉接幃批清警語飄然又作抽簪計塵土無由染素衣

通篇若神龍不受羈絆

次湖陰韵

九衢人散遠寒更 軒軒若遐擧楚中 庭樹翻翻宿鳥驚別意
淒凉殘燭泣 宕丙絲 酒光搖蕩小船明山川容子求靈
藥宇宙尚書動大名坐到夜央盃更洗不知天際月
輪傾

朴光佑 字國耳號潛照堂密陽人 中宗朝登第官至監司

月精寺

松檜陰森一逕通入門初見殿扉紅千層寶塔回飛
鳥八角神鈴響半空法帙謾傳王子事居僧那識世

尊功鍾鳴忽作文殊會玉座香飄萬壑風[illegible]斤兩骨肉俱均排

洪暹再見

題[illegible]僉使殷賢受降亭詩卷

江奔天塹雄襟帶亭壓危城號受降撫馭時須齊寨吏風流盡屬碧油幢春回草色埋殘壘秋晚波光淨八窓陳迹[illegible]曾留姓字輕裘喜得士無雙[illegible]二聯俱洵適

李滉三見

題林士遂關西錄後

捭闔奇謀漢子房當年曾受石公方未翻巢窟龍庭界先作干城鎮海疆絶域病攻天拂亂[illegible]奇氣過人荒城

雷鬪鬼驚忙豪吟百首凌雲氣妙句何妨鐵石腸
狂胡射月遼東塞壯士搜兵樂浪墟指顧威靈驅虎
豹風流談笑發詩書 豪縱 海航病得龍王藥江閣吟
窺帝子居毪手功名歸燕領太平容我老樵漁 通篇氣自突兀

金麟厚 四見

次玉堂失鶴韻

悔放殊姿送遠天只今蹤迹寄何邊留詩肯弔千年
桂刷羽堪依十丈蓮清轉玉簫臺畔影微茫赤壁夢
中仙 飄飄然如羽化九皋 山高海闊無消息倘記當時玳瑁

邃(批)語語 皆仙語

竹雨堂

坡山歸臥世情微白日開簷半掩扉黃卷政堪終夕對紅塵肯向此間飛清泠澗壑鳴環珮窈窕林巒繞障幃病裡謹成婚嫁畢十年猶未製荷衣(批)脫俗 亦自

林亨秀再見

寄答退溪

高義吾君我未如書來情款溢言餘本知下玉能成刖未必羊腸可覆車浮海宦情今已苦買山歸計未應蹤江梅開落誰相問萬里雲傳尺素書

鄭惟吉 三見

送柳質正 振 赴京

文獻徵華屬俊姿壯元聲價止邦知南宮演禮輸情素壯極賓陽挹別離 切 遼館燭殘羈夢後千門舊動早朝時 流 歸來倘問郎居地白髮枯筇候竹籬

上 館閣中
上 上 品

李洪男 再見

小寒食用[illegible]韻

一番風雨送輕寒靜裡燒香坐整冠春服已成今未御花枝猶旱幾時着心隨去爲遊晴落身似孤舟滯

國朝詩刪

險韻最是樽空難強飲秪將詩句費吟安 (批) 得意 五六

金質忠 再見

病後出湖堂

常苦愁腸日九迴忽驚啼鳥報春來三年藥物人猶病一夜雨聲花盡開世事紛紛難自了天機袞袞遞相催平生久負凌雲氣惆悵如今半已摧 (批) 出九 雄才

尹潔 四見

題忠州樓軒

水回山擁古名州碧瓦朱欄照上游佳節忽來還作客宿醒猶在更登樓 (批) 翩然 超然

鄭原霖

邑人家晚江浦

寒聲聾鴈陣秋〇請麗絶世 鬢髮易凋歸計緩遠遊何日覓
請愁

盧守愼 四見

寄尹李二故人

由來嶺海饒舵人不必驅馳也喪真日暮林烏啼有
血天寒謾鴈影無憐〇刺骨根語眞是狂陵 正逢邊伯知非歲
空逼蘇卿返國春〇引磬有法 矢疾難消老形具此生良
覿覓何曰

彈琴臺用訥齋韻

連延矗塈縱平探東得琢臺上蔚藍遠嶂高圍踞虎

府長征齒挖卧龍菴■詞雄氣杰少陵勁敵 二儀請調元分一
百代興亡竟合三■撐柱宇宙 大丈夫身生老病倚雲長
嘯不生衛■豁達

用朴之摎韻

三十年前得識君別來芝蕙幾歎焚重尋穴蟻槐南
夢免作江魚腹裡䰟商嶺暝雲餘薄業雪城春對但
深村相逢俛仰空陳迹白首孤眠萬事皆■亦多介丙

一剟軸中懷退讓大谷次其韻

誤入楓源路自通倦登飽寺境偏空龍門深省鍾聲
外衡岳諸心日邑東雲在水流從信馬閑啼花落費

毿髿（國 閒遠中有奇思）殘年安得成三老往來風流一笑同

洪政丞暹賜几杖宴席作

三從不出相門閭（國 奇事奇語相稱）此事如今始有之更拄省中靈壽杖却披堂上老萊衣（國 容易得來）恩承雨露真千載權接冠紳盡一時何處得來叨席次愧無佳句賁黃扉

題鶴林守遊金剛軸

昔上毗盧覽衆山今從摩詰認孱顔屯雲古檜深深洞落日危橋淺淺灣（國 勝宗少文壁書）跨鶴風流窮左海龍鶴文彩擅東韓（國 想有鵝翁詩）可憐嶺外稀年客贏得城中

淵袖潛

次俞杞城(泓)江亭韻

出郭已知危得仙(突兀)瓊臺更有對藍天(接得好)世紛錯落了無日(琢句流便)歸夢悠揚尋幾年我欲孤帆上龍灘君能斗酒下牛川(扇妙思巧兩句自嚴重)共驚身老君息還又慶請秋憶慶田

親祭康陵邑 駕有吟

二陵松栢愴秋風 王輦東來謁 墓宮識意谿空雲衛下(神思意妙)禮容如始日方中香銷 御路千林靜角壯神行五衛同(矯然龍跳)近侍舊臣還淚跡白頭

南望思無窮

東湖送別

城東三月大湖平【評】起使雄奇 一帶林風相與清【評】渾渾不窮 花片本來隨性態 柳條何以繫人情【評】何等感慨 沿江百丈依依色 喚渡長年歷歷聲 兔洞龍灘如在眼 數行襄淚暗沾纓【評】蒼然鏗然有韻有骨

送盧子平赴東萊

古敦同姓今何薄 久旺分宗我獨涼 舊友若干常把介 新恩千里更情傷 秋風乍起燕如客【評】換杜之胎 晚雨暴過蟬若狂【評】自出機杼。【[illegible]類[illegible]】盧蘊齋曰送客醉後作一詩未成有蟬爲驟雨所驅

陸於席前公郎次續之云云似有神助杜詩秋燕已如客乃用此也 南翁七十又二歲生別死別俱茫茫 [評]情到黯然

朴淳再見

自龍山歸漢江舟中口號

琴書顚倒下龍山一棹飄然倚木蘭霞帶夕暉紅片片雨增秋浪碧漫漫江蘋葉悴騷人怨水蓼花殘宿鷺寒 [評]清趙 頭白又爲江漢客滿衣霜露泝危灘 [批]晚李仕品

沈守慶再見

訪釋王寺

雨後輕衫出郭西無楊裊裊草萋萋溪深正漲桃花
浪路淨初乾燕子泥黃犢芽閑依櫳臥翠禽多事傍
林啼 改佳 尋僧却恨春都盡不見殘紅撲馬蹄 易富和
麗正難得 自

權擘 字大手号習齋安東人中宗朝登第官至禮曹參議

誕日早朝

旭日初昇曙色分風飄仗氣正氤氳休祥已自虹流
見廣樂還從鳳吹聞玉佩響隨高閣遍金爐烟繞半
空雲朝回更覺懽聲沸共把南山祝 聖君 富麗春容

元日早朝是日頒赦

向曙鍾聲徹九門春生殿閣布微温催班共聽金鷄赦拜賜欣沾白獸樽日照螭頭當眼纈香浮旗尾受風翻詞臣忝草絲綸罷老去空慚未報恩 ㊞亦早朝之亞

報漏閣

頒聞高閣遽傳呼認得寒聲在漏壺曆象揆時堯制度璣衡齊政舜規模催殘曉箭開千户報盡更籌徹九衢鮮使君翁增感慨年光偏向此中徂 ㊞好意

故左相柳公灌還葬挽章

都人加額衮衣來王燭須憑燮理才黃道初開賞出日青雲自致祈三台魏碑起踣流春澤董筆還書照

夜臺滌盡舊冤新卜兆偏知生死獲榮哀 批 引事琢 排偶甚工緻

梁應鼎 再見

聖節朝賀

節到流虹擁百祥駿奔寰海館玄黃旌竿拟拟雲烟闕樂律融融鳥獸蹌拜極一時瞻有作呼嵩三祝享無疆退朝凝坐成追憶夢裡清都轉渺茫 批 以聆 莊爲貴

楊士彥 三見

萬景臺

九霄笙鶴下珠樓萬里空明灝氣收青海水從銀漢

落白雲天入玉山滸長春樾李皆瓊藥千載喬松盡黒頭瀟酌紫霞留一醉世間無地起閑愁 批 字字烟霞仙家神品

李珥 字叔獻號栗谷德水人 明宗朝登第凡三場壯元選湖堂典文衡官至贊成謚文成配享文廟

初出山贈流景混長源○ 圈 本集不載似為三四聯之然絶佳詩

分袂東西問幾年欲陳心事意茫然前身定是金時習今世仍為賈浪仙山館一聲春雨後水村千里夕陽邉相逢相別渾無賴回首浮雲點碧天

朴枝華 三見

爲詞

山葉欲黃南去後林鶯初囀北歸前光陰脫手箭相似蹤跡印泥鴻杳然百識叢囊處處所一生行李冗詩篇疲童羸馬江湖路愧有良工作畫傳 批雖復江西峭說淵深自是當行家第一

權應仁再見

次梁松巖上眞韻

蓬髮經旬懶不梳寂寥無客到幽居誰憐老子貧非病長憶騷人謠勝書賓館賞花春酒熟禪房聽雨夜窓虛夢中舊事言猶耳音信雖稀意未疎 批嫺熟入妙何害晩

李

楊士俊 字應擧號楓皐士彥之弟明宗朝登科官至僉正

乙卯幕中作

將軍一捷萬人觀 評 氣槩洋洋 壯士從遊訖可還 兩洗戰塵清海岱 評 眞戰捷語 笛橫颶風捻關山 誰將婉畫安天下 却笑浮名動世間 亭閣夜凉仍獨坐 荷花偏似夢中顏 評 有東山之態

高敬命 三見

百祥樓 評 此篇力洗江西欲入李唐故頗流麗清遠

醉躡梯飈十二樓 晴川芳草望中收 水宮蕭洒起無

地蓬島烟霞最上頭天外梅花飛玉笛月邊蓮葉渺

仙舟臨風欲揖浮丘袂笙鶴飄然戲十洲

道中望十三山

綰結湘鬟翠幾重脩眉天際畫初濃神鰲戴立起三

島巫峽飛来剩一峯燕塞斷鴻低積縞海門殘照下

高巒恨無謝朓驚人句快寫平生芥蔕胸[illegible]雖無骨幹亦自齊

立

玉泉郡雪後

朔吹通宵冷郡齋曉来飛雪漲官衙劉泉積縞連千

嶂赤岸餘霞霽两厓郊外臂蒼生獵興樓頭披氅動

詩懷山城茗捥真多分金帳羔兒與願乖 [批] 語意豪宕

食錦鱗魚有感

錦纈纖鱗玉作肌此魚風味我深知鳴箕細雨垂綸處灩座腥風斫膾時壁蟣鮮教還容喜南烹翻動故園思 [評] 亦有味之言 木溪烱艇應無恙來歲如今不負期 [批] 結亦妙好

謝林正字復送酒

松堂黃酒瀡如油妙處方之內法優火活泉新齊氣方蠟香椒烈備剛柔金莖瑞露凝初滴赤岸晨霞爛欲流持餉病夫應有意黃封曾識殿中頭 [批] 通篇映宛圜轉行

中夢
一

黃廷彧 再見

官罷向芝川坐樓院

午憩東樓卸馬鞍窮陰忽作暮天寒青春謾說歸田好白首猶歌行路難天或試人聊自遣雨還留客暫求安明朝刮目鄉山碧且費今宵一夢闌 評 湖蘇之外公當登壇

送崔復初 興源 自洪陽再按湖西

關海當年負弩人此來又送再回巡甘棠舊翠還新邑寶帶黃金換素銀 評 說得便眞 自是功名苦相逼莫言

歧路枉傷神只應濯熱亭前水亭在海州難洗湖西望行塵（批 深厚）

戲寄李宜仲永平水洞新亭

挂樹叢生在澗阿幽人晩計此婆娑千岩爛錦呈紅葉萬壑驚雷送遠波不管問津迷道路有時乘興出烟蘿（評 意深思然）此山招隱真堪賦豺虎晝嗥君柰何（批 殷然之音）

送別金應順命元赴咸興

曾玷先朝侍從班愛君才氣濟艱難丁寧王署盛頒妝畢竟邊城識范韓（評 溫厚）天意可知還授鉞此心捐

待詔彈冠【評】何處得求 只應離別常吾輩【評】感慨之言 又是春
風一味酸

贈梧陰次韻

春事闌珊病起遲鶯啼燕語各通詩【評】極好 一篇換骨
奪胎去三復焚香盥手時天欲此翁長謾浪人從世
路姑低垂銀山松桂芝川水應笑吾行又失期

送沈公直赴春川

清平山色表關東下有昭陽江漢通【評】極好 馳出郡門
一疋馬沂洄春水半帆風【評】湖蘇無此奇 送人作郡思爭笑
問舍求田囊又空【評】倔而不拘 爲語當時勾漏令裹顏須

借點砂紅【批】極工巧

縹緲春城水一隅江山樓觀直文魁玉堂步履星辰

遠碧落神仙笙鶴來摸寫風烟翻幾勾鍊成丹藥化

三胎平生聽足今頭白坐數交朞歲六回

海

目力東收碧海来【評】元突 茫茫滇渤在亭臺【評】昌大得稱 兩

儀高下輪輿轉太極鴻濛汞鼎開【評】古今有道得麼 貝闕珠

宮生睇眄馮夷河伯送風雷時危兵甲猶如許誰挽

滄波流得回【批】自作一家非杜非黃

山

萬里滄溟掃翳昏乾坤初闢坎離門【評】透得化竅衆峯文
祖皆相揖【評】筆力扛鼎高頂星辰却可捫驅石謾傳秦帝
跡【評】引事亦工割腸誰慰楚臣魂桑田亦是須臾事賊滅
時平海水飜【批】鎔範造化來

吉州砥柱臺

混沌初分積氣浮何來巨石峙中流【評】屹屹嵒嵒雷風擊
搏猶難動岳海驚飜只獨留【評】氣壯語澈令人駭視萬古至今
誰闚視一身千里幸來遊聞君欲辦新亭子八九雄
呑在極眸【批】雄彊渾涵足洗千古纖靡

寄島

倪迆巾有潛通地極目披襟海上臺（評：極好句）八九平吞雲夢闊三千遠覩漢槎回滄波浩蕩鯨爭戲（評：渾渾汪汪不渴）碧落霏微雨驟來老去壯觀真快意向來憂惱摠成灰

壬辰之亂余罹千萬不測之禍及被譴來配吉州州老朴負知士豪時來相見一日自言少時往從慕齋先生之驪興村舍仍受學於同門金訓導晃氏且誦先生之詩與文甚悉噫余又少從金訓導竊聞先生之風而興起焉者其皆先生已入朝以後雖不及面承緒論而實與覩炙

者無異也豈自意干戈亂離之餘得見同門之
侯邑於絕塞之外哉感念存殁聊書此以贈序 文亦高古有氣力

慕老先生百代師我從門下覓歸岐關門紫氣青牛
去余子玄經白首知亂世孫蹤還到此舊徒今日若
前期相逢共説當時事十二高樓夜雨悲 三四神對結亦起
然

贈柳希聯憶鷺梁亭

江上漁村舊聚居遺民此日是周餘山川鬱鬱紆疇
昔風日依依竟自如坐客不禁周顗涙令人長憶武

昌魚【評】借對沭陵態 十年問舍棲難定何處田園可税車【評】淒斷動人

挹月亭

何緣一棹過滄瀛快見飛甍耀極汀曾躡此丘收勝槩卻聞新賞出前亭海門萬里金波動碧落千層素氣輕八九胸中添絶洒馭風疑入廣寒扃

一眉島

三岐水合一眉横拔地爲頭見古城【評】如神驚覺氣 爲去鳥來天界白【評】矯矯有奇思 潮生潮落島分青神遊八極樓居好【評】横放自恣 目送千帆海氣清多少朋游俱興逸依然

風詠雞零行

詠朴淵

東騁天磨並聖居〔國〕可怕 麻遙 朴淵深在洞門回青山聳

流何時折碧落銀河此夜開〔國〕雄放 宏悍 聲八千岩萬壑

吼爽隨大氣剛風鳴〔國〕何等 氣魄 依然道我登寥廓真君

飛仙挾往來 七

贈申江陵 謙之任

昔遊東表鏡湖亭雲夢胸吞八九平〔國〕此老胸次 書用八九 露

邑海棠猩血艷玉鳴洨路馬蹄輕〔國〕兩 巧 請衣宏秋諸波

聲靜〔國〕帖妥 不凡 庾亮南樓月邑請萬古風流餘興在亭

中倘有客星經

·題許端甫竹帖石陽正畫竹而朱天使畫蘭

謂畝青青竹數竿移來卷裡總琅玕王孫筆妙化工外學士名高北斗間冊鳳忽宣天上詔彩毫仍吐谷中蘭自然意足難形處聲色前頭句未安（[illegible]沉厚莊畫只話入神）

鄭碏 再見

槍岩道中

匹馬十年西復東維揚今日又秋風山如圖畫白雲外（[illegible]語有神動）路入招提紅樹中·湘浦何須吊屈子（[illegible]意氣孫）

醖鹿門終擬問龐公隱論經濟各天性【評】悲憤可憐我亦
初非田舍翁

送琴師李鐘之平壤

節迫三三日繞東風吹雨洗輕埃故人千里有待
色老子一春無好懷【評】松溪所稱北郭無心問花柳漢江
何處倚樓臺繁華難遣故園思鶯轉上林來不來

辛應時 字君望号白麓寧越人明宗朝登第湖堂參重試官至副提學

奉祀康陵有感

城東松檜鬱崔嵬一十年來奉 祀來天外白雲長
入望崗頭金粟讓成堆龍墀畫接思前席瀛衛淸嚴

憶扈陪白首御恩猶未死瓣香燒罷淚盈腮

崔慶昌 四見

朝天

漏下重城曙色遙君王將御紫宸朝衣冠盡入蓬萊殿馳道斜連太液橋仗裏祥雲隨轉蓋〔評〕絢日見拂眼隊玉日邊佳氣繞吹簫遷喬自幸聯鵷鷺穆穆明庭覩舜堯

西臺月曉漏聲遙左掖門前候早朝瑞靄尚含青瑣柳仙旗已繞絳河橋〔評〕秀色飛動天香縹緲開龍闕輦路徘徊引鳳簫舞拜賜霑光祿供微臣竊效祝文堯〔評〕不可易得

白光勳 四見

奉恩寺次李伯生見寄之韵

偶因休院到雲門把酒題詩舊事存紅藕一池風滿院亂蟬千樹雨歸村深懶皓首從羈宦猶喜青山似故園聞說錦湖烟景好會將歸棹問真源 批 亦有許處

李達 五見

上月汀亞桐

客衾秋氣夜迢迢深屋疎螢度寂寥明月滿庭涼露濕碧天如水絳河遥離人夢斷千重嶺禁漏聲殘十二橋咫尺更懷東閣老黃門行馬隔雲霄

龜城贈林明府植

八月邊霜近授衣北風吹葉鴈南飛誰憐范叔寒如此自笑蘇秦困未歸家在海西音信斷客来関外故人稀燈前暫結思鄉夢秋水烟沉舊釣磯 評 絶佳之作

鳥嶺聞杜鵑

龍坂漫漫龍水悲旅人南去馬行遲思家正欲歸吾土入峽那堪聽子規 評 對巧 千嶂不分雲起處數聲猶苦月沉時 評 極佳句 杜倭無限傷心事直到鄜州别有詩

湖寺僧卷次韻

東湖停棹暫經過楊柳悠悠水岸斜病客孤舟明月

在老僧深院落花多春愁黯黯連芳草鄉夢迢迢隔
海波獨坐計程關塞外不堪殘日聽啼鴉

題湖寺僧卷

睛鳩相逐喚終朝（評）極其突兀聽起僧房掩寂寥（評）接得雍重
深院定中禪客坐上方齋後佛香銷春山一雨蘼蕪
長鄉國三更夢寐遙更與吾師說幽約幾時重上廣
陵橋（評）三四峭麗六七渾融

挽孫明府汝誠子億先卒

君為明府我為客三月烟花烏鵲橋點檢遺篇如昨
日淒涼哀輓即今朝人間父子情何極海內交親膽

欲消京口閑門秋色裏(評 何等衰感)滿庭紅葉雨蕭蕭(評 情思入妙)

無題

瑤絃纖縷合歡床暖壓紅綿小洞房(評 文采葩流)夢覺秦樓分翡翠日沈湘浦斷元鴦粧鈿寶月明珠綴腰帶盤雲瑞錦囊十二斜行金鴈柱碧紗如霧掩秋香(評 此篇大槩如水月鏡花)

梁大樸 字士真 号清溪 南平人學官

在北原送李孟之向南原

春來無日不思家家在龍城蓼水涯松逕幾寒孤鶴

夢竹窓䕶祈早梅花殊方作客别懐悪歧路送君芳草多從此横崗遮望眼関河不盡暮雲賒【評】自有斤兩

靑溪

路入靑溪古洞天短筇隨處碧蘿懸一區雲物三清地萬壑風雷百道泉山鬼夜窺金竈火水禽秋宿石堂烟【評】極力造微 令人忽起凌空思不踏丹梯不是仙

奉送高㕘軒之任東萊

巨浸漫漫日月開【評】軒豁氣擧 綠雲多處是蓬萊若教羽化猶能度除却飈輪不可来冠盖遥通日本國乾坤長繞海雲臺【評】氣緊洋溢 令人忽起乘槎興直到扶桑來未

擬回 (批)以雲日疊字諧之痴人前說夢

歸鴈

平沙浩浩水茫茫秋盡江南鴈字長雲渚月明時叫侶塞天霜落亂隨陽斜斜整整寧違陣弟弟兄兄自作行菰浦稻畦應有繳不如飛入水雲鄉 (批)世所稱絶唱者然

隨江西

林悌 五見

海南寄許美叔

公退烏巾坐小齋夕熏初換水沉灰馬卿猶抱三年病龐統元非百里才 (批)自負 秋入碧梧蠻雨霽海連青

嶂恠禽来西樓一夜歸舟夢蘆葦烟深舊釣臺

鄭之升 三見

呈叔父

舊事詩書着二毛有時舒嘯上東皐南貧置酒醺足此富熏天夜笛高 評 超然自高 客去閑閑留月色邈迴虛閣撒松濤 評 泠然靈籟入耳 思量政在功名外須信人間茅一豪

李春英 字實之号體素齋全州人宣祖朝登第歷翰林官至奉常僉正

永保亭 評 四篇極力摹擬揭翠而韵調終讓一頭地然豪縱自肆則有之

樓臺層構欝穹崇高揭朱欄對碧峰千尺獨臨三面

水〔評〕恣筆馳頓八窓不斷四時風城形圓似吐雲月〔評〕寫得磊
砢山勢蜿如飲海龍飛閣捲簾明鏡裡真仙都在水
精宮〔評〕詩思極工
百尺樓西水接天四山松檜鬱蒼然簾旋攤地海風
起〔評〕極其豪思欄影轉階湖月圓近崖畫居拌蚌戶晚潮
常送釣魚船五更聒枕波聲怒人在窓間夜不眠
雉堞縈紆樹水間金鰲頂上豎朱欄月從今夜十分
滿湖納晚潮千頃寬〔評〕何讓古人酒氣全勝水氣冷角聲
半雜諠聲寒共君相對不須眠待到曉霧渚漫漫
永保亭子後虛閣高倚城墻下枕湖開戶雲烟呈態

度捲簾山水看縈紆風帆忽過無蹤跡 [批] 氣勢遒壯 霞鶩齊飛入畫圖三十六窓明月夜祗疑身世在氷壺

權韠 三見

題林子中權陣中

畫角吹開萬竈烟陣橫雲鳥壓山川赤光在地戈揮日白氣漫空劍倚天未着祖鞭吾老矣欲投班筆意茫然可憐王帳秋宵夢還繞西江舊釣船 [批] 上四句極豪壯下四句韻均適

解職後戲題

平生擺撒髮如絲薄宦凄凉未救飢爲問醉遭官長

罵何妒歸赴野人期催開鵩瓮嘗新醞更向晴窓閱舊詩在自 謝遣諸生深閉戶病中惟有聽相宜 氣矯肯受人拘

早渡碧瀾

江上鳴鳴聞角聲斗柄抑江江水明早潮侵岸鴨鵝亂遝舍點燈砧杵鳴容子出門月初落舟人掛席風欲生西州千里自茲去長路險難何日平 曉行爲千古絶調

暮歸

夕日已入羣動息炯沙露草迷荒原虎羆陰聲夜風烈狐鳴空林秋月嵜流螢閃閃鬼火老樹驂驂知

山村家僮出迎把兩炬技問寒鸖驚飛翻 評亦蒼行絶唱

梁慶遇 再見

夕

蒼苔一逕映斜曛攀盡脩篁上古原 評便幽脉 鸛鶴追飛挼水樹牛羊自下入山村貪看暝景頻移杖爲有佳期不掩門 評何等風雅 惆悵窮陰近殘臘小梅消息月黃昏

伽倻仙女

題嶺南樓

金碧樓明壓水天昔年誰搆此峯前一竿漁父兩聲

外千里行人山影邊入檻雲生巫峽曉逐波花出武
陵烟沙鷗俱聽陽關曲那識愁深送別遲 批 別是一 陸超然
鬼李顯郁 再見

次許渾贈僧韻 此詩見陽明集編次時失考

秋山路僻問歸樵爲指前峯石逕遙僧與白雲還暝
壑月隨滄海上寒潮世情老去渾無賴遊興年來獨
未消回首孤航又陳跡疎鍾隔渚夜迢迢 批 傑 超允

失名氏

題琵琶背

鵾絃鐵撥撼高臺十指纖纖窈窕娘巫峽啼猿哀淚

灝衡陽歸鴈怨聲長凍深蒼海龍吟壯清徹踈松鶴
焚涼曲羅參橫仍月落滿庭山色曉蒼蒼[illegible]鼓吹能品

七言排律 三人三首

朴祥 三見

嶺南樓觴席謝主人李公忠傑時右兵使金公
世熙黃陽木敬差官郭君之蕃俱會

丁卯東堂試院秋[illegible]宜說便朴 平生何幸識荊州依俙面
目嗟梱閫荏苒星霜問幾周客路轉蓬逢蜡蠋公堂
披霧謁君侯[illegible]便衕不九 庫錢肯愛歡娛費樽玉聊為壓
倒謀燕寢凝香辭上館丹梯跨漢赴高樓[illegible]窣兀岋砢 遮

風甲帳圍三面納日珠簾捲一頭【評】麗而不淡鑪鍊嚴重 斐潤

彩選裁錦綉鮮華朱戶剞琳璆【評】出之不跂 工曹後到朝

廷在【評】鋪得有体 元帥前臨節制道爐麝亂霏薰點數髻

鴉交襯妓行稠【評】富麗 徽醺漸覺諧言笑卒爛還從錯

獻州酬黃鶴晴川天半落吳門烟樹地偏浮西橋晚罷漁

村市南浦遥通海賈舟粧暮赤雲飛紫鳳鎮虛靈嶽

森蒼虬曠懷攢厲翔鵬界【評】渾渾不竭 騷興聯翩宿莽洲

玉斝挹花開不盡茂陵金椀撒無收將詩欲答翰林

月【評】翩翩豪氣 舉酒須投湘水流地主殷勤加慰藉征人

繾綣重夷猶塵寰未有神仙府清夢真成汗漫遊【評】滿

然遐想

松貢歲寒鏗寶瑟竹悲江色戛鳴球 評 矜莊不怠 蒙

山躑躅更登覽要聽長松黃栗留

鄭士龍 四見

滕王閣圖應製

劉黃孫隋靖八荒 評 起使[illegible]一 根盤仙李葉輝光 評 接得好 山

河安劃通南紀鄭鎮雄藩屬少王 評 入意便真 物力擅殷

誇宇內城池控勢占炎方時丁多暇觀遊貴 評 着他鎔範之工

制出高樓結構良直壓巴山成挖臂俯臨衡浦作

滄浪般舳效技工難狀神鬼輸功妙回暈納日簷廬

先曉白受風寮尊來秋涼 於于野談 退溪讀此句擊節歎賞不呈試卷而出

清都恍惚移真界紫府深嚴秘玉皇[評]春容日麗　吳楚彈
奇供玩好鄒枚摛藻盛文章名誇一世還消歇事去
千年費齎襄竹色松聲俱境寂清江白石抵心傷[評]筆
端恣肆不覺誤引亦啓連書之不括也　高秋勝會朋簪盍建筆雄詞腹
藁忙[評]襯切不粘　神借便風頎發秘才雖宿搆敢攖鋩[評]著
他強力押闊處　地曰人勝須恢拓[評]指睢王　事待文傳要激昂霞
鶩至今餘物色[評]極妥加之妙　畫圖終古謾留藏飛雲捲兩
懷時遠佩玉鳴鑾撫跡亡作記致高光熇燗重新事
偉姓名香[評]人事不漏　政同紛使歸蠻革貶極接荒尚倔
強舊閣論江徵信史[評]種種具載　新臺出漢繼遺芳微臣

詎列三王後歌頌無能獻斐狂[評]嚴悍宏麗無一歌語如構凌雲臺稱量軒木不偏不重真詞家老匠

李氏再見

謝徐牧使益小室處題額大字書

瘦硬寫成天外態元和脚迹見遺蹤真行翥鳳飄揚裏大字崩雲結密中試掛山軒起躍虎[評]着他雄放作臨江閣訝騰龍衛夫人筆方知健蘇若蘭才豈擅工[評]折旋甚妙體若蕙技思則壯指纖葱玉掃能雄[評]極好句神交萬里通文墨為謝驪珠白玉童[評]冷語結了[評]宏悍卓詭非脂粉家可及亦一異事

國朝詩刪 卷六

749 서울대학교 규장각 소장, 목판본『國朝詩删』貞

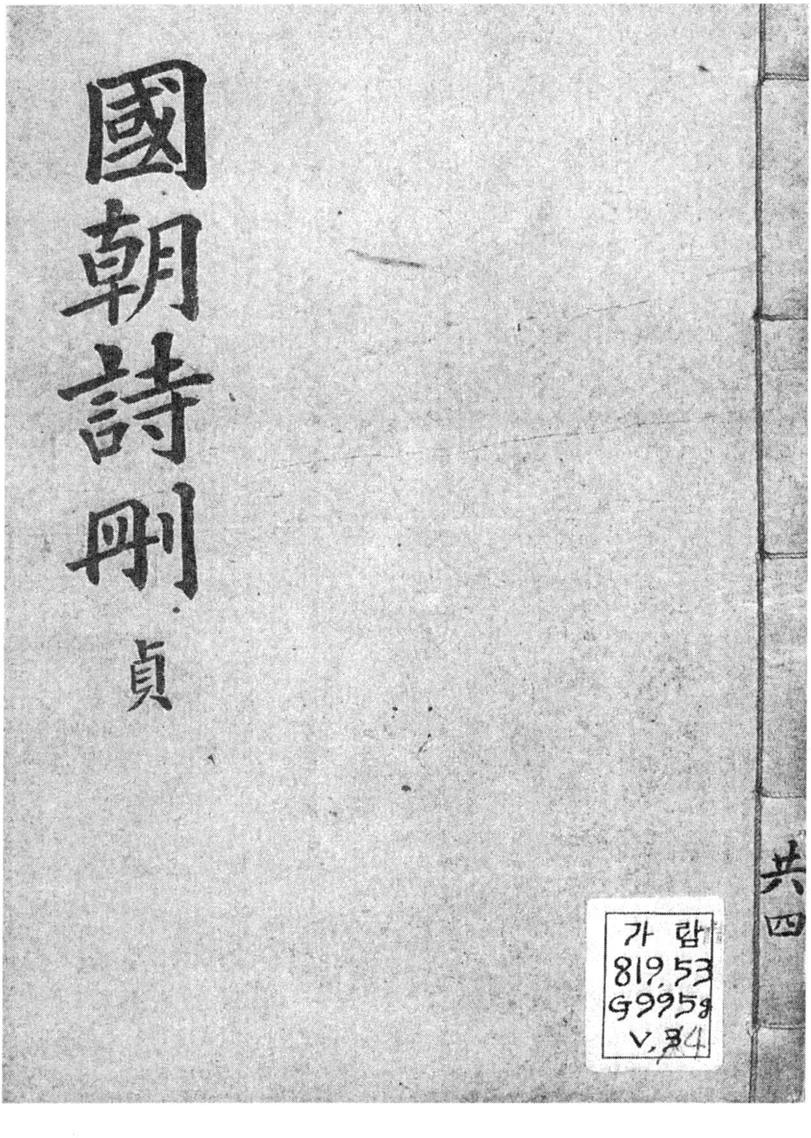

國朝詩刪卷七

五言古詩 二十九人 五十六首

鄭道傳 四見

遠遊歌 批 滔滔洪遠嘗 是國初大手

置酒賓滿堂起舞歌遠遊古 批 便遠遊亦何妨九州復

九州朝枻洞庭暮泊易水流四顧騁遐矚想像雍

熙秋翼翼其唐虞都崇崇夏殷丘 批 入 魏晉 歲月曾幾何邈

矣不可求登車復行邁翩翩逝宗周嗟峨靈臺高藹

藹祥雲浮 批 雜評脊容彼 纖穠者可厭 鳳凰鳴高岡關雎在河洲

綿綿千載後綽有無疆休繼世何莫述王風一以偷

祖龍呀其口一擧呑諸侯阿房與天齊兀盡蜀山頭
禍在魚狐間一朝輸項劉孰非出民力得失如薰蕕
徘徊感古昔日晏旋我輈滿堂賓未散擧酒相獻酬
高歌未終曲雙涕爲君流

嗚呼鷰吊田橫

曉日出海赤直照孤島中夫子一片心正與此日同
[redacted]激熙 相去曠千載嗚呼感余衷毛髮竪如竹凜凜吹
英風 [redacted]終謝子安累臺

權近再見

效蘇州謝李舍人安注書見詰

地僻寡輪鞅高樓含夕請詞人挈榼至對咏仍細傾煩想一消散微風生兩楹草根露華滋候虫有哀聲批入選歡諧未云洽去住良可驚相期後花會莫負華月明

卞仲良三見

遊子吟批此篇蓋祭謀韻者亦自悲切

遊子久未返弊盡慈母衣故山苦邃邈何時賦言歸人生不滿百惜此西日暉

感興批詩頗得古遺意

綺樓何鮮明照耀浮雲邊樓中有佳女容色妖且鮮

一笑竟不發芳心誰為傳試取鳴琴彈哀響飛青天 清切入選

願為君子逑偕老終百年

申叔舟 字泛翁號保閒齋高靈人 世宗朝登第選湖堂登重試典文衡官至領相封高靈府院君謚文忠

和太白紫極宮感秋詩韻書懷

西風萬里來秋聲起叢竹高堂夜不寐幽思正堪掬

緬懷追前修黽勉慎所獨有德不敢志有怨不敢宿

持論破窾

五十尚迷途從茲亦不卜回與及未暮庶幾

不遠復行行遵大路視彼前車覆一日更一日人事

備生熟

成俔三見

效顏特進

三辰霽玄穹百群蹤赤縣太遥迎白氣龜筮協日時土
圭正方面翼翼敞周庭巍巍開漢殿雕績雜切己隧李嵓重
詹欝層雲丹櫨閃流電富豔得補一繁露下空明瑞樹交
蕊蓓華明麗中閨鮮風擁丹輦錯得洪麗萬億握靈符
逍遥享請讌天開氣祲消運泰謳歌遍轉換如彈丸脫手起
迹感風雲揚名選冠弁奏疏列謀猷獻賦承顧聘道
拙却懷慙悄紆不知倦二篇俱是選體不意東方有此作也

效鮑參軍極力躡踪亦有逕庭

宛馬紫遊繮翩翩五陵間琱弓揮雙鞬晨夕騁遊般闘鷄臨東郊驅獸上南山〔評〕挺似魏 晋人語 柔風盪近甸丹葩耀陽巒〔評〕如是 如是 陳莚薦羨酒燕趙發淸彈〔評〕婉麗 可喜 留連歲云徂嘲謔心未闌巖棲有隱士〔評〕別思 尤好 逸駕誰能攀采綠搴春華班坐蔭秋蘭〔評〕又似陸 長公口氣 潛德旣已殷十年閉重關滿盈物之忌謙益身之完山從太卑進器從太羨剋〔評〕名言 破的 喟焉羣居士持此須鑑觀

金宗直 四見

鳳凰吻 昭帝上 官后

秦女儷簫史日夕吹參差崇臺遺鏡奩巾袖雲披披

暮伴鳳凰宿朝侶鳳凰嬉天地以永久那議人間悲

妾淚不可悲此生長別離（[illegible]寓意 [illegible]切）

古朗月子（平帝 王府）

金魄非自朗受此陽烏影[illegible]曜若合璧萬國仰光景

陽烏一蝎翼金魄所不幸長年兔擣藥未信醫災眚

蕭蕭桂已蠹雖華焉得永（[illegible]托諷 [illegible]妙）感歎徹遙夜肝膽

不能靜

李瓊仝（字玉汝全州人 世祖朝登第選湖堂登重試拔英試官至大司憲）

用鮑昭東門行韻別安東亞判

離絃不堪聽絃急無和聲（[illegible]便覺 悽切）離觴不可醉觴盡

談笑杯盞【評】兩參遍 停盃且勿彈與君相一決丈夫識
輕重悲歡不在別【評】別思 高堂在萬里惆悵桑榆晚調
膳子所職未嘗忘一飯棄官豈養志去住難自斷留
家奉晨昏南望眼長寒條書跡白下奉檄喜見顏君
歸勉爲官忠孝非兩端【批】至此方造古體二

成俔三見

結客少年場行【批】有能家氣格可貴

少年不讀書學劍敵萬夫所交皆荊聶出入長安衢
腰間挾匕首紫電光射途【評】詞采傑然 刺人白晝市【評】氣壓排
迅 報怨忘其軀前年赴君募走馬西擊胡【評】蒼古 先行

渡沙漠叱咤風雲驅 宇宙 凌厲 霜鶻奮老拳飛鳥散驚

呼探盡豺虎穴長歌回大都功成若固有不願朱紫

紆還隱舊屠肆蒲博聚其徒 逼古 叡語

月山大君 三見

有所思

朝亦有所思暮亦有所思所思在何處千里路無涯

佳品 唐人 風潮望難越雲鴈托無期欲寄音情久中心

亂如絲

待月有懷

[illegible]高樓月 從迢迢牽 星出來 團團玉窓裏娟娟一美人

湫湫隔秋水紉佩不可見蘭香空在茲思之望何處
腸斷亦天涯
宋溪君 再見

三娘歌 即古三婦艶之遺也

一娘擽撞絮二娘書諺文三娘下堂立鬢髮雙朶雲
客子且來坐斜陽猶未曛
一娘汲水去二娘當竈炊三娘窓下坐彩線繡紅襦
客子且停騎日沉雞上塒 評稍有樂府古態故存之

南孝溫 再見

曳履商歌

累我以利名辱我以爵位與我設初服寧守我樂從

曾聞一貫語【批】自托於子與意甚警豈無東周意方圓知不周

商歌徹天地【評】放浪語亦徧人

鳴陽正 名賢孫字世昌太祖大王四世孫○[illegible]鳴陽正與南秋江爲友有詩曰水衣綠嫩上庭草過墻長水閙青奴吟歲田疇婢香溪翁帶雨全身濕山柿經霜半臉紅

曉步

散步携短笻衣裳不自整緩舞空庭曲齟齬隨孤影

颼颼曉風動孤光沒西嶺頹畦菜花殘踈蔓秋瓜冷

白露團翠篠淡烟生古井翩翩歸鳥集深林暝色逈

【評】入微 微物亦知棲我何長汎梗歸來臥一室幽吟四

壁靜

朴誾 三見

投擇之求和

丈夫一發憤金石亦可摧當時魯連子東海小如盃【評】磊磊不凡人生會一死臨死或低佪【評】奮發激烈此心苟能推餘風廢靡頹吾徒有餘愧非命豈不哀【評】似指淳夫沉江事江流深莫測四山鬱崔嵬欲招平生魂千秋倘歸來【評】殊非古選家法故只取此云

李鼇字浪仙號藏六龜之弟登進士戊午士禍後不赴舉卜居平山放浪而卒

放言

我欲殺鳴雞恐有舜之聖雖欲不殺之亦有跖之横
風雨鳴不已舜跖同一聽善惡各孜孜不鳴非雞性

辛永禧 字德優○芝峯類說進士辛永禧號安亭與寒暄秋江友善知士禍將作隱居不仕文章行誼爲一世所推云

寓意

男僕掃庭除女僕掃堂閫丈夫掃邊塵 批 滄海横流處不安也
志不在門楣高卧斗屋下掉我胄中旗野人非丈夫
丈夫各自奇

李荇 四見

一室用擬融峯韵 評 諸篇從黄陳中來殊蒼古

下有清溪流上有青山高其間數間屋默坐如藏逃景物自四時耳目惟爾遭【批】安排處得意語莫登喬岳頂莫涉滄海濤【批】委曲岳有虎與羆海有鯨與鼇頃刻或不戒性命輕秋毫世路豈不夷勢利分錐刀咄哉亦莫前死汝以貪饕蕭然一室內偃仰可無勞歲月不相貸奈此雙鬢毛長夜何漫漫老懷何滔滔【批】常有新意不覺爲煩莫如讀我書恰似痒處搔

春雪用大雪韻

天公好戲劇與人多參差春後遣滕六入我雙鬢絲久知老縛律試以羣玉妃【批】奇不貪是爲寶何有珠與

璣用意自有在定非兒輩知鷓鴣山氣夕漠漠雲陰
低【批】辭條豐蔚動心駭聽強起訪寒梅蕭灑塵外姿折之欲贈
誰渺渺余所思【批】情曲潔至相看兩不厭脉脉空自奇短
笛吾固有【批】何等風流麴生壽我隨投杖作一醉【批】正在有意無
意之間敲杖吟新詩天運有相代【批】達見峽潰河決此趣無窮
時

與仲說士華遊北園

春風喧百鳥草木漸和柔勝事不覺懶更作今日遊
可人與同好一笑豈待謀【批】嫵媚天公有老眼爲悶山
水幽【批】修然有味避逅落吾輩【批】聲色臭味俱存短笛寄冥搜醉

罷得真趣詩清仍暗投俗子但聞此蟪蛄論春秋三歎謝主人樂地非人求[批]如八珍廟但見禮樂之器

感懷

白髮非雪白豈爲東風滅春愁若春草一夜生滿道東海無返波西日難再早大運只如此安得不衰老生也本澹泊外物作煩惱[批]透顧玄關奈何今之人不自寶其寶[批]可與知道者言簞食是金液陋巷乃蓬島超然萬世內下視彭鏗夭

無盡亭

十日九官府未信腰脚頑漸染已如此吾生自作艱

今晨得休告把酒登南山【批】一往奔詣故復自佳高秋葉歸本
薄暮鳥知還【批】玲瓏不可淡泊平生倚坦率到頭多厚顏醉
眠松下石細故何足關山靈故戲我洗耳聞潺潺

次韻

西風入我室秋月照我帷我懷不能定天運自相差
攬衣出門去竹杖仍手持【批】閑澹沖融酷似淵明山氣夕固佳
爲我生新姿獨賞有餘興安用兒輩隨聲動一已靜
佇立亦多時歸還卧空室幽夢懸所思【批】渾全璞玉莫知名其器

追憶壬戌七月蚕頭之遊用張湖南韻

赤壁千載後勝絶蚕頭峯當時兩玉人幽賞頗疊重

扣舷泝流光俯瞰馮夷宮擧酒徵舊令清響敵笙鏞
俛仰已陳迹白首空龍鍾高歌廣陵散落日生悲風
批 通篇如瀉水着地正自縱橫流漫畧無正方圓者

七月八日與洪彦弼曹仲二君會適庵分得鏡字

留客石屛深勸酒巖泉爲偶爾了佳約欣然悟真境
人好物無醜 批 名言 地勝語難警木末迓祥飇雲外槃
隆景 批 便奇 遇賞各忘歸待月時引領

偶題

莫謂生是樂未始不爲死死者或不朽與生亦何異

春秋迭代謝禍福互伏倚浩然天地間中夜存一氣
彼何預吾事我自有餘地 [批] 語到會心處自覺理竅通

金淨 五見

即景 入俗離途中作

夕陽沒西峯奇彩在東嶺參差高與低巧分青紫影
風生洞雲暝露沐巖樹淨 [批] 輞川高韻 百態各呈羨遠近
會掩映世人眼俱肉真畫誰能省 [批] 好意 我亦乏妙思
多慚寫奇勝

感懷

客散酒初醒茅軒坐幽獨華月流素光層城藹遐矚

【評】艶蘇州豪雲湛瑤空露葉疎虛簷木【評】清冷有韵蕭蕭篁竹林寒風碎叢王佚蛩罷秋吟蔓草歇芳綠觀靜迹已寘感時思還續遺聲倘可傳寄之雙黃鵠【評】盛李中李之間自成幽思

金安國 四見

古意次韵

壯士惜流景慷慨掃黃金逐日不自量爲古空鄧林悲歌未成寐撫枕淚流衾運化無停息高陵或變深良宵雖易晩白日忽復陰所懷在天涯路遠不可尋寂寞橫素琴有調無其音鍾期聽憮然見指難得心

仰睇遥漢間翻飛有皐禽 [illegible]頗有逸佳故存之

奇遵 五見

丁丑七月禁直詠懷

黃鵠千里遠矣繳沓何時江鴻戀香稻啣蘆遵水涯
出門望鄉關客子何所之蕭蕭楓桂林一夕顏色衰
寒雲落空庭菊花依短籬 [illegible]河清王適六朝正韵 羨人隔湘浦
日夜長相思相思不可見日日秋風吹

禁直詠示元冲

南山松柏幽北山烟霧深遊子暮何之庭樹出秋陰
歸雲向遥岑宿鳥投前林幽懷杳不極清風吹我襟

批浩然遺韻

林億齡 六見

題洛山寺 批從韓蘇來深得大篇宏放之法

江南綵髮翁本自清都謫雖乘使者車足有王喬舃

暮投洛寺樓適與金山敵大洋衝其下頫覽天地窄

批突兀便覺有物名曰鯨嗟峨露鼻額 批汪洋自恣覺絶雄擧 鬣鬐

蔽青天水族皆辟易揭波六合昏噴雪千里白 批何等氣

魄 鬪罷血連波扸骨頹沙磧俄有白龍升 批變轉頃刻評好

裂缺蕪霹靂虯蛇從[illegible]雲示牙森劒戟 批鉅麗奇觀不敵 共

入無窮鄉猛氣拔木石 批雄猛奇放 銀桂倒挿濤蕩似天

河折【批】壯浪眩目 并卷魚與蝦陽侯又附益山僧相謂曰
如此大雨射欃欃羽林槍散落穿窓壁長風掃東南
【批】烟波萬里 澄澄上下碧高枕夜向晨天雞鼓兩翩大山
横大壑【批】眩晃恍惚不可覊束 氣射半天赤暘谷烘爲窰如爨
沸爲萬騰湧上黃道照灼臨下赫寥寥攪枯梧蒼蒼
日之夕皎皎白蓮花浮出龍王宅【批】淋漓鼓舞 坐令識貊
墟化爲水晶域姮娥變欲攀桂花手堪摘吾觀宇宙
間萬變一局奕【批】叙事頻壯文氣激揚當與此景同壯 醉來卧梨亭落
花盈我幘

種竹西窓外以遮夕陽風吹影亂絶勝圖畫以

詩狀之

古來竹傳神皆稱文與可似而不生活亦未逼造化

風本自然吹竹亦無心者【批】看他擺玩造化囊適然兩相值拂

我西窗下【批】儘是奇巧分明紙窗面如以粉墨洒【批】快活中載巧

思風微乍蕭森風急復擞蔌【批】弄至此得涼氣滿室中誰

云五月煮【批】稍訓如入竹林中手把刻伶掌【批】俗思

李滉 四見

晩步【批】先生詩不嘶高而自高此所以為高

苦忘亂抽書散亂還復整曜靈忽西頹江光搖林影

【批】選法高處扶筇下中庭矯首望雲嶺【批】閒逺自在漠漠炊烟

生蕭蕭原野冷 評從陶柳門中來 田家近秋穫喜色動臼井 評極幽
鴉還天機熟 評悟理之言 鷺立風標迥我生獨何爲
宿願久相梗無人語此懷瑤琴彈夜靜 評活潑潑地

金麟厚 五見

石泉第酬唱

酬酢淺深間唱和長短吟此間有真意誰人知 大音
仰面發一笑靜聽松風琴 評氣自象於

盧守慎 五見

送許佐郎篈朝天

抱病亟移枕今宵星斗明 評潛語造奇 南窓竹光分 評意景俱

佳北窓枯竹鳴世人輕夜氣不謂萌孼生起坐問前途到處倏忽而有車馬聲此時何許子不憚萬里行得此批變後之音令人釋氷炭其如二豎嬰

奇大升字明彥號高峯德陽人明宗朝登第選湖堂官至副提學諡文憲

天際雲送盧公禛

悠悠天際雲浩浩欲成雨隨風亂如絲微潤不入土好意空堂坐支頤世事默自數有來必當去既散還復聚當理紛紛夢中夢造物以何故君如海上鶴鬖鬖振毛羽我如路傍塵飄飄迷處所漢陰一分手佳期杳何許努力勉所業玉音俾無阻

崔慶昌 五見

次陶穫稻韻廣其意

萬事相糾紛憂樂亦多端居富苦未足[批]使是明訓處貧孰能安達人乃遺榮趣䟽獨冥觀豈但恥折腰林園宜早還[評]一團渾落力耕亦有穫[批]陶翁口氣而不免飢寒平陸起風波坦途生險艱謝絕世上交物累寧我干田父時時至[批]看他許多閒適之意農談共開顏既去山日夕寂寞掩柴關知音苟不存[批]泠軟動人已矣何足嘆[批]擬議以成變化

晝憩大慈川山[批]諸篇出入唐可貴而較弱氣不逮

午憩高陽口秣馬大慈川川水自東注彎回水山前〔刪〕古雅側峭巖石古屈曲抱重淵〔刪〕泓凈蕭瑟咏此覺神超形越倒影雜楓栝其下可方船神物蟠深黑弱鱗游清漣臨岸藉晴莎披襟散幽悄棲遲宜結廬奈此官遺邊〔刪〕較薆欲去屢回首留思還紛紛

感遇

山翁得乳虎養之置園中馴擾日已長狎近如家豚妻言虎性惡翁怒愛愈敦畢竟噬翁死寧復顧前恩人皆笑翁愚我獨爲翁冤〔刪〕未乾舊楯墨已彎射羿弓

山中

山中風氣寒霜霰日以積疊疊晷景催繞朝已成夕林空無留景批〔雅古〕瞑後有歸翼寂寞誰相顧憂來不能釋

古意

轔轔雙車輪一日千萬轉同心不同車離別時屢變車輪尚有迹相思人不見批〔雅韵 張王〕

白光勳〔五見〕

夜坐偶成寄楊應遇

涼風生高樹微雨灑秋響幽人中夜起默感千里想居然季景迫復此音徽曠批〔其言有味〕雲波莽無期嶺陸

互迷望愁來取琴彈調古人無賞瑤草行休歇流瑩

度遽幌[評]清冷入幽 縈華諒難恃物情靡定狀嘆息竟此

辰放歌當自廣[評]白地明光錦黏無栽[illegible]

齋居感懷寄孤竹

齋居寂無事閑門春日遲幽竹漸映砌新流已滿池

[評]淡簡 復此時雨霽好鳥鳴高枝所思不在此誰可共

華滋日夕西南望默默中自悲[批]陶韋柳者

李達 六見

斑竹怨[評]石洲云置之太白集不易卞

二妃昔追帝南奔湘水間有淚寄湘竹至今湘竹斑

雲沉九疑廟日落蒼梧山[評]望美瀟湘洞庭之間輙有騎氣之思餘恨
在江水滔滔去不還

尋孤竹坡山莊

屢月抱膝嘯及此喜相尋田廬樹木下瓜蔓懸秋林
主人固無恙貧窶不嬰心怡然坐庭草爲我奏鳴琴
[評]青中無宿物琴盡即還別悢悢恨彌襟[評]出諸入韋

濮陽寄安邊楊明府

十月發漢陽今在交州道交州雨雪多明發恐不早
相思隔重關一夜令人老[評][illegible]語亦紆餘

降仙樓次泥丸李覺韻

月白露華白夜靜秋江深仚閣一盃酒泠泠三尺琴【批】超然自得不是感時節自然傷我心【批】無點綴艱辛而自有淸調

權韠 四見

余閑居無事習懶成癖絶友朋過從之樂因以淵明詩爲會心友玄鶴琴爲知音友麴生爲忘形友遂題三詩以志之【批】三篇俱自陶陳中點綴來懶齋後僅見平調

禮樂歸金刀平陸渾成江斗粟聊爾耳高節不可降秋花非俗物【批】開口便眞濁醪盈我缸平生五字句古意極淳龐吾今百歲下夢想拜老龐每到會心處淸風生北窓【批】洒然可人

孤桐生龍門直上高十尋下臨不測淵上有哀鳴禽■寓意何人斲天骨製此丘中琴一鼓清人耳再鼓和人心舉世無鍾期誰知音外音

世路極險巇吾身安所歸幸有麴秀才風味不我違平生老瓦盆白首相因依一盃遺萬物寧復爲人譏■達道之言聊托於酒耳聖處不難到酒德能庶幾■真得酒中趣者未覺軒冕榮■宏放恣肆直外形骸豈知蓬蓽微至味諒在斯所貴知者希回語獨醒人醉鄉無是非■極妙

感興

錦山君名誠胤號梅窓成宗大王四代孫諡忠貞

明月出東林流光射簾隙【評】便不俗開軒坐南楹一盃聊自適宿鳥棲卑枝飢鼯窺破壁夜深玉宇淨銀河橫歷歷露脚濕桂枝【評】六朝聲氣清香飄虛碧所思終不來沉吟終永夕【評】沖淡爲貴

國朝詩刪卷七

國朝詩删卷八

七言古詩 二十二人 三十五首

鄭道傳 五見

公州錦江樓 ■滾滾如湖三峽峽濤

君不見賈傅投書湘水流翰林醉賦黃鶴樓生前坎坷不足憂逸氣凜凜橫千秋又不見病夫三年滯炎州歸來又到錦江樓但見江水去悠悠■洽語那知歲月亦不留此身已與秋雲浮功名富貴復何求■究轉有力感今思古一長吁歌聲激烈風飅飅忽有飛來雙白鷗■浩蕩可喜且豪逸宕肆足爲壓卷

李詹 四見

謫仙吟與李毅授別

太白飄然謫夜郎長安故人消息絶梨園不奏清平詞沉香百花香色歌知音獨有草堂杜夢中見之夢中別 批怳惚正似鬼語 風吹羽翼天網恢錦袍坐弄水底月就中俯仰度春秋蘆花柳絮白如雪濯纓歌罷好歸來江湖風波不堪說 批冷然

成侃 四見

老人行 批國初諸人俱尚蘇長公獨此君知法盛唐如此作雖非王岑之比無愧張王

樂府

壠草萋萋雉雙飛壠邊老人長嘆息自道餘生今七
十手脚凍皴面黧黑男婚女嫁知幾時短衣襤褸
過膝前年召募廣黃[illegible][illegible]泥歸來鬢如雪今年把鋤
事耕耨石田犖确牢[illegible]脫牛[illegible]脫知奈何獨坐蒼然
心斷絕

徐居正 五見

古意

海底珊瑚高幾丈千年鐵絳千尋綱萬牛挽出滄溟
深蛟龍奰屭霹靂響扶桑日出紅濤熱 奇語 光芒照
曜黃金闕平生季倫[illegible][illegible]兒一擊破碎紛如雪紛如

雪不足惜從此至寶无顏色【批】意有所指

春閨曲

春風昨夜吹洞房杏花零落桃花香短屛月出琉璃光半被露卻雙鴛鴦強撥琵琶不成曲淚痕點染臙脂顏春愁如許深如海青鳥一去無消息【批】溫李遺韻

青春曲

瓊樓畫閣雪未殘曲欄剪剪餘春寒流蘇帳暖錦屛開【評】訛誅羔兒酒滿鸚鵡盃美人低唱金縷衣十指宛轉朱桐絲攬鏡照華又一春曲渚鴛鴦愁殺人【批】亦是流艶

金宗直 五見

登金剛山看日出（繚緲幽妙足狀長公作倚官）

金剛之山高揷天白石亭亭露秋骨（便是崔崒）扶桑遠

影晴向引日觀孤標共嶒㠇我昔討奇凌絶頂手闘

雲關敲石室滄溟眼底小如盃八極風生神横逸（凌）

（偶然翻）同遊老僧倚壁聽夜半覷客候初日北方流瀣

澄然酒天外鷄鳴聞髣髴是時睇谷半明晴臥斗車

蓋爭點綴（狀惝怳）得長庚睒睒欲收芒火輪忽輾波濤

出（令人怳眩）紅光騰起數千丈萬里驚盪魚龍窘人寰

眞息尚雷鳴輒向峯頭晞我髮平生偉觀此已足哉

宗之遊豈相埒不須崦嵫暗日入至今洿笑夸父渴

成俔 四見

曉仙謠◎次溫飛卿者

桂花影濕姮娥宮鶴馭半月還青空清香滿室情無語◎穠豔逹足嗣溫李夜闌張燭寒銷紅流蘇亂迸鮫珠淚寶釵斜籠金翡翠◎綵繪如組悵望銀橋幾千丈天高難可通名字若為避擧凌紫烟伐毛洗髓隨飛仙◎稍塋宋人中塋人閒塵土已迴脫身世羽化飄飄然何處吹簫鳴作鳳耳邊彷彿聞三弄◎當行又入高唐神女是何人一朝來入襄王夢◎結句亦好

瀟湘曲

九疑雲掩青嶂峴瀟湘夜雨波生寒重瞳一去何時還湘娥鼓瑟愁空山曲盡聲終空寞間愁思結葒傷秋蘭臨江翠竹几幾筆至今清淚猶斑斑 [illegible]亦自清麗

胡笳曲

三點四點北斗明[illegible]拍兩拍胡笳聲胡笳聲中霜滿城邊人聽之淚縱橫思家步月難爲情

申從濩 三見

家有一馬甚駿畜之幾十年一日忽無病而死余嗟惜者久作詩而記之

有馬有馬黄騮馬眼挾菱鏡耳批竹濺海遠自耽羅
國長安市上驚飛肉不顧章臺香土數千里 [illegible]鋼得 / [illegible]
翠幕珠簾綠楊裏金鞭弄影四蹄驕滿路紅雨東風
起又不顧玉帳分[illegible]鴛貔貅 [illegible]何等 / 宊䟦 皐蘭山下戰未
休丈八蛇矛鐵鍛[illegible]追斬名王頭三坐宿顒厭
豪奢 [illegible]接 / 館妙 寂寞來到詩人家吟鞭傍掛一壺酒遊遍
山顛與水涯昔時謫宦洪陽城天寒古屋無人聲雪
花如席霜如錢衾鐵稜稜[illegible]未成隔窓終夜吃枯萁
半江寒浪挑邊吹他鄉流落憶故鄉 [illegible]非白法於科 / 归則叨而於古
法與千里 / 思子根 除却此馬無親知 [illegible]兵兵不入 / 趣皆坐于此 鸞書徵召

壘色濃蓊雲飛上蓬萊宮舊迎長鳴似有得闕下喜
聞長樂鍾九龍殿中九鳳幃批氣自焰焰戰鑪三尺烟霏
霏宮壺勑賜蒲萄春旧暮天街馱醉歸房精一夕忽
上天欲嗄景純知無蘇家人共謀羹銅灑忍見塵蒙
香花鶴靈虬滴滴催五夜批又奏一着好陌上泥深雨如瀉
燈前草疏欲朝天更向東隣借栗下批深得大篇法

日出扶桑圖

東方碧海蘸天濕鼇極浮浮如覆笠批眇冥滄儵扶桑枝
頭雞一聲萬縷丹霞吹水立批宏麗羲和子女獨西行
浪底敲日玻瓈明批幽邃之觀火龍擎出黃金輪批非溫非李自

成偉艷覺菴絳節紛縱橫人間更漏揭未畢三十六宮夜如涨【批】始入宮體蘭房香夢春聽酣寶欄十二緗簾窓【批】何等鋪羅頭看圖使我雙眼開恍然身在琅琊臺秦橋鞭石血未乾羨門安期要齎我兩袖仙飈冷似水吾欲乘此觀蓬萊【批】盛唐求作家佳品

鄭希良三見

渾沌酒歌

長繩欲繫白日飛鍊石擬補青天空狂圖謬笑坐漢落乎世倏忽成老翁豈如飲我渾沌酒坐對唐虞談

笑中【批】可人渾沌有道人未識此法遠自浮丘公不夷
不惠全其天非賢非聖將無同招呼麴君因瓮底曰
夜噫氣聲逢逢【批】愉怡朗適何等風味俄頃春流帶雨渾醞釀
古色清而濃酌以巨瓢挹浮丘澆下萬古崔嵬胸一
㱃通神靈宇宙欲闢猶朦朧再飲合自然陶鑄渾沌
超鴻濛手撫渾沌世耳聽渾沌風【批】淋漓皷舞醉鄉廣大
我乃主此爵天爵非人封【批】男兒到此方可稱不凡何用區區頭
上巾淵明亦是支離人【批】出長公而濃

魚無迹 三見

流民嘆【批】當為司牧者之鑑砥不特詩工而已

蒼生難蒼生難年貧爾無食我有濟爾心而無濟爾
力蒼生苦蒼生苦天寒爾無衾彼有濟爾力而無濟
爾心願回小人腹[批]條達暫爲君子慮暫借君子耳[批]曲
盡情曲試聽小民語小民有語君不知今歲蒼生皆失
所北闕雖下憂民詔州縣傳看一處紙[批]至今通逵特遣
京官問民瘼馹騎日馳三百里吾民無力出門限何
暇面陳心內事[批]當階千里縱使一郡一京官京官無耳
民無口[批]剝骨之談不如喚起汲淮陽未死子遺猶可救
[批]素聲一導萬騎寂然

朴祥 四九

題李晉州兄弟圖 (敘事鴻麗 大篇佳品)

斑衣且作悅親具 (陡然峻整) 況此釋褐穿錦袍存者以
宴沒者祭推恩所生均寵褒龍騎蟬嫣指李孫 (鋪得宏)
達大小二難俱俊髦東堂郄桂擢兩枝青雲發軔車
已膏一朝捧檄下嶺海魯衛連城棠棣高禽軒大家
往來穩恰愉不識南征路昨日春官上啓目 (質而不俚)
門下奉教甲地書遙賜華筵古康州九重聖澤傾滔
滔鳳鳴朱樓壓城敞紫霞鸞篦釃仙醪 (雄麗滔滔) 陸海
狼藉物其備封羊擊豕已空牢白幕浮雲覆廣殿半
千歌舞森周遭彩棚突兀移造化三方彷彿駕金鼇

是時淸和蜀初夏初柳㝠㝠蔭輕壕鴈行袍笏擁雙
盖宮花獵獵翻隨隨【吐】[鼓舞 怒肆]依然放榜金門回了童
百隊聳呀嘈優人散落奏伎倆來觀十郡奔波濤夫
人自慶懷抱中做得兩箇名世豪津津色笑擧壽盃
鶴髮烱烱顔如桃頭流拱醉飛瑞氣【吐】[何等 氣槩]青鶴仙
人簇羽旄鼉鼓逢逢幾通雷鯤絃鐵撥東擅槽抑六
龍首頻義戀【吐】[奇杰磊砢 疊疊無厭]窮觀已到塒鷄號聞者不
量才品殊累月答兒却怨唯【吐】[痴語 收拾]人間勝事不可
泯丹青忽落秋兎毫菁川夜夜鬼神泣文物江山無
一毛【吐】[擺脫 伎倆]傳家科第是青氈雲仍感與承風騷【吐】不

結了語佳

宣川紫石硯歌

宣川石工手握昆吾刀夜洩萬丈碧玉寒隱隱如聞
地母哭劃出千年赤龍肝奇述龍饞饞食丹砂肉造
語甚悍腥血未醯頑復頑磨刀琢削天窩鑿卓詭不羣排
空列星落斑斑風瀞瑟琶含秋色巧而不刻泉眼納納
天地覓琅玕渭滑補精彩交帶大庚春前信金聲玉
德配君子儻儻過丈六丁將過龍灣鎮龍灣將軍拔劍
奪倔奇語紫氣漫空霹靂震妥帖漢津香水百洗過玉
露曉瀉銀蟾餘春薰松齋玄雲起鴨江晝昏無日車

[評]語如許大 將軍生怪不敢蓄什襲萬里遙示余鳳山居士再拜受珍重不下金錯刀銅雀斷尾忽無顏寬刑孔硯邪爭高呼爲嗟面待乾容遲鈍不數輕銑曹 [評]強硬勝前篇

金淨 六見

聞方生談中島歌

瀛州東頭鰲抃傾 [評]通篇以顯晦起伏 千年閟影涵重溟 [評]晦 羣仙上訴攝五精贔屭一夜轟雷霆雲開霧廓忽湧出瑞山新畫飛龍庭濵濤崩涵噬山腹谽谺洞天深雲爲 [評]晦 又 淩層鏤璧錦纈殷 [評]顯 又 扶桑日照光晶熒繁

珠凝露濺輕濕壺中瑤碧躔列星 評 朧而朧 瓊宮淵底杳不
可見有時隱隱窺窗靈軒轃奏樂馮夷舞 評 極幽懸詭怪之歡
玉簫穿篠來青冥蜿虹飲海垂長尾麃鳳戲鶴飄翅
翎曉珠明定塵區黑燭龍爛燁雙眼青驂虬踏鱓多
娉婷天吳九首行蛉蛢幽沉水府囚百靈邪鱗頑甲
毒風醒 評 如凄風苦雨四面而至毛髮森竪 太陰之竅玄機停 評 極入幽物之
中 仇也禹穴傳神蹟 評 引事得甚妥曲 惜許絕境訛圖經蘭
撓弩入欃神形鐵笛吹裂老怪聽 評 幽陰鬼語 水咽雲暝
悄愁人歸來怳兮夢未醒嗟我只道隔門限安得列
叟乘風冷 評 顯晦幽渺冥惝怳出神入鬼極恠畫詭理勝之協律事實於正泉

四時詞【批】規模長公而出入于唐李自穠自艶

日照千山紅錦爛烟愁芳草青春晩簾前蝶散落花
寒之【批】溫推媞上鶯飛新柳短暁起濃粧畫蛾眉自薰蘭
爇襲臙脂綠窓無夢夜如海腸斷東風聽子規
芍藥花開緋露重【批】當行家語夜來烟濕清香動遊蜂戀
戀過雕墻乳燕交交飛畫棟輕箑微颸拂翠幃翰珠
凝汗沁羅衣【批】嬌姿媚嫵西湖連作紅凉去折得滿船紅
藕歸
木落千山紅杳杳秋天一鴈秦雲暁空階月滿蛩音
長蔓草露溥螢影小【批】細大耿耿蘭燈焰半斜紅樓西

畔落星河【評】高著邊衣剪破涼無睡一夜雨聲鳴敗荷

【評】最警絕

北風舞雪散穹昊萬尾凝氷天地皓梅吐輕香玉蘂

踈[扌公]合寒凍鶴巢倒沉沉錦幕暖圍春珠貝玲瓏甲

帳新【評】藻繪滿眼粧罷酡顏微暈上麝煤薰惹繡鞋塵

黃汝獻 三見

竹枝歌【評】雜步元洛而淡宕可詠

竹枝歌竹枝歌歌罷千年遺恨多西風一夜湘水冷

洞庭木落生層波黃陵廟前楓桂林凄涼落日鳴棲

鴉【評】淒涼舟人爭唱競渡曲碧海千尋連汨羅秦關一

閑歸不得滿庭春草埋葦華可憐虞姬帳中泣楚謳已逝恨無涯 批 三句收恰盡無欠 楚山蒼蒼楚水碧騷人還容幾度過請君今日更莫歌天涯流落淚橫斜

李滉 五見

湖堂曉起用東坡定惠院韻

雞鳴水村月掛簷一枕歸夢驚殘夜旁櫳閒寂蓬觀裏曙色蔥朧花樹下 批 韻調逼東坡自是清健可愛 夜梅半落香更吹 批 裊娜可愛 石澗新疏響轉瀉欲知仙境定何如聞說瑤臺此其亞綺饌常經太官供蘭燭時容漁店借病來酒伴已全疎老去詩情渾未謝青春欲謝鳳城塵

白雲空憶芝山舍年多老松棲怨鶴雨荒幽圃撼寒
蕉榮辱如雲本來無富貴逼人真堪怕朝來百囀林
下鶯似與詩人助嘲罵

湖堂春暮梅花始開用秦少遊詩韻 ▣非惟理學爲東方祖而詩亦壓倒諸公

我昔南遊訪梅村風烟日日銷吟魂天涯獨對嘆國
艷驛路折寄悲塵昏邇來京輦苔相憶清夢夜夜飛
丘園那知此境是西湖邂逅相看一笑溫若心寂寞
殿殘春 ▣嬌艷動人 玉貌綽約逈初臘伴鶴高人不出山
▣蕭瑟悽惋 辭輦貞姬常掩門天教晚發壓桃杏 ▣有味妙

處不盡騷人言媚嫵何妨鐵石腸莫辭病裏携鼻罇

丑潔三見

飯筒投水詞

沅有茝兮湘有芷九疑山高皆相似芳洲五月發芙蓉風吹香氣動南紀極有雅致滿船竹技楚國人且將飯筒投江水切近有趣云是離騷屈大夫五月五日沉江死祇今惟有未招魂萬里寒潮朝夕至芰荷香蓋木蘭空生別義人長已矣恨情可掬江潭日暮採杜蘅楓岸蕭條欲誰寄空將幽怨動郢人舊俗傳來成往事沙棠舟上客倚槳一曲悲歌數行淚的當纔得人生

何必醒自苦一樽爲爾臨江醉（結以別思）

盧守愼 六見

耆老宴作（終篇以奇思奇語寫入神境）

所貴希年更達官九人而已亦才難（好）金章鳩杖聯翩來八溪敞宇華筵開（鄭公宗榮封君）小至霜風振駝駱（山名）今者不醉餘幾日（切）婁 我如老牛鞭不動未罷驩娛最蕭瑟

權擘 再見

曉行

南村北村雞亂鳴東方大星如鏡明（寫得曉景便眞）山頭

霧掩月猶在橋上霜凝人未行征馬蕭蕭朔風急客子悲吟僕夫泣 評 蕭瑟凄凉 何當早賦歸去來一醉都忘百憂集

漁父詞

山民重蹴鳴桑弓好魚獨有南來翁 評 古雅 纖纖繭絲結短網遮得玉鱗澄潭中輕刀割處水聲寒石上坐對青山餐 評 閑遠自味 向日覓魚長安市腐臭至今令眉攢 評 意便佗

楊士彦 四見

美人曲

羲人端坐光碧之高堂【眉】從李青蓮門中來 玉容絶世而獨立
羲人手揮龍門之高桐獨奏陽春白雪曲調高千載
少知音秀色曠世難再得【眉】嬰關新來承上生下恰好 爲我彈鳳
凰百鳥呑聲厥啾唧再鼓龍虎吟【眉】奇變渾渾 震風捲海
雲湧碧慢調下變樹冬華羽商亂撥天夏雪【眉】書之不羣
陶然忽回天地春戛戛韶鈞諧六律魚眠鮮愠鄙夫
清象厄有聞應不[illegible]胡然爲帝胡然天使我一見腸
斷絶腸斷絶斷復續百年三萬六千日日日相隨無
遠別古人亦有言得意則可樂雲屛錦帳夜同寢瓊
糜琅玕朝共食紉蘭扈杜襲芳馨坐令青天駐白日

美人兮美人兮莫學春風拖與李願作歲寒之松栢

【評】是獨得盛唐歌行也

崔慶昌 六見

李少婦挽詞

相公之孫鐵城李養得幽閨天質美幽閨不出十七
年一朝嫁與梁氏子梁氏之子鳳鸞雛珊瑚玉樹交
枝株池上鴛鴦不失侶園中蛺蝶何曾孤梁家嚴君
仕遠方千里將行拜高堂出門恩愛從此隔山川阻
絶道路長不是征戍向邊州不是歌舞宿娼樓心知
此夫惟爲親婦着斑衣膝下遊兒女私情不忍別別

來幾時腸斷絶秋梧葉落黃菊香忽驚今朝是九日
佳辰依舊人不在滿苑茱萸誰共採獨上高樓望北
天天涯極目空雲海不向傍人道心事回身暗裏潸
下淚半年歸盡山日夕門外終無北來使此身願得
歸泉土死後那知別離苦一聲長吁掩玉顏芳魂已
逐郎行處當時未死在腹兒母兒同死最堪悲魂兮
不作武昌石定化湘江斑竹枝斑竹枝頭杜鵑血血
點淚痕俱不滅嗚呼萬古終何極一片靑山墳上月

鄭御史以周借裘題贈 批 題甚難出之容易是爲甚工

我家舊有錦貂裘香毛柔膩墨色深前年被向燕京

道萬里朔氣連窮陰雪裏驅馬渡遼河邊風蕭蕭日西沉肌膚熏暖如陽春遠行不愁苦寒侵歸來置諸篋笥中以此愛之輕萬金今日慇懃持贈君別離始見平生心

崔岦 字立之號簡易又稱東皐通川人明宗朝登科官至嘉善

送李楨從鄭亞判赴京 批 通篇一氣直下雄渾奇崛亦不自知其所至也

國朝丹青誰出群安可慶後李將軍山水未遠是餘事 批 安帖承接得好 御容繪成泣嗣君二孝伯仲世其名 批 敘事典則 今之存者孫阿楨昔余遇之亂離際始任戴冠

執已成冬裘夏葛不時換【評】李君固奇而叙得亦奇此不能爲切
身患爲人歸紙風烟生有酒即傾醉不亂【評】古朴倔吻眞得杜
法
年少相戲號無賜不知其中堅且剛余爲太守邀
館置心取有在非專長班氏文章孫子略願從之學
如瞽欲嗟余蔓蹟甘轉蓬能使斯人忘桂玉吏曹鄭
公同余愛【評】氣自淋漓談笑得之形骸外奉使今爲萬里
行托將弓刀逐車蓋悲歌慷慨燕趙風知有合香層
浩中【評】何等風骨道邊物色無足賞廟貌雙節與三忠渠
家能事在傳神就寫五軀當逼眞白日青天一展哭
持歸風厲邦之人悠悠西去入朝陽如出羊腸得康

莊雖有妙筆寫不得衣冠文物何洋洋（渢渢乎大國風）還須買綃兩幅各數丈（筆端恣肆不厭其冗）一寫鄭公稅歸鞅一寫老子理歸澥渠亦一青驢一酒盃兩屨各着閑來訪

李達 七見

漫浪歌（浙人吳明濟云酷似太白）

奇乎哉漫浪翁海山中（空生大覺中如海一漚發）棲霞吳月神想雲鴻說綱白猿學舞青童（普佛世界六種震動）蓬山謁金母腳下乘天風（雲馱月運）瓊遊寶幄敞華堂繡衫細帶羅綺香（南方成佛一剎那頃）鳳吹簫兮鸞鼓簧翁欲舞神飄揚

〔批〕山河及大地全露法王身 一拍手始擧鵬褰兩翼擊海波〔批〕拈花微
笑其音如雷 遠控扶搖勢再拍衫袖旋驚雷急電飛青天
三拍四拍變轉不可測龍騰虎攫相奮搏倏若箭離
絃疾若駒過隙〔批〕風幡飛動 前傾後倒若不支左盤右蹙
如不持〔批〕響逐聲來 神之出方鬼之沒出沒無時〔批〕毋以須彌納
於芥子 霹靂揮斧風雨聲怒東海上金剛一萬二千峯
少峯〔批〕清淨摩尼珠映於五色隨方各現 丘陵騰擲巖壑巃嵸最高峨
廬峯插空層崖倒掛藏九龍〔批〕淨躶躶赤晒晒復可把 懸流萬丈
洗空壁賁石三百曲此翁得之豪髮盡移胷中〔批〕庭前栢
樹子 獨奪造化妙長袖翩躚性所好〔批〕水中之月鏡裡之影 向來

慈前千萬狀會與此山爭豪壯奇乎哉漫浪翁渾厖

何時窮恨不與公孫大娘生同時[批]打動關南鼓舞劒器決

睢雄世上無張顛[批]放汝三頓捧誰能學奇字縱使公孫大

娘生同時[批]應無所住而生其心公孫大娘未必能勝此[批]歷切賢

歎不盡聊用諸源話脚

鄭之升 四見

送成則優遊楓岳

素匣悲鳴劒氣騰手携萬歲胡孫藤扶桑坐見東海

日古栢相對西來僧[批]二句殊好毗盧萬仞入霄漢爛銀

濃玉光凌亂[批]鞍粘皮骨天風吹下五雲車時有仙人一

笑粲 有勝灑仙韻

權韠五見

古長安行

長安甲第横青雲高樓絲管遥相聞漢代丞相七香車麟麟夜入金張家雕盤綺食天厨來宮中美人顏如花燭影熒煌清漏遲尊前密語無人知門巷斜連夾城路平明冠蓋多如霧攀關欵翕令人遶白日鼻息吹虹蜺一朝人事忽顛倒玉臺金館生春草寄語世間奢奢子向來浮榮不足恃只令人憐賈太傅紛紛絳灌誰比數

鬪狗行

誰投與狗骨羣狗鬪方狠小者必死大者傷有盜窺
覘欲誒爨主人抱膝中夜泣天雨墻壞百憂集

國朝詩刪卷八

國朝詩刪卷九

雜體詩 六人 四十三首

姜希孟 四見

農謳 評 刱格爲之詞極趣 公之所作無踰於此

雨暘若

聖君建皇極 評 便得體 玄德潛通雨暘時旣若雨暘極備無一切傷我穡塊不破枝不揚絪縕調玉燭吁老農豈知蒙帝力熙熙但耕鑿 評 頗有漢樂府遺法

捲露

清晨荷鋤南畝歸露溥溥猶未晞但使我苗長 評 佳意

厭浥何傷沾我衣

迎陽

山頭日初上綠秧齊菜平如掌迎陽下田理荒穢嘉穀日日長

提鋤 批 四用提鋤不覺復污

提鋤莫憩提酒鍾提酒元是提鋤勸一年飢飽在提鋤提鋤安敢慵

討草

彼莨莠與真同看來不辨愁老翁細討細流莫相容 批 吁為國者其可不卞賢邪否 盡使莨莠空

誇農

昨從市中過市中諸子顏如花爭來唾老醜各自逞
奢華老夫扶杖語市人刀錐末利安足誇長金積玉
細商量皆自吾家

相勸

我身足可惜我生駒過隙豈厭終歲坐安閑安閑食
不足勸勉菑田畯来相從 批 讀之爽然自失

待饁

大姑舂正急小姑入厨烟横碧飢腸暗作吼雷鳴空
花生兩目待饁時提鋤不得力 批 描出十分好

皷腹

麥飯香饡在莒藜羹甜滑流匕少長集次第止四座誇香美得一飽撑肚裡行皷腹便欣喜

望秋

麥登塲占年祥我稼穰願無傷汚耶黃滿車籍發羔羊稱壽觴

竟長畒

竟長畒畒正荒日炙我背汗翻漿（批：到頭辛苦）大郎不及小郎強爭咫尺手媆脚忙竟長畒回頭笑大郎太郎却慚小郎強竟長畒畒正荒

水鷄鳴

水鷄鳴當擧危朝鷄累數危已覺醺人肌晩鷄已報

釀酒來何遲水鷄鳴當擧危 語委曲有態

日啣山

回看斜日已啣山夕露微升凝葉端捲却長鋤挿腰

閒行趁村墟戴鵶還

濯足

濯足不用十分濯還家瞌眼鷄咿喔鷄咿喔鋤還擾

十二時何時可伸脚夏夜短休幾刻濯足不用十分濯

魚世謙 字子益咸從人 世祖朝登第選湖堂典文衡官至左議政府院君謚文貞

八音歌傷田家

金屋羅酒食輿臺飽欲死石田與茅屋飢凍何時已絲先二月賣穀先三秋糶竹間拾枯筍籬底背殘照匏葉亦堪烹聊以供朝餐土床久無烔何由度歲寒革毛時既回更起覓耒耟木陰雖可憩將焉庇妻子

次朱文公十二辰詩 公在宣陵朝主文柄其詩不多見獨雜體詩稍可比二篇錄之以備一體非為其詩可觀

李斯嘗嘆廁中鼠詩 李強語然亦是當行 樊須飯牛思農圃絃歌之魯虎狼秦逐兔何如耕澤鹵神龍吐火不怕冬蟄蛇伏穴何能雄極知駿馬不受箠彼有羸羊誰見

容唐家美猴賜袍綠堂與鷄助拳相角丈夫窮達詎
冠狗莫似牢豬空飽肉

金宗直 六兒

東都樂府

會蘇曲 羅儒理王九年定六部號中分爲二使王女二人各率部內女子分朋自七月望每日早集大部之庭績麻乙夜而罷至八月月望考其功之多少負者置酒食以謝勝者於是歌舞百戲皆作謂之嘉俳是時負家一女子起舞嘆曰會蘇會蘇其音哀雅後人因其聲作歌名會蘇曲

會蘇曲會蘇曲西風吹廣庭明月滿華屋王姬壓坐
理繰車六部兒女多如簇爾筥既盈我筐空釃酒揶

揄笑相謔一婦歎千室勸坐令四海勤杼柚嘉俳縱
夫閨中儀猶勝跂河爭鳴鳴 〔評〕 雖非古樂府而自是蒼雅

憂息曲 〔註〕 實聖王元年以奈勿王子未斯欣質於倭十一年又以未斯欣兄卜好質於高句麗及訥祇王即位思見二弟欲得辯士往迎之衆舉歃良郡太守朴堤上朴堤上受命入高句麗既以卜好還又浮海到倭國給倭主潛使未斯欣還王驚喜命六部遠迎之及見握手相泣會兄弟置酒極歡王自作歌以宣其志俗謂之憂息曲

常棣花隨風落扶桑扶桑萬里鯨鯢浪縱有音書誰
得將常棣花隨風返鷄林鷄林春色擁雙闕友于懽
情如許深 〔評〕 情禮語切

鵄述嶺 〔註〕 朴提上自高句麗還不見妻子而徑向倭國其妻追至栗浦見其夫已在舡

上呼之大哭堤上但搖手而去堤上死後其妻不勝其慕率三娘子上鵄述嶺望倭國慟哭而死因為鵄述嶺神母焉

鵄述嶺頭望日本粘天鯨海無涯岸良人去時但搖手生歟死歟音耗斷音耗斷長別離死生寧有相見時呼天便化武昌石烈氣千年干空碧 [illegible]慷慨烈

怛忉歌

照知王十年王遊天泉亭有老翁自池中出獻書外面題云開見二人死不開一人死王曰與其二人死莫若不開但一人死耳日官云二人者庶民也一人者王也王惧折而見之書中云射琴匣王入宮見琴匣倚壁射之而倒乃內殿焚修僧也王妃引與通曰謀弑王也於是王妃伏誅自後國俗每正月上辰上亥上子上午忌百事不敢動作日之為怛忉日必以四日者其時適有鼠豕之怪令騎士追之因遇龜池[illegible]以十六

曰鶻鳥忌之

怛怛復切切大家幾不保流蘇帳裡玄鶴倒 形楊容得

且之哲難僧老怛怛切切怛切神物不告知何奈神物告

芳基圖夫

陽山歌 金歆運奈勿王八世孫小遊花郎文努之門永徽六年太宗武烈王以歆運爲郎幢大監戰百濟營陽山下百濟人覺之乘夜疾駈黎明緣壘而入我軍驚亂飛矢雨集歆運橫馬持䂨從者握轡勸還歆運拔劒擊之遂與大監穢破少監狄得赴賊鬪格數人而死步騎幢主寶用那聞歆運死嘆曰彼骨貴勢榮猶守節以死況寶用那生無益死無損乎遂赴敵而死時人作陽山歌以傷之

敵國爲封豕荐食我邊彊赳赳花郎徒報國心未違

荷戈挈妻子嗽泉啖糗粮賊入夜劘壘毅魄飛劍鋩
回首陽山雲矗矗虹蜺光哀哉四丈夫終是壯方強
千秋為兕雄相與歆椒漿〔批〕出入古樂府古詩而自成機軸甚佳佳

碓樂〔序〕百結先生失其姓名居狼山下家極貧衣百結若懸鶉故以名之嘗慕榮啓期之為人以琴自隨凡喜怒悲歡不平之事皆以琴宣之歲將暮隣里舂粟其妻聞杵聲曰人皆有粟我獨無何以卒歲先生仰天嘆曰夫死生有命富貴在天其來也不可拒其往也不可追汝何傷乎吾為汝作杵聲以慰之乃皷琴作杵聲世傳為碓樂

東家砧舂黍稻西家杵擣寒襖東家西家砧杵聲卒
歲之資贏復贏儂家窖乏甁石儂家箱無尺帛懸鶉
衣兮藜羹椀榮期之樂足飽煖糟妻糟妻莫浪憂富

貴在天界可求曲肱而寢有至味梁鴻孟光真好逑

(批)曲折生姿

黃昌郎

(序)黃昌郎不知何代人諺相傳八歲童子爲新羅王謀釋憾於百濟往百濟市以劍舞市人觀者如堵墻百濟王聞之召入宮令舞昌郎於座揕王殺之後世作假面以像之與處容舞並陳考之史傳絕無左驗雙梅堂云非清郞乃官昌之訛也作辨以辨之然亦聽謊不可信今觀其舞周旋顧眄變轉儵忽至今凜凜猶有生氣且有其節而無其詞故并賦云

若有人兮纔雉髫身未三尺何雄驍平生汪錡我所師爲國雪恥心無慘劍鐔擬頸股不戰劍鍔指心目不搖哉(批)壯功成脫然罷舞去挾山超海猶可超(批)壯浪稱

人

古意五韻五篇

美人煢煢隔秋水連空葭葦無涯涘雄虺短狐濟復
起商旅艤楫舟航斷欲往從之思謇產
美人楚楚居岩嶅通天荊荅豺虎嗥攫肉吮血饒腥
臊牽蘿補茅春復秋欲往從之思悠悠
金甌玉盌世所珎百行一缺秖自塵嗚呼此意難重
陳山有蘭兮隰有蘩我思美人未敢言
羲和曖曖薄崦嵫玉虬雲旗何處之攀援桂枝渴且
飢我有佩璲不可問水遙遙兮山隱隱 ◉ 篇篇俱佳

前修事業有竹帛大雅風俗誰能識杜陵八哀堪太息我生生長折木澤云誰之思西方人

金時習四見

東峯六歌

有客有客號東峯鬖髿白髮多龍鍾年未弱涵學書劍為人恥作酸儒容一朝家業似浮雲波波挈挈誰與從嗚呼一歌兮歌正悲蒼蒼者天多無知 批 歔欷欲絕

楖栗楖栗枝多苦扶持跋涉遊四方北窮靺鞨南扶桑底處可以理愁腸日暮途長我行遠安得扶搖搏九萬嗚呼二歌兮歌抑揚壯風為我吹淒涼 批 悽慨 自另

外公外公愛我嬰喜我期月唔咿聲學立亭亭誨書
計七字綴文辭甚麗　英廟聞之召丹墀巨筆一揮
蛟龍飛鳴呼三歌兮歌正遲志願不遂身世違 批 嗚咽不
勝
有孃有孃孟氏孃哀哀鞠育三遷坊使我早學文宣
王異將經術回虞唐爲知儒名反相誤十年奔走關
山路鳴呼四歌兮歌欝悒慈烏反哺啼山谷 批 沉痛難雲
碧落無雲天似掃 批 何等氣惋　勁風淅淅吹枯草佇立窮
愁望蒼昊我如稊米天何老我生何爲苦幽獨不與
衆人同所好鳴呼五歌兮歌斷腸魂兮歸來無四方

【批】激烈無涯

操余弧欲射天狼【批】磊落自肆太乙正在天中央撫長劍欲擊封狐白虎正負山之隅悽慨絶兮不得伸劃然長嘯傍無人嗚呼六歌兮歌以吁壯志蓬落兮空撚鬚【批】情思俱悄絶

渤海

渤海秋深驚二毛鴻飛遵渚求其書莫思閑事只自勞且與錙杓同生死逞盡丈夫平生豪【批】豪宕可人

謾興【批】自夠變格

新月團團秋露凝明河皎潔風稜稜布衣踈吟不成

夢時有草虫来撲燈 憭慄

山人招我歸来便荀已成林栗過拳滿庭風雨養蕣

苔秋露濕滿梧桐綠 淡爽

楊士彥 五見

三五七言

楓岳

白玉京遷藥島諸語烟波古熈熈風月好碧桃花下

閑来往笙鶴一聲天地老 仙標 孩俗

權韠 六見

四禽言 四篇皆逼唐人樂府蘊藉非其配也

姑惡

姑惡姑惡姑不惡婦還惡摻摻之手可縫裳桒葉滿筐蚕滿箔但修婦道致姑樂何須向入說姑惡意甚忠厚

曷小也

曷小也曷小也秋禾如雲被原野今年鼠壤有餘蔬買羊釀酒讌同社主婦炊黍客滿座曷小也釜亦可

我欲死

我欲死我欲死四月千山萬山裡食有果芳棲有枝生無所著死奚為爾不見去年東郡避甲兵辛苦到

骨猶頑生

布穀

布穀布穀布穀聲中春意足健兒南征村巷空落日猶聞寡妻哭布穀雖啼誰布穀田園茫茫烟草綠

國朝詩刪卷九

許筠與石洲書

石洲老兄足下不佞所粹 國朝詩刪將完而余家先世父兄所著不敢自鈔欲經老兄之眼以證去就略附于後今將各集若干卷以呈座右幸賜一覽刊落其未合入選者別出可取之什逐篇或加批評以詔後來則榮孰大焉

石洲答許筠書

韡白老兄足下人言許氏多才今以此集觀之尤信足下苟以自選爲嫌而必欲托之於人也自有其具眼者如僕者何足以知之然既辱勤命略加點綴非

敢自是要須足下知吾之妄耳

國朝詩删許門世藁 五人 閨秀二人

永嘉權韠汝章批選

七言古詩 八首

許琛 字獻之安東人 成宗朝登第選湖堂官至左相諡文貞

觀音窟前溪夜飮

天磨山深深幾許萬壑烟霞秘帳雨蒼崖終古有神窟一朝造物煩雷斧鑿向雲根闢上方觚稜金碧爭輝煌俯視鴻濛繇二氣分明沆瀣棲簷楳回頭兩像間一笑破天慳赤城高起石橋斷定是仙界非人寰周遊日欲落偶坐溪邊石流霞洗我肝淸泉濯吾足窮探恣戲嬉幽興愜心期須臾瑞色點祥雲危峯月

誘玻瓈盃碧羅天淨山如洗金波瀲灩浮青樽中郎
膝上焦尾琴剛風宛轉生徽音夜鶴驚飛發清唳幽
虬何苦來悲吟長嘯樂未半舉爵知無筭醉後紅綠
眩生纈起舞花影相凌亂惟底神清骨欲凍不知晨
鼓猶喧闐明日忩忩下山路悦然一覺瑤臺夢 夕學遲溫

許篈 字美叔號荷谷宣廟朝登第遊湖堂官典翰

清平山迎送神曲贈閑上人

清平山中鼓閴閴歡喜嶺外雲冥冥冥冥漠漠迷處
所神之來來長天青長天青晚霞赤婆娑亂舞日將
夕瓊遮竽瑟陳浩倡神之來兮月華白羕挂蕭蕭寒

露零々長河溯溯層氷横層氷横路斷絶神之去兮何勞苦飄飄六銖衣寂歷三珠樹願神留此千年萬年壽請平山中長作主

圈 蓀谷云此篇出於楚辭轉深得盛唐歌行法荷谷歌行中最是

第一

贈元綮學

花宮星斗寒垂影重疊春山聞夜磬楚客初招萬里魂胡僧暫起經年定王孫草綠漸芳菲松月留人歸不歸歡喜嶺頭叢桂暗芙蓉峯下怪禽飛荷衣蕙帶宿雲濕寶殿沉沉鬼神入明日昭陽江上行知君惆悵溪頭立

圈 許晩俗

山鷓鴣詞

山鷓鴣行不得碧霄彩霞從綵離寒月黑苦竹嶺上秋聲起苦竹嶺下行人稀蒼梧雲氣鴈門霜南禽北禽相背飛鴈門迢迢一千里此是行人腸斷處憑君莫問南與北（國使內 典語）君不聞想譪成國士（[illegible]寄 作）

青陽亭子

水南亭子無瘴氣朝朝暝暝南山雲東窓虛老碧玉樹路人猶說青陽君青陽豪貴今蕭索鷗諸鵝梁斜日曛有客登臨重感慨西風隣笛不堪聞（[illegible]無限 悲慨）

江樓曉思

西飛燕東流水人生倏忽春夢裡一夜悲歡不盡情
十年契闊無窮事渚烟汀樹曉朦朧曲欄珠箔星在
東蘭臺聽鼓聲鼕鼕風沙滅沒浮雲驄

許氏 號蘭雪軒篈之妹○[redacted]蘭雪軒正字金誠立妻爲近代閨秀第一早夭有詩集行世其采蓮曲曰秋淨長湖碧玉流荷花深處繫蘭舟逢郎隔水投蓮子遙被人知半日羞誠立少時讀書江舍許氏寄詩云燕掠斜簷兩兩飛落花撩亂撲羅衣洞房極目傷春意草綠江南人未歸此兩作近於流蕩故不載集中云中朝人購其詩集至入於耳談

望仙謠

瓊花風軟飛青鳥王母麟車向蓬島蘭旌蕊帔白鳳
駕笑倚紅欄拾瑤草天風吹擘翠霓裳玉環瓊佩聲

丁當素娥兩兩鼓瑤瑟三花珠樹春雲杳平明宴罷
芙蓉閣碧海青童乘白鶴紫簫吹徹彩霞飛露濕銀
河曉星落〔批〕長吉之後僅得二篇

湘絃謠

蕉花泣露湘江曲九點秋烟天外綠水府涼波龍夜
吟蠻娘輕戛玲瓏玉雌鸞別鳳隔蒼梧雨氣侵江迷
曉珠閑撥神絃石壁上花鬟月鬢啼江妹瑤空星漢
高超忽羽蓋金支五雲沒門外漁郎唱竹枝銀潭半
掛相思月〔批〕新都汪世鍾云此作非我明以後諸人所可及也假使李溫操翰亦未必遠過之

五言古詩三首

許曄 字太輝號草堂 朝登第官至觀察使

贈志文上人 到頭情理

志文惠瓊徒惠瓊吾故人惠瓊老而病志文事如親
纖屨衣食之可知其酸辛故人若飢寒豈不傷吾神
我願文上人此心常日新身心無偲怍乃是濂乎津

許篈 再見

上元夫人

岧嶢崑山頂清淺弱水流弱水不可涉相思三十秋
霜飛烟空潤月照岩桂幽乞君黃金液換我紫綺裘
崑山有歸鶴惆悵寄離愁

贈熙上人

春風回暖律澗水鳴幽潺梟梟門外柳今朝已堪攀
我有雙白鹿獨往青崖間他年倘相憶訪我蓬萊山

五言律詩 五首

許葑 三見

壓湖亭

塞國悲寒望人烟接鬼方山圍孤障外水入毁陵傍
白屋經年病青笛一夜霜登臨最蕭瑟衰鬢菜祺黃

謫中送朴甥

爾去向庭闈余還掩舊扉重逢難自料一別更誰依

拉閨春雲滿西山夕照鐵當爐欲愁淚不覺已沾衣

許氏 再見

出塞曲

烽火照長河天兵出漢家撫戈眠白雪駈馬渡黃沙
朔氣傳宵柝邊聲入暮笳年年長結束辛苦逐輕車

效李義山

鏡暗鸞休舞梁空燕不歸香殘蜀錦被淚濕越羅衣
楚夢迷蘭渚荊雲落粉闈西江今夜月流影照金微

效沈下賢

春雨梨花白宵寒小燭紅井鴉驚曙色梁燕惻晨風

錦幕淒涼捲銀床寂寞空雲軿回鶴馭星漢綺樓東

七言律詩七首

許琛再見

送任萬戶訓赴知世浦

爛熳春光去路邊羽林初輟紫宸朝韜深虎豹能閑閫域重湖山可動搖水府晚烟迷蜃市海門殘雨送鯔潮貂蟬本自兜鍪出努力功名鬢未彫

花園

血射無成便自眞到頭兵氣繞鈎陳聚車未必能遮道攢槊空勞枉殺人運去君臣同掩涕悪浮天地一戎

容身蒼皇一罷繁華夢癡兒蠟花寂寞春二篇皆是爲有國當國者之戒詩可以諷蓋如此

松都本闕舊基

操鷄搏鴨已雄飛一姬榮寵舊業微天下臺公元自健筆前貂紹竟何歸倏感不血覦神器蹈尾方知觸駭機未待百年悲麥秀君王當日亦沾衣

壽昌宮

扶蘇王氣欲沈淪仲父潛謀巧奪秦尚有童心窮逸樂豈知天意屬真人無情鳥語珠欄曉滿目苔蘚玉座春莫向前朝尋舊說摩挲銅狄欲沾巾

許篈 四見

居山驛

長途皷角帶晨星倦向青州古驛亭蘿下洞深山蕤
蕤侍中臺迥海冥冥千年折戟沉沙短十里平蕪過
雨腥舊事微茫問無處數聲横笛不堪聽

杆城詠月樓

危樓高架郡城隅坐閱瀛翁太極圖鯨引火珠流碧
海鶴扶銀闕上清都寒憚蕩漾開明鏡下界微茫瞰
積蘇惆悵棨京一千里滿衣凉露楚臣孫

許氏 三見

次仲氏高原望高臺韵

層臺一柱壓嵯峨西北浮雲接塞多鐵峽霸圖龍已去穆陵秋色鴈初過山連大陸蟠三郡水割平原納九河萬里登臨日將暮醉憑長劍獨悲歌 評一洗萬古脂粉態

五言絶句 八首

許氏四見

效崔國輔體

池頭楊柳踈井上梧桐落簾外候虫聲天寒錦衾薄

莫愁樂

家居石城下生長石城頭嫁得石城婿来往石城遊

江南樂

人言江南樂我見江南愁年年沙浦口腸斷望歸舟
湖里月初明采蓮中夜歸輕橈莫近岸恐驚鴛鴦飛
生長江南村少年無别離那知年十五嫁與弄潮兒

貧女吟

豈是乏容色工針復工織少小長寒門良媒不相識
夜久織未休軋軋鳴寒機機中一匹練終作阿誰衣
手把金剪刀夜寒十指直為人作嫁衣年年還獨宿

七言絶句 三十三首

許琛 三見

夜坐即事

滿庭花月隔窓紗花易隨風月易斜明月固應明夜
又十分愁思屬殘花

春寒次太虛韻

銅壺滴瀝佛燈殘萬壑松濤夜色寒喚起十年塵土
夢擁爐新試火龍團 圈 寃絶 情境

許輯 字 成廟朝登第 官至知中樞謚靖簡

寶性寺

梵宮金碧照山椒萬里雲深一磬飄僧在竹房初入
定佛燈明滅篆香銷

興德寺法席

梵音初徹衆香焚五色璚毫射靄雲奔走龍天来聽
法半空花雨落繽紛

許嶭 字官止奉事嶭之父

村庄即事

春霖初歇野鳩啼遠近平原草色齊放啓柴門開一
望落花無數漲南溪 羅長吟亟稱之以爲不可及

許嶭 再見

箕城戲題

許琭東来下界塵大平江上喚真真相將去作吹簫

律詩碧樓高月色新 ◎戲語得體

許篈 四見

塞下曲

貂裘半脫控青驄雪滿長城獵下遲小白山前日欲落朔風吹裂大紅旗 ◎鹿門云極其豪宕

義山

春來三見洛陽舊閭說慈親久倚廬白髮滿頭斜景短逢人不敢問何如 ◎不忍再讀

傷懷寄舍弟

簷鐸丁當欲二更不眠遙聽讀書聲因君更灑思親

淚漢水南邊草又生

蒙　赦回題咸原驛

日下歸人指朔風　聖恩如海泣無窮　郵亭坐笑平生事　玉署金華似夢中

許氏五兒

塞下曲

前軍吹角出轅門　雪擁紅旗凍不飜　雲暗磧西看候火　夜深遊騎獵平原

驕馬千群下磧西　孤山烽火入銅鞮　將軍夜發龍城北　戰士連營擊鼓鞞

寒塞無春不見梅邊人吹入笛聲来夜深驚起思鄉
夢月滿陰山百尺臺

入塞曲

落日狼烟度磧来塞門吹角探旗開傳聲漢地天驕
破白馬將軍入塞迴
騂弓白羽黑貂裘綠眼胡鷹踏錦韝腰下黃金印如
斗將軍初拜地平侯

宮詞

清齋秋殿夜初長不放宮人近御床時把剪刀裁越
錦燭前閑繡紫鴛鴦

新擇宮人直御床錦屏初賜合歡香明朝阿監來相
問笑指胸前小佩囊

遊仙詞 四 篇篇皆非烟火食人語○蘭嵎朱大史之蕃曰飄飄乎塵壒之外秀而不靡沖而有滑逸氣諸作更屬當家○惺田梁黃門有年曰颯颯乎古色飄飄乎物外誠非人間所恒有

新詔東妃嫁述郎紫鸞烟駕向扶桑花前一別三千
歲却恨仙家日月長

烟鎖瑤空鶴未歸桂花陰裏閉珠扉溪頭盡日神靈
雨滿地香雲濕不飛

閑携姊妹禮玄都三洞眞人各見呼教着赤龍花下

立紫皇宮裡看授壺
瑞霧微微濕玉虛碧牋偸鶴紫皇書青童睡起捲珠
箔星月滿壇花影踈
雲角青龍玉絡頭紫皇騎出向丹丘閒從璧戶窺人
世一點秋烟辨九州
催呼滕六出天關脚踏飆龍徹骨寒袖裡玉塵三百
斛散為飛雪落人間
玲瓏花影覆瑤碁日午松陰落子遲溪畔白龍新賭
得夕陽騎出向天池
騎鯨學士禮瑤京王母相留宴碧城手展彩牋書玉

字醉顏猶似進清平
皇帝初修白玉樓碧溪璇柱五雲浮閑呼長吉書天
篆掛在瓊楣最上頭
別詔真人蔡少霞入花磚上合丹砂金爐壁炭成圓
汞白玉盤盛向帝家
彤軒璧尾飾瑤墀不遣青苔染履綦朝罷列仙爭拜
賀內家新領入霞司
氷屋春迴桂有花自驂孫鳳出彤霞山前逢着安期
子袖裡携將棗似瓜
蓬萊歸路海千里五百年中一度逢花下爲沽瓊液

酒莫教青竹化蒼龍
身騎青鹿入蓬山花下仙人各破顔爭說衆中看易
辨七星符在頂毛間
六葉羅裙色曳烟阮公相喚上芝田笙歌暫向花間
盡便是人間一萬年
簷鈴無語潤珠宮紫閣涼生玉簟風孤鶴夜驚滄海
月洞簫聲在綠雲中

國朝詩删 許門世藁